Amigos, amantes e outras indiscrições

Fiona Neill

Amigos, amantes e outras indiscrições

Tradução de
CÁSSIA ZANON

1ª edição

EDITORA RECORD
RIO DE JANEIRO • SÃO PAULO
2013

CIP-BRASIL. CATALOGAÇÃO NA FONTE
SINDICATO NACIONAL DOS EDITORES DE LIVROS, RJ

N332a

Neill, Fiona, 1966-
Amigos, amantes e outras indiscrições / Fiona Neill; tradução de Cássia Zanon. – 1ª ed. – Rio de Janeiro: Record, 2013.

Tradução de: Friends, lovers and other indiscretions
ISBN 978-85-01-09503-9

1. Romance inglês. I. Zanon, Cássia, 1974-. II. Título.

13-9041

CDD: 823
CDU: 821.111-3

TÍTULO ORIGINAL.
Friends, lovers and other indiscretions

Copyright © Fiona Neill 2009
Copyright da tradução © 2013 by Editora Record

Texto revisado segundo o novo Acordo Ortográfico da Língua Portuguesa.

Todos os direitos reservados. Proibida a reprodução, no todo ou em parte, através de quaisquer meios. Os direitos morais da autora foram assegurados.

Direitos exclusivos de publicação em língua portuguesa somente para o Brasil adquiridos pela
EDITORA RECORD LTDA.
Rua Argentina, 171 – Rio de Janeiro, RJ – 20921-380 – Tel.: 2585-2000, que se reserva a propriedade literária desta tradução.

Impresso no Brasil

ISBN 978-85-01-09503-9

Seja um leitor preferencial Record.
Cadastre-se e receba informações sobre nossos lançamentos e nossas promoções.

Atendimento e venda direta ao leitor:
mdireto@record.com.br ou (21) 2585-2002.

EDITORA AFILIADA

Para Felix, Maia e Gaspar

Conte toda a Verdade, mas de forma oblíqua
O sucesso está no Caminho
Brilhante demais para nosso débil Prazer
A suprema surpresa da Verdade

Como relâmpagos para Crianças tranquilizadas
Com explicação gentil
A Verdade deve ofuscar gradualmente
Ou todos os homens ficarão cegos —*

Emily Dickinson

"Diga-me com quem andas que te direi quem és."

Cervantes, *Dom Quixote*

---

*Tradução livre.

1

Até as onze horas daquela manhã do final de fevereiro, Sam Diamond se considerara um homem casado razoavelmente feliz. Era seu aniversário de 39 anos, e, em todos os anos desde que se conheceram, Laura havia lhe feito uma surpresa. É verdade que elas se tornaram menos criativas desde o nascimento das crianças e que ele sempre suspeitara de que ela pudesse estar envolvida numa demonstração de superioridade em relação à mãe dele, mas, mesmo assim, considerava-se um homem de sorte por ser casado com uma mulher que ainda fazia aquele tipo de esforço no aniversário do marido.

É claro que as tentativas de disfarce de Laura eram destruídas pela incapacidade que ele tinha de resistir a olhar o diário dela e encontrar, escritas numa precisa caligrafia em preto, listas de presentes em potencial, possíveis restaurantes e convidados surpresa para jantar. Mas Sam era bom em fingir espanto, e considerava a transparência de Laura reconfortante, uma prova da certeza que ela possuía de que a vida deles estava seguindo em frente.

Mas hoje estava tudo diferente. Não havia bilhete em lugar algum. Nenhuma pista das crianças sobre o que a mãe poderia ter planejado. Nenhuma dica dos amigos. Assim, quando a babá chegou às dez horas cumprimentando-o com um sorriso maroto e Laura explicou que eles iriam ficar fora de casa o dia todo, ele deixou a imaginação correr solta: essa seria das grandes. Sam percebeu que ela estava levando uma bolsa grande o bastante para escovas de dente e roupas de baixo, mas pequena demais para roupas extras. Examinou-a cheio de esperança. Era a bolsa em que ela costumava levar suas publicações médicas e seu kit neurológico. Até onde dava para ver, não existia nada que sugerisse trabalho ali dentro: não havia um martelo patelar, um diapasão ou uma cópia do *British Medical Journal*. Acima de tudo, ficou contente ao ver a contracapa de um livro, porque isso sugeria que eles ficariam longe por algum tempo.

Se tivesse olhado com atenção, teria percebido que o livro se chamava *Sexo no cativeiro,* e isso poderia ter diminuído suas expectativas. Embora Laura fosse uma leitora prolífica, e tivesse participado de um clube do livro por um tempo, até que ele começou a colidir com seus plantões, autoajuda era algo que ela costumava evitar. Mas Sam se sentia otimista, porque sabia inquestionavelmente que eles estavam indo para um hotel, possivelmente para passar o resto do dia, mas provavelmente para uma noite inteira. Na cabeça dele, o motivo pelo qual ela estava levando uma bolsa pequena era por não querer estragar a surpresa para ele. Além disso, não havia por que vestir qualquer coisa na cama de um quarto anônimo no tipo de hotel que tinha roupões brancos felpudos atrás da porta do banheiro e canais adultos na televisão. Sem dúvida, quando eles chegassem àquele quarto, a primeira coisa que fariam seria sexo, algo que não acontecia sob o teto da casa deles havia cinco meses e seis dias.

Sam agora contava os dias de austeridade sexual de uma forma bem parecida com a que fazia com suas conquistas na adolescência. De repente lhe ocorreu que Laura provavelmente não havia pensado em contracepção, e literalmente paralisou. Talvez tudo aquilo não passasse de mais um plano elaborado para forçá-lo a ter um terceiro filho. Viu uma farmácia do outro lado da Earl's Court Road.

— Qual é o problema? — perguntou Laura, enrolando nervosamente uma mecha de cabelos nos dedos.

— Preciso comprar umas coisinhas — disse Sam, levantando uma sobrancelha.

— Nós vamos nos atrasar — insistiu ela, puxando o braço dele.

— Hotéis não costumam permitir check-in antes do meio-dia — disse Sam, com um sorriso malicioso.

Ela olhou para ele com seus frios olhos cinzentos. Eram a coisa mais impressionante em Laura. O sol estava atrás dela e, à luz da manhã, eles eram claros e límpidos, como se ela tivesse emergido de um estranho mundo espiritual de Tolkien. Seus longos cabelos claros, cortados duas vezes por ano da mesma maneira, o nariz discreto e a boca generosa com sua única camada de protetor labial sabor morango eram como velhos amigos, que ele passara a ter como certo com o passar dos anos. Aquilo tudo falava da natureza pé no chão de Laura. Mas mesmo depois de uma década, seus olhos ainda surpreendiam Sam. Ela tirou os óculos da bolsa e, ao colocá-los, tornou-se comum novamente.

É claro que ela não queria entregar o jogo. Ou pelo menos não queria entregar o possível motivo oculto para tal subterfúgio de se expor tão rapidamente, certamente não antes de o involuntário e entusiasmado esperma dele ter se ligado ao seu óvulo. Ele sorriu com a transparência de Laura e, estimulado por pensamentos sobre o que o esperava pela frente e com sua presciência para sabotar o grande plano dela, Sam se sentiu benevolente. Pegou a mão de Laura e se surpreendeu quando ela segurou a dele apertando em resposta. Sua mulher nunca era frágil.

Sam encolheu a barriga, um hábito que ele havia adotado recentemente quando se via conversando com uma mulher atraente ou o tipo de homem que percebia que era possível afundar pelo menos meio dedo em sua barriga antes de encontrar alguma resistência significativa. Até mesmo as crianças comentaram sua maciez pastosa. Aquilo precisava de limites, Sam pensou consigo mesmo. Como Nell e Ben. Em cinco anos, as pessoas poderiam dizer que ele estava bem para a idade. Agora, ele parecia um labrador decadente, com seus cabelos ralos, a barriga rebelde e olhos lacrimosos. Mas esta era uma das muitas vantagens de se estar casado. O ato de amor não era mais uma tarefa qualitativa, e isso era um alívio. Laura não sairia correndo do quarto do hotel quando ele tirasse a roupa. Nem exigiria preliminares elaboradas, ou sequer teria expectativas irrealistas sobre sua capacidade de recuperação.

Ficou pensando se o mesmo sujeito que costumava vender maconha no beco sem saída em frente à estação do metrô há mais de vinte anos ainda estaria lá. Mas talvez fosse uma má ideia, já que hoje as drogas eram tão fortes que ou o tornariam paranoico e, portanto, incapaz de desempenhar qualquer coisa, e ele não podia correr o risco de isso acontecer de novo, ou mais provavelmente o deixariam cheio de torpor. Porque a única necessidade, na mente de Sam, que competia significativamente com o desejo de fazer sexo era o desejo de dormir.

Ele pensou sobre o mais puro otimismo do espírito humano com que todas as sextas-feiras ele e Laura iam para a cama convencidos de que aquela seria a noite em que os dois conseguiriam ter oito horas de sono ininterrupto, seguidas por algumas horas na cama na manhã seguinte, e uns dois dias para relaxar adequadamente antes de voltar à rotina de novo na manhã de segunda-feira. Que força de vontade era necessária para acreditar, ao término de cada semana, que o fim de semana seria restaurador? Eles deviam estar malucos.

Pensou naquela manhã. Seu aniversário. Sam havia acordado e, em silenciosa alegria, descobriu que não havia intrusos na cama. Nenhum cachorro, nenhum gato e, mais significativamente, nenhum dos filhos deles. Percebeu, através de um olho semiaberto, que um dos seios de Laura havia escapado da camiseta dela e repousava casualmente a poucos centímetros da boca dele. Esticou-se para tocá-la, e Laura suspirou com um barulho que se parecia com prazer. Aquilo era bom, pensou Sam. Muito bom. Condições como essa eram raras.

Mas quando fechou os olhos e procurou pelo mamilo com a língua, sentiu uma dor na narina esquerda tão forte que tudo o que pôde ver foi espuma vermelha. Seu cérebro borbulhou enquanto ele se esforçava para processar o que havia provocado aquela agonia. Foi uma dor aguda e penetrante que durou menos de trinta segundos, mas intensa o suficiente para fazer Sam ter ânsias de vômito ao lado da cama.

— Que merda foi essa? — perguntou Sam, segurando o nariz.

— Não diga palavrão — alertou Laura, com Ben chorando em seus braços. — Ben estava se escondendo na ponta da cama. O dedo dele entrou no seu nariz.

— Parece aquela parte de *Carrie, a estranha* quando a mão sai do túmulo — disse Sam, cambaleando, ainda em estado de choque. Embora o dedo tenha ficado em seu nariz por apenas alguns segundos, a sensação era de que tivesse penetrado com tanta força em sua cavidade nasal que fluidos cerebrais poderiam começar a sair pelo nariz a qualquer momento. Procurou por sangue, mas não havia nada.

— Pobrezinho do Ben — disse Laura, acariciando os desalinhados cabelos encaracolados do filho de 4 anos.

— E eu? — perguntou Sam. — E eu? E eu?

Sam agora se perguntava com que idade os homens paravam de acordar de manhã com desejo de sexo. Quando seus níveis de óxido nítrico caíram, outra voz em sua cabeça respondeu presunçosamente. Sam se lembrou de uma vez ter tocado no assunto com seu amigo, de longa data, Jonathan Sleet, na era pré-Viagra, sabendo que ele era singularmente sugestionável a esse tipo de acontecimento. Jonathan havia saído e comprado gás hilariante sob a crença equivocada de que óxido nítrico e óxido nitroso eram a mesma coisa. A namorada dele — foram tantas antes de Hannah que Sam não conseguia lembrar qual era — não ficou nada impressionada e terminou tudo com ele no mesmo dia.

Um meio-sorriso tomou conta dos lábios de Sam quando ele se lembrou da história, mas a expressão logo se transformou numa careta quando pensou no trabalho. Um dia ele chegara a ficar impressionado com a riqueza de conhecimento acumulado durante o curso de sua carreira escrevendo dramas médicos. Por um tempo chegou até mesmo a agir como clínico-geral amador para os amigos. Não mais. Havia um número finito de doenças e acidentes, que tinham sido exauridos nos primeiros cinco anos que ele escrevera para *Não Ressuscitar*. Desde então, as tramas se tornaram mais e mais fantásticas. Um de seus episódios mais recentes tinha sido sobre uma médica que fez cirurgia plástica para ficar idêntica à irmã e descobrir se o marido estava tendo um caso com ela.

— Meu Deus, quem sonha esse tipo de coisa? — resmungou Sam em tom cansado. Devia ser declarada uma moratória de séries de TV passadas em hospitais. Mesmo que o deixasse desempregado, ele estaria prestando um serviço ao restante da humanidade. E ele nunca iria conseguir trabalhar escrevendo para *Grey's Anatomy*. Não agora. Era como escrever canções para Barry Manilow e pensar que era possível passar a compor ópera. Talvez ele devesse se tornar paramédico. Poderia colocar todo seu conhecimento em prática. Ou virar neurologista, igual à Laura. Embora ela estivesse exausta com seu trabalho, ao menos ele tinha algum propósito.

Ele devia articular essa crise com Laura. Essa era a recomendação de Jonathan. Laura era uma mulher fleumática com soluções práticas para problemas. Sempre foi. Mesmo quando eles eram estudantes, lembrou Jonathan. Mas Sam não queria se aconselhar com Jonathan sobre como lidar com a própria mulher, e não conseguia suportar a ideia de decepcioná-la mais do que já havia decepcionado. Laura tinha se casado com um homem que todos haviam apostado que faria sucesso cedo, e ali estava ele, ainda no mesmo emprego, 17 anos depois, chegando aos 40 com a certeza de que o melhor provavelmente ainda não estava por vir.

Naquele dia, no entanto, nada disso importava. Ele podia deixar de lado tais preocupações e aproveitar o momento. Era algo em que costumava ser bom. Estava sozinho com a mulher, sem os filhos, numa manhã de sábado na região central de Londres e não conseguia se lembrar da última vez em que isso havia acontecido num final de semana. As possibilidades pareciam infinitas.

Eles estavam caminhando pela Earl's Court Road, um local onde nenhum dos dois estivera, até onde ele sabia, havia mais de uma década. Tudo parecia impressionantemente igual, pensou Sam de forma benigna. O vômito seco no calçamento era mais provável de pertencer a beberrões adolescentes do que a mochileiros australianos, e as agências que vendiam voos baratos para locais inóspitos haviam se transformado em respeitáveis agências de viagens. Mas, como ocorria dez anos antes, a rua ainda mantinha a promessa de fuga. Puxou Laura para perto de si.

Surpresa que Sam não fosse capaz de perceber a profundidade de seu isolamento, Laura permitiu que o braço a envolvesse. Se ele percebeu sua hesitação, não disse nada. Era irônico que parecesse mais positivo naquela manhã do que nos últimos meses. Ou ele não fazia ideia do que estava prestes a acontecer, ou estava mais hábil nas obscuras artes da traição do que ela imaginara. Todos os aspectos da personalidade dele precisavam ser reexaminados à luz da recente descoberta dela. Era uma perspectiva exaustiva. Ela se perguntou como eles eram vistos pelas outras pessoas. Será que pareciam um casal, que mesmo casado ainda gostava de transar? Ou pareciam ser o tipo de gente cujo relacionamento havia se transformado de uma paixão fácil a companhias indiferentes, quando o sexo era como se fosse incesto? Ao menos eles ainda não estavam fora do jogo: todas as linhas de comunicação ainda pareciam abertas, e isso era uma conquista. Mesmo que não conseguissem mais ler os sinais um do outro

Ocorreu a Laura que se os contornos do relacionamento deles estavam estremecidos para ela, então eles certamente estavam da mesma forma para as outras pessoas. Até onde os amigos sabiam, ela e Sam tinham um relacionamento sólido. Mas ninguém sabe o que se esconde num casamento a não ser as duas pessoas envolvidas, e se arranharmos a superfície de qualquer relacionamento com força suficiente, certamente sairá sangue. Relacionamentos são como amebas, continuamente mudando de forma. A única certeza reside no fato de que eles se transformarão em outra coisa

O mesmo podia ser dito das amizades. Laura não parou para pensar nisso, porém, e, quando o fez, meses depois, as coisas entre todos eles haviam se alterado de um modo que ela não poderia ter previsto ou compreendido.

Ela se perguntou fugazmente se estava fazendo a coisa certa, mas não permitiu que o pensamento tomasse forma em sua mente porque isso poderia impedi-la de seguir em frente. Ela precisava ser decidida. Se queria confrontar a verdade, precisava ser forte, tanto por ela quanto pelas crianças. Assim que pensou nisso, sentiu os olhos se encherem de lágrimas. Havia alguma coisa na necessidade de ser forte que sempre a fazia chorar. Foi o fato de ter tido filhos que a deixou mais frágil, ou seria porque ela estava do lado errado dos 35 anos, na base do iminente desabamento hormonal? Procurou pelo guia na bolsa, esperando que Sam não notasse seu humor. Ele era sempre muito legal quando ela estava chateada, e se ele fosse gentil, as coisas ficariam piores. Preferiu imaginar Nell e Ben brincando em casa, e a pontada de culpa por ela não estar lá foi reconfortante pela familiaridade. Ben estaria na cesta do cachorro, fingindo ser o bicho de estimação de Nell, com uma guia presa no passador do cinto de sua calça jeans, ou então os dois estariam fazendo a nova brincadeira, que Laura ainda não havia testemunhado, em que Ben se tornava escravo de Nell e fazia tudo o que ela mandava. Era uma visão irrealisticamente harmoniosa, porque juntos os dois eram tão voláteis quanto uma experiência química de escola.

Longe dos filhos, era fácil para Laura idealizar a vida familiar. Uma imagem congelada dela mesma sentada à mesa da cozinha, batendo uma mistura para bolo com um braço e segurando um terceiro bebê com o outro, sempre lhe vinha à mente quando ela deveria estar fazendo anotações entre um paciente e outro. Esta vida tranquila tinha evoluído com o passar dos anos, com cada vez mais detalhes sendo acrescentados. Havia uma toalha de mesa de guingão verde e branco, um vaso com flores do campo, e o bebê vestia um casaco Fair Isle enquanto mamava num enorme seio turvo. O mamilo era grande e marrom e anormalmente largo. Quando Laura fechava os olhos em seu consultório quente e abafado, quase conseguia sentir a doce viscosidade da cena.

A realidade era menos doce. Apenas naquela semana, Nell, de apenas 7 anos, havia perguntado por que eles precisavam de outro filho, porque, francamente (esta era sua nova palavra favorita), ela teria uma vida muito mais fácil sem o Ben. Laura tentou explicar que ela ficaria sozinha, que não aprenderia a dividir e, como Nell insistiu, finalmente disse que quando Sam e ela estivessem velhos e frágeis, ela gostaria de ter mais alguém por perto para dividir a responsabilidade.

Então, naquela mesma tarde, quando Laura começava a se perguntar se Nell não estava certa, ela os levou para tomar a vacina tríplice no posto médico local. Sam havia decidido ir no último minuto, alegando que precisava de uma pausa do trabalho, muito embora Laura pudesse ver que sua tela estava em branco. Ele ficou parado nervosamente ao lado da porta da clínica quando a jovem auxiliar de enfermagem se aproximou para administrar a injeção. Por um instante, Nell ficou extremamente calma. E então, assim que Laura supôs que tudo estava bem, Nell deu um grito aterrorizante que a fez contorcer os dedos dos pés. Sam conseguiu acalmá-la. Era para ele que Nell apelava quando se sentia vulnerável, percebeu Laura com resignação, enquanto se focava em Ben, que estava preso ao chão. A enfermeira preparou a segunda seringa, segurou-a contra a luz e apertou a ampola para garantir que não houvesse bolhas de ar. Deu um passo na direção de Ben e se abaixou para enfiar a agulha no braço dele. De repente, Nell se atirou para a frente, postou-se entre Ben e a seringa e exigiu que recebesse a injeção no lugar dele.

— Não machuque meu irmãozinho — pediu ela, chorando. — Por favor, não machuque ele.

Ben ficou atônito. Por Nell ter sido tão generosa, a enfermeira deu a ela um pequeno ímã de plástico de que havia gostado e então enfiou a agulha no braço de Ben.

— Aquilo foi uma prova do seu amor — disse Laura a Nell, em tom admirado, mais tarde.

— Não seja ridícula, mãe — falou Nell, com desdém. — Eu só queria o ímã.

*

O único benefício desta repentina e inesperada distração na vida dela foi o de que, pela primeira vez em anos, Sam havia se tornado prioridade novamente. Isso lembrava Laura da incerteza que definia a intensidade dos primeiros anos do relacionamento deles, quando o desconhecido era maior que o conhecido, antes das virtudes de Sam se tornarem seus vícios. Em vez de se preocupar com os filhos (a escola de Nell, o eczema do Ben, o fato de os dois se recusarem a comer legumes), ela estava pensando em Sam, observando seu humor, analisando seus movimentos e lendo nas entrelinhas de suas conversas. Laura apertou a mão de Sam ao olhar dentro da bolsa e folhear as páginas do guia de ruas.

— Me diga o nome do hotel. Talvez eu conheça — disse ele alegremente.

Ela se assustou. Como Sam podia pensar, considerando o estado da crise financeira por que estavam passando, que os dois gastariam centenas de libras para passar a noite num hotel sofisticado em South Kensington? Os dois passaram caminhando por uma lojinha que vendia jornais internacionais numa organizada banca de calçada: *Le Monde, El País, Süddeutsche Zeitung*. Mas havia apenas uma manchete *"Crise Bancaire"*, *"Crisis de Liquidez"*, *"Kreditkrise: Geld Zerstört die Welt"*. Sam seguiu em frente, desatento.

Ele era tão impérvio à crise econômica global como um oligarca russo, Laura pensou, tentando controlar seu incômodo. Não notara que estava custando 20 libras a mais para encher o tanque do carro, ou que as prestações da hipoteca deles haviam aumentado, ou que Laura tinha trocado o Sainsbury's pelo Lidl para fazer as compras semanais. Quando Janey anunciou que estava grávida havia cerca de dois meses, à sombra do colapso do banco Northern Rock, seu recém-adquirido namorado, Steve, um administrador de fundos de rendimentos, havia rapidamente agradecido os parabéns e desviado a conversa da crise contraceptiva para a crise de crédito. Ele resmungou sobre "o sistema bancário paralelo" e os "monopólios desregulados e obscuros" do setor financeiro e os alertou para o fato de que nenhum investidor iria tocar em ações do Lehman novamente. Sam desprezara suas preocupações, dizendo que ele estava tentando impressionar Laura e fazer com que seu trabalho parecesse mais interessante do que era na realidade.

Laura se sentia incomodada por se importar tanto com o fato de a carga financeira estar nos ombros dela, já que, durante anos, era isso que acreditava querer. Havia discutido com a mãe, dizendo que sua geração estava reinventando a paisagem doméstica. Fazia parte da primeira geração de neurologistas em que homens e mulheres estavam igualmente representados no trabalho, informara Laura com orgulho. Sam iria atrás de suas ambições criativas, cuidaria do front doméstico, e ela ganharia dinheiro. Só que nenhuma dessas ambições fora completamente realizada: Laura havia decidido não ter um consultório particular para aumentar seu salário no sistema de saúde nacional, e Sam ainda ficava assistindo ao programa de futebol *Match of the Day* enquanto ela pendurava roupa no varal às dez da noite Agora parecia cada vez menos uma revolução e cada vez mais uma morte por exaustão.

— É uma casa em algum lugar no lado sul dos Stanhope Gardens — explicou Laura vagamente, revirando o mapa nas mãos, tentando entender para onde ficava o norte.

— Nós vamos encontrar — disse Sam, confiante, segurando a mão dela e puxando-a para mais perto dele.

— Você está cheirando a plástico queimado, Sam — murmurou Laura, afastando-se, sem soltar a mão dele.

— Eu tomo um banho quando a gente chegar lá — desculpou-se ele. — Talvez a gente possa tomar um banho juntos. — Laura não disse nada. — Sinto muito pela chaleira.

— Não tem importância — disse Laura. — Foi bom que Nell tenha entrado na cozinha naquela hora.

— Eu não consigo entender por que sempre faço isso — continuou Sam, balançando a cabeça. — Eu ando muito distraído.

— Podemos falar sobre isso outra hora — sugeriu Laura. — É só uma chaleira.

Porém era mais do que uma chaleira. Era um sintoma. Sam havia posto a chaleira elétrica na boca do gás três vezes nos últimos dois meses. Duas vezes, ela havia recebido telefonemas da escola dizendo que ninguém tinha chegado para pegar as crianças. Primeiro, ela repassou as possibilidades médicas. Causas de síndrome amnéstica: Mal de Alzheimer, ferimento na cabeça, herpes, abuso de solventes, tumores, envenenamento por arsênico, álcool. Ainda que Sam realmente estivesse bebendo mais, não era uma explicação completa. Daí, quando estava procurando por um número de telefone no celular dele, ela encontrou as mensagens de texto, e suas suspeitas foram confirmadas pelo que já vira no computador deles. Não havia qualquer condição neurológica: ele estava tendo um caso.

Era isso que acontecia quando os homens faziam 40 anos. Havia uma mãe da turma de Nell. Um ano antes, ela comparecera alegremente à peça de Natal com o marido, enxugando os olhos nos momentos adequados, quando a filha estava no palco como uma ovelha. Neste Natal, a filha tinha sido promovida a Maria para facilitar a transição para uma nova madrasta. Laura a viu na plateia. Era uma xérox da primeira mulher, apenas vinte anos mais jovem. Bastava ouvir o novo álbum do Radiohead, como Sam fazia com uma frequência assustadora, para compreender os princípios do clássico redemoinho da meia-idade masculina. Laura se repreendeu por ter demorado tanto a lidar com as dificuldades, mas pelo menos ela agora havia começado a agir.

E foi assim que, de mãos dadas, os dois chegaram ao lado de fora de uma anônima casa branca de estuque com uma pequena placa ao lado da campainha que dizia "Unidade de Terapia Conjugal". Durante um breve segundo otimista, Sam pensou que talvez eles estivessem indo a um SPA urbano para pais exaustos. Enquanto esperavam na porta, outro casal surgiu. O homem apertava os lábios com tanta força que a área ao redor de sua boca estava branca. A mulher dele segurava um lenço encharcado no nariz e tirou um par de óculos escuros da bolsa. Por um instante, seus olhos se cruzaram. Sam, que era naturalmente afável e tinha tendência a fazer amizades, abriu a boca para se apresentar. Mas ela olhou para ele apavorada, e os dois saíram correndo pela rua.

"Nós não somos como eles", Sam quis dizer, mas estava tão desconcertado que as palavras não saíram de sua boca. Em vez disso, saiu uma série de sons longos e incompreensíveis, como se sua voz tivesse sido desacelerada.

— Se eu tivesse contado, você teria se recusado a vir — disse Laura, à guisa de pedido de desculpa.

Sam conferiu o relógio. Passavam três minutos das 11.

2

— Então, por que vocês estão aqui, Sam?

A pergunta pairava no ar. Laura esperou pela resposta do marido. Como ele não respondeu, ela tentou falar, mas, em vez de palavras, uma fina poeira de biscoito integral saiu de sua boca, e ela começou a tossir. A mulher sentada à sua frente não levantou o olhar e continuou escrevendo os nomes deles no topo de uma página em branco de um bloco tamanho A4 espiralado. Enquanto esperava pela resposta de Sam, sublinhou os nomes deles várias vezes. Laura percebeu, quando pegou o segundo copo d'água, que ela havia escrito os nomes em letras maiúsculas, o que a deixou desconfortável, como se aumentasse os problemas que ela esperava que aquela mulher fosse diminuir. Além disso, ela estava escrevendo a lápis, o que, é claro, deveria fazer os problemas parecerem mais efêmeros do que se ela os tivesse escrito em tinta indelével, mas, em vez disso, fez com que Laura duvidasse de suas credenciais profissionais. O lápis estava sem ponta e mastigado. A única pessoa na vida de Laura que escrevia a lápis era Nell, que tinha 7 anos.

Do outro lado do caderno, também escritas a lápis, estavam anotações da sessão anterior da terapeuta. Laura viu duas palavras escritas em letras maiúsculas e sublinhadas várias vezes. *Coisas a trabalhar,* dizia. Preliminares. Fantasia. Não era o que Laura estava esperando. E esse não era um território que ela pretendia explorar. Ela se deu conta de que não havia pensado no que poderia ser perguntado a ela, só no que queria dizer. De qualquer forma, aquele era o primeiro encontro deles. O principal desafio seria fazer Sam falar, ou até mesmo permanecer na sala.

Laura cruzou os braços e depois as pernas e ficou desenhando espirais nos farelos de biscoito, desejando que Sam dissesse alguma coisa, esperando que ele não tivesse visto as anotações do casal anterior. Pegou outro biscoito integral e começou a mordiscar as beiradas, então o largou no prato de novo. Ciente de que sua linguagem corporal podia parecer defensiva, descruzou as pernas e se recostou no enorme sofá. Era tão profundo que ela não conseguia dobrar as pernas. Talvez o móvel tivesse o objetivo de infantilizar seus ocupantes, ou ao menos os incapacitar, porque depois de se afundar nas almofadas macias, Laura percebeu que não tinha mais a energia necessária para se mover novamente. Estavam encalhados. E embora o azul pastel fizesse com que se sentisse um pouco enjoada, Laura ficou surpresa ao descobrir que não era uma sensação desagradável.

Sam estava sentado mais à frente, na beirada do sofá, de costas para ela. Laura não queria olhar em seus olhos, porque ele já estava tão furioso com ela que até mesmo um olhar poderia ser mal-interpretado como mais um ato de agressão. Mas ela podia sentir o cheiro dele. Cheirava a plástico queimado e a cabines de aviões. Ela queria contar à terapeuta que ele havia posto a chaleira elétrica na boca do gás e provocado um pequeno incêndio na cozinha, caso ela achasse que aquilo era algo sinistro. Mas principalmente porque poderia ser relevante.

Laura engoliu a água rápido demais, começou a tossir de novo e então bebeu um pouco mais. A mulher ergueu o olhar. Quando viu que Laura estava tentando decifrar suas anotações, ela dobrou o caderno e o empurrou na direção do casal.

— Eu gosto de ser completamente aberta — disse ela, suavemente. — As anotações são apenas para lembrar a mim mesma o que foi discutido para que possamos retomar os assuntos na semana seguinte.

— Muito sensato — comentou Laura, assentindo com a cabeça com um vigor um pouco excessivo, virando o copo d'água sobre sua calça jeans. Decidiu que, por ter sido apanhada em flagrante, era melhor se abrir sobre o que havia visto. — Não imagino que possamos tratar de fantasias e preliminares antes da quinta semana.

Laura achou que ouviu Sam gemer, mas estava ocupada demais tentando se desembaraçar da inesperada virada na conversa para pensar sobre como a cena que se desenrolava poderia impactá-lo. A mulher não disse nada.

— Ou talvez antes — disse Laura numa tentativa de demonstrar sua flexibilidade. — Sou aberta a todas as opções. Nós dois somos, não é, Sam? Embora eu tenha certeza de que somos muito mais chatos que o casal com a, ahn, lição de casa.

— Você não está aqui para me entreter, Laura — alertou a mulher. Ela não estava sorrindo, mas também não estava brava, concluiu Laura. Na verdade, ela era completamente impenetrável. — Agora, Sam, quem sabe você queira me dizer por que vocês estão aqui?

No cômputo geral, decidiu Laura, era melhor que Sam estivesse sendo questionado primeiro. Embora a necessidade de desabafar tivesse se tornado quase insuportável, agora que estava ali, com não apenas a oportunidade mas a expectativa de que iria revelar tudo, sabia com certeza absoluta que havia tomado a decisão errada. Teria sido muito melhor ter confrontado Sam em casa. Mas ela precisava ter ido até lá, ficado fechada naquela sala com aquela completa estranha para saber disso. A vida era muitas vezes assim. Não sabemos se fizemos a coisa certa ou a coisa errada até mostrar as cartas que temos nas mãos.

Ela havia repassado aquele plano tantas vezes mentalmente que, de alguma forma, parecia que ele nunca iria se tornar realidade. Mesmo quando ela disse a Sam naquela manhã que eles iriam sair sozinhos para comemorar o aniversário dele, ela meio que havia acreditado que era verdade. Laura tirou um pedaço de papel do bolso de trás e começou a se abanar. O copo d'água já estava vazio. Laura percebeu que embora a premissa de toda aquela operação malconcebida tivesse sido a necessidade de ter controle total, na verdade ela havia perdido todas as possibilidades de determinar os procedimentos.

— Então, por que vocês estão aqui, Sam? — a mulher repetiu pacientemente a questão, descruzando e cruzando as pernas novamente. Sam não pôde deixar de perceber que a saia de tweed dela, em cores neutras, mas meio apertada, havia começado a subir até acima do joelho, revelando um pedaço da coxa. Ele estava encarando a trama em zigue-zague do tweed fazia tanto tempo que sua vista parecia embaçada. Imaginou fugazmente se ela às vezes dormia com seus clientes e rapidamente concluiu que os ingredientes essenciais da queda livre doméstica — amargura, acusação e dor — provavelmente tornavam ambos os participantes nada atraentes. Era a falta de conhecimento sobre as pessoas que as tornava sexualmente interessantes. A profundidade de detalhes que ele sabia sobre as melhores amigas da mulher — as hemorroidas pós-parto de Hannah, o intestino irritável de Janey — definitivamente neutralizava o potencial sexual delas, mesmo nos dias de cão. Ele despertou a si mesmo. Estava, concluiu corretamente, num estado de choque absoluto.

— Por que eu estou aqui? Esta é uma pergunta interessante — começou ele. — Você quer dizer especificamente ou genericamente?

— Especificamente, é claro — resmungou Laura, ao seu lado.

— Laura, é importante deixar seu marido responder as perguntas por ele mesmo — insistiu a mulher.

— Você se refere no sentido do filósofo francês ou no sentido da criança curiosa? — perguntou Sam. — Na verdade, não faço ideia de por que estamos aqui. De fato, estou espantado. Achei que tínhamos saído porque hoje é meu aniversário.

Laura sentiu uma pontada de culpa, mas foi distraída por Sam, que tinha começado a se mover para o meio do sofá. Quando chegou a um ângulo desconfortável, em torno de 30 graus, começou a entortar a cabeça lentamente para um lado e a olhar fixamente para uma etiqueta na lapela esquerda do casaco da mulher, tentando ler o que estava escrito. Treinada na arte de imitar gestos para fazer as pessoas se sentirem confortáveis, a mulher fez gentilmente o mesmo, e os dois ficaram se encarando, com as cabeças viradas para o mesmo lado, como marionetes que tivessem perdido uma corda.

— Está de cabeça para baixo, Lisa — disse Laura educadamente, apontando para a etiqueta. — O seu nome está de cabeça para baixo.

Lisa olhou para baixo, tirou a etiqueta e tentou colá-la de novo na posição correta, mas ela havia perdido o adesivo. Então começou a usar as palmas das mãos para enrolá-la numa bola. Quando a bola estava pequena o bastante, ela a pôs sobre a mesa, e Sam a apanhou e a enfiou na garrafa d'água que havia levado para a sala com eles. A bolinha ficou flutuando.

— Sabia que Lisa é um anagrama de *sail*?* — disse ele.

— Eu acho, Sam, que você está se sentindo um pouco passivo-agressivo — falou Lisa, calmamente. — Vou fazer um chá para todos nós, Sam, e nós poderemos tentar de novo quando eu voltar. Algum de vocês toma com açúcar?

— Sim. Não — disseram Sam e Laura ao mesmo tempo. A porta se fechou, e os dois ficaram sozinhos.

— Por que você está sendo tão hostil? — sussurrou Laura. — Não é culpa dela.

Sail em português significa navegar. (*N. do E.*)

— Eu não acredito que você esteja sequer fazendo esta pergunta — cutucou Sam. — Mas no espírito de confissão compartilhada, eu devo dizer, Laura, que até duas horas atrás eu achava que você havia contratado uma babá numa manhã de sábado para que nós pudéssemos passar algum tempo juntos. Achei que pudesse estar planejando o tipo de surpresa de que Jonathan tanto gosta: um fim de semana em Praga ou mesmo um Bed and Breakfast baratinho na Earl's Court Road. Eu simplesmente não acredito que você fez isso. Não acredito. Não sei nem o que dizer.

— Bem, é em parte por causa do Jonathan que nós estamos aqui — resmungou Laura. Ela estava lutando para encontrar uma forma de explicar o que havia feito de uma maneira que parecesse algo positivo. Ou que ao menos pudesse fornecer uma explicação lógica.

— O que o Jonathan tem a ver com tudo isso? — perguntou Sam. — Eu sei sobre você e ele há anos. É história antiga. Não há por que fazer uma exumação agora.

— Do que você está falando? — perguntou Laura, surpreendida pela linha de questionamento dele.

— Eu sei que vocês dois tiveram uma história anos atrás — disse ele, com desdém.

— Você está me acusando de dormir com o seu melhor amigo? — perguntou Laura, escandalizada. — É disso que você acha que isto se trata?

— Bem, teria que ser algo dramático o bastante para justificar a organização clandestina de uma visita nossa a uma terapeuta de casal no dia do meu aniversário — respondeu Sam, tendo parcialmente recuperado a compostura ao obter sucesso em driblá-la.

— Não acredito que você imaginou isso por tantos anos sem dizer nada — Laura acabou dizendo.

— Isso não teria me incomodado tanto, de qualquer maneira — falou Sam, acenando com a mão como se espantasse uma mosca. — Ele fez sexo virtual com todas as mulheres que conheceu. Discriminação nunca foi seu ponto forte.

— Você quer dizer que não teria se importado se eu tivesse dormido com o seu amigo mais antigo? — respondeu Laura, tentando entender exatamente como a acusação de infidelidade havia se virado contra ela. Talvez fosse parte da estratégia maior de Sam de tentar justificar a própria indiscrição.

— Isso é irrelevante.

— Você não se importa com quem eu dormi?

— Eu não acredito que sou eu que estou na defensiva aqui.

— Estou impressionada — disse Laura, afinal. Havia sido a discussão mais tranquila que os dois já tiveram.

— Como você pode dizer isso depois do que fez comigo? — gritou Sam. — Estou num estado de absoluta perturbação: pálido, confuso, suando feito um porco e provavelmente com taquicardia. O seu aparelho de medir pressão iria ao limite.

— Engraçado como você pode se lembrar disso mas esquecer da chaleira — disse Laura, tentando invocar uma raiva que na realidade não sentia. Sentia-se abalada com o absurdo da situação em que se encontravam. Estavam tão aprisionados como o peixe dourado que nadava a esmo pelo aquário sobre a estante na frente deles. E o peixe tinha a vantagem de uma amplitude de memória de apenas três segundos. Sam lembraria daquilo para sempre.

Ela podia ter consultado Hannah, que conhecia Sam há mais tempo até do que Laura porque Jonathan e Hannah costumavam usar a casa de Sam em Oxford como retiro de fim de semana, para ficar longe das vistas da namorada ciumenta de Jonathan quando os dois estudavam em Manchester. As primeiras impressões que Laura teve de Sam, muito antes de conhecê-lo, eram baseadas nas descrições que Hannah fazia do amigo de infância desleixado, criativo e doce de Jonathan. O filho mais velho deles, Luke, foi concebido na cama de Sam no último ano deles na faculdade e nasceu logo depois da formatura, em julho de 1990. Hannah teria aconselhado Laura sobre o que fazer. Teria dado uma opinião sincera, se Laura tivesse pedido. Da mesma maneira, podia ter ligado para Janey e a encontrado para tomar um café. Almoço estava fora de questão, porque Janey trabalhava demais. Desconfiada de qualquer coisa que soasse como terapia, Janey o teria alertado contra esse plano de ação. Teria lhe dito que Sam era caótico demais para duplicidade, e que adorava Laura por ser todas as coisas que ele não era. Mas Laura nunca havia conversado com Janey sobre as fragilidades de seu casamento. Até Janey conhecer Steve no começo do ano passado, a dinâmica da amizade delas havia sido Sam e Laura darem conselhos de relacionamento a Janey sentados à mesa da cozinha até tarde da noite. Expor qualquer de suas fraquezas poderia ser desencorajador. Além disso, nem Hannah nem Janey entenderiam a sensação de viver com a humilhação e a incerteza da infidelidade. Laura estava em voo solo.

— Por que nós estamos sussurrando? — perguntou Sam.

— Porque eu acho que pode ter um espelho de duas faces e ela está observando como nós interagimos quando estamos a sós — suspirou Laura. — Estou me sentindo como se tivesse um papel coadjuvante num documentário sobre a vida selvagem.

— Há mais significado e compreensão mútua na troca de um olhar com um gorila do que com qualquer outro animal que eu conheço — falou Sam, fazendo uma imitação quase perfeita de David Attenborough, aproximando-se de Laura, tocando nela e a empurrando no sofá. — Se você fizer sexo comigo agora, tudo estará perdoado. Daí eles realmente vão receber o que merecem.

— Você é muito irritante — disse Laura, esfregando o queixo onde o dedo dele raspou antes de se endireitar e ficar sentada. Mas estava aliviada pelo fato de que Sam não havia perdido completamente seu senso de humor.

— Como você pode dizer isso depois de ter lançado este ataque direto? — questionou Sam, sentindo um instante de fraqueza. — Laura, só me diga por que a gente está aqui? Porque se eu conseguir entender isso, talvez possa reagir de um jeito mais positivo à mulher de saia de tweed.

— É complicado — disse ela.

Laura havia jurado nunca ser uma daquelas mulheres que checava o celular do marido. Mas depois que suas suspeitas começaram, foi como tentar recuperar um fio solto num tricô. Tudo precisava ser desfeito para começar de novo. Sobre a V., não faça, não há como voltar atrás nisso, dizia a primeira da mais significativa troca de mensagens entre Jonathan e Sam. Não sei se consigo resistir, dizia a resposta do Sam. É doloroso? Sam perguntou a Jonathan na semana seguinte. Não há prazer sem alguma dor, Jonathan escreveu de volta. A Laura faz ideia disso? dizia outra mensagem. De jeito nenhum, Sam respondera. Não sabia que você era um homem com tantos segredos, replicou Jonathan. As provas eram claríssimas.

— Se você não consegue me dar uma explicação razoável sobre por que estamos jogando fora 80 libras por hora... — Laura ouviu Sam dizer.

— Cem, Sam, se incluirmos a babá... — interrompeu ela, sem pensar. Laura gostava de precisão a respeito de tudo.

— Se você não conseguir racionalizar isso para mim nos próximos cinco minutos, Laura, eu vou ter um chilique que vai fazer o Ben parecer uma criatura absolutamente sem paixão — disse Sam, com um tom de falso drama tomando conta de sua voz.

— Você vai fazer aquela cena em que deita no chão, grita e finge estar morto? — ironizou Laura, sorrindo pela primeira vez.

— Isso e muito mais — disse Sam.

— Por que você acha que Lisa usa os nossos nomes tantas vezes numa mesma frase?

— Para criar uma sensação de familiaridade, Laura, para nos obrigar a nos concentrarmos, Laura, para que a gente revele o funcionamento interior do nosso casamento a uma porra de uma estranha completa, Laura — respondeu ele, mas seu tom de voz estava carregado de ironia, não de raiva.

— Concordo que é tudo um pouco surreal — admitiu ela. — Mas acho que há questões de que precisamos tratar.

— Sabe, eu achava que a gente tinha chegado a um patamar razoavelmente feliz no nosso casamento — suspirou Sam. Ele fez uma longa pausa. — Fora a questão do sexo, é claro.

— Nós não devemos discutir o nosso relacionamento sem a Lisa aqui — disse Laura, sem convicção.

— Não seja ridícula — respondeu Sam. — Nós passamos 13 anos dissecando nosso relacionamento e agora não podemos discuti-lo sem a presença de alguém que conhecemos há menos de 15 minutos?

— Ela precisa testemunhar as nossas discussões — disse Laura — para saber o que fazer.

Laura se levantou e caminhou em direção a uma estante ao lado do grande espelho dourado que ficava em frente ao sofá. Eles haviam sido orientados a tirar os sapatos antes de entrar na sala e sob os pés ela tinha uma vaga noção da existência de um tapete espesso o bastante para que ela se sentisse como se estivesse se arrastando. Que estranho haver um tapete tão pouco prático num local público como aquele. Começou a calcular quantas pessoas em média passavam ali por dia para se sentarem no mesmo sofá em que Sam estava atirado naquele momento. Possivelmente cerca de uma dúzia. Aquele pensamento fez com que ela quisesse calçar os sapatos de novo. Era como ficar num hotel pensando em quantas pessoas usaram o colchão antes da gente. Quando chegou à estante, Laura notou que todas as prateleiras eram forradas com um pedaço espesso de espuma. Quando olhou para a mesa que separava Sam e ela de Lisa, viu que a parte de baixo da mesa também era forrada. Isso fez com que Laura se sentisse dentro de uma cela acolchoada.

Apesar do constrangimento daquele encontro, Laura se sentiu estranhamente exultante. Ela gostava de ter suas emoções sob controle e, pela primeira vez em semanas, sentia como se Sam estivesse na defensiva. Estava apreciando o desconforto dele. Começou a examinar os livros diante dela. Notou que a parte de baixo das prateleiras também estava forrada com espuma. Ela ia comentar isso com Sam, mas acabou se distraindo com os títulos. *Homens são de Marte, Mulheres são de Vênus, Pare! Você está me enlouquecendo, Por que os homens mentem e as mulheres choram, Por que os homens fazem sexo e as mulheres fazem amor, Como treinar o seu marido para fazer exatamente o que você quer que ele faça.* Tirou o último da prateleira. Na capa, havia uma foca amestrada.

— Eu não quero ser casada com uma foca amestrada — comentou ela vagamente, folheando o livro.

— Bem, eis algo do nosso lado agora — disse Sam. — Embora eu esteja considerando todas as alternativas de carreira.

Ele queria continuar, mas Lisa havia voltado para a sala. Ela fechou a porta lenta e significativamente. Sam levou a atitude para o lado pessoal, como uma reprovação por sua falta de cooperação.

— Eu acho que talvez seja melhor deixarmos Laura começar essa parte da sessão — disse Lisa, sorrindo docemente, num esforço para acalmá-lo. — Trouxe açúcar para você, Sam.

De olhos brilhantes e rabo peludo, pensou Sam. Se tivesse um rabo para abanar, abanaria. Ele desejou que pudesse ter sentimentos de entusiasmo parecidos em relação ao próprio trabalho e se perguntou se não poderia se tornar terapeuta de casais. O que era exatamente o que acontecia perto dos 40 anos que fazia com que as pessoas começassem a se comportar como crianças de novo? Astronauta, maquinista de trem, fazendeiro. Carreiras que haviam sido levadas em consideração pela última vez quando ele tinha a idade do Ben se tornaram opções que precisavam ser analisadas seriamente. Qualquer trabalho que lhe desse espaço para pensar e um salário regular ao final da semana valia a pena ser considerado. Eles estavam ficando sem dinheiro, e Laura parecia cansada da responsabilidade de ser a principal provedora.

— Aquela que assa o pão não deveria fazer o pão — falou ele em voz alta, repetindo algo que Jonathan havia lhe dito recentemente.

— Perdão — disse Lisa. — Você queria acrescentar alguma coisa, Sam?

— Não, só estava pensando em voz alta — comentou ele, com um sorriso bobo nos lábios.

— É isso que eu quero dizer — disse Laura, parecendo mais magoada do que brava. — Ele está falando sobre fazer pão. Ele nunca presta atenção em mim. Nem mesmo aqui.

— Talvez fosse útil você dividir seus pensamentos conosco, Sam — sugeriu Lisa. Ela estava tentando trazê-lo de volta à conversa.

— Eu estava imaginando os nossos filhos crescendo e contando aos amigos como suas carreiras haviam sido definidas pela pobreza da infância que tiveram — disse Sam. — Tenho uma imagem muito clara da Nell trabalhando como advogada corporativa e contando aos colegas como acordou uma noite e viu seu pai roubando dinheiro do cofrinho dela para pagar a hipoteca da casa e como aquele foi um momento definidor em sua decisão para entrar para o escritório Freshfields.

— Você não fez isso, fez, Sam? — perguntou Laura.

— Ela não acordou — Sam lhe garantiu. — Na verdade, eu estava pensando se não devia me tornar terapeuta de casais.

— Você não conseguiria. Você se distrairia com muita facilidade — disse Laura — ou então usaria as sessões como fonte de material para alguma coisa que estivesse escrevendo.

É claro que Laura tinha razão. Ela normalmente tratava do lado prático da vida. Os neurologistas não são chamados de filósofos da medicina por acaso.

— Então vocês estão passando por problemas financeiros? — perguntou Lisa, satisfeita por ele não só ter acrescentado algo coerente à discussão como parecer estar disposto a participar do debate. — Porque isso pode exercer muita pressão num casamento. É especialmente ruim para a motivação do sexo masculino. Consome testosterona. Como anda a vida sexual de vocês? — Laura sentiu suas costas ficarem tensas.

Há quanto tempo é preciso conhecer alguém antes que se possa ter direito de fazer esta pergunta?, Laura se perguntou. Vinte minutos simplesmente não eram o bastante. Em muitos casos, até mesmo vinte anos era tempo de menos. É claro que, antes de engravidar, Janey não conseguia ter uma conversa sem fazer alusão à fabulosa vida sexual que estava tendo com Steve, mas não era algo que Laura costumasse discutir com suas outras amigas casadas, e não era algo que ela planejava explorar com Lisa.

— Bem, já que você puxou o assunto — interrompeu Sam —, eu posso dizer categoricamente que está uma droga. Que o nosso filho de 4 anos é um anticoncepcional humano. Que eu não me sentia tão frustrado sexualmente desde a adolescência. Que às vezes eu acho que talvez nunca mais vá fazer sexo. E isso é tudo o que eu tenho a dizer sobre o assunto.

— E você, Laura? — perguntou Lisa. — Você sente a mesma coisa?

— Sim, só que possivelmente mais cansada — resmungou Laura, ao mesmo tempo surpresa pela sinceridade de Sam e aliviada pela economia da descrição dele.

Sam sentiu um pouco de pena de Lisa. Embora se considerasse um homem capaz de lidar com suas emoções, isso não ia a ponto de expor as bases de seu casamento a uma completa estranha.

Nem mesmo os chatos aspectos financeiros, embora seu saldo bancário, na verdade, estivesse tudo menos entediante — estava era emocionante demais. E certamente não queria tratar de seus níveis de testosterona. Ele começou a desconstruir mentalmente o relacionamento deles. Mas acabou se limitando a uma aborrecida cronologia. Ele havia conhecido Laura em 1990, quando os dois tinham 21 anos. O relacionamento começou cinco anos depois. Eles se casaram aos 28 e, três anos depois, Nell nasceu.

Era difícil ir além da traumática virada dos acontecimentos daquela manhã. Como pôde ter estado tão alheio aos planos de Laura? Quando a babá chegou às 10 ele imaginara apenas coisas prazerosas. Quantos casais estão caminhando de mãos dadas quando a esposa revela que o casamento deles está tão mal que ela marcou uma babá para que eles pudessem ir a uma terapeuta de casal?

— Como vocês se conheceram? — perguntou Lisa, pegando o lápis novamente.

— Numa festa — disse Laura. Lisa anotou a resposta.

— Não, não foi — interrompeu Sam. — Eu me sentei ao seu lado durante um jantar quando vim ficar com Jonathan em Londres. — Houve um longo silêncio.

— Laura, talvez você queira explicar ao Sam por que vocês estão aqui — Lisa acabou por dizer.

— Eu acho que ele está tendo um caso — revelou Laura lentamente, observando Sam com atenção. Não sentiu vontade de chorar. Em vez disso, sentiu como se tivesse apertado o gatilho de uma arma. Por um instante depois de se manifestar, Laura sentiu apenas a mais pura satisfação. Aquelas eram as únicas palavras que precisavam ser ditas naquela sala. Ela observou Sam avaliar sua reação, mas ele não conseguia dizer nada. Em vez disso, ficou abrindo e fechando a boca feito um peixe dourado. Laura concluiu que ele estava assustado pelo fato de ela ter descoberto sua intriga com tanta facilidade e agora o estava desmascarando publicamente. Ela estava certa, afinal.

— O que a faz acreditar nisso? — perguntou Lisa, desobedecendo a própria regra e falando por Sam.

— Há várias coisas — disse Laura, tirando uma folha de papel de dentro da bolsa. O papel estava coberto por sua bonita caligrafia arredondada. Ela examinou as anotações. — No dia 19 de outubro e uma dúzia de vezes depois disso, eu percebi que ele andou pesquisando sobre fidelidade na internet. Isso me deixou desconfiada. Eu me sentia principalmente magoada por ele estar se sentindo tão frustrado no casamento, mas não ser capaz de dividir isso comigo. A melhor das hipóteses era a de que ele estava se debatendo com sua consciência a respeito de alguma coisa e procurando aconselhamento.

— E a pior das hipóteses? — perguntou Lisa, fazendo anotações cuidadosas sobre aquela conversa.

— Eu achei que ele pudesse estar procurando um site na internet em que mulheres e homens casados marcam encontros sexuais.

Foi tão bom se revelar, expor tudo tão claramente, que ela quase se esqueceu do impacto que aquilo poderia ter sobre Sam. Houve um longo silêncio. Lisa ficou encarando Sam com expectativa. Era como um jogo de tênis, ele só precisava devolver o saque.

— E você chegou a pensar em outro motivo pelo qual eu estaria pesquisando sobre fidelidade? — perguntou Sam afinal.

— Porque você está tão distraído por esta mulher cujo nome começa com V que não consegue trabalhar. E em vez de terminar aquele roteiro, passa horas vasculhando a internet atrás de conselhos que perdoem o seu caso — disse Laura. Estava satisfeita com a forma como articulava aquela parte do processo. Sam parecia apavorado. Recostou-se no sofá, afundando a cabeça na almofada de trás. Homens nunca acham que serão desmascarados. A forma como os lados direito e esquerdo de seus cérebros trabalham isoladamente pode aumentar a capacidade de compartimentar, pensou Laura. Mas as mulheres sempre estarão à frente quando se trata de instinto, porque são capazes de alternar entre os dois.

— E daí teve as mensagens do Jonathan — prosseguiu ela, animada pela maneira como havia conseguido desconcertar Sam. — Eu sei que o nome dela começa com V. E sei que ele está aconselhando você a não se envolver com ela. E eu sei que você se envolveu.

Quando terminou, estava se sentindo exausta. Sentia o rosto queimando, e começou a se abanar com um folheto que havia encontrado sobre a mesa. *Cura sexual: como perder suas inibições*, dizia. Ela o largou rapidamente.

— Acho que devemos pensar numa separação experimental — sugeriu ela a Lisa.

— Acho que talvez primeiro devamos ouvir o que Sam tem a dizer — disse Lisa. — A menos que vocês queiram deixar isso para a próxima sessão? Talvez até lá, Sam, você ache mais fácil participar.

— Eu não vejo a hora de falar — Sam entrou em pânico.

— Eu sei o que ele vai dizer — explicou Laura. — Os homens sempre têm álibis bastante elaborados.

— Casais em matrimônio têm essa tendência de adivinhar a reação um do outro às coisas — disse Lisa.

— Não eu — interrompeu Sam. — Eu achava que estava casado com alguém bastante previsível. Agora, eu nunca mais vou ter qualquer coisa como certa novamente.

— Quebrar a confiança é algo terrível — afirmou Laura. — Eu só não acho que consiga voltar desta vez. Quero saber quem é essa V. Pensei que talvez possa ser a Victoria, já que você sempre teve uma queda por ela.

— Victoria — disse Sam, genuinamente perplexo. — Por que, em nome de Deus, se eu fosse ser infiel seria com ela? Pelo menos me dê o crédito de ter alguma imaginação. Eu não iria simplesmente transar com a última mulher com quem fiquei antes de você. E nem foi um relacionamento sério, ela era uma das sobras do Jonathan. Foi uma coisa de compaixão.

— A sua compaixão durou quase quatro anos — observou Laura. — Falando mais especificamente, você dormiu com ela enquanto estava comigo. — Laura notou que Lisa estava anotando aquilo.

— Isso tudo é por causa disso? — perguntou Sam, aliviado pelo fato de que por mais maluca que aquela hipótese pudesse parecer, ao menos se parecia com um catalisador plausível.

— Então você não nega?

— Estou apenas dizendo que, se fosse para sair com outra mulher, seria simplesmente por motivos sexuais, sem absolutamente qualquer envolvimento.

— Então essa V é uma prostituta? — perguntou Laura. Isso não havia passado por sua cabeça, e ela não tinha certeza se isso a fazia se sentir melhor ou pior. — Eu li alguma coisa que dizia que dez por cento dos homens casados dormiam com prostitutas, mas eu nunca pensei que você seria tão... tão...

— Organizado? — completou Sam.

— Isso é uma questão completamente diferente — replicou Laura.

— Acho que a gente precisa ouvir o Sam — interrompeu Lisa. O tom da voz dela era exatamente o mesmo de antes. Laura achou deprimente pensar que sua situação era tão pouco incomum. Todos os dias, Lisa sentava-se naquela sala e ficava ouvindo outros casais descreverem histórias parecidas. Todos os dias, oferecia possibilidades parecidas de redenção.

— Laura, você chegou a levar em consideração, além dos motivos que citou, e eu preciso dizer que demonstrou tanta imaginação que acho que está no trabalho errado; você parou para pensar que talvez haja um motivo legítimo para que eu estivesse pesquisando fidelidade na internet? Um motivo que possa ter relação com o seu pai?

— O meu pai? — perguntou Laura, ao se dar conta pela primeira vez que aquilo podia ser ainda mais complicado do que ela havia imaginado. — Ah, meu Deus! Por que ele iria lhe contar? Uma imagem do pai dela no final dos anos 1970, vestindo uma camisa polo branca com um colarinho vermelho desbotado, enfiada num short um pouco curto demais, veio à sua mente. Ele estava pedindo à mãe de Laura que parasse de lavar o kit de squash dele todos os dias. Laura estava sentada à mesa da cozinha fazendo a lição de casa e observando a mãe lavar as mãos sem parar. Ela abria a torneira, deixava as mãos sob a água quente e contava até vinte, esfregava com sabonete líquido por mais um minuto e então as limpava rigorosamente com uma escovinha de unhas até que os nós dos dedos começassem a sangrar. O pai saía de casa com a camisa e o short quase transparentes depois de mais uma sessão de água fervendo. Não podia culpá-lo por buscar abrigo nos braços de outra mulher, mas por que esperar até os 70 anos?

— O seu pai não está tendo um caso — disse Sam rapidamente, lutando contra a vontade de puni-la. — Tem outra coisa que eu pensei que nunca precisaria dizer a você. Eu estava pesquisando fidelidade na internet porque o seu pai disse que eu deveria demonstrar um pouco de responsabilidade de comprar uma apólice de seguro de vida.

Sam fez uma pausa dramática e mostrou o telefone celular para ela.

— Ligue para ele, se não acredita em mim.

Laura balançou a cabeça, derrotada. Sabia que Sam estava dizendo a verdade. Para seu crédito, até mesmo Lisa ficou surpresa. Eles não estavam mais seguindo o roteiro. As classes médias eram sempre imprevisíveis. Não importava quantas vezes entrassem ali com suas roupas bem-cuidadas e seus extensos vocabulários, cheios de adjetivos para descrever seus estados emocionais. Seus problemas nunca seguiam fórmulas. Havia sempre algum drama escondido que os levava além do limite normal de possibilidades.

— Estou com a papelada em casa. Ainda não enviei — disse Sam.

— Ah, Deus — falou Laura, sabendo que ele estava dizendo a verdade.

— E quanto a V. — disse Sam —, eu entendo o que as mensagens podem ter parecido para você, mas era um código para vasectomia. Eu sei que você quer muito ter um terceiro bebê, mas eu realmente não quero, e estava sondando Jonathan para ver se ele achava que seria imperdoavelmente desleal da minha parte fazer isso pelas suas costas. Eu estava com tudo pensado, mas ele disse que era uma má ideia. Você pode ligar para ele também, se quiser. Ou pode esperar até que a gente o encontre em algumas semanas.

Jonathan era um álibi menos confiável que seu pai, mas Laura não poderia ligar para ele. Isso poderia revirar lembranças de um tipo diferente.

— Por favor, não conte ao Jonathan sobre isso — pediu ela, baixinho.

— Sabe, eu passo muito tempo tentando imaginar enredos, mas eu jamais conseguiria pensar em algo assim — censurou Sam. — Talvez a gente devesse trocar de empregos por um tempo.

— Eu sinto muito — disse Laura, para quem um pedido de desculpas normalmente era um processo longo e complicado.

— Podemos ir agora? — perguntou Sam, levantando-se do sofá e servindo-se de um biscoito.

— E quanto à próxima sessão? — perguntou Lisa, tirando o pacote de biscoitos da mesa.

— Não acho que iremos precisar — respondeu Laura, seguindo Sam porta afora.

— Acho que o que vocês realmente precisam é de um pouco de tempo juntos. Uns dias de folga sozinhos, sem os filhos, algum tempo de qualidade — disse Lisa, que gostava de ter a última palavra, quando eles deixavam a sala pela primeira e última vez. — Vocês precisam se divertir juntos. — Laura pôde ver que ela estava escrevendo isso em letras maiúsculas no final das anotações.

— O que você acha, Sam? — perguntou Laura.

— Uns dias de folga não seriam nada mal — respondeu ele.

— Você está com muita raiva? — perguntou Laura, ao fechar a porta atrás deles.

— Sim — disse Sam, que estava com os nós dos dedos esbranquiçados, de tão cerrados que estavam seus punhos. — Mas a raiva é só uma de muitas emoções.

— O que mais você está sentindo? — perguntou Laura, educadamente.

— Você está falando como aquela mulher — disse Sam. — Mas, sim, eu posso lhe dizer que assim como esta raiva fodida, também estou me sentindo levemente lisonjeado pelo fato de você pensar que eu esteja levando uma vida tão clandestina, e tem também uma sensação de alívio.

— Alívio? — repetiu Laura.

— Porque você tem uma dívida enorme comigo e por muito tempo por conta de hoje — disse Sam, mais gentil do que realmente se sentia. — A gente colhe o que planta.

Bem mais tarde, Laura pensou melhor nesse comentário. Primeiro pensou nele cientificamente: poderia a essência de um relacionamento ser irrevogavelmente alterada por um golpe desses, da mesma forma que um ferimento no cérebro podia modificar a personalidade de alguém? Certamente, se nada daquilo tivesse acontecido, eles não teriam concordado com os dias de folga. E, em última instância, as férias eram a destruição deles. Laura compreendeu que o que ela fizera havia mudado a ordem natural das coisas. Mas não tinha ficado claro para ela até bem depois que, ao tentar resolver a crise, ela involuntariamente dera origem a outra.

3

Janey Dart ouviu o BlackBerry tocar mas decidiu não atender. Seus subordinados precisariam aprender a tomar decisões sem ela em breve, e era um bom teste da sua força de vontade para resistir ao canto da sereia do telefone. Sentou-se no chão, no meio de um quase perfeito círculo de detritos com os quais precisava lidar até a manhã seguinte. Se alguém quisesse saber exatamente o que estava se passando em sua cabeça naquele momento em especial, quando a tarde de domingo se fundia à noite, bastava examinar a aparentemente aleatória série de objetos que a cercava. Eram os fragmentos banais da vida que sempre se mostravam os mais reveladores.

Fechou os olhos e se forçou a lembrar de cada item disposto no chão. Ela podia estar com sete meses de gravidez, mas estava determinada a não sucumbir aos infames esquecimentos desse período da gestação. Seu trabalho dependia de seu olhar atento aos detalhes, e lapsos de memória eram algo que ela não podia se dar o luxo de ter. Quando abriu os olhos novamente, ficou satisfeita ao perceber que sua memória não a havia traído: tudo estava como ela havia imaginado.

Ao seu lado estavam duas pilhas irregulares de documentos jurídicos. A menor delas era uma confusão de marcações de canetas fluorescentes com passagens cuidadosamente destacadas em cores diferentes e pequenos post-its amarelos repletos de comentários escritos em vermelho numa caligrafia delicada. A pilha à sua direita, maior e precariamente equilibrada, estava ameaçadoramente monótona e exigia sua consideração imediata. Eram os livros, no entanto, espalhados com a lombada para baixo ao lado de várias velas de aromaterapia e de uma lista de canções a serem tocadas durante o parto, que ganharam a disputa por sua atenção. A incorporação de uma empresa espanhola por sua contraparte alemã era uma negociação que inspirava inveja entre seus colegas, surgindo em meio a temores de um período de declínio econômico. Mas ela não podia mais competir com o debate contínuo que estava sendo travado em sua cabeça entre os benefícios do regime de cuidados com o bebê oferecido por Gina Ford e a metodologia mais benigna desenvolvida por Tracy Hogg, ainda que, se ela se esforçasse o bastante, pudesse sem dúvida encontrar paralelos culturais.

O que Janey não conseguia compreender era por que não havia um consenso quanto a qual exatamente era o melhor regime para um bebê recém-nascido. Certamente bastante gente já havia usado esses livros para saber isso, não? E certamente bebês suficientes já tinham nascido para formular algumas regras básicas rudimentares, não? Um pedaço de papel esquematizando os prós e contras dos dois sistemas concorrentes repousava ao lado dela no centro do círculo. Estava confiante de que, por meio de um processo cuidadoso de análise, ela chegaria à conclusão correta. Já havia rejeitado a opção de todos os três dormirem na mesma cama durante uns dois anos porque aleitamento livre de demanda não era uma possibilidade para ela: dormir era uma prioridade se tinha qualquer esperança de desconstruir a lei espanhola novamente 12 semanas depois do nascimento do bebê. Além disso, essa abordagem caipira a lembrava demais da própria infância. Organização era a principal arma no arsenal de qualquer mãe trabalhadora. PRIMIGRÁVIDA era o que se lia em grandes letras vermelhas no arquivo do hospital ao lado da sua idade. Parecia uma repreensão: mais uma profissional tentando desafiar as leis da natureza ao ter seu primeiro filho depois dos 35 anos. Janey não queria que fosse assim. E, na verdade, enquanto tentava passar a perna esquerda por cima da coxa direita para se sentar de pernas cruzadas e com as costas eretas, uma posição que a professora de ioga pré-natal disse que permitiria que o espaço do bebê aumentasse e aliviaria a azia que ela sentia, ainda não conseguia acreditar em como o destino dera uma reviravolta em seu eixo. Porque quando finalmente estava conformada com seu status de mulher solteira e sem filhos, ela conheceu Steve e, depois de seis meses, descobriu que estava grávida. Sentira-se irresponsável, como uma adolescente quando contou a novidade a Sam e Laura e, apesar das efusivas congratulações dos dois, pôde sentir decepção neles. Menos por causa da gravidez e mais por causa do novo namorado. Steve não estava de acordo com o script que os amigos haviam feito para Janey. Ele não tinha a aparência certa. Ele não falava do jeito certo. Mais significativamente, ele não era o Patrick.

Usando a barriga como apoio, Janey pegou *O livro do bebê feliz*, pousou-o perto do umbigo e leu duas páginas que descreviam a típica tabela de horários de um bebê de seis semanas. Era mais exigente do que sua agenda no trabalho. Mas se aplicasse a metodologia corretamente, ela aparentemente poderia transformar seu bebê num ser humano previsível e racional dentro de poucas semanas. Destacou algumas passagens e marcou páginas com post-its amarelos até o livro ficar parecendo o processo legal por que passara mais cedo. Então pegou as páginas restantes do documento e começou a trabalhar novamente.

A assistente de Janey de 28 anos, a muito equilibrada Rosemary Dunhurst (ela havia pedido educadamente que Janey não a chamasse pelo diminutivo), havia provavelmente passado a maior parte da noite no escritório para finalizar o documento que ela agora estava modificando completamente. Alguns dos assistentes dividiam carreiras de cocaína no banheiro para aguentar o tranco. Mas não Rosemary. Ela sabia que se queria se tornar sócia até os 32 e estar em posição de ter um filho até os 35, não podia permitir que qualquer coisa a desviasse de sua ambição. E aprender a sobreviver com quatro horas de sono era uma habilidade muito útil para qualquer mulher que esperava sobreviver tanto a uma carreira no direito quanto à maternidade.

Janey costumava pensar em Rosemary porque os traços mais desagradáveis da jovem a lembravam muito de como ela mesma costumava ser. Lembrou-se de ver as colegas grávidas com uma combinação semelhante de emoções ácidas: pena pela falta de visão delas quanto às armadilhas da gravidez e empolgação com a possibilidade de que elas poderiam não voltar ao trabalho. Se voltavam, ela se mostrava indiferente a problemas com babás nas quais não se podia confiar e maridos que esperavam que as esposas suportassem toda a carga doméstica, apesar da igualdade de suas horas de trabalho. O que você esperava? Queria perguntar a elas. E não imagine que eu vou compensar a sua falta. Agora ela as via com um recente respeito, tentando compensar por sua antiga falta de empatia.

Podia sentir o escrutínio cuidadoso de Rosemary quando ela procurava por quaisquer sinais de hesitação quanto às intenções de Janey de voltar ao trabalho exatamente 12 semanas depois do nascimento do bebê. Ela podia tê-la entrevistado para a vaga, mas Janey não esperava por lealdade. Sócias mulheres no círculo mágico dos escritórios de advocacia de elite da City não eram mais raridades, porém, depois de terem filhos, eram em número pequeno o bastante para serem consideradas em risco de extinção. Rosemary devia se perguntar se a testosterona venceria o estrogênio. Será que Janey teria um bom desempenho como sócia, com dias de 14 horas sendo a norma e tendo seu novo bebê como um acessório de luxo de final de semana, espremido entre processos legais, ou ela iria seguir para a vida retirada e menos glamourosa, embora mais saudável de trabalhar como advogada de apoio? Para Janey, era óbvio que ela continuaria correndo com os lobos. Opções mais tranquilas eram um anátema para ela, e até mesmo a expressão "advogado de apoio" a deixava com um gosto amargo de fracasso na boca.

Tomada essa decisão, ela havia mudado o foco para instruir a secretária a ficar atenta a qualquer tentativa de roubar clientes enquanto ela estivesse afastada. Desde que seu escritório tinha se fundido com outros escritórios europeus alguns anos antes, a lealdade era um anacronismo raro, mesmo entre os próprios sócios. Era cada um por si, principalmente com os jornais falando o tempo todo sobre recessão e crise no sistema bancário americano. Steve havia chegado em casa na sexta-feira anterior explicando que estava tentando resolver sua situação com o Bear Stearns. "O banco americano estava perto do colapso", disse ele.

Janey teve dificuldades com dois parágrafos mais complicados envolvendo a transferência de opções de ações, mas foi interrompida pela campainha da porta, que tocou num longo e exigente zumbido. Esperou que Steve subisse a escada, sabendo que, caso se levantasse, talvez nunca mais retornasse às pilhas no chão. Então lembrou que ele estava no escritório no porão, fuçando no iTunes num esforço para criar a playlist perfeita para o parto. A tarefa estava entre as tantas que ele havia se determinado a cumprir antes da data prevista para o nascimento do bebê, dentro de dez semanas. Isso significava que ela corria o risco de dar à luz durante uma faixa de Phil Collins, mas haveria muitos anos pela frente para vacinar o filho deles contra o gosto de Steve para música.

Enquanto se levantava, usando o sofá como apoio, Janey decidiu de modo bastante espontâneo optar por Gina Ford: o regime draconiano a obrigaria a deixar a campainha tocando se as pessoas chegassem em horários do dia em que a mãe e o bebê deveriam estar descansando, ou fazendo exercícios para o assoalho pélvico, ou lendo processos jurídicos. Além disso, embora tivesse deixado os anos de hedonismo convictamente para trás, talvez houvesse uma tentação de mudar de ideia quando o manto da privação de sono tomasse conta e ela não estivesse mais pensando corretamente. Gostava da ideia da estrutura. Esse era um dos atrativos de Steve.

Já de pé, ela se arrastou com toda sua deselegância de pernas abertas em direção à porta da frente. A gravidez transformava até mesmo o menor dos percursos numa odisseia. Assim que chegou ao interfone, seu BlackBerry, no centro de mesa da imensa cozinha integrada, começou a tocar de novo. Olhou para ele com irritação.

— Sim — arfou ao interfone.

— Sou eu — respondeu Laura, igualmente sem fôlego. — Posso entrar?

Janey pôde dizer, pela comunicação limitada e pelos barulhos de briga à porta, que Laura não estava sozinha. Também sabia que, o que quer que a tivesse levado até lá no final de uma tarde de domingo provavelmente não envolvia uma conversa curta. Forçou um sorriso e abriu a porta.

— Aconteceu uma coisa — disse Laura simplesmente, tremendo o lábio inferior. Seus longos cabelos claros estavam encharcados pela chuva e caíam desanimadamente pelo seu rosto, como uma cortina torta.

Janey sentiu uma pontada de remorso por sua falta de generosidade. Relembrou históricos atos de bondade: Laura convidando-a para ir morar com ela e Jonathan, no segundo ano deles na faculdade, depois de sua mãe partir inesperadamente para a Índia, esquecendo-se de deixar um tostão sequer para Janey; Laura dizendo-lhe para ignorar todo mundo e seguir seus próprios instintos quando Janey decidiu abandonar o curso de história e estudar direito no ano seguinte; Laura apresentando-a para Patrick numa festa de Natal na casa de Jonathan e Hannah depois de ela ter começado no emprego e ficar reclamando que com todo aquele volume de trabalho ela jamais conseguiria um namorado. Então Janey se lembrou da noite terrível em que chegou em casa do trabalho e descobriu que Patrick havia empacotado a parte dele no apartamento com precisão cirúrgica e partido para o Afeganistão sem se despedir. Foi Laura quem chegou com duas garrafas de vinho antes mesmo de Janey ligar para ela. Nos meses difíceis depois da partida de Patrick, Janey havia passado mais noites do que gostaria de lembrar dormindo no sofá-cama da sala de estar de Sam e Laura.

— Entrem, todos vocês — disse Janey, tecendo cordialmente esses fios de lembrança. — Não é sempre que eu consigo vê-los num domingo.

— Chá infantil — tagarelou Laura nervosamente, agitando uma sacola plástica de anêmicas salsichas numas das mãos e um saco de pães brancos na outra. Nell e Ben estavam com ela, um de cada lado, feito guardas pretorianos, parecendo sérios. Laura olhou para as salsichas duras em sua mão. Estavam delicadamente enroscadas umas às outras, mas completamente congeladas. É assim que deve estar a minha pele, pensou, comparando a aparência matizada e pálida delas com a sua própria. Pegou-se invejando suas imobilidade e existência inconsequentes.

— Onde está o aquecedor mais próximo? Preciso descongelar isto aqui.

Laura costumava falar de forma sucinta quando estava com as crianças. No trabalho, dava-se ao luxo de encontrar as palavras certas para encontrar um diagnóstico: "Os sintomas de esclerose múltipla às vezes podem ser aliviados, mas não curados, com a combinação adequada de medicamentos e fisioterapia", ela poderia dizer. Ou: "Há alguns indicativos de que os mesmos estimuladores de dopamina receitados para o mal de Parkinson possam provocar alterações imprevisíveis de personalidade, como comportamento sexual compulsivo ou vício em jogos." Em casa, no entanto, era essencial economizar palavras caso quisesse ter alguma esperança de terminar uma frase, porque, de outro modo, a fala seria dominada por interrupções. As crianças conseguiam acabar com uma conversa até mesmo sem palavras.

— O aquecimento é todo sob o assoalho — disse Janey, desculpando-se. — Mas podemos usar o micro-ondas.

— Achei que a sua geladeira estaria cheia de grãos e ácido fólico — disse Laura, largando as salsichas e os pães. Então se ajoelhou no chão para vasculhar uma sacola verde-escura, que prometia muito. Janey ficou intrigada ao ver Laura abrir e fechar diversos compartimentos, enfiando a mão em seus recessos internos.

Tudo aquilo agora era relevante para ela, que em breve seria iniciada nos misteriosos ritos da bolsa pós-natal, e era essencial apreender esses detalhes para referências futuras. Laura tirou de dentro dois pijamas de criança, dois telefones celulares e uma caixa de giz de cera antes de perder a paciência e virar todo o conteúdo da bolsa no chão. Pedaços de bolinhos de arroz caíram da bolsa, seguidos por partículas menores que voaram até os documentos jurídicos de Janey. A capa de um artigo médico flutuou até o chão. *Parkinson e perda de memória*, dizia. Ao lado, Laura havia escrito uma única frase: *A memória é um padrão armazenado de conexões entre neurônios no cérebro.* Janey sorriu, reconfortada pelo fato de que, qualquer que fosse a natureza da crise, não estava distraindo Laura do trabalho. Algumas gotas de um líquido vermelho e espesso começaram a pingar da bolsa.

— Isto é sangue? — perguntou Janey em tom nervoso, quando as gotas ficaram mais ritmadas.

— Não seja ridícula — disse Laura, rindo.

— Eu achei que pudesse ser a sua bolsa do trabalho — comentou Janey, aliviada.

— É ketchup — explicou Laura, quando a garrafa finalmente caiu no chão. Uma poça vermelha viscosa começou imediatamente a encobrir o título de Gina Ford. A tampa deve ter aberto no caminho. Nell se abaixou para pegar a garrafa. Aos 7 anos, tinha idade suficiente para compreender que era constrangedor aparecer sem avisar na porta da casa da madrinha numa tarde de domingo com uma garrafa de ketchup vazando, mesmo que não soubesse dizer por quê. Ficou segurando o ketchup sem tampa na altura dos ombros para que Ben não conseguisse pegá-lo, até se dar conta de que uma de suas tranças cuidadosamente presas havia entrado na garrafa. Tirou a trança de lá, enfiou os cabelos na boca e lambeu o ketchup.

— O papai não está aqui porque está trabalhando — disse Nell bem séria, entre uma lambida e outra. — Acho que ele perdeu mais um prazo de entrega. Então a gente achou que seria melhor deixar ele em paz e veio ver você e o Steve. — Janey podia ouvir a voz de Laura nas palavras de Nell. Ben ficou cutucando o braço de Nell enquanto a menina falava. Ela o pegou pela mão e ficou encarando Janey com uma expressão séria. Nell era uma criança que jamais comia um pacote de balas todo de uma vez e que mantinha seu cofre de porquinho na prateleira mais alta do quarto para o caso de um momento de dificuldade. Ela nunca se aproveitou das *au pairs* que às vezes ficavam no minúsculo quarto extra da casa de Kensal Rise durante as férias de verão. A menina corrigia o inglês delas e mostrava onde ficava o sabão em pó. Era independente, diziam suas professoras. Janey tirou cuidadosamente o ketchup da mão dela e lhe deu um abraço. Nell deixou-se ser envolvida e descansou a cabeça na barriga da madrinha.

— Mamãe — chamou Ben, ao ver o ketchup. Ele sabia que estava perdendo terreno para a irmã. — Dá para levar porquinhos-da-índia para Hamster Heath?

— Ah, Deus, sinto muito, Janey — disse Laura, tirando o ketchup com o dedo antes de limpá-lo no artigo médico. O bebezinho alegre na capa do livro de Janey agora tinha uma coloração vermelha nada saudável, como se estivesse com catapora. "Lembrar de nunca levar ketchup na bolsa", pensou Janey. Era uma receita de bolo bastante direta. Com a mancha se espalhando, Janey sentiu uma onda de ansiedade. Se isso acontecia com Laura, a mais meticulosa de suas amigas, que esperança ela poderia ter? Janey se lembrou do quarto de Laura na casa delas em Fallowfield vinte anos antes: o esqueleto no canto, completo até a menor das falanges; o modo como ela podia dizer qual era o dia da semana apenas observando a cartela de anticoncepcionais que ficava na mesa de cabeceira de Laura; e como Laura ligava para os pais exatamente no mesmo horário todas as sextas-feiras à tarde. Lembrou-se de uma vez, uns dois meses depois de ter ido morar com Laura e Jonathan, em que o esquadrão de entorpecentes fez uma batida no clube que Jonathan estava ajudando a administrar no centro da cidade. Laura foi a única pessoa com quem ele quis falar e a única capaz de acalmar seu nervosismo. Janey tinha consciência na época, como tem agora, de que as pessoas se sentiam seguras com Laura.

— Eu sei o que você está pensando — disse Laura, sem esperar por uma resposta. — Você está pensando que nunca vai fazer isso quando for mãe — continuou ela, segurando a garrafa de ketchup contra a luz para ver quanto havia sobrado. — Mas todo mundo faz. Eu dizia que nunca os deixaria comer vendo televisão. Prometi usar fraldas reutilizáveis. Nada de pizza, nada de ketchup... a estrada da maternidade é repleta de princípios abandonados.

— Manhê — insistiu Ben. — Dá para levar porquinhos-da-índia para Hamster Heath?

— Ou chutney para Putney? — interrompeu Nell com inteligência, olhando ora para Laura, ora para Janey, tentando ler a troca silenciosa entre as duas.

— É Hampstead Heath. Não tem nada a ver com hamsters — disse Laura, acariciando distraidamente os cabelos de Ben com os dedos sujos de ketchup. Um punhado de cachos louros ficou duro, em pé.

— Ou porquinho-da-índia? — perguntou Ben.

— Mas tem bastante licopeno — disse Laura tentando dar a Nell o que esperava ser um sorriso tranquilizador.

— Você podia levar licopeno para East Sheen — sugeriu Nell, tentando ser útil. — É onde a vovó e o vovô moram.

— O que é um licopeno? É como uma chinchila? — perguntou Ben. — Dá para levar para Hamster Heath?

— Então você não precisa se sentir culpada — tagarelou Laura. — Porque o licopeno é um antioxidante, e antioxidantes previnem o câncer, e tem mais licopeno no ketchup do que em praticamente qualquer outro alimento.

— Mamãe, você trouxe os meus exercícios de ortografia? — perguntou Nell.

— Estão no bolso lateral da bolsa. Eu trouxe isto aqui para você — disse Laura, estendendo uma garrafinha de óleo de amêndoas.

Janey se deu conta de que pelo menos algumas partes daquela conversa eram dirigidas a ela, e que precisava se agarrar a esses fios de lembrança antes que fossem escondidos para sempre por alguma outra distração. Mas acompanhar aquilo era um desafio, e não apenas porque quando Laura estava falando com ela não necessariamente estava olhando para ela. Ben se aproximou e pôs a mãozinha na sua. Estava quente e melecada.

— Janey, nós vimos um ouriço de verdade em Hamster Heath — disse ele, bem sério.

— Um ouriço de verdade? — repetiu Janey, tentando pegá-lo no colo.

— Correndo em círculos de verdade — reforçou Ben, estendendo a mão para virar o rosto dela para ele. — Rodando e rodando.

— Em círculos? — disse Janey, limpando a bochecha.

— Talvez ele também tivesse perdido algum prazo, como o papai — sugeriu Nell.

— É para massagear o seu períneo — explicou Laura, apertando a garrafinha de óleo de amêndoas na mão de Janey. — Para que ele trabalhe com você, e não contra você. É bom ter um períneo elástico. Não sempre. Mas para o parto. Para evitar que se rompa.

— Ah, obrigada — disse Janey, pondo Ben de volta no chão.

— O que é um períneo, mamãe? — perguntou Nell.

Para alívio de Janey, Nell e Ben seguiram para a cozinha e começaram a fazer circuitos ao redor da ilha. Imaginou Steve no porão, encolhendo-se com as pancadas no teto. Devia estar se preocupando com os arranhões e as marcas de sapato que a faxineira havia tentado limpar da madeira com resultados desastrosos depois da última visita deles. Ainda havia rastros mais claros da água sanitária. Janey não se importava. Tinha ficado aliviada pelo piso finalmente mostrar alguns sinais de história. Sentia sua censura sempre que voltava do trabalho à meia-noite e o encontrava lustrado à perfeição.

— Por que você está com tanta falta de ar? — perguntou Laura.

— Toda essa correria — disse Janey vagamente, estendendo a mão ao redor da sala enorme.

— Desculpe — murmurou Laura.

— É benfeito para mim por ter uma cozinha tão grande — disse Janey sem pensar. Desde que havia se mudado para a casa de Steve depois de descobrir que estava grávida, estava sempre tentando justificar o luxo de sua vida doméstica. A faxineira, o serviço de lavanderia, os cinco quartos, o jardim que exigia um cortador de grama e as salas de estar que inspiraram Nell a perguntar por que a madrinha dela havia se mudado para um museu. Decidiu parar de se desculpar. Não era como se Laura fizesse comparações ou mesmo comentasse o golfo que havia entre suas realidades financeiras. — Eu me transformei num gato gordo — resmungou baixinho. Além disso, era ridículo se desculpar quando era aquilo que ela queria. O dinheiro sempre havia sido o principal incentivo de sua decisão de se tornar advogada corporativa. Janey tinha visto a própria mãe lutar para criar dois filhos com os escassos rendimentos obtidos com a venda de quadros produzidos na comunidade em Lyme Regis quando era criança. Seu pai a havia deixado com as crianças para viver com outra mulher depois que sua mãe concordara em ter um casamento aberto. Desde então, suas contribuições financeiras passaram a ser esporádicas e vinham apenas depois de cartas cheias de humilhação que a mãe enviava pedindo ajuda. Janey queria uma casa grande. Queria comprar privacidade e silêncio e todas as coisas que ela nunca teve quando criança. Na comunidade, tudo era discutido: desde sua primeira menstruação ao seu primeiro namorado. Ela não queria ser tribal. Ela queria um banheiro de verdade. Um ambiente com duas pias e uma casa com uma grande escadaria separando as diferentes partes da necessidade humana, para que o desejo ficasse confinado ao quarto, o apetite à cozinha e as abluções ao banheiro. "Somos definidos pela nossa infância", pensou Janey, e a dela foi definida pela penúria. Ao contrário de Sam e Laura, ela não tinha o luxo dos princípios. Seu salário lhe permitira comprar não apenas um apartamento para si mesma, como também, finalmente, uma casa para sua mãe. Ela jamais seria financeiramente dependente de um homem, nem mesmo de um tão sólido como Steve.

— Sam e eu estamos em crise — disse Laura, quando teve certeza de que as crianças não iriam escutar.

— Em crise? — repetiu Janey, tendo dificuldade de fazer a transição para a conversa adulta.

— Eu achei que ele estava tendo um caso — explicou Laura. Resumiu seu raciocínio: a troca de mensagens entre Sam e Jonathan, o número de vezes que ele procurara por fidelidade no Google, a coincidência de V. poder ser um código para Victoria. Mas enquanto descrevia as provas, exagerando em alguns dos elementos mais fortes, Laura percebeu que parecia desequilibrada. Na verdade, lembrou a si mesma de seus pacientes. Principalmente daqueles que haviam lido a respeito dos sintomas na internet e chegavam à clínica convencidos de estarem com uma doença neurológica incurável que outro médico deixara passar.

No fim, quase como uma reflexão tardia, acrescentou que havia feito Sam visitar uma terapeuta de casal sem saber.

— Eu não acredito que você fez isso — disse Janey, afinal. Ela parecia menos chocada do que impressionada, como se tivesse descoberto algo novo e importante a respeito de Laura que merecia muita atenção.

— V. era de vasectomia — revelou Laura, afinal. Era importante enfatizar essa parte por último para contrabalançar os elementos mais malucos do comportamento dela. — Você está surpresa? — perguntou ela, já que Janey ficou em silêncio.

— Com vocês dois, na mesma medida — disse Janey diplomaticamente, acrescentando que compreendia por que Laura podia ter tirado as conclusões erradas, mas que não conseguia entender o porquê de uma reação tão drástica. No instante em que disse isso, sabia que não era verdade: o comportamento de Sam estava completamente de acordo com sua personalidade. Ele enterrava seus problemas como um cão enterra ossos. Foi Laura quem a surpreendeu.

— Você pode acreditar que Sam ia fazer uma vasectomia pelas minhas costas, mesmo sabendo o quanto eu quero ter outro filho? — perguntou Laura.

— Você teria descoberto — disse Janey, intuindo que Laura queria discutir essa parte da crise primeiro.

— Mamãe, francamente, estamos com muita fome — gritou Nell do outro lado da cozinha.

— As salsichas estão quase prontas — disse Laura em tom sério, agarrando o braço de Janey. — Onde fica o micro-ondas? Você quer dizer pela cicatriz?

Janey ficou confusa.

— Mamãe, tô com fome — repetiu Ben.

A cabeça de Janey começou a doer. Apertou os indicadores nas têmporas e começou a massageá-las.

— Você quer cozinhar as salsichas no micro-ondas? — perguntou Janey.

— Como eu iria saber? — perguntou Laura.

— Bem, as crianças estão com fome, e este parece ser um ótimo indicativo — disse Janey.

— Quero dizer, como eu iria saber que ele havia feito uma vasectomia? — perguntou Laura.

— As cuecas apertadas o teriam entregado — disse Janey sorrindo, aliviada por finalmente conseguir responder a uma pergunta.

— Do que você está falando? — perguntou Laura.

— Depois da operação, os homens precisam usar cuecas extra-apertadas para segurar tudo no lugar — explicou Janey. — Se Sam começasse a usar cuecas muito pequenas, você saberia que alguma coisa estava acontecendo.

— Mas e se eu não percebesse nada e continuasse fazendo sexo o tempo todo durante os próximos anos na esperança de ter um bebê, mesmo sendo fisicamente impossível? — disse Laura.

— Então Sam teria chegado a um ponto no qual a maioria dos homens só pode sonhar — falou Janey. — Com muito sexo inconsequente.

— Mamãe, estamos com fome — disse Ben.

— Vamos conversar enquanto eles comem — pediu Janey.

O problema com o minimalismo é que ele simplesmente não é absorvente o bastante, pensou Laura, indo em busca do micro-ondas. Olhou para a ilha da cozinha, espantada. Era comprida como uma pista de pouso, mais comprida que toda a sua casa. Se eles levassem aquela ilha para a casa em que ela e Sam moravam com as crianças, a ponta dela ficaria no jardim, provavelmente rente ao muro. Dava para seis adultos deitarem de comprido ali, e ainda haveria espaço para os jornais na ponta. Mas o seu comprimento significava que era possível ter uma conversa de trinta segundos até as crianças chegarem à ponta oposta, antes de serem interrompidas pelo barulho de quatro pés ressoando de volta pelo piso de carvalho, indo para o outro lado.

Um dos gadgets de Janey estava bipando e chamando atenção. Laura podia escutar, mas não conseguia ver de onde vinha o som, porque tudo estava escondido em armários e estantes, e as crianças faziam barulho demais. O único sinal visível de que alguém vivia naquela cozinha era uma pequena fileira de frascos atrás da pia: ácido fólico, óleo de prímula, vitamina C. O barulho continuava. Era da cafeteira? Do lava-louça? Da máquina de fazer pão? Ou do micro-ondas? Ela percorreu o armário de provisões de cima a baixo, às vezes abrindo uma das portas. Cada máquina deve ter seu próprio canto, como os pássaros, maravilhou-se Laura, que não tinha micro-ondas porque ocuparia espaço demais.

Abriu um armário à direita de uma enorme pia dupla e ficou fascinada com as fileiras impecáveis de xícaras e pratos brancos. As alças estavam todas dispostas exatamente no mesmo ângulo, e nada parecia lascado ou manchado. A gaveta de talheres tinha quase 1 metro de largura. Facas, garfos e colheres estavam todos obedientemente alinhados. As colheres precisamente deitadas de lado a lembravam da noite anterior, em que tanto Nell quanto Ben haviam acordado e ido para a cama dela e de Sam. Laura culpava a si mesma pelos maus hábitos de sono das crianças. Uma vez lera que filhos de mães que trabalhavam fora despertavam mais à noite porque queriam passar mais tempo com os pais, e muito embora soubesse que esse era o tipo de pesquisa duvidosa que seus colegas teriam destruído, jamais conseguiu esquecer sua insinuação quando as crianças rastejavam para debaixo de suas cobertas de madrugada.

Ela havia ficado deitada de lado, acordada durante horas, feito uma colher de sobremesa espremida entre duas colheres de chá, repassando os eventos da terapia conjugal. Lembrou-se do terrível momento em que se deu conta de que tinha entendido tudo errado e da satisfação de Sam com o equívoco dela. Era o olhar de um homem que sentia o cheiro da liberdade.

Laura havia dormido menos de quatro horas. Viu de relance seu reflexo numa grande faca de carne. "Esta realmente sou eu?", pensou, pegando a faca para examinar o rosto que olhava de volta para ela. Passou a mão pela testa, seguindo as linhas de expressão com um dedo. A idade não necessariamente trazia sabedoria. Apenas trouxera mais confusão. Rugas não passavam de uma crescente tensão entre as vontades conflitantes de rir e chorar.

Laura pensou em sua própria gaveta de talheres, nas facas que nunca eram encontradas quando precisava delas, na comida que havia se reunido lá dentro com o passar dos anos até formar a própria comunidade, nas minúsculas pecinhas de Lego, Polly Pocket e nas pedrinhas do jardim que Nell havia escondido do irmão. E as rolhas de Sam, de suas tentativas de cumprir prazos escorregadios de madrugada.

Viu Janey levantando uma persiana que revelou um micro-ondas de aço inoxidável e a observou tirar dele seis salsichas perfeitamente cozidas, retirar da gaveta uma faca de pão perfeitamente afiada e cortar cuidadosamente os pãezinhos. Chamou Ben e Nell para se sentarem em banquinhos dispostos do outro lado da ilha, e eles obedeceram imediatamente. Janey lhes disse que, se fossem bonzinhos, poderiam botar ketchup em seus cachorros-quentes.

— Dá para dizer, Laura, que se você pensar friamente na situação, nada de realmente terrível aconteceu — falou Janey, chamando Laura para sentar no sofá na outra ponta da cozinha. — Teria sido pior se você tivesse razão. Agora é só uma questão de fazer alguns mea-culpas. Em duas semanas, talvez vocês dois já estarão rindo de tudo isso.

— Sam nunca vai querer ter outro filho — disse Laura, ao se sentar, com a voz trêmula. — Isso é pior que um caso. Na verdade, acho que se eu tivesse descoberto que Sam estivesse tendo um caso, talvez ele demonstrasse remorso concordando em ter outro bebê. Agora, não tenho mais esperança.

Janey tentou acompanhar a lógica do argumento da amiga, mas não conseguia deixar de se deparar com a irracionalidade da posição de Laura. A última vez em que vira Sam, ele havia lhe dito enfaticamente que os dois não tinham o tempo, o dinheiro ou o espaço necessários para mais um filho.

— Dois filhos não são o bastante? — perguntou Janey gentilmente.

— São o bastante para Sam. Não para mim — respondeu Laura. — O instinto materno é absolutamente visceral. — Laura articulou um argumento que Janey teria destruído num tribunal. Ela queria a chance de ter com um terceiro bebê o tempo que não havia tido com Nell e Ben. Queria amamentar por um ano. Encher o freezer com cubos de purê de frutas orgânicas. Fazer bolos, sopas. Fazer ioga com o bebê. Fazer massagem no bebê.

— Você pode argumentar que evitou uma crise — interrompeu Janey. — Uma vasectomia é algo bastante final.

— Advogados sempre podem argumentar tudo sob diversos ângulos — resmungou Laura.

— Ele não teve um caso e não fez uma vasectomia. Isso não é um duplo negativo, é um duplo positivo — disse Janey.

— E o elemento da traição? — questionou Laura. — E o fato de que eu sei tão pouco sobre o que está passando na cabeça dele?

Sentada com as costas eretas e as pernas cruzadas no sofá, Janey fez um esforço para se inclinar sobre a barriga e pousar uma das mãos no ombro de Laura.

— Ele não fez nada — disse Janey, carinhosamente.

— Se eu não tivesse descoberto o rastro de traição, talvez tivesse feito — argumentou Laura.

— Ele devia ter contado a você — concordou Janey. — Mas todos os relacionamentos têm segredos. De outro modo, não haveria mistério. — Ela parou para organizar uma porção de almofadas ao seu redor.

— E eu cheguei a mencionar que durante anos ele pensou que eu dormi com Jonathan e nunca se incomodou em me perguntar se era verdade? — perguntou Laura, como se estivesse apenas se lembrando dessa parte da conversa deles.

— Talvez ele tenha pensado que não havia o que ganhar sabendo disso — disse Janey. — O problema de ser cientista é que se quer respostas para tudo, mas não vale a pena fazer certas perguntas. Esclarecimento e sabedoria não são a mesma coisa. Na verdade, às vezes é mais sábio não ter esclarecimento. — Ela tomou um gole de chá de camomila antes de dizer. — E então, é verdade?

— O quê? — reagiu Laura.

— Você dormiu com Jonathan? — perguntou Janey. — Não há fumaça sem fogo e todas aquelas coisas. Eu também me perguntava o mesmo. Vocês dois eram muito próximos.

— Eu não acredito que você também está me perguntando isso — disse Laura.

— Bem, não iria mudar nada, iria? — questionou Janey. — Seria uma distante lembrança histórica. Uma sombra.

— Acho que poderia ter deixado as coisas um pouco desconfortáveis com Hannah — conjecturou Laura.

— Já aconteceu de eu me pegar numa mesa de jantar conversando com a mulher de alguém com quem eu havia dormido anos antes — brincou Janey. — Ninguém mais chega a um relacionamento sem história.

— Mas não com os seus melhores amigos, imagina-se — disse Laura. — Apenas pessoas de fora.

Houve uma longa pausa.

— Bem, não necessariamente — falou Janey, lamentando a forma como aquela conversa havia passado dos limites.

— Você já dormiu com Sam? — perguntou Laura impetuosamente, imediatamente desejando que não tivesse feito a pergunta. Não queria saber a resposta e não queria o peso da reciprocidade implícita que essa confissão exigia. Mas já sabia pela expressão no rosto de Janey que a resposta era sim.

Agora era a vez de Janey ficar séria. Passou a língua pelos dentes e a mão pelos cabelos. A gravidez não havia mudado seu rosto, pensou Laura. Ela ainda tinha o ar de um menino muito bonito com seus cabelos curtos e franja com ângulos irregulares sobre o rosto. Patrick uma vez a descrevera como pós-moderna e disse que ela parecia ter sido feita às pressas. Janey brincara que provavelmente havia sido mesmo, porque sua mãe não lembrava exatamente quando ela fora concebida. Tudo nela era grande: os ombros, os lábios, a testa, as pernas. Era como se tivessem se esquecido de editá-la.

— Imaginei que você soubesse — disse Janey, sabendo que Laura não sabia.

— Por que você nunca disse nada? — perguntou Laura espantada, perguntando-se se saber disso teria mudado alguma coisa.

— Imaginei que Sam tinha contado e que você havia decidido que era irrelevante. O que evidentemente é. Foi, quero dizer — disse Janey, mexendo numa almofada.

Ben havia subido num banquinho e estava mexendo no dimmer da outra ponta da sala, aumentando e diminuindo as luzes, experimentando diferentes combinações. Ele havia encontrado o interruptor de uma luminária da parede do lado em que Janey estava sentada e ligara a luz tão forte que ela brilhava desconfortavelmente em seu rosto.

— Você está sendo interrogada — gritou ele. Janey ficou aliviada ao ver que Laura estava sorrindo.

— A vontade de revelar é maior que a de esconder. Não era o que Jung alegava? — disse Janey, com a luz da lâmpada ficando tão fraca que as duas acabaram banhadas apenas pela luz do poste da rua.

— Não no caso do Sam — disse Laura.

— Isso aconteceu há muitos anos — contou Janey. — Talvez Sam tenha se esquecido. Nós dois estávamos completamente bêbados. Foi muito antes de vocês dois ficarem juntos.

— Você já conhecia Patrick? — perguntou Laura, esforçando-se para digerir aquela informação inesperada. Não estava certa sobre como reagir. Tinha acabado de descobrir que o marido e uma de suas melhores amigas haviam dormido juntos uma vez, e isso parecia algo que deveria ser considerado significativo, no mínimo porque nenhum dos dois jamais mencionara o fato. Ainda assim, não havia confusões de seu próprio passado que Laura preferia esquecer? Então não disse nada, porque parecia menos perigoso assim.

— Ele nunca soube — explicou Janey. — Todos nos comportamos mal. É disso que são feitos os 20 e poucos anos. De arrependimentos pelo que fizemos.

— E os 30? — perguntou Laura.

— É quando nos arrependemos do que não fizemos — sorriu Janey.

— E quais são seus arrependimentos? — perguntou Laura.

Ela olhou para cima, percebendo que Ben havia se acalmado. Ficou aliviada ao ver que Nell ainda estava sentada no banquinho, tirando atentamente pedaços da casca do pão e os enrolando em bolinhas que dispunha na borda do prato. Balançava as pernas ritmadamente para a frente e para trás. Laura chamou Ben, e ele respondeu com um grunhido de felicidade do outro lado da sala. Este grau de concentração normalmente deixaria Laura imediatamente desconfiada, porque sugeria um nível perigoso de intenção. Em vez disso, teve a atenção atraída para a escada que levava ao porão, onde pôde ver Steve subindo de pés descalços.

— Eu não me arrependo de ter dormido com Sam, se é isso que você quer dizer, mas com Patrick há muitas questões não respondidas — disse Janey.

— Olá, Laura — falou Steve, surpreso, ao entrar na sala. — O que traz você e seus dois filhos pequenos aqui numa noite de domingo? — Procurou por Nell e Ben, mas eles estavam abaixo de seu campo de visão.

— Eu explico — disse Janey, em tom tranquilizador.

— Como está o trabalho? A crise do crédito está pegando? — Laura se ouviu dizendo enquanto se levantava para cumprimentar Steve. Ele tinha uma presença imponente, mesmo de pés descalços. Seus pés eram enormes, com os dedos tão grandes como os dedos das mãos de Laura. Tinha os pés menos chatos do que gordos, pensou Laura. Vestia uma camisa branca tão clara e bem-passada que ofuscou os olhos de Laura. Janey uma vez havia lhe dito que Steve escolhia camisas de cores simples para realçar a perfeita forma de seu corpo. Talvez precisasse da exposição pública de sua rotina de exercícios para inspirar confiança naqueles que investiam em seus negócios. Laura se perguntou se as pessoas estariam mais dispostas a entregar seu dinheiro a alguém cujo corpo refletisse rigorosas idas à academia às seis da manhã ou a alguém que tivesse se entregado à expansão da meia-idade e a algumas taças de vinho com o almoço. Sabia que ele estava conversando com ela.

— ...então as quedas do mercado não chegaram a consumir nossos gigantescos ganhos dos últimos tempos — disse Steve, com indiferença. — Embora, é claro, todos tenhamos sido afetados em algum grau pelas margens apertadas dos bancos. Está ficando cada vez mais difícil financiar nossos portfólios.

— Você faz exatamente o quê? — Laura ouviu a si mesma dizendo. Ele ficou grato pela pergunta.

— Arbitragem de títulos conversíveis — disse Steve. Laura olhou para ele sem reação. — Bem, resumindo, o que nós fazemos é diminuir o risco de se ter ações ao vendê-las no momento certo. É tudo feito por meio de análises estatísticas. O computador define o modelo, e nós fazemos o que ele diz.

— Nossa, e como isso funciona? — perguntou Laura.

— O computador usa arbitragem estatística para encontrar pequenas distorções em valores de ações, e então nós as vendemos ou as compramos. Na verdade, Laura, já que você está aqui e eu tenho quase certeza de que não está interessada no meu trabalho, eu gostaria muito de um conselho seu sobre outra coisa — disse ele.

Laura o encarou, imaginando o que ele estava prestes a perguntar. Ela sabia que a chegada dele era a deixa para ela e as crianças irem embora.

— Você acha que para a hora da pressão é bom algo animado como "We Are the Champions" do Queen ou alguma coisa mais lenta? Eu estava pensando em "I can feel it coming in the air tonight". O que você acha?

— Nada animado — disse Laura, que observava Ben atravessar a sala com as pernas abertas como um caubói, brandindo algo que parecia um tubo de pasta de dentes.

— Estou prevendo que o momento de pressão não vai durar mais do que três quartos de hora. Você acha que está certo isso? Os livros parecem divergir a esse respeito — prosseguiu ele.

— Fechei os buracos — disse Ben, triunfalmente.

Laura foi até ele e tirou o tubinho de sua mãozinha suada. Dois de seus dedos estavam firmemente colados um no outro.

— Como uma sereia — disse Nell, espantada, descendo do banquinho para admirar os dedos grudados de Ben.

— Que buracos? — perguntou Laura. Ele a levou orgulhoso até uma fileira de tomadas elétricas no final da sala. Todas estavam cuidadosamente preenchidas com Super Bonder.

No caminho para casa, Laura pôs Dr. Seuss para as crianças e pensou no que tinha acabado de descobrir. É claro que não deveria importar que Janey e Sam tivessem feito sexo uma vez. Era apenas um detalhe histórico desenterrado recentemente, disse a si mesma. Seu significado repousava no fato de que Laura nunca soube de nada. E como esta informação permanecera firmemente abrigada em seu córtex frontal no lento caminho para casa até Kensal Rise e continuara a dominar seus pensamentos quando ela foi para a cama, Laura esquecera completamente de dizer a Janey que Steve havia ouvido a conversa delas.

— O que eu não consigo entender — disse Steve, depois que eles foram embora — é por que Laura não pode vir sozinha.

— Porque Sam perdeu mais um prazo e precisava trabalhar — explicou Janey.

— Sam perde prazos como as outras pessoas pulam refeições
— disse Steve. — Se ele já perdeu um, não pode simplesmente perder outro?

— Laura pensou que Sam estava tendo um caso — explicou Janey, esperando que o drama da afirmativa encerrasse aquela linha de interrogatório.

— Sam não é organizado o suficiente para ter um caso — disse Steve, rindo depreciativamente.

— Na verdade, ele estava planejando uma vasectomia às escondidas — continuou Janey, antecipando que isso provocaria mais simpatia.

Steve digeriu a informação e então limpou a garganta:

— Por que seus amigos são tão descomedidos emocionalmente? — perguntou ele. Seu tom de voz era mais curioso do que irritado. — Por que não conseguem simplesmente lidar com as coisas sozinhos? Por que precisam conversar sobre tudo? Não dá para viver a vida por comitê. — Ele se sentou num dos bancos da cozinha e passou os olhos pela última página do *Financial Times* do dia anterior.

— O mercado subprime entrou em colapso, e eles estão se preocupando com coisas que nem sequer aconteceram — disse Steve, rabiscando anotações num pedaço de papel.

— Você sente como se houvesse três de nós neste casamento? — provocou Janey, ao ligar a chaleira para preparar mais uma xícara de chá de camomila.

— Quatro, na verdade — disse Steve. — Tem Hannah também. Este foi o primeiro final de semana que ela não ligou para você. E quando o bebê chegar, eu vou cair ainda mais na sua lista de prioridades. Você acha que seu chá pode me ajudar a relaxar?

— Talvez, se você tomar na veia — brincou Janey, inclinando-se para abraçá-lo. Mas, com a barriga imensa, apenas conseguiu acomodar a testa no peito de Steve. Ele se virou de lado no banquinho e lhe deu tapinhas carinhosos na cabeça.

— Eles são nossos amigos — Janey tentou explicar.

— Eles são seus amigos.

— Os amigos são a nova família.

— A gente não dorme com parentes.

Janey pôs uma das mãos na barriga, com o bebê começando a se contorcer. Podia sentir um calcanharzinho pontudo martelando abaixo de sua caixa torácica. Respirou fundo antes de acrescentar:

— Patrick era meu namorado de verdade.

— Esta foi definitivamente uma grande pausa — disse Steve, rindo e pondo a mão na barriga dela.

— Eu não posso abandonar meus amigos. De qualquer maneira, eles estão gostando desse processo de conhecer você — comentou ela.

— Não seja ridícula. Eles não me aprovam — disse Steve, passando o pedaço de papel para Janey. — Eles acham que sou um capitalista tenso e ganancioso.

— Bem, você é mesmo — respondeu Janey, ficando de pé ao lado dele e examinando os hieróglifos no pedaço de papel. — O que é tudo isso aqui?

Na parte de cima da página havia três círculos idênticos sobrepostos e, na parte de baixo, dois círculos sobrepostos e um menor sozinho do outro lado da página.

— Isto — explicou Steve num tom sério — é um Diagrama de Venn ilustrando como as nossas vidas estão entrelaçadas com as dos seus amigos. O de baixo é para demonstrar como a vida poderia ser se nós nos separássemos e deixássemos Sam, Laura, Hannah e Jonathan viverem suas próprias vidas.

— Isso é uma piada, certo? — disse Janey.

4

De alguma forma, teria sido mais fácil se Sam estivesse tendo um caso, pensou Laura, enquanto caçava uma cereja com um palito de drinque dentro de um coquetel sem álcool no bar do restaurante de Jonathan algumas semanas depois. Jonathan e Hannah tinham organizado apressadamente um jantar de despedida no Eden para comemorar a mudança deles de Londres para o interior. Só que o encontro parecia atrasado, porque eles haviam se mudado da casa de Londres no outono, e Jonathan ainda passava mais tempo em Londres do que em Suffolk. Mas, em meados de março, qualquer desculpa para comemoração era bem-vinda. Ao menos um caso teria servido como explicação lógica para o comportamento dele durante os últimos seis meses. Os instintos de Laura teriam se justificado, e a sessão com a terapeuta conjugal teria parecido uma atitude racional de autopreservação, em vez de um ato de loucura.

Agora ela se encontrava numa terra de ninguém emocional. Sam claramente não queria conversar sobre o que havia acontecido, porque isso acarretaria uma meticulosa dissecação do que estava se passando pela cabeça dele. Em vez disso, ele olhava para ela de cima, com ar de Buda, de superioridade moral. Laura teria aceitado de bom grado recriminações e discussões, porque elas poderiam tê-lo forçado a se revelar. Mas a filosofia central de Sam sempre foi a de que um problema enterrado normalmente era um problema resolvido. Além disso, fazia tempo que ele achava que o fato de ter chorado quando o United venceu uma partida era prova de que ele era um homem em contato com seus sentimentos.

Laura se viu no grande espelho que se estendia atrás do bar, e a descoberta de que seus seios estavam em perfeito equilíbrio a fizeram suspirar de prazer. Comprar lingerie que estava fora do orçamento na loja Agent Provocateur na hora do almoço era sem dúvida a definição feminina de uma crise de meia-idade. Havia sido a sugestão de despedida de Janey enquanto acompanhava Laura e seus pobres filhos até a porta de sua casa.

— É um daqueles segredos femininos cheios de culpa — sussurrou Janey.

— Um sutiã clandestino não é a mesma coisa que uma vasectomia às escondidas — insistira Laura.

Ela olhou para a renda roxa e preta que aparecia sob a roupa enquanto tomava um gole de seu coquetel. Janey tinha razão: saber que estava vestindo um sutiã que era ao mesmo tempo perfeitamente projetado e absolutamente sedutor era um presente para a alma, da mesma forma que uma bebida que prometia aumentar a energia e reduzir o estresse simplesmente não era. Imaginou um estudo neurológico no qual eletrodos fossem presos aos cérebros de mulheres que compravam na Agent Provocateur para ver exatamente quais partes do sistema límbico eram ativadas enquanto elas experimentavam lingeries transparentes.

Não havia planejado seguir o conselho de Janey. Embora Janey acreditasse na terapia das compras como alguns acreditavam em Deus, Laura era uma compradora agnóstica. Mas daí aconteceram duas coisas no trabalho naquele dia que a convenceram de que ela precisava de uma folga da rotina. Laura sempre passava pela sala de espera de sua clínica para ver as pessoas que estavam lá. Esse olhar inicial, quando eles estavam inconscientes de sua presença, fornecia valiosas pistas de diagnóstico. Vira sua primeira paciente tentando se levantar de uma poltrona de plástico verde usando uma prateleira como apoio. Era o tipo de mulher de meia-idade que havia desistido da própria aparência. Sua saia cor de lama tinha a bainha torta, e ela usava um agasalho com capuz masculino azul com o zíper danificado. Usando duas muletas, arrastou-se até Laura. A mulher havia ido até lá para pedir um atestado que permitisse a ela receber benefício por invalidez. Pelo menos dois pacientes por semana se encaixavam nessa categoria, e o desafio era identificar os fingidores. Mas a carta do clínico geral e um exame detalhado convenceram Laura de que a mulher claramente tinha um problema neuropático.

Sua última paciente era uma mulher mais velha que sofria daquela combinação de confusão e esquecimento que apontava para um fácil diagnóstico dos primeiros sintomas de demência. A Sra. Viner disse a Laura que estava assando bolos noite adentro porque havia se tornado uma das principais fornecedoras da seção de pâtisserie de luxo da Marks & Spencer e não conseguia dar conta da demanda. A ilusão era um componente-chave da demência, e Laura escrevera ao clínico geral sugerindo que talvez a família dela devesse ceder parcialmente à sua fantasia durante o dia, fingindo comprar seus bolos, e então lhe passou uma receita de comprimidos para dormir que a fizessem parar de assar bolos à noite.

Quando deixou o St. Mary's ao meio-dia para ir comprar um sanduíche na Marks & Spencer, Laura decidiu, meio que de brincadeira, examinar a seção dos bolos. E lá viu um balcão inteiro dedicado aos excelentes bolos caseiros da Sra. Viner, recomendados por Nigella Lawson. Então, na fila do caixa, viu a mesma mulher, que mal podia caminhar em sua clínica, passando agilmente objetos de uma cesta para o balcão. Usava uma roupa completamente diferente. Laura não disse nada. Esperou por um instante que talvez seu problema afetasse apenas as terminações nervosas das pernas, mas, quando a mulher saiu apressadamente da loja, certamente animada pela lembrança do atestado que levava na bolsa, não havia dúvidas de que Laura havia sido enganada.

A lingerie foi pura indulgência. Foi uma compensação por uma série de decisões ruins que havia tomado nas últimas semanas. Porque Laura sabia que até mesmo ir à casa de Janey fora uma má ideia, embora a tenha feito se sentir melhor na época. Transformar um problema nebuloso entre ela e Sam num assunto de uma conversa entre amigas era um erro. Fazia com que o problema se tornasse mais tangível.

O interior sensual da loja aparou as arestas de sua alma e, durante meia hora, com vendedoras usando pouco mais que lingerie estimulando-a a experimentar sutiãs projetados tão meticulosamente como um Concorde, Laura saiu de si mesma. Falou sobre levantar, ousar, profundidade de decotes e sobre a importância absoluta da combinação perfeita, como se isso tudo tivesse uma importância primordial para o que viria a ser o resto de sua vida. Comparou seda a cetim, listou os prós e os contras da haste de sustentação e avaliou com precisão matemática a razão ideal entre Lycra e algodão.

Agora, querendo se distrair desses pensamentos carregados de culpa, pegou uma cópia do jornal *The Times* que alguém havia deixado no bar. Não havia nada além de manchetes sobre a recessão nos EUA e o colapso do mercado subprime de hipotecas, e Laura percebeu aquilo como uma mensagem subliminar de reprovação por ela ter gastado quase 150 libras com lingerie. Um hotel em South Kensington não teria custado muito mais, calculou, e poderia ter levado a mais um bebê. Era o que ela deveria ter feito. Consolou-se com o fato de que Sam jamais descobriria o preço da lingerie porque o lado bom de viver com alguém que não fazia ideia do quanto de dinheiro existia em sua própria conta bancária era que nunca havia qualquer recriminação por gastos. Obrigou-se a ler as páginas de economia, para o caso de se sentar ao lado de Steve no jantar. Poderia perguntar a ele se seu fundo de investimentos estava excessivamente alavancado, se tinha qualquer exposição ao mercado secundário de crédito e se, na opinião dele, as economias do BRIC estavam realmente se desligando dos Estados Unidos. Dívida tóxica, alavancagem sem limites, proteção de liquidez, falência sistêmica. A linguagem das finanças não era tão diferente da linguagem das doenças.

Laura precisava estar preparada, porque, considerando encontros anteriores, tinha certeza absoluta de que Steve não perguntaria nada sobre sua vida, além de algumas questões sobre Nell e Ben. Ele poderia presenteá-la com a conta do conserto das caixas de tomadas elétricas sabotadas. Muito provavelmente não perguntaria sobre o artigo que ela havia escrito a respeito da relação entre os estimuladores de dopamina e o jogo compulsivo entre pacientes portadores de Parkinson. Muito embora, por tudo que Janey havia contado sobre seu apetite sexual, ele provavelmente apreciaria um comentário indireto sobre a Agent Provocateur. Steve era um homem basicamente isolado do mundo, protegido por sua imensa casa, com sua série de fechaduras Banham e estofados de alta qualidade e seus ternos feitos sob medida em algum lugar como a Jermyn Street.

Se soubesse há vinte anos que seus contemporâneos que trabalhavam na City ganhariam bônus dez vezes maiores que seu salário anual, será que teria mudado sua decisão de se tornar médica e se casar com um roteirista?, perguntou-se Laura. Se Sam ganhasse um salário regular, a vida deles poderia ter sido muito diferente. Assim como se Laura tivesse abandonado seus princípios e diminuísse os horários no sistema público de saúde para abrir uma clínica particular. A hipoteca não estaria pairando sobre a casa deles como uma nuvem negra, eles não teriam de decidir entre o custo das aulas de piano para Nell e as de futebol para Ben, nem precisariam fingir que uma semana em Cornwall todos os verões era muito mais emocionante que fazer trekking em Masai Mara. Mesmo com sua melancolia atual, a ideia fez Laura sorrir, porque a relação de Sam com dinheiro era tão precária que ela nem sequer lhe dissera a senha de seu cartão. Sozinho, ele seria capaz de provocar acidentalmente o colapso de todo o sistema bancário.

Laura culpava os pais dele por isso. O pai de Sam era um pintor cujos quadros abstratos da plana paisagem de Suffolk estiveram na moda por um curto período nos anos 1970. Um deles chegou a ser vendido por mais de 10 mil libras, um fato que ele lembrava toda vez que se hospedavam em sua casa. Mas ele era incapaz de guardar dinheiro. A mãe de Sam, uma ceramista, era igualmente perdulária. Assim, a infância de Sam se parecia com os recentes gráficos do índice das cem maiores empresas do país, com suas flutuações exageradas e sua falta de consistência. Houve breves picos de extravagância. Períodos definidos por férias no exterior e um período de um ano numa escola particular local, onde ele conheceu Jonathan. As baixas eram maiores e mais profundas. Sam foi transferido para a escola estadual local e não saiu de Suffolk por dois anos. Nas épocas de vacas magras, frequentemente acabava comendo na casa de Jonathan.

Quando Laura virou para a editoria de economia, imaginando se aquelas páginas iriam revelar como ela e Sam poderiam ser afetados pelo Armagedom financeiro, ouviu uma voz conhecida a uns dois banquinhos de distância. Jonathan havia chegado. Uma onda de energia atravessou o restaurante. Laura espiou por cima do jornal e viu que ele estava conversando com alguém. Decidiu não interromper. Era sempre interessante ver como outras pessoas se comportavam em seus ambientes de trabalho, porque era um mundo normalmente inacessível aos mais próximos a elas. E, de qualquer forma, ele estava de costas.

Os garçons e as garçonetes haviam assumido quase um ar de realeza. As bandejas pareciam estar sendo carregadas num ângulo levemente mais alto, assim como os narizes estavam. As bebidas pareciam mais coloridas e efervescentes. No bar, o magro e alto barman polonês começou a limpar o balcão e deu ordens a seus subordinados para conferirem se todos os copos estavam limpos. O Eden tinha uma cozinha aberta, e o pessoal da cozinha agora parecia se movimentar tão rapidamente que seus vultos se tornaram indistintos. No balcão da grelha, onde um cordeiro orgânico e faisões estavam sendo assados, as chamas tiveram de ser reduzidas.

Jonathan modificava a estrutura molecular do ar em torno dele. Não era apenas porque ele se movimentava mais rapidamente que todo mundo. Era mais porque ele deslocava a energia existente com a própria versão de alta octanagem. Há pessoas que fazem com que nos sintamos mais vivos, como se fôssemos uma versão mais inteligente, perspicaz e interessante de nós mesmos quando estamos com elas, e Jonathan era uma dessas pessoas. Ele revigorava as pessoas e fazia com que elas acreditassem que tinham importância. Quando ia embora, deixava uma sensação de vazio. Era apenas em parte um sentimento de perda por não ser mais o objeto de sua atenção, mas principalmente a descoberta de que a versão deles mesmos que emergia quando estavam com Jonathan se retirava com a mesma rapidez depois que ele desaparecia. Laura concluiu que Jonathan era uma personalidade viciante.

Laura viu que ele estava conversando com uma jovem. Imaginou se tratar de uma das garçonetes do restaurante. Era impossível saber a idade das pessoas atualmente, mas Laura chutou que ela devia ter entre 25 e 32 anos. Pertencia ao maravilhoso mundo em que vivem as mulheres durante um curto período em que os anos de insegurança evaporam e os anos de invisibilidade ainda não chegaram. Ela definitivamente não tinha filhos. Caminhava com muita leveza para ter. Laura tentou imaginar Nell com essa idade e se perguntou que tipo de sabedoria ela tentaria transmitir à sua filha.

Foi nessa idade em que seus pais a haviam alertado sobre os riscos de comprar um apartamento com alguém como Sam. Ambos concordavam que Sam tinha um temperamento encantador, mas vivia com a cabeça nas nuvens. Sua mãe a aconselhou a tentar encontrar alguém como Jonathan, que tinha iniciativa e ambição, e poderia dar à mulher a opção de não trabalhar e ficar em casa cuidando dos filhos. Laura explicou gentilmente que esse tipo de atitude pertencia a uma era diferente. O relacionamento de sua mãe com a pia da cozinha não era algo que ela quisesse imitar. Disse aos pais que sempre iria querer ter a própria carreira e que Sam era a pessoa mais talentosa que já havia conhecido. E, em grande medida, ainda acreditava nisso.

A menina começou a rir, e Laura percebeu que ela possuía cabelos escuros e curtos e estava vestindo minissaia jeans e uma jaqueta de couro preta. Puro Notting Hill, concluiu Laura.

— Você está esperando alguém? — Ouviu Jonathan perguntar em voz baixa quando a música do Goldfrapp terminou.

— É um encontro marcado pela internet — respondeu a menina. — Foi acertado por uma agência que faz perfis socioeconômicos para juntar pessoas. — Conferiu o pedaço de papel que tinha na mão. — Você por acaso não é Duncan Harris, diretor criativo de uma das principais agências de publicidade britânicas?

— Você gostaria que eu fosse? — perguntou Jonathan.

Laura sorriu com a audácia dele.

— Aviso a você quando ele aparecer — respondeu a menina provocativamente. Ela era maravilhosa, Laura pensou. Não alguém cujo ego precisasse ser sustentado por um sutiã da Agent Provocateur.

— Onde você combinou de encontrá-lo? — perguntou Jonathan.

— No Julie's — disse a menina. — Às oito da noite.

— Hora certa, lugar errado — respondeu Jonathan, dando-lhe algumas informações.

— Por que você não me dá seu telefone para o caso de não funcionar com ele? — perguntou ela a Jonathan.

Laura respirou fundo. A confiança daquela menina era incrível.

— A menos que você seja comprometido, é claro. Eu não saio com homens casados. — Aquilo foi bastante definitivo, pensou Laura, grata pela ideia de solidariedade entre mulheres de diferentes gerações.

— Estou muito disponível — Laura ouviu Jonathan dizer, escrevendo o número e o e-mail dele num pedaço de papel. Laura sentiu o rosto esquentar. Jonathan começou a dizer mais alguma coisa, mas ela não conseguiu escutar o final da frase porque o barman havia aumentado o som da música. A menina se inclinou no ouvido de Jonathan e sussurrou alguma coisa que o fez dar uma risada. Então se levantou do banquinho de bar forrado de couro vermelho e saiu sem se virar para trás.

Laura admirou o balanço de seus cabelos curtos e se perguntou se devia ir atrás dela para dizer que seu marido era padrinho do filho mais velho de Jonathan. Mas, no mesmo instante em que a ideia passou por sua cabeça, soube que seria ridículo. Em vez disso, mexeu vigorosamente seu coquetel, desejando que tivesse pedido alguma coisa alcoólica. Uma pequena quantidade de mirtilo, kiwi e iogurte pousou sobre a pele nua sob a gola aberta de sua camisa preta e escorregou friamente até o sutiã. Apanhou-a com o dedo, que limpou na beirada do bar. O barman percebeu e imediatamente se aproximou para limpar a mancha. Ele não disse nada, mas sacudiu a cabeça de modo desdenhoso. Laura mal percebeu aquilo, voltando a mexer o drinque. Talvez tivesse escutado mal o que Jonathan havia dito, e ele na verdade tivesse respondido que estava indisponível. Às vezes, poucas letras podem marcar a diferença entre nadar e naufragar. Era mais provável que fosse parte de um jogo. Jonathan nunca resistia a uma oportunidade de flertar. E, naquele momento, os instintos de Laura quanto à atração sexual não eram confiáveis.

Então ela decidiu por impulso que o melhor curso dos eventos era reconhecer que havia escutado a conversa. Largou o jornal e se inclinou por sobre o banquinho do bar que os estava separando e deu um tapinha no ombro de Jonathan.

— O que foi isso? — perguntou ela, levantando uma sobrancelha. — Velhos hábitos não morrem nunca?

— Eu faço tudo para atrair clientes — disse Jonathan, levantando-se do banquinho em que estava sentado para lhe dar um beijo na bochecha. — Ela pode trazer o pretendente dela para jantar aqui. E é disso que se trata tudo aquilo. Bundas em cadeiras. Principalmente agora. — Ele não recuou.

— Você pareceu tão convincente — continuou Laura.

— Laura, eu sou um homem muito ocupado — disse Jonathan. — E garotas como aquela são complicadas demais.

— Então você está sugerindo que se tivesse tempo suficiente e se deparasse com uma mulher descomplicada o bastante talvez caísse em tentação? — perguntou Laura

— Não — respondeu Jonathan.

— Ela era maravilhosa — admitiu Laura

— O tipo de garota capaz de virar a sua cabeça heterossexual? — provocou ele, fazendo um sinal para que Laura o seguisse até uma mesa no canto mais afastado do restaurante. — Sorte do Sam.

Laura lançou-lhe um olhar. Perguntou-se o quanto Sam havia contado a ele. Jonathan e Sam se viam com bastante frequência, provavelmente uma vez a cada duas semanas, o que não era pouco para dois homens com quase 40 anos com quatro filhos entre eles. Embora, é claro, os filhos de Jonathan, Luke e Gaby, fossem quase adultos. Mas quando Sam chegava em casa depois dessas noites com Jonathan, Laura estava normalmente na cama dormindo, ou Sam não estava falando coisa com coisa. E, na manhã seguinte, com a confusão de levar as crianças para a escola e ir para o trabalho, a noite anterior parecia fazer parte da história antiga.

Ninguém faria um comentário desses sobre um homem se soubesse que ele não fazia sexo havia mais de seis meses. Embora Sam houvesse claramente discutido a questão da vasectomia com Jonathan, talvez não tivesse pintado um retrato preciso da paisagem sexual que ela habitava ou do papel que ela desempenhava na definição dessa paisagem, árida e vazia como estava. Na cabeça de Laura, era possível desenhar um gráfico que ilustrasse perfeitamente a relação inversa entre seu desejo de engravidar e o desejo de Sam de fazer sexo.

— Você tem visto Sam ultimamente? — perguntou Laura. As palavras saíram num tom mais alto do que ela gostaria. Jonathan caminhava confiantemente à sua frente, parando ocasionalmente para cumprimentar alguém em outra mesa. Ela não era mais o foco de sua atenção. Sua simples altura sempre atraía comentários, mas, dentro do Eden, no coração de seu território, com os tetos baixos e a iluminação amarelada, ele parecia consumir o espaço ao seu redor. Ainda era um homem bonito, admitiu Laura. Sua energia nervosa e seu hábito de andar de bicicleta faziam com que ele se mantivesse tão em forma como quando os dois se conheceram, no final da adolescência. O caos de cabelos negros cacheados estava um pouco grisalho, mas farto o suficiente para se emaranhar caso ela passasse os dedos em sua cabeça.

— Sim — disse Jonathan, hesitante, muito depois de a pergunta ter sido feita.

Finalmente, chegaram à mesa. Jonathan sinalizou para que Laura se sentasse no canto, para que pudesse ter a melhor visão do restaurante se estendendo diante de si e a instruiu a guardar o lugar à frente, enquanto ele ia falar com o gerente. A mesa estava posta para seis. Apanhou o cardápio. Porco à Berkshire, ostras à Whitstable, pato à Aylesbury, bochecha de porco com mostarda Tewkesbury... Admirou os desenhos nas bordas do cardápio, reconhecendo-os como cópias de ilustrações da Sra. Beeton.

Quando Jonathan anunciara, nove anos antes, que iria abrir um restaurante com impecáveis credenciais ambientais para produzir pratos britânicos, com ingredientes sazonais de fornecedores locais, os críticos haviam debochado dele. Disseram que o cardápio do Eden era restrito demais, que a ideia de uma cozinha nacional era risível e que o ambiente era uma questão que só interessava a uma minoria. Seus amigos tinham simplesmente questionado a decisão de alguém que não sabia exatamente cozinhar para montar um restaurante. Jonathan explicou com absoluta confiança que Hannah iria inventar pratos e desenvolver menus, e que ele seria responsável pela administração do dia a dia. Afinal, ele administrara uma cadeia de seis restaurantes Café Europa em Londres mais ou menos desde que saiu da universidade. Suas credenciais ambientais eram questionáveis, nascidas do pragmatismo e não do idealismo. Laura lhe havia ensinado o essencial sobre compostagem, reciclagem e energia sustentável. O Toyota Prius, a compensação de milhas aéreas e a obrigatória turbina de vento no telhado da casa deles em Queen's Park vieram bem depois. Agora Jonathan era visto como um visionário, alguém que tinha ressuscitado a antiga culinária britânica e a vinculara a preocupações ambientais contemporâneas. Bochechas de porco, pudim de ervilhas e cavalas em conserva foram reinventados para o Eden. Ele estava prestes a publicar um livro de receitas e quase terminando de gravar sua primeira série de televisão. Era um exemplo do poder transformador da absoluta autoconfiança.

Laura começou a mexer nos talheres. Notou que os mesmos desenhos do cardápio estavam gravados nos cabos dos talheres. Para ela, a transformação de Jonathan ainda parecia meio ridícula. Mas não menos maluca que a decisão repentina que Hannah tomara na metade do ano anterior de deixar tudo para trás e se mudar para a fazenda de Suffolk que pertencia ao pai de Jonathan. Laura ainda não conseguia acreditar naquilo. Havia sido uma decisão dramática e absolutamente desconcertante. Hannah era uma criatura urbana, cuja ideia de idílio rústico era um par de luvas de forno Cath Kidston. Mas fora ela quem insistira que eles deviam se mudar para Suffolk em caráter permanente e trocar a casa que tinham em Londres por um pequeno apartamento no qual Jonathan pudesse morar durante a semana. Havia sido ideia de Hannah cuidar de parte da criação dos animais e cultivar os vegetais que seriam usados no Eden.

Esse movimento havia perturbado Laura mais do que ela gostava de admitir, não apenas porque marcava a perda geográfica de velhos amigos, mas, num nível mais irracional, porque era um dilema roubado dela e de Sam. Era ela quem estava destinada a viver o idílio rural. Os papéis de Tom e Barbara pertenciam a Sam e Laura, não a Jonathan e Hannah. Por muitos anos, mais do que ela era capaz de lembrar, haviam tido longas discussões sobre Sam e Laura deixarem Londres em busca de uma casa maior e escolas melhores. Então Hannah e Jonathan inesperadamente sequestraram seus planos.

Jonathan apareceu trazendo dois copos de vodca com tônica e se sentou à sua frente, olhando para as linhas perfeitas de garfos e facas que Laura havia construído com seus talheres.

— Por que você chegou tão cedo? — perguntou Jonathan, colocando tudo de volta ao lugar.

— Eu vim direto do trabalho — disse Laura.

— E o seu complexo de culpa da mãe trabalhadora? — perguntou Jonathan. — Todo aquele tempo de qualidade que você precisa fazer caber na hora antes de eles irem para a cama? Os 15 minutos de brincadeiras com as crianças ouvindo música clássica, seguidos pela hora do banho e as histórias individuais feitas sob medida com adequados temas educacionais. Não é isso que acontece por trás das agitadas cortinas de Kensal Rise?

— Atrás das persianas John Lewis, muito obrigada — disse Laura. — De qualquer modo, hoje é a vez de Sam. Pelo menos até a babá chegar.

— Eu admiro seus princípios democráticos de paternidade — comentou Jonathan. — Só fico aliviado por não terem sido algo em voga quando os meus eram pequenos.

Jonathan viu Laura olhando para o relógio. Os outros deviam estar chegando.

— Você parece cansada, Laura — comentou Jonathan.

— Você quer dizer que eu pareço velha — disse Laura, inconscientemente acariciando a ruga em sua sobrancelha.

— Cansada — reiterou Jonathan. — Quer uma carreira rápida, pelos velhos tempos?

— Não seja ridículo — disse Laura, rindo.

— Você quer saber o que eu sei, não é? — perguntou Jonathan tão gentilmente que Laura ficou preocupada com o que ele poderia revelar. — Você quer saber se, entre os meus ataques de hedonismo crônico, Sam consegue falar sobre as preocupações que ele pode ter sobre a própria vida quando nós nos encontramos.

— E ele fala? — perguntou Laura, rapidamente. Recostou-se no couro vermelho da cadeira, para conseguir observar a expressão no rosto de Jonathan.

— Eu não sou um filho da mãe egoísta — disse ele, em tom de reprovação.

— Não foi isso que eu quis dizer — explicou Laura. — Ele não conversa comigo sobre o que está acontecendo, e eu me sentiria melhor se soubesse que ele ao menos está se abrindo com alguém. Ele trabalha o tempo todo e nunca tem nenhum resultado desse trabalho para mostrar.

— Vai ficar tudo bem, Laura — insistiu Jonathan. — Isso eu sei.

— Você precisa me dar mais do que isso — disse Laura com firmeza. — Há uma relação direta entre a produção de palavras e a ingestão de álcool dele.

— Bem, pelo menos é um relacionamento positivo — observou Jonathan.

— Só que ele sempre parece estar escrevendo, sem nunca conseguir terminar — disse Laura. — É como ver alguém pedalando muito rápido numa bicicleta sem correia.

— Se eu te contar o que sei, você precisa prometer que não vai dizer nada ao Sam — alertou Jonathan, inconscientemente acariciando a mão de Laura. — E nada mais de terapeutas, consultores de vida e livros de autoajuda.

— Nunca mais vou fazer nada disso de novo — prometeu Laura. — Só quero saber o que está acontecendo para poder ajudar Sam subconscientemente. Eu entendo que qualquer que seja o problema, é ele quem vai ter que resolvê-lo.

No instante em que disse aquilo, Laura soube que não era verdade. E se Jonathan estivesse prestando atenção nela em vez de ficar olhando o BlackBerry para ler uma mensagem, teria visto os olhos dela se estreitando e percebido que ela estava mentindo. Porque, embora o círculo que eles haviam traçado ao redor um do outro tivesse se ampliado nos últimos 11 anos, desde que Laura se casara, Sam, Jonathan e Laura haviam passado tempo suficiente aos 20 e poucos anos para compreender tudo o que estava por trás dos gestos um do outro. Na verdade, às vezes as palavras confundiam as coisas. Mas Jonathan estava concentrado demais nas possibilidades abertas pelo e-mail que lia para pensar nisso.

— Primeiro — começou Jonathan, pousando o BlackBerry virado para baixo sobre a mesa —, ele absolutamente não quer ter outro filho. — Virou-se de frente para Laura e viu uma sombra passando pelos olhos perfeitamente cinzentos que haviam chamado sua atenção quando os dois se conheceram em Manchester.

— Eu sei disso — disse ela. — E não vou engravidar enquanto ele se sentir assim.

— Ele também acha que você se ressente por ele não ganhar dinheiro suficiente — continuou Jonathan. — Ele acha que você gostaria de trabalhar meio turno mas não quer admitir isso porque acha que ele se sentiria mal a respeito de si mesmo.

— Isso é parcialmente verdade — concordou Laura.

Aliviada com a lógica da discussão até ali, Laura permitiu-se um instante de descanso para olhar ao redor no restaurante. Perguntou-se o que o casal à sua frente discutia tão atentamente e ficaria surpresa ao descobrir que eles estavam tentando decidir se ela era a esposa de Jonathan. Eles tinham aquela tranquilidade garantida a alguns casais por anos de casamento, insistia a senhora com o marido, que, por sua vez, argumentava que era um tipo de familiaridade que podia ser compartilhada por irmãos. Como especialistas gastronômicos, os dois ficaram empolgados ao reconhecer Jonathan, mas ambos concordavam que nunca haviam visto uma foto da mulher dele no jornal. Não tinham como saber que Hannah fugia dos holofotes, enquanto Jonathan se nutria de atenção como uma criança carente.

— E ele detestava o emprego dele — disse Jonathan.

— Por que o verbo no passado? — perguntou Laura.

— E o principal — disse Jonathan, segurando a mão de Laura na sua —: Sam deixou o emprego há mais ou menos três meses. Ou o emprego deixou Sam.

— O que você está querendo dizer com isso? — perguntou Laura, sem querer entender o que Jonathan estava dizendo.

— Pediram para ele escrever um episódio sobre um surto de ebola no hospital de *Não ressuscitar* — disse Jonathan. — No começo, Sam se recusou, porque a premissa era muito absurda. Então eles sugeriram que talvez estivesse na hora de ele começar a considerar outras opções.

— Ele foi demitido? — perguntou Laura.

— Não exatamente — disse Jonathan. — Sam mudou de posição em relação à ideia, mas o enredo dele envolvia todos os principais personagens contraindo a doença e morrendo.

— E então eles a rejeitaram? — perguntou Laura.

— Não — respondeu Jonathan. — Eles adoraram o roteiro, e foi a forma ideal de terminar o seriado com um estrondo. *Não ressuscitar* não existe mais. Não está mais nem mesmo sendo mantido artificialmente. Sam matou os personagens. E escreveu o fim do seu emprego. O último episódio será exibido no outono.

— Mas por que ele não me contou? — perguntou Laura, cutucando as cutículas. Jonathan recuou. O passado colidiu com o presente. Ele se lembrou de Laura mordendo os cantos dos dedos até eles sangrarem enquanto ele lhe fazia perguntas do livro de medicina clínica no segundo ano deles em Manchester. Naquele ano, Jonathan costumava chegar em casa no começo da manhã e encontrar Laura sentada à mesa da cozinha, debruçada sobre sua manuseada cópia de Kumar e Clark. Sem conseguir dormir por conta do coquetel químico que percorria sua corrente sanguínea, e compreendendo que a necessidade de Laura de passar nas provas era muito maior que a dele, insistia que fossem para o sofá e então passava alegremente duas horas disparando perguntas até que ambos caíssem no sono, exaustos.

— Ele sabia que você iria ficar louco de preocupação — explicou Jonathan, pousando a mão firmemente sobre a dela para evitar que Laura se mordesse. — E queria algum tempo para trabalhar em outra coisa sem sofrer pressão.

— Mais um drama hospitalar? — perguntou Laura.

— Alguma coisa dele mesmo — disse Jonathan.

— Tem dinheiro entrando na conta dele todos os meses — argumentou Laura, ainda não acreditando na situação. — E ele tem saído para trabalhar todas as manhãs.

— Eu venho pagando a ele — disse Jonathan calmamente. — Para que ele não tenha que pedir dinheiro a você. Ele tem trabalhado aqui no meu escritório.

— Você não pode bancar o Sam.

— Eu não estou bancando o Sam. Ofereci um emprego a ele. Sam vai ajudar com o Eden enquanto eu estiver afastado gravando o resto da série de TV. Ele só precisa de um pouco de tempo para terminar o roteiro antes.

— Ele não pode trabalhar para você — disse Laura, lutando para absorver todo o impacto da revelação de Jonathan.

— Por que não? — perguntou Jonathan.

— Ele já se sente completamente inadequado ao seu lado — alegou Laura. — Você pode imaginar como é viver à sombra do seu sucesso?

— Eu acho que esse problema é seu, não do Sam — disse Jonathan baixinho. — Ele não se compara comigo porque não quer fazer o que eu quero fazer. Sam só é competitivo com ele mesmo. É o fracasso dele em atingir as próprias metas que faz com que ele se sinta mal. Não é uma coisa de status ou financeira. É pessoal. E talvez você deva se perguntar como é viver à sombra do seu sucesso.

— Eu sou só uma médica profissional liberal — disse Laura.

— Laura, você é uma neurologista respeitada — falou Jonathan. — Todo mundo sabe que é você quem sustenta a casa. Eu compreendo por que você finge que Sam paga pelas coisas, e por que nunca quer falar sobre seu trabalho para não deixá-lo constrangido. Eu sei sobre a pesquisa publicada naquelas revistas e sei que você paga o cartão de crédito dele. Não precisa fingir comigo.

Laura pôde ver Sam caminhando na direção deles usando um longo sobretudo que havia comprado num brechó anos antes. Ele acenou e sorriu para os dois, feliz ao ver a mulher e o velho amigo conversando, sem saber sobre o que falavam. Estavam longe demais para perceber a sombra que passou pelo rosto dele quando viu Jonathan tirar a mão de cima da de Laura. Ela quis se levantar e abraçá-lo, mas seu corpo parecia congelado, como se não devesse gastar qualquer energia que sua mente pudesse usar para processar as implicações do que Jonathan estava dizendo. A ideia de que Jonathan pudesse contar a Laura sobre a sua traição não ocorreria a Sam, porque ele guardava muitos dos segredos de Jonathan. Além disso, a grande notícia que Jonathan tinha a contar a Laura apenas lhes dizia respeito tangencialmente. E Sam imaginou que havia sido sobre isso que eles conversaram.

— E tem mais uma coisa — acrescentou Jonathan rapidamente, antes que Sam estivesse perto o suficiente para escutá-los.

— Acho que não consigo absorver mais nada — disse Laura.

— Pensei que você gostaria de saber que Patrick está de volta. Talvez seja melhor contar para Janey também.

5

— O que eu realmente queria saber — disse Jonathan, sorrindo e olhando para todos na mesa um pouco depois — é por que aspargos deixam o mijo tão fedorento? — Ele tentou olhar nos olhos de todo mundo, mas a questão, na verdade, foi dirigida a Laura, porque Jonathan, que não era chegado em autoanálise, estava preocupado com Laura, que certamente era. A chegada de Sam havia desviado prematuramente a conversa deles, e Jonathan sabia que, ao contrário dele, Laura não era boa com mudanças emocionais repentinas e precisava ser resgatada da introspecção.

Jonathan teria ficado surpreso ao saber que exatamente naquele momento, longe de se preocupar com os novos problemas que ele havia negligentemente espalhado diante dela, Laura estava petrificada pela ideia de que aquela era a primeira vez que via Sam e Janey juntos desde sua recente descoberta sobre o caso secreto dos dois todos aqueles anos atrás. Calhou de eles estarem sentados um ao lado do outro, na outra ponta da mesa, oferecendo a ela uma boa oportunidade para observá-los de perto. Em seu adiantado estado de gravidez, Janey parecia um figo maduro prestes a romper a casca. Seu cotovelo repousou confortavelmente no antebraço de Sam enquanto ela lia o cardápio.

Por mais que isso não devesse ter importância, saber desse caso lançara o relacionamento deles sob uma nova luz. Explicava a fácil intimidade dos dois e a forma como às vezes eles se provocavam mutuamente. Às vezes era difícil imaginar outras pessoas fazendo sexo, mas Janey e Sam não exigiam um esforço muito grande. Laura foi tomada por uma imagem dos dois, com os membros enlaçados, disputando quem deveria ficar por cima. Sentia-se irracionalmente grata a Janey por lhe dar algo em que pensar que transcendia suas outras preocupações. Desemprego, vasectomias e idas irrefletidas a terapeutas de casal se mantinham nas sombras de sua mente enquanto Laura se concentrava nas implicações daquele caso histórico.

— É a acidez do aspargo — disse Sam. — Sabia que ele também pode ser usado para tratar infecções urinárias?

— Sam, você devia se reciclar como homeopata — incentivou Janey, com entusiasmo.

— Isso seria a expressão máxima do meu fracasso iminente — respondeu Sam, secamente.

— Você está jovem demais para uma crise de meia-idade — insistiu Janey.

— Aparentemente, os homens a têm aos 40, e as mulheres, aos 50 — respondeu Sam.

— E quais são os sintomas, para que eu saiba o que esperar de Steve? — perguntou Janey, meio que brincando.

— Comprar carros esportivos, ter casos, resolver virar acupunturista e começar a fazer triátlon — explicou Sam, animadamente.

Ocorreu a Laura que aquela era a primeira vez que todos haviam se reunido em quase seis meses, e que agora que Jonathan e Hannah não estavam mais morando em Londres, esses encontros se tornariam ainda menos frequentes. É claro que havia novos amigos: pais da escola com quem eles acabaram ligados pela coincidência de morar na mesma região e ter filhos da mesma idade, e colegas de trabalho que haviam sido incorporados ao tecido da vida doméstica. Mas a coisa admirável de estar com amigos que nos conheciam muito antes de termos filhos era que eles nos davam pistas das pessoas que costumávamos ser. Estavam ligados a nós historicamente. E isso era reconfortante em tempos agitados como esses.

Ela queria saber exatamente quando Janey e Sam podiam ter dormido juntos. Laura não conseguia lembrar se Janey havia conhecido Sam antes dela. Então se lembrou de um fim de semana no último ano deles na universidade, quando voltara para casa para visitar os pais e Sam tinha ido visitar Jonathan em Manchester. Ele havia dormido em sua cama, Jonathan anunciara casualmente quando ela voltou para o apartamento na segunda-feira de manhã.

— Meu relacionamento com a higiene evoluiu desde que testei você sobre infecções bacterianas — brincara Jonathan, enquanto enfiava cuidadosamente os lençóis de Laura na máquina de lavar. Janey estava na cozinha fazendo café da manhã ao meio-dia. Estava batendo ovos num copo com um garfo. Eles sobreviveram com uma dieta à base de ovos mexidos durante aquele ano, e Laura ainda os comia com relutância. As questões de Jonathan quanto à limpeza nunca chegaram a se estender a lavar os utensílios, e a frigideira ficou coberta por uma fina crosta de ovos secos durante meses. Havia sido um bom desafio ao sistema imunológico, reconfortou-se Laura.

— Gostaria que você tivesse estado aqui para conhecer Sam — Jonathan havia dito a certa altura. Laura se lembrava da mão de Janey circundando ainda mais rápido o copo e de porções de ovo se espalhando pela beirada. De mais nada. Então outras imagens vieram à mente de Laura, disputando supremacia. Lembrou-se de bater na porta de Jonathan numa madrugada e encontrá-lo na cama com sua professora de inglês. Mas não conseguia se lembrar de por que queria acordá-lo às duas da manhã.

Então se lembrou de uma noite em 1990, um ano depois de eles saírem de Manchester, quando Jonathan foi até a casa de Laura e Janey em Shepherd's Bush com um saquinho de cocaína pela primeira vez. Hannah havia ficado em casa com Luke, que tinha poucos meses de idade, e Jonathan chegara com Sam e a nova namorada dele, Victoria, uma garota pálida e magra que não saiu do lado de Sam. Depois das primeiras carreiras, Janey obrigou Laura a pegar seu estetoscópio, porque pensou que estava prestes a ter um ataque do coração. Enquanto Laura segurava o estetoscópio no peito de Janey, dizendo que inspirasse e expirasse pelo diafragma, Sam a elogiou por seu jeito tranquilo como médica.

— Eu gostaria de tê-la no meu navio, se ele estivesse afundando — disse ele.

Uma música da Laurie Anderson estava tocando ao fundo. Laura lembrava que a letra era estranha, alguma coisa sobre abacaxis e ônibus escolares. Jonathan os havia apresentado, explicando a Sam que Laura era médica e poderia ajudá-lo com enredos para o novo trabalho que ele havia acabado de conseguir escrevendo roteiros para um drama médico. Mesmo naquela época, Jonathan já estava tentando ajudar a organizar a vida de Sam. Laura se lembrou de Jonathan descrevendo Sam como uma pessoa que precisava de alguém para cuidar dele.

Laura devia ter dito então que havia conhecido Sam antes. Foi um fato que pareceu irrelevante na ocasião, mas que ganhou importância com o passar dos anos, quando se tornava aparente que eles discordavam em relação a algo que ambos viam como significativo. A primeira conversa deles havia acontecido durante uma festa de inauguração da casa de Jonathan e Hannah alguns meses antes, pouco antes do nascimento de Luke. Laura tinha decidido ficar acordada a noite inteira e ir direto para seu plantão na emergência no St. Mary's da casa deles em Notting

Hill. Ela havia subido até o banheiro para jogar uma água no rosto e encontrou Sam esperando do lado de fora, encostado numa parede coberta com um mapa oficial de Londres. Estava cobrindo o Battersea Park.

Reconheceu Sam de fotos que Jonathan havia lhe mostrado. Quando passou por ele para chegar ao banheiro, ele perguntou a ela sobre o mapa, e Laura lhe contou que Hannah o havia posto ali à guisa de papel de parede. Sam fez uma piada sobre a pressão de ter 22 anos e um amigo da mesma idade que já tinha um bebê, era dono da própria casa, administrava um negócio bem-sucedido e tinha opiniões sobre como sua casa deveria ser decorada. Então Victoria apareceu e o levou de volta para o andar de baixo.

Com o passar dos anos, o fato de que não conseguiam concordar sobre quando eles se conheceram deixou de ser uma piada e passou para algo mais agridoce. Sam se lembrava da primeira conversa que tivera com Janey (uma descrição de uma semana passada com a mãe e o irmão quando ela era criança, numa comunidade do Rajneesh em Suffolk, perto dos pais de Sam); de sua primeira conversa com Hannah (como identificar alguém que iria tentar sair do restaurante de Jonathan sem pagar) e do seu primeiro encontro com Jonathan (Sam identificou com segurança um cogumelo mágico no playground da escola). Mas ele não conseguia se lembrar do seu encontro com Laura.

Ao pensar nisso agora, Laura se deu conta de que foi provavelmente por causa desse fato que se apaixonara pela ideia que fizera de Sam muito antes de conhecê-lo. Havia as histórias que Jonathan contava sobre os dois, que cresceram juntos em Suffolk. Histórias divertidas de esforços impossíveis para conquistar a garota que queriam, de acampamentos que terminaram mal por assustarem um ao outro contando histórias de terror, e de pratos horríveis que Jonathan preparara de qualquer jeito com ingredientes encontrados na cerca viva.

Mas foi um conto escrito por Sam para uma revista universitária que havia selado o destino deles. Laura o encontrou embaixo de uma pilha de jornais no dia seguinte à primeira visita de Sam a Manchester. Estava manchado de geleia, manteiga e cinzas de cigarro, deixado de lado por Jonathan, que claramente tinha se esquecido de sua existência. Laura o apanhou e o leu. Era um relato simples de uma garota encontrando seu meio-irmão pela primeira vez. Não podia acreditar que alguém de 21 anos pudesse escrever com tamanha confiança e percepção emocional. Quando conheceu Sam, ela já estava com a cabeça feita, embora ainda tenha levado outros cinco anos até ele finalmente conseguir se livrar do relacionamento com Victoria. O problema de se apaixonar pela ideia que se faz de alguém é que evidentemente a realidade raramente está de acordo com a fantasia.

Foi daquela vez que Janey conheceu Patrick? Laura tentou puxar pela memória. Lembrava-se de Patrick ter ficado no apartamento deles em algumas ocasiões, mas será que ele estava lá naquele mesmo final de semana? Sam teria levado Patrick com ele? A cronologia de como Patrick entrou na vida deles era nebulosa. Mas Laura agradeceu pelo lapso, porque sabia que isso significava que, no que dizia respeito a seus caminhos neurais, ter conhecido Sam era o acontecimento mais importante. A lembrança daquele encontro inicial havia se transformado numa lembrança de longo prazo, uma ligação permanente entre os neurônios, enquanto o encontro com Patrick fora convenientemente apagado.

As pessoas com quem dormimos na adolescência e aos 20 e poucos anos pareciam irrelevantes à época, mas ganharam valor conforme o tempo passou, concluiu Laura. Algumas ofereciam combustível histórico para fantasias atuais, outras não demonstravam nada além de uma preocupante falha de avaliação. Consideradas cronologicamente, no entanto, elas forneciam uma linha do tempo que nos dizia algo a respeito da natureza essencial das pessoas. A arqueologia dos relacionamentos era evidentemente algo que valia a pena escavar. Exceto a dela própria, é claro, que deveria manter-se profundamente enterrada. Laura então levou em consideração o fato de que tanto Janey quanto Sam tinham erroneamente admitido que ela havia dormido com Jonathan e se perguntou se agora, com todos sentados juntos no Eden, eles a estavam observando a uma luz diferente por conta dessa desconexão mental. De repente, sentiu-se claustrofóbica. "Seria possível conhecer as mesmas pessoas por tanto tempo?", perguntou-se. "Seria possível dividir histórias demais?" Steve certamente pensava que sim, e talvez, Laura admitiu a contragosto, ele tivesse parcialmente razão. Imaginou um futuro em que Sam trabalhasse para Jonathan e em que suas vidas se tornassem ligadas da mesma forma que eram aos 20 e poucos anos, e a ideia a deixou com falta de ar.

— Depois que Hannah terminar de fazer os novos canteiros, poderemos oferecer aos clientes aspargos frescos um dia depois da colheita, no final de agosto. Nenhum outro restaurante pode fazer isso — disse Jonathan, sinalizando para que começassem a refeição com um grande prato de aspargos jovens, cobertos com limão e azeite de oliva.

— E nem nós poderemos, porque a estação dos aspargos termina no meio de junho — disse Hannah, despreocupadamente. — Você pode forçar muitas coisas à sua vontade, Jonathan, mas não os aspargos.

— Você precisa conhecer as Jersey Royals, Laura — comentou Hannah, inclinando-se no espaço livre entre as duas como que para dividir um importante segredo. — A primavera é a melhor época do ano para elas. — Por um instante, Laura pensou que Hannah estava falando sobre alguns amigos novos que Sam e ela ainda não haviam conhecido. Mas então olhou para o cardápio e se deu conta de que Hannah estava apontando para a lista dos legumes.

— É o fertilizante de algas que as torna tão saborosas — prosseguiu Hannah. — Mas eu as adoro porque são as primeiras batatas da primavera.

Hannah chegara tarde ao trem, trazendo nada além de uma grande bolsa de mão como bagagem. Fazia três meses desde que Laura a vira pela última vez, e ela havia mudado de maneiras sutis se consideradas isoladamente, mas significativas quando levadas em conta no geral. Laura observou os dedos que batiam nas palavras *Jersey Royals* e ficou espantada ao perceber unhas cortadas apressadamente com lama incrustada embaixo.

Virou a mão pequena e magra de Hannah na sua e viu que a palma estava manchada com uma rede complexa de minúsculos canais lamacentos. Parecia áspera ao toque. Tinha o rosto queimado pelo vento, e algumas sardas haviam surgido em volta do nariz. Sobrancelhas rebeldes faziam suas pálpebras parecerem mais pesadas. Estava com os cabelos mais escuros e mais longos do que Laura já vira em anos. Havia ganhado alguns quilos, acrescentando algumas curvas às suas formas naturalmente angulosas. Em Laura, nada disso teria repercutido. Mas em Hannah, o contraste era grande demais para ser ignorado.

— Estou parecendo meio agrária demais? — perguntou a Laura num tom provocativo. — Jonathan diz que eu estou incorporando a série *The Good Life*.

— Definitivamente mais Felicity Kendall do que Penelope Keith — confirmou Laura. Mas era sua essência que havia se alterado, pensou Laura. Havia uma fluidez em seus movimentos que sugeriam certo contentamento lânguido. Laura queria questioná-la mais atentamente, mas sabia que a melhor maneira de obter informações de Hannah era fingir não estar muito interessada. Hannah não era arredia, como Laura imaginou inicialmente, quando a conheceu. Ela só preferia contar coisas a responder perguntas. Laura a observou olhando para Sam e se perguntou se ela soubera de Sam e Janey havia anos e jamais lhe dissera nada. Ou talvez nunca tivesse ficado sabendo.

— E antes que você comece a se preocupar com as pegadas de carbono delas, devo lhe dizer que nós compensamos as milhas aéreas de Jersey — Jonathan provocou Laura.

— A coisa mais interessante dos aspargos é que apenas quarenta por cento das pessoas conseguem sentir o cheiro no mijo — disse Sam. — Para o resto, é inodoro, e os chineses não conseguem sentir absolutamente nada. Talvez tenha algo a ver com o grupo sanguíneo.

— Isso é incrível — disse Janey. — Será que o cheiro fica diferente quando estamos grávidas?

— Talvez devêssemos conduzir uma experiência mais tarde — sugeriu Jonathan. — Se todos vocês fornecerem uma amostra de urina, poderemos examinar as provas empíricas. — Era o tipo de coisa que anos antes ele poderia tê-los convencido a fazer. E ele provavelmente teria insistido na ideia, porque teria sido interessante de mencionar durante entrevistas, combinado com sua imagem de alguém que possuía conhecimento incomparável sobre as peculiaridades dos ingredientes britânicos, caso Steve não tivesse chegado.

Todos, exceto Laura, se levantaram e fizeram uma festa com Steve porque compreendiam que ele estava lá sob pressão. Até mesmo Janey se levantou para lhe dar um longo beijo na boca em público, explicando que os dois andavam trabalhando tanto e não se viam havia três dias. Laura continuou sentada porque pensou que, em vez de fazer com que Steve se sentisse bem-vindo, a exuberância dos cumprimentos reforçava seu status de forasteiro. Ele se sentou entre ela e Hannah, e Laura achou que o viu cerrando os dentes.

— Legal você ter vindo. Principalmente considerando o que está acontecendo nos mercados — disse Jonathan, tentando não parecer alegre. — Deve estar sendo um período desconfortável para os Mestres do Universo como você.

— Na verdade, nós tivemos os dois melhores dias da história — falou Steve, sorrindo para ele. — A maioria das nossas posições foram assumidas com a dedução de que haveria um período de baixa.

— Ah — fez Jonathan, um pouco desanimado.

— Até nessas águas agitadas eu consigo fazer mais dinheiro em uma transação do que vocês fazem num ano inteiro — provocou Steve, ignorando o chute de Janey embaixo da mesa.

Uma década antes, Jonathan via as pessoas que trabalhavam na City com um misto de pena e escárnio por sua falta de imaginação na escolha da profissão e por seus longos dias de trabalho. Quando Janey anunciou que ia se tornar advogada corporativa, ele riu na cara dela e a acusou de se vender. Os modelos na época eram Sam e Laura, ambos com vocações para fazer algo motivado por objetivos mais elevados que a necessidade de ganhar dinheiro. Jonathan, camaleão por natureza, podia ficar com um pé em cada lado. Agora, quase aos 40 anos, com as hipotecas pagas e os planos de pensão já transbordando, as escolhas de Steve e Janey pareciam quase iluminadas. Eles provavelmente poderiam se aposentar em uma década.

— Nós temos um impressionante sistema de computador que prevê o mercado e já nos fez ganhar quase 80 milhões de libras em menos de 48 horas — disse Steve. — É claro que inserimos análise e estatísticas, mas é impressionante mesmo assim.

Tirou o casaco e revelou uma camisa cara e muito branca por baixo. Não havia sequer uma dobra em sua superfície bem-passada e nenhum sinal de suor seco sob as axilas. Ou Steve não suava ou mantinha uma camisa extra na maleta de couro preta que ele insistia em deixar entre os pés embaixo da mesa. Ele se inclinou na direção de Janey e estendeu os braços, com as palmas das mãos viradas para cima, suplicando. Os dois se encararam com um meio sorriso enquanto Janey segurava os pulsos dele com as mãos. Traçou pequenos círculos nos punhos e então cuidadosamente retirou cada abotoadura. Laura desviou o olhar, como se estivesse encabulada por testemunhar uma cena tão íntima. Foi um gesto proprietário, dirigido, ela imaginou, ao Sam.

— Diminuam o calor um pouco, senão vamos todos nos queimar — disse Jonathan, levantando uma sobrancelha enquanto Janey arrumava as mangas da camisa do marido, enrolando-as em voltas cuidadosas até elas estarem logo abaixo do cotovelo. — Podemos pedir? — sugeriu ele.

— Acho que vou pedir o risoto de cogumelos — falou Laura, fechando o cardápio com convicção, num gesto que esperava ser de característica persuasiva. Pedir no Eden podia ser algo demorado.

— Eu também — disse Janey, com uma convicção parecida.

— E o bebê, querida? — questionou Steve. — O que o livro diz a respeito de funghi?

— Cogumelos não são problema — afirmou Janey, acariciando o braço dele com uma das mãos e a barriga com a outra.

— Não há como errar com um cogumelo St. George — disse Jonathan, em tom de aprovação. — E vocês estão com sorte, porque eles estão algumas semanas adiantados este ano.

Ele havia aprovado a escolha delas, percebeu Laura, aliviada. Não haveria mais discussão sobre ingredientes, nem a dissecação de uma receita para convencê-las a pedir algo que ele realmente achava que deviam experimentar.

— E se tiver algum cogumelo venenoso perdido? — perguntou Steve. Laura sentiu o coração apertar.

— Os cogumelos são de uma fonte muito confiável de Herefordshire — disse Jonathan.

— O único com que eles se parecem é com o fatal Inocybe — explicou Hannah, dominada pela necessidade de exibir seu conhecimento micológico. — *Inocybe erubescens*. E eles não dão nesta época do ano.

— Parece letal. Simplesmente não vale o risco — disse Steve.

— Mas o que acontece com quem come um desses? — perguntou Laura, com a curiosidade superando o apetite.

— Vômitos, diarreia e urina em excesso. O coração fica mais lento. Os pulmões ficam contraídos. É a muscarina — explicou Hannah com entusiasmo. — Mas raramente são fatais.

— Que tranquilizador — disse Steve, sarcasticamente.

— E tem um antídoto — contribuiu Sam. — Fizemos um episódio do *Não ressuscitar* sobre um envenenamento em massa num restaurante. É possível tratar com atropina, o que na verdade é fascinante, porque é a mesma toxina que se encontra na beladona. Assim, quem comer um cogumelo letal desses e em seguida tomar uma mortal erva moura vai ficar bem.

— Acho que vou pedir o peito de pombo grelhado, então — disse Janey.

— Azia — interrompeu Steve. — Por que você não pede uma posta de bacalhau?

— Bacalhau — disse Jonathan, abruptamente. — Ninguém mais deveria comer bacalhau. É praticamente uma espécie em extinção. Nós nem servimos aqui.

— Não é exatamente a mesma coisa que pedir um urso polar — riu Steve.

— Que tal um atum albacora? — sugeriu Jonathan. — Tenho alguns no refrigerador. É aprovado pelo conselho marinho.

— Muito mercúrio — disse Steve.

— Fígado de vitela, então — sugeriu Jonathan ao garçom.

— Muita vitamina A — falou Steve, em tom de desculpas.

— Então será o salmonete — disse Jonathan. — A moça grávida vai comer o salmonete. E o marido dela vai se arriscar com o risoto de cogumelos. Banqueiros estão muito acostumados a jogar com segurança.

— Eu não sou banqueiro — balbuciou Steve. — Eu administro um fundo de investimentos. São coisas bem diferentes.

— De que forma? — perguntou Laura, educadamente. — Eu jamais consegui entender direito as sutis diferenças entre vocês da City.

— Todos são arrogantes, mas em graus diferentes — resmungou Jonathan. Ou Steve não escutou, ou preferiu ignorá-lo.

— Nós somos mais imaginativos — disse Steve, recostando-se expansivamente em sua cadeira. — Banqueiros são escravos assalariados como todo mundo, o pessoal de participações privadas é que joga com o dinheiro dos outros, mas nós somos os 007s do mundo financeiro. Nós realmente fazemos acontecer.

Laura tossiu, como costumava fazer quando se envergonhava por alguma coisa que alguém havia dito ou feito.

— Você sabe a que família de plantas os aspargos pertencem? — perguntou Hannah. Steve pareceu surpreso. Estava acostumado a ter sua conversa favorecida. Ele deu de ombros.

— Eu não sei nem arriscar — respondeu Steve, que não gostava de cometer erros.

— É um tipo de lírio — disse Hannah, triunfante. — Uma receita descrevendo como preparar aspargos aparece no primeiro livro de receitas do mundo, em 200 a.c. Imaginem, as pessoas vêm comendo aspargos há mais de 24 séculos.

— São 22 séculos — observou Steve, em tom pedante.

— Bem, faz muito tempo, de qualquer maneira — disse Hannah. — A Ânglia Oriental foi um dos primeiros lugares onde os aspargos foram cultivados no país. O solo lá é bastante alcalino.

— Eu comia muito aspargo quando estava em Cambridge — falou Steve. Hannah encontrou o olhar de Laura. Desde que ele foi introduzido ao grupo por Janey, elas começaram a calcular quanto tempo levava até que ele mencionasse sua formação em Cambridge numa conversa. Esse era possivelmente um novo recorde.

Sam olhou para Hannah com um misto de espanto e descrença enquanto ela continuava a louvar os aspargos. Hannah tinha uma imensa capacidade de mergulhar em diferentes empreendimentos com absoluto entusiasmo, e então se desenredar com apenas um rubor alguns meses depois. Quando seus filhos eram pequenos, ela se interessou por fotografia. Então, durante um breve período, deu aulas de piano, antes de começar um curso de horticultura. Tudo isso havia sido feito com um padrão tão alto que ela poderia ter transformado qualquer das atividades numa carreira de dedicação integral. Então, há uma década, com os filhos mais velhos, para surpresa de todos, ajudara a montar o Eden. Tinha uma capacidade extraordinária de se reinventar. Isso deveria ajudar Sam a acreditar na possibilidade de mudança. Em vez disso, o exauria.

— Os aspargos machos são mais férteis que as fêmeas... nós semearemos dentro de uns dois meses... o mesmo canteiro pode durar vinte anos — disse ela. — Dá para imaginar que eu estarei com quase 60 anos quando for preciso mudá-lo de novo? É como nos relacionamentos, precisamos fazer as coisas do jeito certo desde o início, senão as falhas começam a aparecer mais tarde. Os canteiros levam três anos para começar a ser produtivos.

— Este é o seu segredo com Jonathan? — perguntou Steve, calmamente.

— Bem, nós não somos um exemplo muito bom, não é? — respondeu ela, sorrindo. — Ele estava saindo com outra pessoa quando engravidei do Luke.

Os olhos de Sam estavam pesados. Podia sentir as pálpebras fechando. Então ele olhou para Janey, num esforço para focar em alguma coisa que pudesse forçá-los a ficar abertos. Percebeu que era o preço que se pagava por beber na hora do almoço. Mas seu roteiro estava quase pronto, e uma bebida com Jonathan oferecia uma útil pontuação ao dia. Flagrou-se em transe com a visão da barriga de Janey subindo e descendo ao seu lado e resistiu à vontade de se inclinar e deitar a cabeça naquele volume atraente por alguns instantes. O bebê certamente iria chutar, e isso era algo que sempre o fazia se sentir um pouco mal, assim como a visão do umbigo saliente através da camiseta. Por que os homens odeiam tanto isso? Será que é porque os faz se lembrar da própria ligação umbilical com a mãe?

Continuou olhando fixamente para a barriga de Janey, como se ela fosse capaz de lhe dar respostas ao insondável. Havia algo primitivo em relação às mulheres grávidas. Não era apenas o tamanho delas. Era o instinto animal delas, a forma como tinham desejo por comidas, a capacidade de discernir diferentes sabores e o olfato animal. Elas estavam impregnadas de um mistério ancestral. Esse era o poder que detinham.

Uma imagem dele numa cama com Janey de repente lhe veio à mente. Ele estava deitado ao lado dela, e a presença macia de Janey acalmava as partes que o álcool não podia alcançar. Então ele dormia sem acordar durante uma noite inteira. Se tentasse explicar esse desejo a alguém, a pessoa iria supor que havia nele uma tensão sexual. Mas havia muito tempo que Janey deixara de ser objeto de fantasia sexual para Sam, ainda mais em seu estado atual. Ficar escutando as conversas que ela costumava ter à mesa da cozinha com Laura até tarde da noite matara qualquer possibilidade de interesse sexual. Por Deus, ele sabia até, por mais improvável que possa parecer, que Steve era mestre no orgasmo clitoriano. Talvez tenha sido apenas por isso que ela tenha se casado com ele. Precisava haver algumas compensações. Se ela tivesse se casado com Patrick, teria sido muito diferente.

— Qualquer um que me conheça bem compreende perfeitamente por que eu prefiro matriz a métodos tradicionais — Steve estava dizendo a Hannah. Por um instante, Sam pensou que ele estivesse se referindo a alguma técnica sexual. Então se deu conta de que ele estava pontificando sobre os benefícios de diferentes modelos de negócios para administrar grandes corporações. Steve passou a língua no lábio superior várias vezes, e Sam viu sua ponta rosada e flácida sob uma nova luz.

— E quais são as suas novidades? — Janey perguntou a Jonathan, num esforço para levar a conversa para um terreno mais seguro.

— Bem, estou filmando minha primeira série de TV — disse Jonathan.

— Que é o motivo pelo qual eu nunca o vejo — interrompeu Hannah, sem parecer muito preocupada.

— Tem a ver com sua descoberta da gastronomia britânica? — perguntou Steve. Jonathan ignorou o maldisfarçado desdém.

— É sobre lugares na Grã-Bretanha que produzem ingredientes e receitas clássicos — respondeu ele, sorrindo gentilmente.

— Parece fantástico — disse Janey, entusiasmada. — Onde você já esteve até agora?

— Já fiz pãezinhos em Dorset, tortas em Bakewell e bochechas de porco em Bath — disse Jonathan, alegremente. — De onde você é, Steve?

— De Tewkesbury — respondeu Steve.

— Então eu vou fazer você também — disse Jonathan, dando um sorriso torto enquanto estendia a mão para tocar no braço de Steve. Este se recostou na cadeira e tirou a mão rapidamente da mesa, derrubando uma tigelinha de sal com o gesto.

— O espírito dele é tão denso como uma mostarda de Tewkesbury — disse Jonathan, lambendo o dedo e enfiando-o no sal. — Falstaff, em *Henrique IV*. É um dos nossos molhos mais antigos.

— Depois ele vai fazer queijo Stilton em Leicestershire, sal em Maldon, tortas de porco em Melton Mowbray e o último produtor de pato de Aylesbury — explicou Hannah, cheia de orgulho.

— Os meninos estão sentindo sua falta? — perguntou Laura a Jonathan.

— É difícil saber se eles estão mais chateados com a minha ausência ou com a mudança para Suffolk — disse Jonathan. — Mas há algumas compensações. Incluindo uma que eu espero que possa beneficiar os meus amigos.

Todos ergueram os olhares dos grandes pratos de aspargos que haviam chegado para eles.

— Eu quero convidar todos vocês para passar uma semana de férias conosco para comemorarmos o meu aniversário de 40 anos em julho — falou Jonathan, sorrindo gentilmente para todos à mesa.

— É uma oferta muito generosa, Jonathan — disse Laura um pouco rápido demais. — Mas nós já temos planos.

— Já temos? — perguntou Sam, parecendo surpreso.

Laura o encarou, enviando uma mensagem subliminar sobre o custo exato da hipoteca deles, o limite preciso da dívida bancária e de como todas as contas haviam aumentado nos últimos três meses. Ele não se lembrava de que estavam discutindo se deviam comprar um novo conjunto de pneus para o carro ou pintar as esquadrias que haviam descascado até chegar à madeira? Como podia imaginar que eles poderiam bancar uma semana de férias com as pessoas reunidas ao redor daquela mesa?

Pensou na alquimia reversa dos relacionamentos, em que as características que tornaram Sam tão encantador quando ela o conheceu gradualmente perderam o fascínio e se tornaram as mesmas características que mais a enfureciam. Seu estilo relaxado era apelido de preguiça; o hedonismo, um subproduto de sua fuga do mundo no momento quando ela precisava dele completamente envolvido com ela; sua despreocupação com a situação financeira deles, uma marca de irresponsabilidade em vez de sinal de liberação.

— É com todas as despesas pagas — disse Jonathan, jocosamente. — Uma revista se ofereceu para levar a mim e um grupo de amigos próximos para fazer uma reportagem sobre cozinha e amizade para ser publicada com o começo da minha série de televisão. Mas isso não deverá nos afetar muito. Vão mandar um jornalista para passar um dia com a gente, e então vão nos deixar sozinhos. O lance é o seguinte: eu vou fazer uma refeição para todos vocês.

— Mas como você vai fazer isso? — perguntou Laura, incrédula.

— Eu vou fazer de conta — disse Jonathan. — E é por isso que quero vocês lá. Porque sei que não vão me entregar.

— Bem, neste caso, eu topo se você topar? — disse Sam, esperando por uma resposta afirmativa de Laura. Ela assentiu com a cabeça e deu um leve sorriso. — Quem sabe deixamos as crianças com os seus pais?

— Parece ótimo — disse Laura, sabendo que estava encurralada.

— Posso levar o bebê? — perguntou Janey.

— É claro que sim — concordou Jonathan.

— Então aonde nós vamos? — perguntou Steve. — Não sei se poderemos viajar para muito longe com um bebê pequeno, e eu preciso estar numa área em que possa usar meu BlackBerry.

— Vamos para uma ilha — disse Jonathan, fazendo mistério. — Uma ilha tão remota que só se chega até lá de barco.

— Uma ilha grega? — sugeriu Laura, tentando reunir entusiasmo.

— Córsega? — perguntou Janey, esperançosa.

— Dá para voar até Córsega — observou Steve.

— A Ilha de Coll — disse Jonathan, com satisfação.

— Onde fica isso? — perguntou Sam.

— É nas Hébridas Interiores — disse Jonathan, triunfante.

6

Toda vez que ela conferia para ver se Nell e Ben estavam dormindo no banco de trás do carro, o ombro direito de Laura protestava. Então ela balançava a articulação, decidindo que na semana seguinte marcaria uma consulta com um colega na unidade de fisioterapia e tomaria uma injeção de corticoide. Se não fizesse isso, acabaria tendo um ombro imobilizado. Mas as chances de as crianças caírem no sono cedo naquela noite eram tão remotas quanto a paisagem de Suffolk que se desenrolava pelos dois lados da estrada A12. Ela olhou pela janela, torcendo por dez minutos ininterruptos em que pudesse trazer à tona os detalhes da queda livre profissional de Sam sem revelar o que já sabia. Laura compreendia o bastante sobre o relacionamento entre a mente e o corpo para saber que se ao menos ele conversasse sobre isso, o nó em seu ombro iria desatar. Na semana anterior, atendera uma paciente cuja doença neuropática havia aparentemente sido curada pela compra de uma máquina de lavar.

— Uma chaleira nunca ferve quando ficamos olhando para ela — aconselhou Sam, seguindo pela rodovia de duas pistas. Atrás da direção, ele era tudo o que não era em outras partes de sua vida: decisivo, agressivo e ambicioso. O CD *O gatola da cartola* terminou de tocar. Pela quarta vez. Eram sete da noite, e Sam havia negociado com Nell e Ben que se todos recitassem o Dr. Seuss juntos uma última vez sem cometer nenhum erro, ele poderia mudar para a Rádio Four para ouvir as notícias. Laura questionou se era correto ouvir as notícias na frente das crianças. Argumentou que Nell e Ben deviam ser protegidos de uma exposição prematura às vicissitudes da natureza humana, preocupando-se, pois eles corriam o risco de crescer ansiosos e nervosos sobre o mundo em que viviam. Como a mãe deles, pensou, mas não falou nada. Sam disse que, exceto por manchetes sobre estupros, pedófilos e assassinatos, não importava o que eles ouviam. Eles não entendiam a maior parte. E se entendessem, era, de um modo geral, positivo que começassem a aprender sobre a realidade de outras pessoas, porque isso poderia lhes dar uma perspectiva a respeito da realidade deles. Laura se voltou para Sam, como costumava fazer em questões de criação dos filhos, porque ele passava mais tempo com Nell e Ben, e isso tinha acabado com seu poder de veto.

Tinha havido protestos no Tibete. O J. P. Morgan queria baixar o preço que havia oferecido para comprar o Bear Stearns. As ações do Lehman Brothers caíram 16 centavos, mas tudo estava aparentemente bem. "Nossa posição de liquidez foi e continua sendo muito forte...", disse alguém. Ao contrário da nossa, pensou Laura, que havia aberto seu extrato bancário no instante em que eles chegaram à A12.

— Vocês sabiam que hoje é o equinócio de primavera? — perguntou a Nell e Ben. Ele nunca era condescendente com as crianças, pensou Laura com admiração, enquanto o ouvia explicar pacientemente como duas vezes por ano todos no mundo tinham exatamente 12 horas de escuridão e 12 horas de luz.

— Equinócio significa noite e dia iguais — disse ele. — A partir de hoje, o polo norte vai começar a apontar para o sul de novo. A Páscoa sempre acontece no primeiro domingo depois da lua cheia do Equinócio.

— E os ovos de chocolate também — disse Ben.

— E os ovos de chocolate também — Sam garantiu a ele.

Houve um curto período de silêncio. Laura sabia que Ben estava processando a informação.

— Mamãe — disse Ben, afinal —, quando eu era um ovo, você me guardava na prateleira? E se me guardava, por que eu não derreti?

— Seres humanos não põem ovos — disse Laura, virando-se de frente para Ben. Ele ainda era jovem o bastante para que suas bochechas parecessem bolsinhas de hamster, e seu rosto fosse composto de um beicinho e olhos grandes e redondos. Estendeu a mão até ele, ignorando o ombro que doía horrores, e traçou uma suave linha com o dedo em seu rosto, do topo da testa até a ponta do nariz. Ele fechou os olhos com satisfação.

— Ben, eu sei como a gente foi feito — anunciou Nell, com autoridade. Ben olhou para ela com expectativa. — Eu vi na televisão. A mamãe e o papai fazem círculos em volta um do outro. Eles se juntam cada vez mais, e então um morde o outro para demonstrar interesse — começou Nell. — Então eles liberam meleca, mais meleca do que dá para imaginar, e começam a se enroscar um no outro cada vez mais apertado por mais ou menos uma hora. Quando eles estão tão enroscados como a minha trança, o esperma do papai visita a mamãe, e então o esperma da mamãe visita o papai. E foi assim que a gente foi percebido.

— Eu disse que o David Attenborough tinha enlameado as águas — Sam cochichou para Laura. — Você precisa sentar com ela e explicar.

— Nunca dá tempo — resmungou Laura, virando-se para Nell. — Isso é como fazem as lesmas-do-mar, Nell, mas os seres humanos são...

— Mais rápidos — disse Sam. Laura sentiu outro espasmo de dor no ombro.

*

Um pouco depois, Laura vagava pelo quarto desconhecido na casa de Hannah e Jonathan em Suffolk, vestindo apenas lingerie e um par de saltos altos pouco característicos. Nell e Ben estavam na cama, provavelmente dormindo, num quarto que dava para o corredor. Sam havia lido para eles *O gatola da cartola* (escolha das crianças, não dele), comparando a vantagem de ser capaz de recitá-lo de olhos fechados com a desvantagem de não poder pular trechos para apressar o processo.

Sam recostou-se na relativamente pequena cama de casal e aproveitou a oportunidade para observar Laura de perto. Estava com a barriga cheia e arredondada, e parecia satisfeita consigo mesma, como se estivesse aliviada por ter escapado da calcinha muito austera que vestira alguns minutos antes. Ela se movimentava junto com seu corpo, e o efeito geral era de uma agradável sincronia, embora ele soubesse que ela não iria concordar.

Ele podia ter se esquecido do dia em que eles se conheceram, mas se lembrava da primeira vez que dormiram juntos com detalhes significativos. Lembrava-se de como o corpo de Laura era macio e sinuoso e parecia ondular sob seu toque. Depois, ela deu a volta nua na cama, inconscientemente recolhendo as roupas, permitindo que ele a possuísse de novo. Era impossível evitar comparações com Victoria, que era feita apenas de ossos e ângulos retos. Bater contra a pélvis dela era uma experiência dolorosa, e fazia Sam se preocupar se não a estava partindo em pedaços.

Os seios de Laura, hoje encerrados em sutiãs que passavam a mensagem de uma engenharia diligente em vez da atrevida busca por atenção que caracterizou a etapa inicial do relacionamento deles, estavam firmemente empurrados um contra o outro, disputando supremacia. Sam sempre gostara de mulheres voluptuosas, e gostava do fato de que sua mulher agora ocupasse o próprio corpo com tamanha autoridade. Que homem queria linhas retas quando podia ter contornos?, perguntou-se. Apreciava um corpo que tinha perspectiva. A forma dela incorporava a essência de sua personalidade. A forma sólida de Laura era um retrato de sua natureza pé no chão. Mulheres neuróticas quase sempre são magras, concluiu. E agora, mais do que qualquer coisa no mundo, Sam precisava de alguém forte o bastante para puxá-lo para a margem.

— O que foi? — perguntou Laura, quando percebeu que ele a estava encarando da cama. Sorriu para ele, e então continuou com sua cuidadosa exploração do quarto. Seu rosto estava fresco e rosado, tão essencialmente inglês que fez com que Sam sorrisse. Sem batom, seus lábios tinham exatamente a mesma cor de seus mamilos. Ficou surpreso ao se dar conta de que não havia percebido isso antes.

— Está bonita — disse Sam, em tom elogioso.

Ele pensou mais sobre o desconhecido conjunto que Laura estava usando. Nunca se interessara muito pelo conteúdo da gaveta de calcinhas da mulher, e o intrigava o fato de que, apesar da intimidade forçada de mais de uma década de casamento, havia tantas coisas a respeito dela que se tornaram mais misteriosas e não menos. Houve, é claro, o impressionante comportamento dela na terapia de casal, mas aquilo foi claramente uma aberração. A maioria das mudanças eram mais domésticas: vozes na secretária eletrônica que ele não reconhecia; jantar com casais cujos nomes ele não lembrava já na hora do café; novos amigos que apareciam na casa deles com crianças desconhecidas a reboque. Ocorreu-lhe que Laura passava mais tempo com gente que ele não conhecia do que com ele próprio.

Também lhe ocorreu, enquanto observava o corpo dela à luz matizada da noite, que, embora ele tivesse muita familiaridade com seus componentes individuais — a forma como a pele franzia acima do umbigo ou a constelação de sardas no antebraço —, fazia muito tempo que ele a apreciava como mais do que a soma de suas partes. Na verdade, desde que haviam tido filhos, ele não se lembrava da última vez em que a vira nesse estado lânguido de nudez inconsciente. Ela estava normalmente em movimento contínuo, botando e tirando roupas agitadamente, preocupada com estar atrasada para tudo. Mesmo dormindo, ela se mexia inquietamente pela cama, e nunca acordava na mesma posição. Laura nunca tinha tempo para ela mesma, pensou Sam com culpa.

Agora ela caminhava lentamente, levantando os pés um pouco mais que o necessário, de uma forma que era mais calculada que alegre, tentando encontrar seu novo centro de gravidade. Ele gostava da forma como os sapatos a faziam caminhar, porque era tanto estranho quanto a tornava mais vulnerável do que realmente era. Embora, é claro, Sam jamais fosse dizer isso a Laura, havia uma parte dele que secretamente apreciava o que ela fizera. a maneira como tinha tentado desmascará-lo foi espetacular. E abreviara várias conversas constrangedoras. Não houve, por exemplo, qualquer menção sobre ter outro filho em mais de três semanas, e isso certamente era um recorde. Ele se inclinou para fazer algumas anotações numa caderneta preta que estava na mesa de cabeceira ao lado de uma garrafa de vodca.

— Estou pensando em quartos vazios — mentiu Sam.

— E a nossa falta de um? — perguntou Laura, levantando uma sobrancelha.

— Como eles parecem tias solteironas — respondeu Sam, ignorando o comentário dela. — Solitários e negligenciados durante a maior parte do ano e exibidos apenas em ocasiões especiais vestindo roupas surradas e cheirando a água de lavanda.

Não era nisso que ele estava pensando, mas tinha razão, pensou Laura, olhando para um velho relógio de madeira sobre o console da lareira e descobrindo que estava na hora de descer. Embora fosse o começo da primavera e a janela tivesse estado aberta o dia todo, o quarto parecia abafado e com cheiro de mofo. E remetia a um tempo diferente: um tempo em que não existiam suítes com banheiros, e as pias eram chamadas de toucadores e contavam como impressionantes acréscimos a quartos de hóspedes.

Havia apenas um quadro, pendurado alto demais na parede do outro lado da janela, o que significava que o reflexo do sol no vidro tornava impossível apreciá-lo. De qualquer forma, estava perdido em meio à selva de papel de parede floral cor-de-rosa e verde-abacate. As cortinas e até os abajures eram feitos do mesmo tecido. Hannah a havia alertado para o fato de que aquele era o único quarto que ainda não tinha sido pintado, mas insistiu que dormissem lá porque possuía a melhor vista do jardim.

— Não existem mais solteironas — disse Laura, que agora estava de frente para ele, passando rímel sem espelho, um hábito que fazia Sam ficar apavorado porque ela quase sempre machucava o olho.

— Isso parece um verso de uma canção dos Stranglers — comentou Sam.

— E isso me lembra uma coisa — disse Laura. — Por favor, nada de competição de conhecimentos de música. É tão chato.

— Mas a gente gosta — protestou Sam. — Faz a gente se sentir jovem. E nos lembra de um tempo em que tudo era possibilidade, e não responsabilidade.

— Deixa o resto de nós nos sentindo velhos — resmungou Laura.

— Você não pode censurar a minha conversa — disse Sam, tomando outro longo gole do copo sobre a mesa de cabeceira.

— Mas você censura a minha — insistiu Laura, girando o rímel no ar para dar ênfase.

— Sobre o que eu não deixo você conversar? — perguntou Sam, confuso.

— Sobre o quanto você está bebendo, por exemplo — disse ela, encarando-o com solenidade.

— Estou afogando o meu desejo sexual em vez de procurar por outra vazão para ele — brincou. — É um gesto heroico. — Ela o ignorou e continuou.

— Sobre por que, por exemplo, você ficou tão confortável com a ideia de que a sua mulher um dia dormiu com o seu melhor amigo; se nós devemos frequentar a igreja para que os nossos filhos possam entrar numa escola melhor; sobre como você estava pensando em fazer uma vasectomia às escondidas — começou ela, usando um dedo diferente para enfatizar cada ponto. — Principalmente, por que você passa tanto tempo trancado no seu escritório todas as noites sem ter nada para mostrar como resultado. — Houve um longo silêncio.

— Sabia que nós estamos nos adequando a um estereótipo nacional aqui? — disse Sam, que descobrira com o passar dos anos que muitas discussões podiam ser dispersas com perguntas. Laura pareceu desconcertada e enfiou o pincel do rímel no olho.

— Ah, Deus! — Ela se retraiu de dor. Os olhos de Sam começaram a lacrimejar em solidariedade.

— Os casais têm mais brigas durante os feriados nacionais do que em qualquer outra época do ano — continuou Sam, servindo-se de outra generosa dose de vodca da garrafa sobre a mesa de cabeceira. Pegou uma revista. Era uma edição velha da *Vogue*, que se abriu numa página com um breve perfil de Jonathan e uma resenha do Eden logo depois da inauguração.

— Isso não é uma briga. É uma discussão — disse Laura, tentando limpar o fio preto de rímel que descia por sua bochecha esquerda.

— "Tem alguma coisa que Jonathan Sleet não consegue fazer?" — Sam leu o título da matéria para Laura.

— Cozinhar? — sugeriu Laura, ocupada tentando tirar restos de rímel do olho.

— "Sua abordagem instintiva à gastronomia inglesa e o uso de produtos da estação são incomparáveis. Ele deveria receber o título de tesouro nacional" — leu Sam, em voz alta.

— É incrível que ninguém consiga desmascará-lo — disse Laura, rindo. — É por causa de Hannah. Sem ela, Jonathan não conseguiria fazer isso tudo funcionar.

— Ele simplesmente encontraria outra pessoa — falou Sam sem pensar, antes de se servir de mais vodca e tônica. — Uma das maiores habilidades do Jonathan é se cercar de gente que compensa suas fraquezas.

— Como nós nos encaixamos no esquema? — perguntou Laura.

— A nossa insegurança aumenta a sensação de segurança dele — disse Sam. — É por isso que estamos aqui. Fazemos Hannah e Jonathan se sentirem melhor em relação a eles mesmos.

Nem sempre foi assim, pensou Laura. Ela foi apresentada a Jonathan durante o primeiro ano deles em Manchester, justamente porque ele tinha cortado a ponta do dedo com uma faca de pão. Alguém da casa dele havia ido atrás de um médico, e Laura concordou sem muito entusiasmo em dar uma olhada porque era a única na sua casa ainda acordada às duas da manhã. Tinha uma prova no dia seguinte e fechou com relutância o capítulo sobre bactéria gram-negativa para ir até o apartamento de Jonathan.

Encontrou-o encostado na parede da cozinha pálido e com aparência pensativa. Havia sangue pingando ritmadamente do seu dedo no chão. Janey estava ao lado dele tomando um copo d'água tão rápido que ficou com a blusa roxa toda respingada. Os dois a encararam, com as pupilas dilatadas, e Jonathan tentou lhe dar um abraço. Seus cachos escuros e espessos eram muito compridos, e a luz era tão fraca que parecia que ele estava usando uma grande touca de lã.

A cozinha deles era uma completa bagunça. Havia pratos e copos sujos empilhados na pia, panelas com comida sobre o fogão e uma pilha de roupa suja ao lado da máquina de lavar. Se procurasse com bastante atenção, provavelmente encontraria bactérias gram-negativas ali, pensou Laura, com a cabeça ainda no livro. Ela instruiu Jonathan a ficar com o dedo acima da cabeça, e ele obedeceu mansamente, dizendo-lhe que a amava. Quando o sangue parou de pingar, Laura levou Jonathan até a pia, alertando para que não tocasse em nada, porque queria limpar a ferida. A ponta do dedo estava pendurada por um pequeno fio de carne, e Laura pensou que poderia grudá-la de volta enfaixando-a cuidadosamente. Janey ficou observando sob sua longa franja negra, e Laura admirou suas maçãs do rosto e sua pele de porcelana. Laura deduziu que eles eram irmãos. Depois disso, Jonathan decidira que precisava de Laura em sua vida, e embora ela inicialmente tenha sido uma relutante recruta daquele fechado grupo de amigos, Jonathan insistiu que todos morassem juntos durante o segundo ano de faculdade.

Agora, enquanto serpenteava até uma grande cômoda de mogno no outro lado do quarto, daquele tipo que está sempre grudando e cheirando a naftalina, Laura queria dizer a Sam que eles não deveriam estar ali. Convites de última hora só funcionavam quando eles se encontravam num espírito de espontaneidade que deixava tudo jovial de novo. A ligação de Jonathan, tarde da noite, para Sam sugerindo que eles fossem passar uns dias do feriado de Páscoa nasceu mais de emoções adultas envolvendo uma complexa química de solidariedade e culpa.

Laura podia sentir o olhar de Sam em suas costas e sabia que ele queria falar a respeito de alguma coisa relacionada ao roteiro sobre o qual ela não devia saber coisa alguma, ou queria fazer sexo. Nenhum dos casos representava uma perspectiva atraente no momento, porque os dois assuntos haviam se tornado muito complicados. Fechou os olhos momentaneamente e imaginou a rede de sinapses que se formou em seu cérebro para lidar com essas duas partes conflitantes de sua vida. Concluiu que elas seriam parecidas com novelos de lã, com as pontas tão emaranhadas que ninguém conseguiria descobrir onde começava uma e terminava a outra.

A insatisfação sexual era uma doença misteriosa porque era invisível a olho nu, o que tornava difícil seu diagnóstico em outras pessoas. Só a própria pessoa é capaz de saber. E falar sobre seus sintomas apenas piora a situação. O que faz dela uma condição virtualmente incurável. Envolver-se no engodo de Sam, de que ele ainda estava trabalhando para a série *Não ressuscitar*, era mais imediatamente desafiador.

Ela meio que se perguntou se o fracasso dele em realizar-se profissionalmente também havia matado sua própria ambição, como se qualquer sucesso maior pudesse deixá-los irremediavelmente desequilibrados. Pensou num nome para aquela condição peculiar do século XXI: "empatia profissional subliminar", resmungou irritada para si mesma.

Assim, quando segurou o puxador de uma das pequenas gavetas de cima da pesada cômoda de mogno, usou mais força do que pretendia para abri-la. Em vez de prender, no entanto, a gaveta abriu com tanta facilidade que tanto a gaveta quanto o que ela continha caíram no chão. Laura percebeu que Hannah havia passado sabão ou cera de vela nas laterais para fazê-las abrirem facilmente, um gesto que demonstrava o quanto ela prestava atenção aos detalhes.

— O que você está fazendo? — perguntou Sam, em voz alta. O barulho o fizera dar um salto, e ele batera com a têmpora na cabeceira de carvalho entalhado.

— Pistas — disse Laura. — Dá para saber muito sobre as pessoas por meio do que elas guardam em seus quartos vazios. São as coisas que elas se esquecem de censurar.

Ele se endireitou para ver o que ela havia desencavado. No chão, um pacote novinho de lenços de papel, ainda na embalagem plástica, um maço de cardápios de um dos restaurantes que Jonathan administrou, um vidro pela metade de perfume Anaïs Anaïs, um jornal estrangeiro e um pacote pela metade de camisinhas temáticas. Laura percebeu que restavam apenas as vermelhas, em que se lia *Menta* na lateral.

— Quem se beneficiaria de uma camisinha com sabor de menta? — indagou Laura, e imediatamente se arrependeu da pergunta porque Sam poderia insistir que a única maneira de realmente saber seria experimentando uma.

— Alguém com mau hálito? — sugeriu ele, quando ela as atirou para que ele pudesse examiná-las melhor.

— Incrível pensar que Jonathan e Hannah ainda estão nessa depois de todos esses anos — disse Laura, pensativamente.

— Mas por que eles não ficam no quarto deles? — perguntou Sam.

— Talvez eles achem que o anonimato do quarto cria a atmosfera certa — sugeriu Laura.

— Se você está propondo que um quarto decorado num estilo associado à década de 1970 possa devolver a sua libido, então acho que a gente deve redecorar imediatamente o nosso — disse Sam. — Você, eu e Laura Ashley podemos ser uma combinação explosiva. — Ele estava brincando apenas em parte.

— Não é a decoração. É o fato de se tratar de um quarto neutro, sem história — explicou ela.

— E tem mais ou menos o tamanho da nossa casa — replicou Sam. Ultimamente parecia que todas as suas discussões eram circulares, terminando como sempre terminavam, com Laura lamentando a casa deles, com dois quartos, do lado errado de Kensal Rise. — Eu achava que nós tínhamos banido qualquer nova discussão sobre essa questão.

— Não foi o que eu quis dizer — falou Laura, agora ajoelhada no chão devolvendo tudo para a gaveta. — O que eu quis dizer foi que, quando estamos num ambiente pouco familiar, não somos lembrados das coisas que nos distraem quando estamos em casa. Não temos aquele tipo de situação em que estamos fazendo sexo e vemos uma rachadura na parede e pensamos que a casa pode desabar, e então lembramos que não renovamos o seguro residencial.

— É nisso em que sua mente está focada quando estamos transando? — perguntou Sam, incrédulo. — Hein?

— Eu não consigo me entregar ao momento, se é o que você está querendo dizer — respondeu Laura. — Não me falta vontade, só energia, oportunidade e desejo. E eu não acho que Laura Ashley ajudaria.

— Isso é um monte de obstáculos — respondeu Sam.

— Não tem nada a ver com você — disse ela. — Eu só estou cansada demais. Não quero fazer sexo com ninguém, na verdade.

— Nossa, isso é profundamente reconfortante — falou Sam, com o tom impregnado de um pouco mais de sarcasmo do que ele pretendia. — Estou começando a ficar um pouco cansado do relacionamento narcisista que desenvolvi comigo mesmo, embora o tônus muscular do meu bíceps direito esteja formidável.

— Mas não sou só eu, não é, Sam? — perguntou Laura, atentamente.

Sam não respondeu. Às vezes se perguntava se algum dia faria sexo de novo. Com qualquer mulher. Porque embora Laura costumasse vê-lo como um bom partido, hoje já não o via mais, e a ideia de que outras mulheres pudessem considerá-lo atraente não era algo que havia lhe ocorrido até o desastre do final de fevereiro. Ele cheirava a fracasso, e não existia nada mais repelente que isso para uma mulher.

Ele não podia mais sequer justificar sua existência alegando que estava divertindo as pessoas. Parara de se descrever como roteirista quando saía à noite com pessoas desconhecidas, porque parecia mais glamouroso do que realmente era, ao menos no nível em que estava. Seu trabalho era então tão previsível quanto o de um contador, sem o benefício de uma remuneração financeira semelhante. Então ele agora dizia às pessoas que era isso que fazia, porque tendia a interromper a conversa imediatamente, pois era o equivalente masculino a dizer que era mãe em tempo integral.

Sam suspirou profundamente e afundou ainda mais na cama. Se ficasse parado por tempo suficiente, poderia simplesmente desaparecer em sua aconchegante maciez, sem jamais voltar a emergir, empurrado para baixo pelas dificuldades da vida. Ele se sentia consumido pela cama de uma forma que era reconfortante para alguém com tantas incertezas. Imaginou a si mesmo como um pedaço de massa de modelar sendo moldado e pressionado contra o colchão até se tornar parte dele. Era uma imagem estranhamente relaxante ajudada pelas três vodcas com tônica que havia tomado quando as crianças tinham ido dormir.

Essa era a beleza dos velhos amigos. Dava para beber sozinho no quarto antes do jantar ou cair no sono no sofá depois, sem que ninguém pensasse que você era antissocial ou alcoólatra. Eram como móveis antigos: podiam ter falhas, muitas no caso de Jonathan, mas pelo menos suas fraquezas eram conhecidas, e os padrões de suas imperfeições, previsíveis.

Depois de devolver a gaveta ao lugar de origem, Laura foi até o quadro solitário pendurado na parede. A altura de seus saltos a deixou frente a frente com ele. Era uma fotografia em preto e branco de um grupo de pessoas de 20 e tantos anos numa velha barcaça. Provavelmente fora tirada de uma ponte, porque o fotógrafo estava olhando de cima para eles. A composição da imagem era perfeita. Todos pareciam conectados, embora ninguém estivesse se tocando claramente, e a maioria não estivesse olhando para a câmera. Mas isso apenas contribuía para o clima da foto, porque, em vez de ser posada, parecia que a imagem havia sido inesperadamente roubada, o que aumentava sua autenticidade. Laura estava impressionada com o quão jovens e despreocupados todos pareciam.

Apenas uma pessoa encarava a câmera: uma jovem de pé em primeiro plano, quase ao centro. Laura deu um passo para a frente a fim de observar seus traços mais de perto: ela usava um short jeans com as pernas cortadas e a parte de cima de um biquíni. Seu rosto era emoldurado por longos cabelos repartidos displicentemente no meio, e ela olhava para a câmera quase despreocupadamente, com a mão na cintura e um leve meio sorriso, como se soubesse os segredos de todos.

Laura ficou espantada ao perceber que estava olhando para si mesma. Era uma foto tirada durante um feriado prolongado passado numa barcaça em Shropshire 11 anos antes. Ela marcava um divisor de águas: um mês depois, Laura e Sam estavam casados; Patrick deixou Janey pela primeira vez e não apareceu no casamento de Sam e Laura; Jonathan fez uma oferta pelo local que se tornaria o Eden e anunciou a empolgação de Luke, quase com 7 anos, e de sua irmã mais nova, Gaby, com o fato de que ele finalmente iria se casar com a mãe deles.

A fotografia fez Laura sentir-se desconfortável. Ela nunca a havia visto antes, e esforçou-se por lembrar quem tinha levado uma câmera. Talvez Hannah tenha desencavado a foto durante a mudança. Aquela viagem foi memorável não apenas porque foi um dos primeiros atos ostentosos de benevolência de Jonathan para os amigos, como também foi o último feriado que todos passaram juntos. Ele estava pilotando o barco. Hannah aparece sentada no teto da barcaça, logo atrás. À esquerda de Jonathan estava Sam, passando a Janey algo que era grosso e fumacento demais para ser um cigarro. Era uma imagem que agora faria Janey se retrair. Deve ter sido tirada no último dos três dias da viagem. Ela lembrava que eles haviam atracado o barco ilegalmente na margem de um pequeno canal à noite, armado uma fogueira e feito festa a noite toda. O cachorro de Jonathan aparecia deitado sobre o pé esquerdo dela. No fundo do barco, estava um amigo de Sam que Laura reconheceu, mas de cujo nome não conseguia lembrar. Ele tinha cabelos compridos e um corpo malhado que Laura apreciava mais agora perto dos 40 anos do que até então, na faixa dos 30. Ele era, recordou, uma antiga paixão de Janey que antecedeu Patrick. Nada a respeito de Janey naquela época era fácil de comparar com a pessoa que ela havia se tornado, principalmente quando se tratava de suas escolhas para namorados. No fundo do barco, existia outro casal com quem Laura não cruzava havia anos. Com isso, eram oito pessoas, mas ela sabia que estava faltando alguém. Ela evidentemente estava se esquecendo de contar o fotógrafo, Patrick.

Todos pareciam tão jovens. Mas, na verdade, não tinham mudado muito. Como evoluímos? Quem havia mudado mais?, Laura se perguntou. Levou a mão até a foto e passou o dedo logo abaixo de sua própria imagem, querendo se reconectar à pessoa que via diante de si. Ficou surpresa ao descobrir que sentia uma onda tão grande de nostalgia que seu estômago doía como se estivesse sufocando. A repentina percepção de que o tempo havia passado foi como um golpe. Suspirou fundo e se afastou rapidamente.

— O que houve? — perguntou Sam.

— É uma foto antiga de todos nós, nada importante, na verdade — respondeu, sentindo-se exausta. — Dê uma olhada.

Laura voltou até a mala deles e tirou um vestido amarrotado que ele nunca tinha visto antes. Era um vestido cor de creme com finas listras cinzentas e lese na bainha e nas mangas. Ela se inclinou e o vestiu desajeitadamente, enfiou os braços nas mangas e lutou para passá-lo pelas coxas. Sam estremeceu internamente. Homens da sua idade se excitavam facilmente, na verdade.

— Poder da mente, poder da mente — resmungou Laura, contorcendo-se sinuosamente para forçar o vestido quadril abaixo.

— Este vestido é da Hannah? — perguntou Sam. Era uma pergunta razoável. Os sapatos provavelmente eram.

— Não, é meu — disse Laura, entusiasmada. — Comprei há pouco. O que você achou?

— Bem Watteau. Tudo o que você precisa é de uma carroça para ficar igual a uma leiteira — comentou ele.

— Não era o visual que eu estava querendo — respondeu Laura.

— Eu sempre tive uma queda por leiteiras — disse Sam em tom elogioso, esticando-se para puxá-la para a cama.

— Eu não consigo me movimentar direito — falou ela, permanecendo rigidamente de pé. — Só consigo me mexer para cima e para baixo.

— É o que basta — sugeriu Sam, esperançoso.

— O que você achou, de verdade? — perguntou Laura de novo, quando o zíper subiu mais uns 2 centímetros nas costas.

— É difícil dizer agora — observou Sam, sabendo que o que quer que dissesse tinha chance de ser mal-interpretado. — Talvez eles tenham lhe dado o tamanho errado?

— Acho que eu tenho o oposto da anorexia — resmungou Laura, suficientemente animada com seu progresso para ignorar o comentário de Sam. — Eu acho que sou menor do que realmente sou.

— Talvez, se você tirar a calcinha, ganhe mais espaço — sugeriu Sam, solícito.

— Eu acho que não — disse ela, com firmeza. — Além disso, ela faz a minha barriga diminuir.

— Se você se deitar de frente na cama e esticar os braços para a frente, talvez ganhe mais ponto de apoio — sugeriu Sam, dando tapinhas no espaço ao lado dele.

— Desde que você prometa não se aproveitar de mim — disse ela. — A gente precisa descer, senão Hannah vai se sentir abandonada.

— Hannah está acostumada a se sentir abandonada — comentou Sam, despreocupadamente, tomando mais um gole de vodca com tônica. A perspectiva de analisar o casamento de outra pessoa era ainda mais exaustiva do que pensar no próprio casamento. Ele queria se esquecer da vida que existia fora dos confins daquele quarto naquela casa tão familiar de sua infância e fingir que ele e Laura estavam viajando sozinhos no final de semana.

— Que tipo de homem se atrasa para sua própria festa? — perguntou Laura. A oportunidade de tratar da psique de Jonathan sempre era irresistível para ela. Jonathan era um homem complicado, envolvido em padrões questionáveis de comportamento. Mas resistiu à vontade de contar a Sam o que havia entreouvido no restaurante para o caso de parecer paranoica.

— Um homem ocupado — disse Sam, ainda esperando desviar a conversa para outra direção.

— Você é muito leal — gemeu Laura, que agora estava deitada de frente ao lado dele na cama, com as mãos jogadas acima da cabeça. — Eu gostaria de ter a sua disposição.

— De qualquer maneira, ela não está sozinha — disse Sam. — Ela está falando com um dos funcionários eslovacos deles.

Sam estava acostumado a ser descrito em termos que serviam melhor a um labrador, mesmo pela mulher. As pessoas falavam na frente dele sobre seu temperamento calmo, sua lealdade e seu entusiasmo da mesma maneira que os pais falam sobre os filhos como se eles não estivessem presentes. Isso não o incomodava muito. Aceitava-o como resultado de ser o tipo de pessoa que parecia querer da vida nada mais do que já tinha. Até recentemente, acreditava estar satisfeito.

Sam passou um dedo pela espinha de Laura, parando um pouco na base, mas não havia muita possibilidade de criar qualquer espaço onde a carne e o vestido se juntavam. Sentiu Laura arrepiar-se. Satisfeito por não ter havido resistência, Sam se contentou em acariciar uma pequena área de pele nua no ponto em que começava a dobra do seu bumbum. Encontrou as covinhas que ficavam nas laterais da coluna e inclinou-se para a frente para beijá-las, grato ao perceber que o álcool não havia prejudicado sua libido. Mas, enfim, a libido não era o problema, o desafio era mantê-la. Como evitar aquele perigoso mergulho em óxido nítrico.

Laura se virou de lado, de costas para ele. Encorajado pelo consentimento, Sam passou a mão sobre sua barriga e seguiu a caminho dos seios. Abaixou a manga esquerda do vestido e pôs a mão dentro do desconhecido sutiã roxo e preto. A renda arranhou sua pele, e ele o tirou com mais força do que gostaria para liberar o seio antes que Laura pudesse protestar. Então começou a fazer pequenos círculos ao redor do mamilo até senti-lo ficar duro entre os dedos, e Laura se virou de costas.

Da cama, Laura podia ver pela grande e generosa janela o jardim abaixo. A primeira seção consistia em canteiros de flores projetados para parecerem descuidados, e não elaborados. Laura havia passado tempo suficiente com Hannah para saber que isso era como supor que a roupa que ela estaria usando naquela noite era de alguma forma aleatória. A combinação de alcachofras, liliáceas e arbustos deve ter sido meticulosamente planejada. A segunda parte ainda era um projeto. Havia planos para uma campina de flores do campo e uma enorme horta com potencial para prover ao Eden.

— Você acha que eles podem nos ver? — perguntou Laura, enquanto Sam seguia até seu mamilo. Sentiu a outra mão dele puxando o vestido novo acima de suas coxas, e se contorceu para facilitar o progresso pelos quadris.

— Eu não me importo — disse Sam, olhando pela janela e vendo o jovem olhando de volta em sua direção.

A mão dele agora estava acariciando a parte interna da coxa de Laura e encontrando o caminho rumo à ameaçadora calcinha. Laura relaxou. A coisa mais estranha a respeito do longo período de abstinência chegando a um fim era que Laura sempre gostara do sexo com Sam quando acontecia. Lembrava-se de como havia se sentido atraída por ele no começo: ele gostava de mulheres com uma certeza inconsciente. Sam subiu em cima dela, abriu o zíper da calça jeans e enfiou a mão lá dentro. Era mais progresso do que eles haviam feito em meses.

Laura olhou para o jardim lá embaixo e ficou satisfeita ao ver Hannah completamente distraída com o jardineiro. Ela estava gesticulando com as mãos, tentando fazê-lo entender a necessidade de ampliar os canteiros elevados e fazê-los mais altos. O inglês do rapaz era evidentemente limitado. Ela abriu os braços o máximo possível, e ele se aproximou e mediu cuidadosamente a exata distância entre a mão direita e a esquerda. A mão esquerda dele ficou apertada na direita de Hannah para segurar a ponta da fita métrica no lugar e ele foi obrigado a dar um passo na direção dela para mantê-la esticada o bastante até chegar à outra mão. De certa forma, era uma cena tão íntima como a que estava ocorrendo dentro do quarto.

Laura se entregou ao instante. A cama guinchou para a frente e para trás, e a cabeceira de carvalho batia ritmadamente na parede, mas havia sincronia no movimento deles. Sam a observava, e a forma como seus lábios estavam semiabertos e projetados, e sua respiração saía em curtas expirações, fazendo-o relembrar os partos. Sam gemeu, e por um instante Laura pensou que a frustração contida dos últimos seis meses havia lhe custado um orgasmo precipitado.

— Eu não consigo — disse Sam, saindo de dentro dela.

— O que você quer dizer? — perguntou Laura.

— Fui derrotado pela sua fertilidade — argumentou ele, sem ar, ainda em cima dela.

— Não seja ridículo — disse Laura. — Eu não sou um símbolo de fertilidade.

— Eu não consigo trepar porque estou muito traumatizado pela ideia de que você pode ficar grávida — revelou Sam, deitando-se de costas.

— Não tem perigo — afirmou Laura. Sam bufou. — Tem uma camisinha sabor menta naquela gaveta — disse Laura, apontando para o outro lado do quarto. Você pode usar duas se estiver se sentindo sem sorte. Menta dupla.

— Ben é uma prova viva da falibilidade das camisinhas — relembrou Sam, olhando fixamente para o teto. — O seu desejo de ter outro bebê é mais forte que a minha capacidade de evitá-lo. Meu esperma é hipnotizado pelos seus óvulos. E isso produz um efeito catastrófico no meu pênis.

Laura olhou para baixo e viu a ereção dele murchar como um pneu furado. Enquanto observava o pênis dele definhar, uma porção de amassos inadequados passava por sua mente: na igreja, depois do ensaio do casamento deles; na mesa da cozinha dos pais dele; no apartamento de Sam em Londres depois que o

United perdeu para o Everton na final da Copa da Inglaterra de 1995; durante a cerimônia do Oscar em que *Forrest Gump* ganhou o prêmio de melhor filme.

— Conte para mim sobre a primeira vez que você transou com a *au pair* alemã que trabalhava para a família do Jonathan — disse Laura, usando a tática recomendada por Janey.

— Eu contei a você sobre isso? — Sam pareceu preocupado e continuou olhando fixamente para o teto.

— Qual é a pior coisa que pode acontecer? — perguntou Laura, usando um método que aprendeu durante um curso de terapia cognitiva que fez para ajudar seus pacientes a superarem as ansiedades relacionadas às suas doenças.

— Você pode engravidar — respondeu Sam.

— Mas por que isso seria tão terrível? — perguntou Laura.

— Acompanhe comigo — disse Sam, esforçando-se para fechar o zíper do vestido de Laura. — Nós não temos dinheiro suficiente, não temos uma casa grande o suficiente, estamos podres de cansados, e eu não acho que o nosso casamento resistiria.

— Isso parece bastante definitivo — falou Laura. Estava se sentindo curiosamente distante, em parte porque sabia que só conseguiria processar as implicações emocionais do que Sam dizia quando estivesse sozinha. O que era mais irracional, ela se perguntou: sua necessidade devastadora de ter outro bebê quando todo mundo ao seu redor lhe dizia que era uma loucura ou o desejo de Sam, igualmente veemente, de não ter?

— Todos os dias eu fico sentado na frente da tela do meu computador me perguntando "É isso?" — continuou Sam. — Fazia reuniões com outras pessoas decepcionadas imaginando exatamente quando suas vidas haviam fugido do roteiro que elas escreveram para si mesmas. Eu via as mesmas rugas em seus rostos, o mesmo medo em seus olhos, a mesma sensação de pavor de que o bem-estar emocional delas havia se tornado algo definido pela capacidade que tinham de pagar a hipoteca. E nesses momentos eu pensava: "Ainda bem que só tivemos dois filhos."

— Então você deve fazer a vasectomia — disse Laura, notando o fato de que ele usou o verbo no passado para se referir ao trabalho. — Eu não quero saber de detalhes nem discutir a questão. Só me conte quando tiver feito.

Ela agora estava dentro do vestido, e se levantou com dificuldade. O efeito como um todo era espantoso. Laura tinha o tipo de decote mais apreciado por garotos adolescentes ou homens muito velhos. A cintura império levava o olhar imediatamente para cima. Mas as mangas eram longas, e o comprimento da saia tornava o resto do vestido quase recatado. Era uma roupa esquizofrênica, ele concluiu.

— Meu Deus — disse Sam.

— Está um pouco demais? — perguntou Laura.

— É um vestido único — reconheceu ele.

— Vou descer. Por que você não tenta trabalhar um pouco? — sugeriu Laura hesitantemente a caminho da porta, esperando que ele ao menos retomasse o roteiro do filme de suspense. — Daí você pode relaxar amanhã. — Era o tipo de coisa que ela poderia dizer a Nell sobre terminar a lição de casa.

Já fazia quase dez minutos desde a última vez que Sam pensara sobre o vazio que enfrentava desde que deixara o emprego, e a ideia de ser abandonado naquele quarto com as revisões do episódio final de *Não ressuscitar* passando em looping por sua mente era tão opressiva que não havia muita opção além de se servir de outra vodca dupla.

Ao tomar o primeiro gole, forçou a si mesmo a relembrar a reunião sobre o roteiro final com a produtora, para se assegurar de que havia tomado a decisão certa quando optou por cometer suicídio profissional. Lembrou de um dos editores dando a ideia de um especial de Natal em que uma célula da al-Qaeda era descoberta trabalhando no hospital. Sam hesitantemente sugerira que aquilo não parecia nem muito festivo nem politicamente correto. Mas o espetáculo de uma crise de reféns e as possibilidades para a equipe de efeitos especiais eram tentadores demais. Então, meio de brincadeira, Sam sugeriu que um surto de Ebola seria um pouco mais realista. O produtor tamborilou os dedos na mesa.

— Tem alguma coisa aí, Sam — disse ele, afinal.

— Eu estava brincando. Ebola só existe na África, principalmente no Congo — relatou Sam.

— E não temos orçamento para trabalhar com locação — exclamou um editor, ansioso.

— Simplesmente não é plausível — disse Sam.

— Desde quando os enredos precisam ser verossímeis? — indagou o produtor, e o destino de Sam foi selado.

Então Sam ligou o computador, e o documento no qual ele estivera trabalhando até tarde da noite no dia anterior apareceu imediatamente. Era o formulário de fidelidade. Impulsivamente, apagou o arquivo. Qual era o sentido de fazer planos para o futuro quando o presente era tão incerto? Até mesmo labradores ficam tristes. Saiu da cama e decidiu dar uma longa caminhada para desanuviar a mente, enfiando a garrafa de vodca no bolso, caso precisasse de mais anestesia.

7

Quando foi que o desejo se tornou tão complicado?, Laura se perguntou ao fechar a porta do quarto e sair caminhando pelo corredor, segurando os sapatos em uma das mãos e um cardigã na outra. Balançou a cabeça, confusa com a neurose de Sam quanto à sua exagerada noção em relação à própria fertilidade. Será que ele acreditava ter um esperma diferente do de qualquer outro homem de quase 40 anos? Será que imaginava seus espermatozoides todos cantando e dançando em cores primárias, desenhados por algum gênio da Pixar? Será que imaginava que eles tinham personalidades distintas, com qualidades de força e determinação que o diferenciava de todos os outros homens? Que eram capazes de reduzir camisinhas a pó e atrair os óvulos de Laura de seus ovários até as trompas de falópio apenas pelo carisma?

Alguns homens tinham casos e compravam carros esportivos para dissimular o medo subconsciente de seu diminuído valor procriador, mas não Sam. Em vez disso, ele via a si mesmo como Priapus. Ocorreu a Laura que se os homens eram movidos pelo desejo de engravidar o máximo de mulheres possível, então o que isso dizia sobre Sam? Talvez ele representasse uma nova espécie masculina, mais acima na escala de evolução do que os que o precederam. Fora seu senso de responsabilidade que o levara até a clínica médica para evitar que sua semente seguisse germinando.

Laura seguiu uma trilha de pegadas enlameadas pelo corredor até a escada. Aquele era, calculou, o método mais eficiente para que encontrasse o caminho de volta à cozinha, nos fundos da casa, e ajudasse a preparar o jantar. Sentiu-se culpada por não ter pensado em oferecer ajuda antes, envolvida com as próprias preocupações e a suposição enraizada com o passar dos anos de que Hannah estaria com tudo sob controle. Viu uma luz no quarto das crianças e empurrou lentamente a porta. Encontrou Nell sentada na cama ainda lendo com Ben adormecido ao seu lado, na mesma caminha de solteiro.

— Ele estava com medo — disse Nell, dando de ombros e olhando para o irmão.

— Isso foi muito legal da sua parte — elogiou Laura.

— Não, não foi. Eu estava com frio — falou Nell, sorrindo e aceitando gentilmente o beijo da mãe.

Laura saiu do quarto e voltou a seguir a trilha de lama no corredor, pensando no tamanho dos largos passos de Hannah e na forma como o carpete bordado estava gasto até chegar às tábuas do piso. Estava mais longe das imaculadas passadeiras beges e das paredes cinzentas da antiga casa de Hannah em Londres do que dava para imaginar. A casa jacobiana era uma confusão ingovernável e dispersa. Os cômodos tinham formatos estranhos com painéis de madeira que os deixavam escuros e claustrofóbicos.

Era como se um cientista estivesse conduzindo uma experiência ao arrancar Hannah de seu habitat natural e transplantá-la para um ambiente estranho para ver como ela se viraria. Laura decidiu que seria a observadora antropológica, ao menos durante o final de semana. Até então, todas as evidências empíricas sugeriam uma transição suave, testemunhada pela falta de maquiagem, pelas roupas desalinhadas, pelos sapatos baixos e as unhas sujas. Sem querer, Laura sorriu.

No topo da escada, a trilha de lama inesperadamente se dividiu em dois caminhos concorrentes. O primeiro, principal, a julgar pelas diferentes qualidades de lama e poeira, levava firmemente para baixo. O outro ia em direção a um quarto à esquerda que Laura não havia notado antes, porque estava escondido atrás de uma feia arcada pseudogótica de madeira que deve ter sido acrescida à casa depois da construção. Tinha uma mesa pequena com uma tigela de porcelana contendo pot-pourri antigo e uma embalagem de tabaco que Laura levantou para cheirar. O tabaco, pelo menos, era fresco. Embaixo da mesa, havia uma pilha de livros: James Clavell, Brad Meltzer, John Grisham. Ao lado deles, uma grande pilha de revistas em quadrinho bastante folheadas. Laura pegou uma. *Justiceira*, dizia o título. Abriu a revista e se espantou ao descobrir que a heroína era uma mãe divorciada de meia-idade que trabalhava como advogada de dia e lutava contra vilões à noite. Nem mesmo as super-heroínas podiam dormir, observou ironicamente.

Laura foi até a porta e girou lentamente a maçaneta. Ao abri-la devagar alguns centímetros, viu que não havia lâmpada no teto nem cortinas na janela do outro lado do quarto. Um raio de luz do sol quente de outono penetrou no quarto escuro, e Laura piscou enquanto os olhos se adaptavam ao contraste. No meio de uma surpreendentemente generosa cama de casal, Luke estava deitado de olhos fechados, escutando música em um iPod. Numa das mãos, segurava um cigarro aceso. A outra estava dentro das calças. Havia uma fina poeira de cinzas espalhada ao redor dele sobre o edredom branco. Uma organizada pilha de livros e anotações estava intocada sobre a mesa de cabeceira. Embora estivesse morando ali havia quase quatro meses, não tinha nada desencaixotado além de um computador, instalado sobre uma mesa no meio do quarto, cercado por pilhas sobrepostas de papel. Na parede, um único pôster de Jessica Alba vestindo pouco mais que uma parte de baixo de um biquíni.

Laura conhecia Luke desde bebê, mas aquela metamorfose num adolescente ainda a surpreendia. Ele era como uma receita conhecida, cujos ingredientes essenciais haviam sido modificados ao longo dos anos, de modo que o prato como um todo parecia o mesmo, mas com o sabor sutilmente diferente. Perguntou-se se ele tinha uma namorada e se deu conta de que um relacionamento sério não era pré-requisito para uma vida sexual satisfatória quando se é adolescente. Laura pensou nas camisinhas no quarto em que estava e especulou se pertenciam a ele ou mesmo a Gaby, que frequentava uma escola mista.

Mudar-se para Suffolk naquele estágio da vida, depois de já ter passado algum tempo percorrendo Londres à noite com os amigos, não era um desenvolvimento ideal para um garoto de 16 anos, em meio à pirotecnia hormonal da idade. Ainda assim, Sam e Jonathan haviam passado suas adolescências ali e saíram relativamente sãos e salvos, embora Sam recentemente tivesse admitido que passara tempo demais desejando a mãe de Jonathan. Pelas fotografias que tinha visto dela, Laura suspeitava que Sam não estava sozinho. Ela era o tipo de mulher que chamava atenção, mas rejeitava intimidade. Nas fotos, sempre parecia não estar olhando para a câmera, com um meio sorriso nos lábios, como se estivesse achando graça de uma piada íntima com alguém que não dava para ver. Jonathan lhe contara que, no enterro da mãe, havia homens que ele nunca tinha visto antes chorando no fundo da igreja. Na época, Jonathan imaginou que se tratava de uma reação ao seu próprio status recente de órfão de mãe. Foi apenas muitos anos depois, durante uma conversa regada a álcool com o pai, que descobriu que aqueles homens eram antigos e atuais amantes da mãe. Uma resposta, disse o pai, cheio de arrependimento, a seus próprios pecadilhos.

Constrangida pela intrusão, Laura fechou a porta do quarto de Luke, que ainda não tinha consciência de sua presença, e desceu a escada, chegando ao hall com painéis de carvalho do térreo. Havia um tapete de lã no chão e chapéus, que devem ter pertencido ao pai de Jonathan, pendurados na parede. Laura espirrou. Dois corredores saíam do hall. Ouviu música tocando ao final de um deles. Talking Heads. Era uma escolha de Jonathan, não de Hannah. Quando Laura conheceu Jonathan, a mesma música estava tocando num toca-fitas na cozinha. Ela se lembrava de que o quarto cheirava a incenso, e da mala ainda não desarrumada em seu quarto. Jonathan sempre foi alguém capaz de pôr sua vida numa mala em dez minutos, se necessário. Foi a apresentação dela aos Talking Heads; a apresentação à sua primeira e última carreira de cocaína e, mais significativamente, sua apresentação a Sam.

Laura chegou ao fim do corredor. Não havia lâmpadas acesas. Ela tateou uma porta à sua frente e outra à esquerda, que se abriu para uma grande despensa com uma pequena janela que dava para a lateral da casa. Quando ligou o interruptor, uma fraca luminosidade amarelada de uma lâmpada nua aqueceu o ambiente.

Ela pôde identificar a silhueta de um imenso freezer perto da janela. O cômodo estava mofado e tinha um cheiro forte, mas não desagradável, que Laura aspirou profundamente. Com fome, e sabendo que a geladeira de Hannah estava normalmente bem-estocada, atravessou o piso de pedra. Se comesse alguma coisa agora, não teria de sofrer a ignomínia de se empanturrar de batatas fritas e nozes na frente de Hannah, cujo autocontrole era lendário. O salto do sapato bateu numa pedra particularmente irregular, e ela estendeu uma das mãos para manter o equilíbrio. A mão pousou numa superfície macia, levemente peluda e viscosa que Laura pensou que devia se tratar de um presunto defumado. Abriu o refrigerador, esperando que a luz fosse ajudá-la a avaliar as opções.

Quando olhou dentro da geladeira, Laura se viu cara a cara com a cabeça pelada de um grande animal, possivelmente um veado. Seus olhos vidrados a encaravam de um prato em que havia se acumulado uma poça de sangue. Pôde ver os tocos dos dois lados da cabeça de onde suas galhadas tinham sido serradas. Na prateleira de baixo, uma coleção de fígados e rins arroxeados estava reunida numa tigela. Ao lado deles, um prato contendo dois pés de porco e o que parecia um par de testículos recém-cortados. Eram perfeitamente redondos, macios e rosados. Laura recuou, menos por sensibilidade do que pelo cheiro de carne crua que lhe encheu as narinas. O cheiro a fez recordar as feridas abertas, que costumava tratar quando passou seis meses na emergência, antes de se qualificar como neurologista, e a aproximou da realidade da vasectomia de Sam. Um simples talho do bisturi no escroto para cortar os canais deferentes.

Quando recuou para o piso irregular, Laura novamente tentou se equilibrar procurando segurar a prateleira que percorria a lateral do ambiente. Ficou aliviada ao encontrar a mesma superfície viscosa para se apoiar. Desta vez, abaixou-se para ver se tinha mesmo cruzado com um presunto. Em vez disso, ela se viu segurando o úmido e peludo focinho de uma cabeça de porco crua. Gritou, um grito curto e agudo, que foi alto o bastante para fazer Hannah vir correndo da cozinha.

— Você está bem? — perguntou Hannah, olhando ao redor para ver o que poderia ter assustado Laura.

— Parece uma câmara de vodu — disse Laura, sem fôlego.

— É tudo orgânico — respondeu Hannah, parecendo um pouco na defensiva.

— Não era a proveniência que estava me preocupando — disse Laura.

— Nós produzimos tudo isso. Fui com eles até o abatedouro local em sua jornada final — explicou Hannah, entusiasmada, batendo na cabeça do porco. — Esta era a Clover. O outro — ela apontou para outra cabeça de porco no canto — era o Chester, marido de Clover.

O impressionante decote de Laura arfou para cima e para baixo. Cairia bem com o grupo de caça, pensou Hannah, não que estivesse tentando fazer a corte àquele elemento em especial da paisagem de Suffolk. Eles gostavam de uma mulher com quem pudessem se agarrar. O corpo ossudo e o peito achatado de Hannah a tornavam exótica demais, principalmente quando combinados com os cabelos curtos. Passavam a imagem de uma natureza abstêmia.

— Estou certa de que isso foi muito reconfortante para eles — disse Laura.

— Estou experimentando uma nova receita — falou Hannah, rindo. — É um prato inglês medieval chamado queijo de porco. A cabeça e os pés do porco são fervidos para soltar toda a geleia e toda a carne, então tiramos a pele da cabeça e picamos o focinho para fazer uma terrina.

— Não consigo imaginar isso sendo bem-aceito pelo povo de Islington — disse Laura.

— Bem, nós pensamos em experimentar com você e Sam primeiro — continuou Hannah, generosamente.

— Quem decapitou o porco? — perguntou Laura, apreciando a cirurgia bem-feita.

— Jonathan me deu uma serra elétrica de Natal — explicou Hannah. — Ela tem todos os tipos de utilidade.

Laura olhou mais de perto para o porco e admirou seus perfeitos cílios loiros. A cabeça encarou-a de volta com reprovação, os olhos injetados e inchados, como se tivesse chorado. Sua boca estava entreaberta, e ela pôde ver uma fileira de dentes pontudos perfeitamente parelhos.

— Você era vegetariana quando saiu de Londres — alegou Laura, tendo perdido completamente o apetite com a carnificina da despensa.

— Nós podemos evoluir — disse Hannah, dando de ombros. — E é bom ter um relacionamento honesto com o que comemos. Jonathan acredita que demonstramos respeito ao usarmos todo o animal. É o curso natural das coisas. As pessoas vêm fazendo isso há séculos. Ele quer, inclusive, transformar as bexigas em camisinhas e exibi-las em caixas no Eden.

— Parece muito Damien Hirst — falou Laura, mas o que ela queria dizer era que o abandono aparentemente casual de Hannah de seus princípios vegetarianos era tão significativo quanto a perda de fé de um crente. Em vez disso, ela inconscientemente acariciou a cabeça do porco.

Ela pensou no pênis murcho de Sam sobre a coxa dele e em seus óvulos condenados à pena de morte. E então, para sua surpresa, começou a dar risada, porque embora tenha visto muitos pacientes com impotência relacionada a condições neurológicas, nunca havia cruzado com um caso de alguém que tivesse desenvolvido uma fobia absoluta de engravidar a própria mulher. Valeria um episódio de *Não ressuscitar*.

— Jonathan te contou que eu pensei que Sam estava tentando achar uma agência de encontros para pessoas casadas na internet? — perguntou Laura, surpresa com a prontidão com que conseguiu encontrar humor na situação.

— Não é tão absurdo — disse Hannah. — Foi assim que Janey conheceu Steve, embora eles evidentemente não falem sobre o assunto agora.

— Você quer dizer que eles se conheceram por uma agência de encontros para pessoas casadas, embora nenhum deles fosse casado? — perguntou Laura, incrédula.

— Acho que ela queria alguém que a distraísse das lembranças de Patrick, e Steve não queria um relacionamento que causasse qualquer impacto em seu trabalho — ponderou Hannah.

— Eu não acredito que Janey nunca me contou isso — disse Laura.

— Ela provavelmente pensou que você não fosse aprovar — arriscou Hannah.

— Mas por que ela pensaria isso? — perguntou Laura, que sabia haver alguma verdade na observação de Hannah.

— Porque você não iria — respondeu Hannah. — E as pessoas se preocupam com a sua aprovação.

— As pessoas sempre se sentem assim em relação a médicos — disse Laura.

— Eu me sentia assim muito antes de você se formar — contou Hannah. — Eu sabia que precisava da sua aprovação se pretendia chegar a algum lugar com Jonathan.

— Ele ficou louco desde a primeira vez que viu você — disse Laura, que tentou imaginar um período de sua vida em que pudesse ter sido intimidadora. — O que eu achava era irrelevante.

— Sam sempre apoiava as decisões de Jonathan, mas você era diferente. Você é o compasso moral dele. Ainda se importa com o que você pensa. Sabe que sempre me perguntei se tinha havido alguma coisa entre vocês dois? — disse Hannah, impetuosamente. — Quero dizer, eu não me importaria com isso agora, é claro, mas sempre tive a sensação de que havia alguma coisa malresolvida.

Laura estava surpresa demais para responder. Como, ponderou, depois de anos de dormência, esse assunto de repente se tornara ativo? Imaginou rapidamente se tinha alguma coisa a ver com a fotografia no quarto. Era um retrato que apresentava mais perguntas do que respostas. Como *O casamento de Arnolfini*. Tentou pensar na fotografia objetivamente. A forma como Jonathan desviava o olhar da câmera queria dizer que ele estava bravo com Patrick? Um observador cuidadoso teria percebido que, embora Sam e Janey parecessem separados, na verdade dava para ver que o dedo do pé de Sam estava cutucando a parte de trás da canela dela naquele ponto macio logo acima do tornozelo. E talvez reconhecesse alguma coisa no olhar de Laura, mas chegaria às conclusões erradas sobre a pessoa responsável por aquele estado de languidez. Fotografias eram perigosas, pensou Laura, porque elas não diziam nada do que havia acontecido antes ou depois. Era por isso que ela gostava de medicina. Uma tomografia cerebral respondia a mais questões do que impunha.

Resolveu questionar Hannah mais cuidadosamente, mas ambas tiveram a atenção desviada por uma comoção do lado de fora da casa. O trabalhador eslovaco que Laura havia visto pela última vez medindo os canteiros de aspargos veio até o basculante aberto na ponta da despensa e pediu que Hannah fosse lá fora. Ele pronunciou o nome dela com ênfase gutural na primeira consoante e deu um sorriso para Laura, mas havia um senso de urgência em seu tom de voz.

— Este é Jacek — disse Hannah.

Ele tirou o chapéu, e Laura ficou levemente surpresa ao ver uma cabeça cheia de rastafáris loiros. De perto, era mais velho do que Laura imaginara. Pôs a mão no peitoril da janela, e Laura notou a cicatriz de uma queimadura numa das articulações e algumas feias calosidades avermelhadas em seus dedos. O hábito de observar mãos era algo que Laura trazia desde o começo da infância. As mãos de Jacek pertenciam a alguém envolvido em trabalho físico pesado. Eram tão secas que profundos canais haviam se aberto nos sulcos em torno das juntas dos dedos. Eram as mesmas mãos daqueles trabalhadores migrantes que acabavam em sua clínica em Londres depois de desenvolverem problemas neurológicos consequentes de acidentes ocorridos em obras irregulares da construção civil.

Laura não conseguiu entender o que ele dizia, mas ele apontou para um campo ao lado da casa várias vezes, e Laura achou que ele estava dizendo que ia procurar uma corda.

— Alguém entrou com o touro — explicou Hannah, rapidamente, ao deixar a despensa.

Laura ficou parada ao lado da janela aberta, tentando entender o que estava acontecendo no campo e se aquilo merecia sua atenção. Ela já podia ver Hannah indo a caminho do portão do cercado a aproximadamente 20 metros de distância.

A estreiteza da janela oferecia grande claridade à longa cena rarefeita que se desenrolava do lado de fora. Dessa forma, ela pôde ver no topo da moldura uma pequena figura no campo atrás do jardim seguindo em linha reta na direção da casa, com as mãos enfiadas nos bolsos de um casaco. A pessoa caminhava concentrada, olhando fixamente para o chão, como se procurando pela resposta a uma pergunta significativa no pasto alagadiço. Era difícil saber se era um homem ou uma mulher, porque o piso ondulado obrigava a pessoa a dar passos fortes, pesados e masculinos.

Quando a figura chegou na metade do campo, num ponto equidistante entre a cerca viva que marcava um dos limites da propriedade e o portão que se abria para a entrada de carro, Laura viu o touro aparecer no limite mais distante do campo, de aparência forte, até mesmo daquela distância. O animal trotava de um lado para o outro, com suas imensas formas engolfando suas minúsculas pernas, como se fosse propulsionado pela simples força de seu massivo corpo. A cabeça estava abaixada, mas Laura creditou isso ao simples esforço que se fazia necessário para andar.

Era o mesmo instinto mecânico que seus pacientes de Parkinson usavam para manter o impulso.

O touro seguia lentamente, como se estivesse curioso sobre o estranho presente. Mesmo quando ganhava velocidade, parecia andar em câmera lenta. Seguia na direção da pessoa com decisão indolente, porém significativa. Hannah não estava ao alcance da visão. Laura imaginou que ela tivesse ido atrás da corda e começou a gritar para alertar o homem distraído, porque agora que estava mais perto, dava para ver que era uma figura masculina.

Olhou para cima e viu que o touro havia disparado num trote manco e seguia desajeitadamente na direção do homem, que parecia completamente alheio ao que estava prestes a acontecer. Laura viu que seria possível abrir mais a ampla janela se ela se debruçasse sobre o peitoril para empurrar a tranca enferrujada.

A esta altura, o touro estava a apenas 10 metros atrás do homem. Sua grande barriga balançava de um lado para o outro, e ele respirava fundo, com o esforço ou talvez com a raiva por descobrir alguém invadindo seu território. Deve ter sido um belo espécime anos atrás, mas agora, com os pelos brancos emaranhados da cabeça e o pelo marrom desbotado, parecia um velho bravo.

— Cuidado, atrás de você! — gritou Laura pela janela. Berrou sem parar para a pessoa no campo, acenando com o braço. E então, em questão de segundos, era tarde demais. O touro parou completamente logo atrás do homem. Não o tocou, mas o homem caiu dramaticamente para a frente e se ajoelhou na lama como se estivesse rezando. Laura sentiu um golpe no estômago: o homem era Sam. O que, em nome de Deus, ele estava fazendo?

Saiu correndo da despensa, ainda com os sapatos de Hannah, e encontrou Gaby tateando para abrir a pesada porta dos fundos na cozinha. Então as duas saíram correndo em direção ao portão.

*

— Faça alguma coisa — Laura implorou a Hannah.

— Não se preocupe — disse Hannah. — Vou cuidar disso. Se ele ficar excitado demais, vai reduzir a contagem de esperma dele e não vamos conseguir bezerros suficientes. — No campo, Sam permanecia ajoelhado. Ficou perfeitamente imóvel, respirando profundamente, antes de se levantar para encarar a besta curiosa.

— E a contagem de esperma do Sam? — perguntou Laura, espantada tanto com o instinto de proteção de Hannah em relação a seu touro quanto com seu recém-adquirido conhecimento a respeito dos hábitos de procriação de gado.

Hannah não respondeu porque estava espantada com a atitude de Sam. Em vez de recuar, ele agora estava de pé e se aproximava do touro, com o braço esquerdo estendido num ângulo reto em relação ao próprio corpo. Quando parou na sua frente, esticou lentamente a mão, segurando-a horizontalmente diante da cara peluda do animal e estendeu os dedos indicador e do meio, apontando para os olhos dele. Tendo obtido toda sua atenção, começou a fazer pequenos círculos giratórios com os dedos. O touro ficou perfeitamente parado, aparentando imobilidade.

— O que ele está fazendo? — perguntou Laura.

— Acho que ele está tentando hipnotizar o touro — disse Hannah, incrédula. — Ele anda assistindo a muitos programas sobre vida selvagem.

— É mais provável que ande bebendo muita vodca com tônica — argumentou Laura.

Então Sam as surpreendeu mais uma vez ao girar lentamente o ombro para tirar um dos braços do casaco e então, num único gesto exuberante, apanhá-lo com a mão direita. Soltou o braço esquerdo e ficou parado na frente do touro, agitando o casaco para ele como um toureiro.

Laura não sabia se ria ou chorava. Sam sacudiu o casaco, primeiro devagar, de modo que apenas a bainha se agitava levemente. O touro encarou o casaco e abaixou a cabeça. Laura viu os lábios de Sam se mexendo e se perguntou o que ele estava dizendo.

— Vou entrar para ajudar — disse Hannah, fazendo uma avaliação da situação.

— A única pessoa que pode salvar Sam é ele mesmo — resmungou Laura, com absoluta convicção.

— Eu quis dizer que vou entrar para salvar o touro — alegou Hannah, saltando para o campo. — Sam vai deixá-lo instável. Ele é completamente inofensivo. Até mesmo quando provocado.

— Caramba — disse Jonathan, que havia acabado de aparecer ao lado de Laura. — Ele está tendo um momento Hemingway?

— Alguma coisa do gênero — resmungou Laura.

— Alguém precisa servir de chamariz — disse Jonathan, subindo no portão. — Então Sam pode sair correndo.

— E você? — gritou Hannah.

Jonathan apontou para os próprios tênis.

— Estes são meus novos tênis de corrida — disse ele, dando de ombros, desculpando-se.

— O touro não tem um tratador? — perguntou Laura.

— Você quer dizer tipo um guarda? — reagiu Jonathan.

— Um toureiro dedicado — disse Laura.

— É Hannah. Ele fica absolutamente dócil quando ela está cuidando dele. Ela tem um espírito naturalmente tranquilo. O touro está sensível em relação ao humor de Sam.

— Não tem nada a ver com o humor de Sam — replicou Laura.

— Ele está bêbado demais para sentir qualquer coisa.

— Já estive muitas vezes com Sam bêbado, mas ele nunca mostrou qualquer tendência a tourear — falou Jonathan. — Ele nem sequer fica agressivo. Não se preocupe, Laura, Jacek está chegando, e ele vai resolver tudo.

Jacek trazia uma corda e um cabresto pendurado no ombro. Caminhava numa marcha tranquila, como a de um caubói. Suas calças jeans estavam caídas nos quadris, e seus cabelos balançavam de um lado para o outro enquanto caminhava até eles. Laura tentou abrir a tranca de ferro do portão, mas ela não se mexeu. Jacek parou ao seu lado e se abaixou para examinar o ferrolho enferrujado. Laura se inclinou para a frente até seu nariz encostar nos cabelos dele. Inspirou com hesitação e ficou surpresa com o fato de que, exceto por um traço de óleo, possivelmente de amêndoa, seus cabelos não tinham um cheiro muito diferente dos de seus filhos. Foi tomada por uma grande vontade de tocá-lo e segurá-lo nas mãos para sentir seu peso. O que ele deve pensar da gente?, Laura se perguntou. Por um instante, invejou a simplicidade da vida dele. Jacek estava ali para ganhar dinheiro e mandar para a família na Eslováquia. Ganhava em um dia mais que a média da população eslovaca ganhava em uma semana no país natal. Trabalhava duro: seu corpo malhado era prova de trabalho físico, e não de horas passadas numa academia. Ele deve olhar para nós e imaginar as trivialidades das nossas vidas, pensou Laura, suspirando. Ela o invejava. Mas não por sua juventude ou boa aparência. Ela o invejava por seu desapego.

— Você vai irritá-lo, Sam — gritou Laura por cima do portão, mas Sam não a escutou, ou não estava prestando atenção.

Quando o touro percebeu que o casaco havia sido tirado, no último minuto, encarou Sam.

— Isto é tudo culpa sua — disse Laura, irritada, para Jonathan.

— Como pode ser? Eu acabei de chegar — indagou Jonathan, confuso. — Você é sempre tão dura comigo, Laura.

— Eu não quero dizer diretamente. Indiretamente.

— Do que você está falando? — perguntou Jonathan, genuinamente perplexo com o tom dela. — Bem, você não pode me culpar por isso. É o forro vermelho do casaco que está provocando o touro.

— Touros não veem cores — disse Laura. Sam estava aparentemente inconsciente de qualquer coisa que estivesse acontecendo fora dos limites do campo. Agora que havia atraído a atenção do touro, começou a agitar o casaco com mais força. O touro arranhou o chão com uma pata, levantando folhas de grama no ar, baixou lentamente a cabeça até quase tocar o pasto e então ficou imóvel. Todos ficaram paralisados. Sam sentiu a adrenalina percorrendo seu corpo. Estremeceu de expectativa, resistindo à vontade de se mexer até o touro chegar a ele. Sentiu algo perto do êxtase e, por um segundo, permitiu-se fechar os olhos para saborear o instante. Então o touro andou lentamente na direção dele e ficou imóvel.

— Olé! — gritou Sam, tentando provocar o touro. Mas o animal continuou parado. Em um ataque de irritação, Sam atirou o casaco no touro e agarrou seu chifre. Impassível, o touro foi embora, com a visão restringida pelo forro do casaco. Todos gritaram quando o touro seguiu firmemente sem rumo para longe de Sam, que se sentou nos calcanhares, tremendo, e ficou parado nessa posição.

Olhou para trás e viu que o touro havia ido até o ponto mais distante do campo. Estava tentando, sem muito entusiasmo, sacudir o casaco para longe. Sam gostou de ver Laura escalar o portão e sair correndo pelo campo em sua direção.

— Sam! — gritou ela. — Você está bem?

— Ótimo — gritou ele em resposta. — Nunca estive melhor. — Meio que se perguntou por que ela estava correndo se o drama tinha acabado. Mas esse era o estilo de Laura. Ela conseguia segurar as pontas durante uma crise, mas desmoronava depois de ela ser resolvida. Sorriu porque considerava reconfortante estar casado com alguém com uma natureza tão transparente. Ele devia ter contado a ela sobre estar pedindo dinheiro emprestado a Jonathan. Mais do que tudo, devia ter contado a ela sobre ter pedido demissão do emprego para terminar o roteiro de cinema que começara a escrever havia mais de seis anos.

Laura estava agitando os braços como se fosse um moinho de vento, pensou Sam, divertindo-se, enquanto se aproximava. Ela havia tirado os sapatos, e ele pôde ver mesmo de longe que a frente do vestido novo dela estava imunda. A parte do ombro havia caído sobre o braço e, embaixo, ele pôde ver a alça do sutiã. Viu a saliência do seio esquerdo ameaçando vazar de suas amarras de lese. Lembrou-se do feriado que Jonathan planejara e, pela primeira vez em muitas semanas, descobriu-se esperando por alguma coisa. Até lá, a vasectomia já teria sido feita. As crianças estariam com os pais de Laura e, pela primeira vez em sete anos, eles conseguiriam passar algum tempo a sós. Na realidade, não importava aonde eles iriam. Tudo o que importava era que, durante sete noites, os dois estariam na mesma cama sem quaisquer interrupções e, livre das preocupações de poder engravidá-la, ele poderia finalmente capitalizar o fato de que ainda achava a própria mulher atraente

8

O problema de ficar sabendo de alguma coisa é que não se pode deixar de saber depois, pensou Sam, ao sentar-se à mesa do café na manhã seguinte. Seus olhos pareciam passas, enrugados e ressecados de cansaço. Na boca, sentia gosto de álcool velho e cigarro, e a garganta queimava.

Estava lendo um dos jornais de domingo, mas as palavras apareciam borradas diante dele. Leu uma mesma frase várias vezes, como se, pela repetição, as palavras fossem se espalhar em fragmentos ininteligíveis. *Jonathan Sleet explora novo prato inglês,* dizia a legenda, ao lado de uma pequena foto granulada de Jonathan saindo de um clube privado com uma mulher de cabelos curtos escuros.

Era uma matéria de tabloide que Sam normalmente ignoraria. Mas, ao observar a foto, percebeu que era a mesma mulher que se sentara ao lado deles quando ele fora ao teatro com Jonathan na semana anterior. Mesmo com a cabeça virada contra a câmera, ele tinha certeza de que era ela. Os cabelos escuros curtos e desalinhados, a boca que fazia os homens pensarem num tipo de coisa, os olhos amendoados quase orientais — tudo era familiar. Sam balançou a cabeça com a ironia de ter sido ele quem foi forçado a negar a uma terapeuta de casal que estava tendo um caso, quando era Jonathan o envolvido em múltiplas traições.

"Vocês pegaram o homem errado", ele queria dizer a todos sentados ao redor da mesa. Porque, embora não houvesse provas para construir um caso contra Sam, algumas pessoas poderiam pensar que não havia fumaça sem fogo. "É naquele que fica a manhã de domingo passando torpedos lá fora que vocês deveriam estar prestando atenção", ele quis dizer ao ver Jonathan passando pela janela da cozinha digitando em seu celular atentamente. Sam levantou o olhar e encontrou três pares de olhos preocupados. Ele devia estar resmungando alto. Pôde perceber pelas estranhas expressões ao redor da mesa que falar sozinho era visto como apenas outro sintoma de sua agora bastante pública crise de meia-idade. Isso mesmo, mais uma ironia, porque desde que havia decidido definitivamente seguir em frente com a vasectomia, tinha uma vaga sensação de equilíbrio voltando.

Levantou-se para cortar uma fatia de pão. Era um pão integral e orgânico com sementes e castanhas e, embora estivesse com a mão trêmula, conseguiu cortar uma fatia razoavelmente reta. Enquanto o pão dourava na torradeira, Sam inclinou-se para a frente a fim de sentir o calor da resistência. Sentiu o rosto queimando, mas não se permitiu sair do lugar até conseguir organizar um relato razoável dos acontecimentos da noite anterior.

Lembrou-se de estar de pé no meio de um campo com um touro, sentindo-se inexplicavelmente exultante, e então não se lembrava de mais nada até acordar às cinco e meia da manhã na cama com Laura. O que aconteceu entre uma coisa e outra havia se perdido. Para Sam, era simples: ele tinha saído para dar uma caminhada e refrescar as ideias e inesperadamente cruzou com um touro e decidiu que poderia ser divertido provocar um confronto. Agora percebia que em vez de ser visto como sinal de recuperação, seu comportamento estava sendo interpretado como prova ainda maior de seu declínio emocional.

A sensação de que devia ter feito alguma coisa de que pudesse se arrepender, e da qual não se recordava, foi exacerbada pelo fato de que havia se levantado com as mesmas roupas que estava usando no dia anterior e recebera sorrisos fixos de Laura e Hannah quando desceu para a cozinha às dez da manhã. Era para ele ter acordado Ben, e apenas alguma coisa muito séria teria feito Laura abrir mão de ficar mais tempo na cama. Principalmente levando-se em conta as demoradas negociações durante o caminho de carro sobre quem exatamente tinha dormido mais na noite anterior.

A torrada saltou e o atingiu no rosto. Ele viu Gaby observando-o furtivamente por cima de uma revista e sorriu para ela. A menina baixou o olhar um pouco rápido demais. Ela estava usando várias blusas compridas, com as mangas puxadas até as mãos, e uma minissaia jeans com legging preta, o uniforme da adolescente londrina sensível. Mas, na Suffolk rural, muito além do radar sartorial até mesmo dos condados mais próximos, a roupa a marcava como alguém à frente no jogo do estilo.

O termostato adolescente deve estar permanentemente ajustado mais baixo, pensou Sam, porque eles se cobriam com muitas camadas. Talvez fosse porque sempre eram muito magros, apesar de Gaby não parecer faminta. Tinha braços e pernas longos e porte atlético, chegando mesmo a ser antiquadamente voluptuosa. Não havia nada de esquelético em seu corpo. Sam percebeu que suas sapatilhas de balé pretas estavam cobertas de lama e lembrou com culpa que Gaby estava entre os que tinham ido até o campo para convencê-lo a sair dali. Como ele devia parecer velho e ridículo aos olhos dela. Perguntou-se o quanto ela sabia sobre o que estava acontecendo.

— Quer café? — perguntou Hannah da outra extremidade da mesa. Sam sentiu uma pontada de culpa ao pensar no que havia lido no jornal. O sentimento foi rapidamente seguido por uma sensação crescente de pânico por não conseguir lembrar o que ele poderia ter dito na noite anterior. Talvez tivesse contado a Laura o que havia acontecido no teatro. Procurou os olhos dela, mas sua expressão não revelou nada. Então voltou rapidamente para o lugar e folheou o jornal até a seção de esportes.

— Fantástico — disse Sam, espalhando uma grossa camada de geleia no pedaço de torrada queimada.

— O que você quer? — perguntou Hannah. — Espresso, latte, macchiato, americano ou cappuccino?

— Acho que um espresso duplo seria provavelmente uma boa ideia — respondeu Sam.

— Eu tenho grãos Matari fantásticos do Iêmen — disse Hannah, entusiasmadamente. — É muito difícil consegui-los. Ou quem sabe eu possa preparar uma mistura de café brasileiro com um mocha etíope? Ou se você gosta de um toque de chocolate, deve experimentar um maragogipe da Guatemala. Você já viu um café elefante?

— Ahn, não — respondeu Sam, quando Hannah abriu um armário reservado a diferentes tipos de café e tirou várias marcas de dentro. Ela estava usando um short jeans. De costas, não parecia nada diferente de quando Sam a conhecera, 17 anos antes, quando Jonathan a levara a Oxford pela primeira vez.

— É o maior grão do mundo. Eu não compro nenhum robusto — disse ela. — O Medellín colombiano é um pouco menos ácido, o que pode ser melhor para você, considerando os excessos da noite passada. Mas o nicaraguense produz um espresso muito bom. Vou levá-lo para a Escócia com a gente.

— Sabe o que é, Hannah — disse Sam, desculpando-se —, você tem Nescafé?

Ele dobrou o jornal ao meio cuidadosamente e apoiou-se nele com o cotovelo esquerdo. Mas quando Hannah se aproximou dele com dois sacos diferentes de grãos de café, ele o apanhou de novo e abriu a primeira página.

— Eu nunca pensei em você como leitor do *News of the World* — disse Hannah, lendo por alto, por cima do ombro dele, uma matéria sobre um jogador de futebol envolvido num *ménage à trois*. — Mas eu também não fazia ideia do seu talento para tourear. É maravilhoso pensar que podemos conhecer as pessoas há tantos anos e ainda descobrir coisas novas sobre elas, não é?

— Como está o touro? — perguntou Sam, virando rapidamente para a página seguinte.

— Bem — disse Hannah, meio abruptamente ao voltar para seu lugar. — O veterinário vem aí mais tarde.

— Meu Deus, eu o machuquei? — perguntou Sam.

— Ele comeu o seu casaco — disse Laura, encarando-o irritada da outra ponta da mesa. Foi a primeira coisa que ela lhe disse desde que ele chegara à cozinha. — E zíperes não são muito conhecidos como base alimentar para gado orgânico.

Sam pôde ver o sorriso de Gaby. Ele fez uma careta e virou mais uma vez para a página incriminadora para olhar a foto granulada da mulher. Só havia visto Jonathan uma vez desde a noite no teatro, e nenhum deles tinha feito qualquer alusão ao que acontecera. Em vez disso, os dois haviam tratado da ladainha de jogadores lesionados no Arsenal, sobre como os negócios iriam andar, agora que os poloneses estavam indo para casa e se outros bancos iriam falir no rastro do Bear Stearns.

A estratégia de Sam havia sido apagar a noite da memória, e estava bastante confiante de que Jonathan se sentia da mesma forma. Aquele comportamento dele havia sido uma aberração, e não parte de um padrão de infidelidade, concluiu Sam. E qualquer discussão a respeito tornava Sam mais cúmplice do que ele já era.

Sendo casado com uma neurologista, Sam compreendia melhor que a maioria das pessoas como grande parte das memórias se forma. Fazer análises intermináveis e repetição de detalhes era uma forma irrefutável de garantir que elas se incorporassem ao sistema límbico, prontas para ressurgir em momentos de dúvida. Sam havia decidido que aquela noite devia ficar confinada à sua memória de curto prazo, mas aquela foto no jornal disparou todas as sinapses. Enquanto bebia o exótico *blend* de café que Hannah tinha posto na frente dele, lembrou o que havia acontecido no teatro com uma clareza tão impressionante que ele se perguntou se aquilo se qualificava como um flashback.

A noite havia começado com uma promessa. Extraordinariamente, Jonathan sugerira que eles fossem assistir a uma peça juntos. É claro que agora a ideia de que ele pudesse ter abnegadamente organizado uma ida ao teatro para animar Sam parecia maluca. Ele conhecia Jonathan tempo suficiente para compreender que atos aparentes de benevolência normalmente continham uma grande dose de egoísmo. Até mesmo as férias na Escócia eram parte de uma campanha de publicidade em causa própria. Era tudo parte de um plano.

Sam havia inicialmente resistido à oferta do teatro porque Jonathan era incapaz de ficar sentado parado por qualquer período de tempo. Mas ele mudou de ideia quando Jonathan explicou que um dos funcionários da sua cozinha havia conseguido um papel pequeno de garçom e tinha lhe dado alguns ingressos grátis. Além disso, era uma peça de Pinter sobre adultério, e Sam pensou que o tema poderia chamar a atenção de Jonathan, ainda que não pelos motivos que acabaram por se revelar depois.

A menos que o próprio trabalho estivesse envolvido, a capacidade de concentração de Jonathan era notoriamente inconstante. Sam se lembrava da primeira vez que articulara os parâmetros de sua crise a ele quase um ano antes. Jonathan havia dedicado ao assunto toda sua atenção durante cinco minutos, durante os quais ele mal tomou fôlego enquanto expunha o que pensava que Sam deveria fazer (largar o programa e escrever alguma coisa própria, como o que estava acontecendo). Então desviou a conversa para a fazenda de seu pai em Suffolk e sobre se ele e Hannah deveriam assumi-la para fornecer produtos ao Eden. Na verdade, Sam refletiu, uma das grandes coisas de Jonathan era que ele se permitia pouco tempo para introspecção. Ele vivia firmemente no presente. Ao nunca levar os problemas de Sam a sério, ele normalmente conseguia marginalizá-los.

Quando pegou seu ingresso na porta do teatro em Covent Garden, perguntou-se se terminaria assistindo à peça sozinho. Subiu para o bar e pediu duas vodcas com tônica. Vodca era menos soporífera que vinho, e Laura não conseguiria sentir o cheiro em seu hálito. Gostou quando Jonathan mandou um torpedo avisando que estava chegando. Porque tinha havido duas ocasiões, recentemente, em que Jonathan não aparecera e Sam passara a noite bebendo sozinho. Como alguém que raramente podia usar o trabalho como desculpa legítima para cancelar qualquer coisa, Sam estava sempre inclinado a acreditar nas desculpas de Jonathan de que crises inesperadas haviam surgido: chefs voluntariosos, fornecedores em que não se podia confiar, críticos de restaurante bêbados haviam se manifestado no último ano. Naquela noite, Jonathan acabou aparecendo assim que tocou o terceiro sinal. Sam se levantou para entrar no auditório, levando sua bebida num copo de plástico, mas Jonathan o puxou pelo braço.

— Quer uma dose rápida? — perguntou ele.

— Não — disse Sam com firmeza, mas ainda assim Jonathan desaparecera no banheiro.

Precisaram convencer o lanterninha a deixá-los entrar tão tarde, e as pessoas sentadas na fileira deles, no fundo dos camarotes, resmungaram enquanto eles passavam por cima de bolsas e pernas para chegarem aos lugares que deveriam ter tentado alcançar a partir da outra ponta. Era um teatro pequeno, que destacava a sensação de intimidade entre os atores e a plateia. Os dois se sentaram no final da fileira de trás. Quando se instalaram em suas poltronas, Sam fechou os olhos e respirou profundamente durante uns dois minutos. Fechou e abriu os punhos sucessivamente até sentir os músculos dos braços realmente relaxados. Estava decidido: faria a vasectomia. Não haveria mais discussão, nada que pudesse desviá-lo de seu curso de ação. E ele contaria a Laura depois. Felizmente, o médico mais velho que consultara era de um tempo em que os pais eram desencorajados de assistir aos partos e em que as decisões que diziam respeito ao órgão reprodutor masculino eram tomadas unilateralmente. Sem pensar, Sam pôs a mão na virilha e concentrou-se no palco.

A peça era dividida em nove cenas. Ao fim de cada uma, as luzes se acendiam por alguns minutos. Sam tentou lembrar em que momento percebeu Jonathan inquieto ao seu lado. No final da primeira cena, Jonathan havia lhe perguntado se a atriz era a mulher de *Ballykissangel*, e Sam tinha confirmado que se tratava realmente de Dervla Kirwan. Em algum ponto na metade da cena dois, a perna esquerda de Jonathan bateu em seu joelho. Sam pensou que ele estava tentando indicar que o homem que trabalhava no Eden estava prestes a aparecer e lhe disse que o restaurante só aparecia na cena sete. Na ocasião, Sam pensara que isso seria uma coisa boa, porque forçaria Jonathan a permanecer até depois do intervalo.

Sam observou Jonathan e ficou surpreso ao vê-lo olhando fixamente para o palco. Seus músculos faciais estavam tensos de emoção, e ele respirava com um pouco de dificuldade. Pontilhavam pequenas gotas de suor em seu lábio superior. Por um instante, Sam pensou que ele estava emocionado com os acontecimentos que se desenrolavam no palco. Chegou a se perguntar se o enredo do adultério repercutia nele. Jonathan tinha uma vulnerabilidade taciturna que fazia as mulheres quererem salvá-lo de si mesmo. Se tinha havido indiscrições, Sam não sabia nada sobre elas. De um modo geral, isso significava que provavelmente não tinha havido, porque Jonathan não era bom em guardar segredos. Sam sorriu gentilmente.

As luzes diminuíram em outra mudança de cena, e Sam voltou a perceber a mudança na respiração de Jonathan. Quando começou a terceira cena, Jonathan levantou a perna esquerda e repousou o pé na poltrona da frente. Sam sabia que isso iria irritar a pessoa sentada na fileira seguinte e estendeu a mão para empurrar a perna de Jonathan para baixo. Naquele momento, Sam percebeu que não só o botão da calça jeans de Jonathan estava aberto como a mão esquerda da mulher sentada do outro lado de Jonathan estava bem enfiada em suas calças. Sam respirava com força. A não ser pelo sobe e desce das costelas, Jonathan permanecia completamente imóvel, olhando resolutamente para a frente. Não olhou para Sam, nem mesmo quando Sam o cutucou.

Sam tentou então outra tática e se inclinou para a frente para observar a mulher sentada ao lado de Jonathan. Quando ela percebesse que ele havia notado o que estava acontecendo, ficaria envergonhada e afastaria a mão. Sam não conseguia entender como Jonathan havia permitido que aquilo acontecesse. Era inacreditável. Mais inacreditável, na verdade, que a cópula ficcional que estava acontecendo no palco.

Mas longe de ficar envergonhada com o flagra de Sam, a mulher sentada ao lado de Jonathan continuou esfregando dentro das calças dele. Era maravilhosa, Sam admitiu, encarando-a. Ela deu a Sam um sorriso tão despreocupado, que ele se sentiu forçado a desviar o olhar. Quando as luzes se acenderam para o intervalo, Jonathan inclinou-se para Sam e sussurrou numa voz excitada.

— Desculpe. Eu preciso ir. — Os dois rapidamente deixaram seus lugares, e essa havia sido a última vez que ele vira Jonathan até este final de semana.

Sam balançou a cabeça, em parte por descrença, mas principalmente para despertar daquela ressaca. Sua prioridade naquele momento era retirar a página incriminadora do jornal antes que qualquer outro a visse. Era menos para proteger Jonathan do que para salvar Hannah da humilhação de descobrir a vida dupla de seu marido exposta de uma maneira tão pública.

Talvez Jonathan só tivesse visto aquela mulher poucas vezes, e Hannah nunca precisasse saber de nada.

Enquanto folheava o jornal casualmente em busca da foto, Sam sentiu um crescente ressentimento em relação a Jonathan. Tentou racionalizar o sentimento de desprezo crescendo lentamente. Era o fato de que Jonathan estava tendo um caso que o incomodava? Ou era porque Sam agora estava implicado na traição? Talvez fosse porque na idade deles havia mais investimento na amizade com outros casais do que ele imaginara. Se o casamento de Jonathan com Hannah terminasse, com quem eles passariam o Ano-Novo? Com quem sairiam de férias? Mas seu sentimento de raiva malresolvida era mais complexo. Bateu na própria cabeça num crescendo até que finalmente encontrou ressonância com outros ressentimentos antigos que Sam acreditava estarem enterrados havia anos.

Ele desejou que tivesse desabafado com Laura, mas até saber todos os fatos, isso lhe parecera um pouco prematuro. E, de qualquer forma, não queria prejudicar o trôpego progresso que os dois estavam conseguindo.

Abriu cuidadosamente a página à sua frente e a separou do resto do jornal. Então a dobrou várias vezes, como se estivesse fazendo um complicado origami, e enfiou o papel no bolso de trás. Não podia destruí-la ainda.

— E então, como vocês estão se adaptando à vida no campo? — ouviu Laura perguntar a Gaby.

— É uma droga — ela respondeu, sorrindo alegremente. — Ninguém se interessa por política. E todos têm aqueles aquecedores de pátio. A pior coisa são as constantes apresentações aos adolescentes locais. É tudo meio Jane Austen. Muitas glicínias e conversas sobre dinastias.

— Amizade é definitivamente uma coisa química — concordou Laura. — Na verdade, é um pouco como casamento. Não é algo que a gente possa forçar.

— Eu sei — disse Gaby. — O papai sempre diz que a mamãe e você são almas gêmeas.

— É mesmo? — perguntou Laura, um pouco surpresa.

— Vocês duas nunca brigaram — disse Gaby.

— Nós nos sentimos muito confortáveis uma com a outra porque não há nada desconhecido — concordou Laura.

— A mamãe e o papai nunca brigam, mas isso é porque a mamãe passa muito tempo prevendo as necessidades do papai e abrindo mão das suas próprias necessidades — disse Gaby, acrescentando de modo explicativo. — Eu estou estudando psicologia.

Laura imaginou quantos anos ainda tinha até que as crianças cobrassem explicações de Sam e dela. Imaginava que seria um lento processo de desencantamento. Ou talvez haveria um incidente marcante. Tentou imaginar o que diriam sobre ela. Talvez os rótulos que os amigos haviam definido ao longo dos anos acabassem sendo a fonte da desilusão deles. A tendência a analisar demais, e o desejo de impor a ordem podiam fazê-la parecer rígida. Sua incapacidade de dissimular e o fato de ter algum grau de certeza sobre tudo a faziam parecer mais confiante do que realmente se sentia. Laura poderia concordar com todas essas descrições. Mas nem sempre fora assim. Se tivesse escolhido um homem diferente, talvez tivesse rótulos diferentes. Não era sempre fácil ser casada com alguém incapaz de planejar a própria vida além do dia seguinte, alguém que não conseguia cumprir um prazo sem vê-lo pendurado sobre seu pescoço feito uma guilhotina e que era incapaz de realizar a mais prosaica tarefa administrativa. A gentileza às vezes era uma virtude supervalorizada.

Olhou para Sam, que estava ocupado em dobrar uma página de jornal várias vezes. Ele parecia preocupado. Ao contrário de Hannah, considerava a nova estranheza de Sam desconcertante. Aquele era um período de suas vidas em que eles precisavam estar seguros do chão em que pisavam. Laura espiou a capa do livro que estava de cabeça para baixo ao lado do prato de torrada de Gaby. Mostrava uma garota segurando uma faca sobre o próprio pulso.

— Nossa, sobre o que é este livro? — perguntou.

— Sobre uma menina que se automutila — explicou Gaby num tom trivial.

— Parece um pouco pesado — observou Laura, tentando parecer menos surpresa do que estava.

— Tem uma menina na escola que faz isso — contou Gaby. — Eu tentei uma vez, mas desmaiei.

— Bem, isso provavelmente é uma coisa boa — disse Laura.

— Ela fazia isso quando estava estressada — continuou Gaby, puxando as mangas da blusa até ficar apenas com as pontas dos dedos visíveis. — Talvez me mudar para cá me leve a fazer isso.

Dizem que o campo é relaxante, mas eu simplesmente não sei do que estão falando. Não ter nada para fazer é muito estressante.

— Onde está Luke? — perguntou Laura, querendo desviar a conversa para um terreno mais confortável.

— Ele está no Facebook — disse Gaby.

— Isso é um cavalo? — perguntou Laura.

— Não, é uma coisa da internet — disse Gaby, rindo.

— Ah, claro — falou Laura, parecendo constrangida.

— Ele tem mais de cem amigos — continuou Gaby. — É porque ele é muito engraçado. Ele é muito melhor virtualmente do que pessoalmente, se entende o que eu quero dizer.

— São pessoas de verdade? — perguntou Laura. — Os amigos são seres humanos?

— Alguns dos amigos do Luke são um pouco estranhos, mas, em grande parte dos casos, podem ser qualificados como seres humanos — disse Gaby, sorrindo. — Não são um monte de homens fingindo ser adolescentes, se é o que você quer dizer. Só pode virar amigo do Luke se ele aprovar.

— Eu quis dizer se eles estão sendo eles mesmos ou se assumem outras personalidades — acrescentou Laura.

— Acho que você está confundindo com o Second Life, Laura — disse Gaby, fazendo um grande esforço para não parecer condescendente. — Os amigos dele no Facebook são quem dizem que são.

— Bem, isso é bastante interessante por si só — respondeu Laura, esperando conseguir se redimir. — Porque acho que as informações que incluímos é um indicativo da imagem que queremos projetar de nós mesmos.

— Isso é verdade sobre todo mundo — concordou Gaby. — Veja o papai. Todo mundo pensa que ele é um chef incrível porque tem um restaurante e está para publicar um livro de receitas.

Mas qualquer um que tenha comido um ovo cozido por ele sabe a verdade crua.

— Como será que ele vai se virar quando tiver um jornalista em cima dele lá na Escócia? — perguntou Laura, sorrindo.

— Ele vai enfeitar os fatos — disse Gaby. — O papai tem uma relação descompromissada com a verdade. Você o conhece há tempo suficiente para ter consciência disso.

Laura encarou Gaby fixamente perguntando-se se havia um subtexto na conversa que ela precisava acessar. Observou o maxilar da menina atrás do pequeno músculo abaixo da órbita ocular que revelava a autenticidade de um sorriso. O corpo pode funcionar como um mapa, se soubermos como lê-lo, pensou consigo mesma. Passava muito tempo olhando para seus pacientes atrás de pistas. As pupilas podiam revelar um problema no cérebro. O desgaste no minúsculo músculo entre o polegar e o indicador indicava dano no sistema nervoso periférico. Ficou aliviada ao perceber que o sorriso de Gaby era sincero.

Jonathan entrou na cozinha pela porta dos fundos. Foi até Gaby e despenteou os cabelos dela.

— Como está a minha pequena revolucionária esta manhã? — perguntou, beijando Gaby na cabeça. — Sabia que a Gaby quer ir ao próximo encontro do G8 com os manifestantes antiglobalização, Sam? Você concorda comigo que terminar os estudos deveria ser a prioridade?

— Você pode rir, papai, mas um dia vai me agradecer — disse Gaby, rapidamente deslizando *Grazia* embaixo do *Observer*. — Pelo que estou vendo, vocês não estão exatamente envolvidos com essas questões.

— O que você quer dizer? — perguntou Jonathan.

— Bem, eu diria que existe uma clara ênfase no interesse pessoal em vez do interesse público — disse Gaby, enfaticamente.

— Quais exatamente são essas questões? — perguntou Sam. — Quero dizer, costumava ser muito simples no nosso tempo: se comprássemos café da Nicarágua e boicotássemos vinho sulafricano, podíamos ir para a cama com a consciência limpa.

Gaby lhe lançou um olhar de desdém.

— Trabalho infantil, o Ocidente usando uma parte desproporcional dos recursos mundiais, o poder das corporações multinacionais, a destruição do ambiente... — listou ela.

— O meu restaurante tem credenciais ambientais impecáveis — protestou Jonathan.

— Você usa tênis da Nike, pai — disse Gaby, severamente.

— E qual é o problema disso? — perguntou Sam, olhando para os tênis cobertos de lama.

— Eles usam trabalho infantil — disse Gaby.

— Não seja ridícula — respondeu Jonathan.

— E nós estamos produzindo tudo de maneira orgânica aqui na fazenda — disse Hannah.

— Mas quem está fazendo todo o trabalho? — perguntou Gaby. — Pessoas do Leste Europeu mal-pagas que deixaram suas famílias para serem exploradas por pessoas como vocês.

— Eu não acho que Jacek se sinta explorado — disse Jonathan.

— Ele poderia ter sido escolhido por uma agência em Lincolnshire e estar vivendo num Nissen com um bando de albaneses. Ele tem um bom trabalho aqui.

— Você sabia que tem 41 bordéis em Peterborough? — questionou Gaby.

Eles foram interrompidos pelo barulho de briga num monitor que Laura havia instalado para que pudesse escutar Nell e Ben no quarto de jogos na parte de cima da casa. A luz vermelha piscava continuamente e, quando Laura aumentou o volume, percebeu que os dois estavam no meio de uma discussão que inevitavelmente terminaria em violência.

— Deixe que eu vou lá — falou Gaby, saltando da cadeira. — Vou deixar vocês cuidando dos próprios umbigos.

— Desculpem — disse Hannah, quando Gaby saiu da cozinha.

— Se a pessoa não puder ser assim aos 15 anos, quando será? — Sam deu de ombros. — É bom ter um sistema de crença, ainda que incoerente.

— Eu tenho 16 anos, Sam! — gritou Gaby pela porta. — E isso é uma coisa muito condescendente de se dizer, principalmente vinda de alguém que se diverte provocando touros velhos.

Jonathan foi até uma velha cômoda de pinho do outro lado da cozinha e tirou de lá uma pasta de plástico cheia de papéis. Sam pensou em seu talento de compartimentar a vida. Como conseguia lidar com o subterfúgio com tanta tranquilidade e aparente falta de consciência? Ainda que, é claro, Sam agora fizesse parte desse universo paralelo dele. Sam perguntou-se há quanto tempo ele estava saindo com aquela moça.

— Ótimas notícias sobre o Coll — disse Jonathan, com entusiasmo, balançando a pasta de plástico. — A revista concordou em patrocinar todas as passagens de avião para Oban. Completamente de graça.

— Você não acha que voar prejudica as suas credenciais ambientais? — perguntou Laura.

Jonathan encarou Laura com ar de surpresa.

— Isso não havia me ocorrido — disse ele. — Mas você está completamente certa. Deveríamos ir de trem. Ou talvez todos vocês pudessem ir de trem, e eu iria de avião depois? Eu não posso abrir mão do tempo.

— Acho que Janey e Steve podem recuar diante da ideia de passar um dia num trem com um bebê pequeno, um berço de viagem e todos nós — alegou Hannah calmamente, enquanto arrumava xícaras e pratos na máquina de lavar louça.

— Sobre o que exatamente você vai falar na entrevista para essa revista? — perguntou Sam, de repente dando-se conta de que não acrescentara nada de coerente à conversa desde que chegara à cozinha.

— Bem, é evidente que o que realmente interessa às pessoas é saber como eu desenvolvi a minha paixão por comida e por cozinhar — disse Jonathan, pensativamente. — E também vão querer tirar fotos de todos nós comendo uma refeição preparada por mim.

— Este vai ser um dos pontos altos — provocou Laura.

— Vou ter tudo preparado com antecedência — insistiu Jonathan. — Vou estar preparado. Eles querem incluir as receitas como parte da reportagem.

— E eu vou estar por perto para ajudar — garantiu Hannah.

— Eles também vão querer saber como todos nós nos conhecemos e como a nossa amizade evoluiu ao longo dos anos — disse Jonathan. — Toda aquela coisa sobre o sucesso não ter mudado a minha essência e a minha lealdade aos velhos amigos.

— Você pode falar sobre a sua obsessão por curiosidades da música — sugeriu Hannah.

— E que tal falar sobre as referências à comida em canções do Bob Dylan? — propôs Sam.

— Nossa, essa é difícil — disse Jonathan, fechando os olhos para pensar, fingindo seriedade. — Que tal "Country Pie"?

— Nada mau — falou Sam. — Ou a referência a ganhar o bolo e comê-lo também em "Lay Lady Lay"?

— Muito bom — disse Jonathan, cedendo à vitória cedo demais.

Jonathan estava tentando animar Sam, pensou Laura. Mas quando levantou a cabeça, encontrou o olhar do amigo e se deu conta de que era ele quem precisava de apoio. Talvez as contradições inerentes à manutenção de sua fraude culinária estivessem começando a cansá-lo. Jonathan remexia-se desconfortavelmente na cadeira em que havia se sentado ao lado de Sam. Era como se tivesse visto algo farpado no comentário do amigo. Mas este era o tipo de brincadeira que os dois sempre gostaram de fazer. Até mesmo Laura, que dizia considerar a brincadeira chata, achava a repetição reconfortante.

— Eu sei uma — disse Hannah. — Que tal aquela canção "Only a prawn in their game" [apenas um camarão no jogo deles]?

— É *pawn*, não *prawn* — disse Jonathan, rindo.*

— E a referência à pizza em "Silent Weekend"? — sugeriu Sam.

— Aí você me pegou — disse Jonathan, levantando as mãos, derrotado.

— É aquela sobre o cara que se ajoelha implorando perdão à mulher depois de traí-la — explicou Sam, gentilmente.

Jonathan lançou outro olhar para Sam, e desta vez até Laura viu em seus olhos um sinal de censura.

— É a namorada dele, não a mulher — disse ele.

— Faz alguma diferença? — perguntou Sam.

— Bem, existem graus de infidelidade — disse Jonathan.

— Como definidos por Bill Clinton? — brincou Hannah.

— Ou numa tabela variável, quem sabe? — observou Sam.

— Numa escala de um a cinco, tem o pensar em fazer de modo abstrato, tem o fantasiar sobre outra pessoa durante o sexo, trair antes de se casar, trair depois de se casar e, a opção nuclear, trair depois de se casar e ter filhos — disse Hannah.

— É uma tese interessante — disse Jonathan, calmamente. — Agora me digam o que vocês acham deste convite para o lançamento do meu livro.

A voz dele foi abafada pela gritaria de Nell e Ben brigando. A situação estava cada vez mais complicada, avaliou Laura. Uma

---

Pawn significa peão em português, e *prawn*, camarão. (*N. do E.*)

furiosa fileira de luzes vermelhas se acendeu no monitor de novo. Ela não conseguiu identificar se Gaby já havia chegado até eles. Então Laura aumentou o volume para tentar entender a natureza do embate, caso fosse chamada a servir de mediadora. Não havia nada de sutil numa briga entre crianças, nenhuma insinuação ou mensagem oculta. Suas brigas lembravam-na de histórias em quadrinhos com balões de fala que diziam coisas como "Kapok!", "Bang!" e "Zip!" enquanto os super-heróis combatiam seus inimigos. Sam e ela usavam terminologia meteorológica para descrevê-las. "Nimbus se aproximando", dizia Sam ao ver o rosto de Ben ficando sombrio. Usavam a Escala de Beaufort para avaliar a intensidade, a força 12 era uma briga capaz de acabar em destruição.

Era quase impossível, quando as coisas chegavam a este ponto, julgar quem estava com a razão. Era simplesmente uma questão de quem apelava para a violência física primeiro. Laura ouviu Gaby entrando no quarto, e a discussão se acalmou imediatamente.

— O que está acontecendo? — Todos ouviram Gaby perguntar a Nell e Ben. — Vocês não deviam discutir. Desperdiça muita energia.

Jonathan e Hannah riram da ironia.

— Os pais brigam — disse Nell, num tom desafiador.

— Brigam mesmo — concordou Ben.

Isso estava indo bem, pensou Laura, que descobrira recentemente que se tornar a própria inimiga era capaz de neutralizar até mesmo uma briga força 8.

— A mamãe e o papai brigam — insistiu Nell.

— Todo mundo briga às vezes — disse Gaby, diplomaticamente. — Às vezes é bom discordar.

— Você quer saber sobre o que eles brigam? — perguntou Nell a Gaby. Todos olharam para a babá eletrônica com interesse.

— O pinto do papai — interrompeu Ben, triunfantemente.

— Ah, Deus — gemeu Sam, abaixando-se até tocar a testa na mesa. Puderam ouvir Gaby dar uma risada um pouco alta demais.

— Ben prendeu o dele na gaveta da cozinha uma vez — continuou Nell —, e a ponta ficou completamente preta.

— Isso pode ser muito perigoso — disse Ben com gravidade, com Gaby segurando o riso ao fundo.

— Tem uma artéria importante que passa pelo meio — acrescentou Nell.

— Crucial — concordou Ben.

— Sabe o que o papai queria fazer? — perguntou Nell.

— Ele queria cortar o pinto dele fora — disse Ben, sério. — De verdade.

— Queria decapitar ele — falou Nell, dramaticamente. — Como Henrique VIII e Ana Bolena.

— E a mamãe não deixou — disse Ben.

— Por quê? — perguntou Gaby, confusa.

— Por causa do peixe — explicou Ben. — Nós precisamos do peixe.

— Senão eles não podem fazer sexo um com o outro — explicou Nell.

— E é isso — disse Ben. — Ele foi para o Lado Negro.

9

O status dos advogados no escritório de Janey podia ser medido em termos de estofados. Em seu aquário de vidro, no centro do ambiente, havia um sofá de couro marrom-chocolate, uma cadeira executiva Eames com sistema de regulagem pneumático e costas ajustáveis e uma persiana na janela. Havia um pequeno tapete Abusson no piso embaixo de uma mesa baixa de vidro com uma variedade de revistas cuidadosamente dispostas diariamente, em forma de leque, pela secretária. O conjunto de publicações incluía *Practical Law Company*, *Legal Week*, *Acquisitions Monthly*, *The Economist* e *Private Eye*. Havia também uma enorme mesa de faia, uma luminária com uma pesada base de metal e um armário de mogno que ela havia herdado de uma sócia que não voltara da licença-maternidade. Tudo isso fazia de Janey alguém a se observar. Outro sócio, que usava gravatas extravagantes para expressar sua individualidade, tinha uma espreguiçadeira, e o único sócio abertamente gay, um vaso Lalique. Mas uma mulher não poderia ter nada disso. Era doméstico demais. E embora não fosse mais um suicídio profissional ter uma foto do marido em cima da mesa ou bonitos retratos dos filhos de bom gosto e em preto e branco, feitos por alguém como Guy Hills, pendurados na parede, Janey já havia decidido que uma pequena foto em cima da mesa seria suficiente.

Trabalhar numa empresa como a Foss & Spring normalmente envolvia neutralizar a própria sexualidade. A menos que se fosse capaz de acompanhar os rapazes, saindo para beber à noite depois do trabalho e não hesitar diante de clubes de striptease. Mas Janey não era uma dessas. Para ela, não era uma questão de moralidade. Tinha mais a ver com o fato de que ela não se sentia confortável saindo com os colegas. E isso não importava, desde que tomasse o cuidado de adotar a camuflagem correta: estampas discretas em cores neutras, ângulos fortes e nada que a fizesse se destacar na multidão.

Você podia se deitar no sofá para se recuperar de uma ressaca, mas não por causa de contrações de Braxton Hicks provocadas por estresse que deixavam a barriga dura como uma bola de futebol. Ela manteria a bomba de leite, os protetores de seio e o creme para hemorroidas sempre trancados na última gaveta da mesa. Esse tipo de esquizofrenia era o preço que as mães que trabalharam fora pagavam por ultrapassar o telhado de vidro. Foi aí que as feministas erraram: elas não deviam ter se focado em serem iguais aos homens num mundo masculino, deveriam ter tentado tornar o mundo mais feminino. Onde está a igualdade em ver os colegas babando por uma garota da Europa Oriental dando piruetas em torno de um poste quando não se pode admitir que estava tirando o dia de folga para cuidar do filho doente? É como pensar que o corpo da Madonna aos 50 anos representa algum tipo de progresso para a humanidade.

Mas o verdadeiro problema de se estar grávida é que a gravidez nos torna poderosas do jeito errado, porque acentua nossa feminilidade. No começo, quando as pessoas a incentivavam a parar de trabalhar um mês antes da data prevista para o nascimento do bebê, ela imaginava se tratar de um gesto benevolente para lhe dar um tempo de descansar. Agora, ela percebia, pouco antes de chegar a hora do parto, que tinha mais a ver com a visão de sua barriga inchada e seus seios imensos. As pessoas desviavam o olhar quando ela se levantava, como que para tentar bloquear a verdade incontroversa de que tudo nela agora era redondo e macio.

O problema para Janey era que, embora ela pudesse abrir mão do emprego, ela gostava demais do seu trabalho. Adorava a racionalidade do direito. Adorava os intensos detalhes de um documento jurídico da mesma forma que outras pessoas apreciam a geometria perfeita de uma antiga cerâmica persa. Ela adorava a lógica do argumento jurídico. Era capaz de lançar um rápido olhar sobre um esboço de documento e arrancar suas inconsistências melhor que a maioria de seus colegas. Era adepta de encontrar soluções para problemas complicados. Mais do que tudo, ela adorava a adrenalina que envolvia uma grande negociação.

Havia ficado no escritório até às duas da manhã nas últimas quatro noites. E embora seus assistentes e trainees tivessem carregado de um lado para o outro as caixas de processos, segurado a porta aberta para ela e se esforçado para tornar sua vida mais fácil, o entusiasmo agora estava afetado pela exaustão. Então se voltou para as partes que não adorava: os elementos incontroláveis, as horas imprevisíveis, as personalidades complicadas e os choques de egos. A forma como nenhuma parte de sua vida particular era sagrada.

Janey levantou-se da cadeira com dificuldade, ficou de pé em suas sandálias Christian Louboutin de saltos altos e seguiu em direção ao arquivo. Sentia-se como um navio de cruzeiro chegando ao porto. Havia uma reunião marcada com um novo cliente em potencial para as dez horas. Considerando que estava para entrar em licença-maternidade dentro de duas semanas, ela devia ter convocado outra pessoa para participar da reunião, mas então não teria nenhuma chance de manter o cliente depois de retornar.

Portanto, decidiu atendê-lo sozinha. Além disso, se as previsões de Steve estivessem certas e a recessão fosse mesmo inevitável, todo cliente contava. Ele insistia que seus fundos estavam bem, porque a maioria de suas posições havia diminuído. Mas se os boatos sobre Freddie Mac e Fannie Mae fossem verdadeiros, tempos turbulentos estariam pela frente.

Janey abriu um arquivo marcado como *Limitações de Responsabilidade Legal* e olhou para ele sem tirá-lo da gaveta aberta. Era onde mantinha todos os detalhes sobre agências de babás. *Grosso modo*, elas podiam ser divididas em três categorias: as que têm nomes chiques como Regency, Burlington ou Knightsbridge, que inspiravam imagens de babás de Norland vestindo uniformes impecáveis e empurrando carrinhos de bebê à moda antiga; as que inspiravam sentimentos de segurança como Florescer, Botões e Dedos Aconchegantes; e as que pareciam rigorosamente eficientes, como Cuidado 24 Horas. A agência escolhida definiria o tipo de mãe que se pretendia ser. Assim, Janey escolheu a que prometia cláusulas de confidencialidade em contratos e dava cursos de ressuscitação para as babás e treinamento sobre como lidar com situações ameaçadoras, incluindo sequestro e ataques da al-Qaeda.

A busca por uma babá em tempo integral e por alguém que pudesse dar cobertura nos finais de semana havia começado logo depois que a busca por uma enfermeira de maternidade terminara com sucesso. Quando Laura ligou para lhe contar sobre o final de semana em Suffolk, também a aconselhou a não contratar alguém desde o instante da chegada do bebê em casa, com o convincente argumento de que a maternidade era um trabalho que se aprendia mais facilmente na marra. Janey argumentara que seria mais fácil voltar ao trabalho se alguém já estivesse envolvido e que as enfermeiras sempre impunham boas rotinas aos bebês.

— Você precisa aceitar que haverá uma sensação latente de caos, Janey — sugeriu Laura no começo da conversa, tentando imaginar como ia dizer que, depois de mais de nove anos sem qualquer contato significativo, Patrick havia voltado e queria entrar em contato com ela.

— Você é boa para administrar a espontaneidade, Laura. Eu não sou — disse Janey.

— Eu não tenho escolha — respondeu Laura.

O que Janey não disse a Laura era que ter alguém para ajudá-la desde o começo também era uma medida preventiva. Queria se vacinar contra a doença contagiosa que afligia outras mães: a perda da motivação profissional. Tinha visto acontecer inúmeras vezes. Se pudesse ter perspectiva, talvez conseguisse manter os hormônios sob controle. Então conseguiria resistir à sedução do bebê.

Não queria se sentir como Laura, que, em seus momentos incautos, admitira a Janey que o trabalho em tempo integral não funcionava para ela. Parte do desejo de Laura por mais um bebê era simplesmente ter o que não teve quando Ben e Nell nasceram. Laura queria uma licença-maternidade mais longa. Queria flertar com a possibilidade de amamentar por um ano inteiro e de passar os dias discutindo os valores relativos do purê de batata-doce em comparação com o de abóbora depois do desmame. E isso provinha de alguém que percorria os Estados Unidos dando palestras sobre novas técnicas para identificação precoce de pacientes portadoras de Parkinson. Recentemente, Laura havia dito que renunciaria de bom grado a possibilidade de pesquisa, se deixaria desabar na escada da carreira e simplesmente atenderia pacientes se pudesse trabalhar meio expediente.

A conversa por telefone havia então desviado para o contratempo de Sam com o touro de Hannah. Janey desejou ter estado lá. Tinha dito a todo mundo que se sentia muito desconfortável para viajar, mas a realidade era que Steve não quisera ir.

— Parece uma tentativa de afirmar sua masculinidade — brincou Janey —, uma manifestação física da luta mental dele com a questão da vasectomia.

— Ele estava completamente bêbado — disse Laura.

— Laura, talvez você deva levar em conta o lado positivo da decisão de Sam fazer a cirurgia — sugeriu Janey.

— Não tem lado positivo, a não ser o fato de que ele não vai mais ter essa neurose sobre me engravidar — disse Laura, que, a essa altura, já havia esquecido por que tinha ligado para Janey.

— Demonstra o comprometimento dele com você — interrompeu Janey. — Ele está rejeitando a possibilidade de que poderia querer ter filhos com outra mulher. — Esse raciocínio não havia passado pela cabeça de Laura. — E se você realmente não quer que ele concretize isso, mude-se para a França, porque, segundo o Código Napoleônico, a vasectomia é considerada um ato de automutilação.

— Diga-me, o que eu estou fazendo? — questionou Laura abruptamente, num tom tão violento que Janey se perguntou se a havia ofendido.

— Você só está tentando encontrar a melhor saída para uma situação complicada — disse Janey, em tom tranquilizador.

— Eu lhe disse que ele foi atingido por uma flecha — falou Laura, parecendo um pouco impaciente.

— O Sam? — perguntou Janey, confusa, imaginando por que Laura não havia mencionado isso no começo. — Onde? Como? — Supôs que estava ligado de alguma forma com o incidente da tourada.

— Hastings — disse Laura.

— Mas isso fica a quilômetros de distância de Suffolk — disse Janey. — Vocês estavam fazendo alguma reconstituição histórica ou coisa do gênero?

— Atravessou o olho dele — disse Laura, num tom trivial.

— Meu Deus do céu! — exclamou Janey.

— E antes que você pergunte, um ferimento como este pode provocar danos irreversíveis à parte da frente do cérebro, então provavelmente foi bom ele ter morrido — disse Laura. Era assim que ela dava más notícias aos seus pacientes?, imaginou Janey, chocada. — E foi assim que William, o Conquistador, se tornou rei da Inglaterra. Henrique I morreu de um excesso de lampreias — prosseguiu ela num tom mais calmante. — Elas pertencem à família da enguia. Janey, me desculpe, você ainda está aí? Eu sinto muito mesmo, Nell precisa terminar este trabalho até amanhã. Posso ligar mais tarde? Tem uma coisa que eu realmente preciso falar com você.

Aonde iam parar todas as conversas interrompidas? Foi o que Janey se perguntou enquanto folheava o arquivo de babás em cima da mesa. Imaginou conversas perdidas, discussões pela metade, soluções para grandes questões filosóficas à deriva no espaço, vagando pela estratosfera na esperança de recuperar o contato com a metade que faltava. Quem se tornava pai ou mãe ficava com muitas coisas inacabadas.

Janey voltou sua atenção ao arquivo de babás. A gravidez estava tornando-a reflexiva demais. Concentrou-se na última seleção de currículos que tinha em mãos, imaginando como poderia contratar alguém para um trabalho sobre o qual não sabia coisa alguma. Percebeu que uma das babás deu Jerry Hall como referência. Perguntou-se se isso seria um ponto positivo ou negativo. Será que o fato de que ela havia cuidado dos filhos de um dos Rolling Stones significava que ela cuidaria do bebê de Janey melhor ou pior do que a garota australiana da pilha que lhe passava sensação de conforto? Era impossível saber. O telefone tocou. O cliente havia chegado. Janey pediu que a recepcionista lhe desse dez minutos para chegar à sala de reuniões no sexto andar. Era essencial que estivesse sentada quando conhecesse as pessoas. Assim, ganhava alguns minutos vitais de vantagem antes que se dessem conta de que ela estava grávida.

Segundos antes de ele entrar na sala, Janey compreendeu que não havia um cliente potencial. Mesmo antes que ele enfiasse, nervosamente, a cabeça pela porta, algum instinto lhe dissera ser Patrick. Talvez seus feromônios o tenham precedido, Janey pensou, farejando o ar ansiosamente. Um dos efeitos colaterais mais impressionantes da gravidez era que ela induzia um olfato animal. Durante os primeiros três meses, seu olfato estivera tão aguçado que Janey era capaz de fechar os olhos e compreender a essência de outro ser humano simplesmente por sentir seu cheiro. Lembrou-se de quando se sentou ao lado do CEO de uma grande construtora durante uma incorporação, percebendo o cheiro de medo que pairava sobre ele, se perguntou por que aquilo não estava igualmente óbvio para seus subordinados excessivamente confiantes. Outra vez, sentiu o perfume de uma de suas assistentes na camisa de um supostamente feliz pai de quatro filhos. Foi o mais perto que Janey chegou de ter poderes ocultos. Ela cheirava as camisas de Steve todas as noites e ficava aliviada ao descobrir que elas sempre tinham apenas o cheiro dele. A necessidade de desconfiar era um reflexo condicionado pelos anos passados com Patrick.

O aparecimento inesperado de Patrick em seu escritório era o tipo de fantasia não realizada que havia sustentado Janey por seus dias difíceis depois da partida dele para o Afeganistão e o fim definitivo de seu relacionamento. Tinha imaginado aquele momento de reencontro feliz como uma cena final de um filme de Richard Curtis. Haveria paixão, risos, uma grande camada de sentimentalismo e uma música da Dido tocando ao fundo. Porém quando Patrick se postou à sua frente, nenhum desses sentimentos veio à tona. Em vez disso, ela se sentiu possuída por uma raiva hormonal que começou nas profundezas do seu ser e subiu feito lava derretida. Como ele ousava aparecer sem avisar depois de tantos anos de silêncio? Jonathan não havia pensado em alertá-la que Patrick tinha voltado? E é claro que Laura sabia disso quando as duas conversaram na semana anterior. Sentiu o rosto corar, até ficar inclusive com os lábios, as orelhas e a ponta do nariz em chamas. Graças às camadas de controle construídas ao longo de seus 16 anos de carreira jurídica, a expressão de Janey, no entanto, permaneceu contida.

Patrick entrou hesitante, fechou a porta atrás de si e então se apoiou nela com as mãos às costas. Janey percebeu que ele estava segurando a maçaneta fechada. Estava preocupado que alguém visse que ele era um impostor ou temia que ela tentasse sair? Ela se inclinou para a frente, apoiando os braços sobre a mesa, e esperou que ele falasse, uma tática que aprendera para desarmar clientes irritados.

— Nossa, é mais fácil marcar uma reunião com os talibãs — disse Patrick, finalmente. Estava usando um terno caro que Janey reconheceu como sendo uma das sobras de Jonathan e uma gravata com um nó displicente. Durante os cinco anos em que esteve com Patrick, Janey não conseguia se lembrar de uma única ocasião em que ele tivesse usado gravata. Imaginou o que a recepcionista havia pensado dos longos cabelos escuros ondulados por cima dos ombros e como ele a convencera de que era um cliente de verdade. Ele estava menor do que ela se lembrava, uma combinação do terno engolindo seu corpo baixo com o fato de que havia emagrecido. Seus olhos percorreram o rosto dela, como se tentassem, sem sucesso, ler sua expressão.

— Os clientes só têm acesso ao sexto andar — disse Janey, friamente. — E nunca sozinhos. É para evitar espionagem financeira.

— Tudo muito cruz e espada — comentou Patrick, nervoso. Havia um tom levemente negativo em sua voz, que Janey reconheceu. Ele nunca havia realmente compreendido o que ela fazia, além do fato de que recebia bônus vergonhosamente polpudos e ainda se preocupava por estar ganhando menos que os colegas. — Quero que saiba que você pode me colocar porta afora a qualquer momento, e que eu vou obedecer. Só quero que ouça o que eu vim dizer. Por favor.

Janey sabia que devia dizer a ele para ir embora. Mas agora que estava ali, parado na frente dela, não podia pensar em deixá-lo partir. Só queria observá-lo por um tempo. Percebeu que sua raiva não estava contaminada por nada da dor do primeiro ano depois que ele foi embora, e seu corpo começou a relaxar. Tentou se lembrar da lista de perguntas que havia esquematizado mentalmente durante o longo período entre a partida de Patrick e seu primeiro encontro com Steve. Por que ele fora embora sem se despedir? Por que nunca respondeu às suas cartas ou e-mails? Por que havia abandonado não apenas ela, mas todos os amigos, incluindo Sam, que, mais do que qualquer um, tentara convencê-lo a restabelecer contato? As perguntas agora pareciam irrelevantes, Janey tinha apenas a curiosidade efêmera que sentimos quando lemos uma matéria sobre Angelina e Brad numa revista de fofocas.

— Eu vi as fotografias na *Sunday Times Magazine*. Muito impressionantes — disse Janey, tentando manter o tom neutro. Patrick nunca fizera muito esforço para interpretar suas emoções. Isso a deixava com uma vantagem importante sobre ele agora. Sufocou a raiva. — Como você conseguiu entrar?

— O meu intérprete organizou tudo. Nós caminhamos durante dias. Eu não podia usar os telefones celulares, caso alguém tentasse me rastrear. E depois eu não conseguia sair porque os americanos não paravam de bombardear a área que eu precisava atravessar para voltar ao Afeganistão — disse Patrick, rapidamente. Ele claramente não queria conversar sobre trabalho.

— E então, eles estavam no Paquistão? — insistiu Janey, com um misto de curiosidade genuína e prazer com o desconforto dele.

— É difícil dizer — murmurou Patrick, trocando o peso do corpo de um pé para o outro. — Mas muito provavelmente.

— Eu sabia que você voltaria quando as fotografias secassem — disse Janey. Ela agora estava sorrindo, mas era uma expressão difícil de decifrar, porque parecia uma expressão educada, não calorosa.

— Então você acompanhou meu progresso? — perguntou Patrick, esperançoso.

— Não — respondeu Janey, secamente. — Sam me mantinha informada. Periodicamente. Se eu perguntasse. — Fez-se um silêncio desconfortável. A menção a Sam foi proposital. — Você devia ir vê-lo — sugeriu Janey. — Ele anda muito deprimido.

Patrick ergueu o olhar e a encarou. Janey se lembrou de uma conversa que os dois tiveram uma vez sobre o que fariam quando se aposentassem. Depois de muita discussão, haviam decidido viajar pela Índia juntos numa motocicleta e experimentar drogas alucinógenas. Na época, isso parecera a promessa de um futuro juntos. Menos de seis meses depois, Janey fez 30 anos, e Patrick tinha ido embora.

No período imediatamente depois disso, Janey pensou tanto em Patrick que tinha a impressão de ele estar junto com ela no quarto. Aproveitou o trabalho como nunca, como a única distração capaz de apagá-lo de seus pensamentos. Então um dia ela olhou o relógio, viu que era quase meio-dia e se deu conta de que tinha conseguido passar uma manhã inteira sem pensar nele sequer uma vez. Isso fez com que visse então a possibilidade de recuperação. Seguiram-se anos de namoros inconvenientes: o produtor de televisão que tinha o costume de cheirar cocaína, o executivo de propaganda que não conseguia fazer sexo sem ver um filme pornô, o corretor de imóveis bissexual e a mulher casada. Durante esse período, Laura e Sam brincavam que seu único pré-requisito para relacionamentos era que eles não funcionassem. Janey não contou a eles sobre o site para conhecer homens casados, mas duas semanas depois de ter se cadastrado, em março de 2007, conheceu Steve.

A não ser pelo fato de ter se passado por casado desde o começo do relacionamento deles, Steve sempre foi absolutamente direto. Durante o jantar, no dia em que se conheceram, foi ele quem confessou que era solteiro, mas que gostava de sair com "mulheres comprometidas" porque elas normalmente eram menos exigentes quanto a relacionamentos. Depois do café, Janey disse a Steve que estava fisicamente solteira, mas que ainda se sentia mentalmente comprometida com seu antigo namorado. Ele sorriu e disse a ela que era tarde demais, porque ele queria vê-la de novo mesmo assim. Disse que ligaria no dia seguinte e que eles deveriam ir ao cinema no fim de semana. Na manhã seguinte, ele ligou para o escritório, mesmo sem que ela tivesse lhe dado o número.

— Eu sabia que você não iria atender às minhas ligações — disse Patrick. — Não consegui pensar em nenhuma outra maneira de vê-la a sós.

Houve mais um longo silêncio. Janey apontou para a cadeira à sua frente, pensando por que ainda não havia pedido para ele sair. Talvez fosse uma combinação de impulsos: curiosidade misturada com uma forte dose de nostalgia, a atração por adulação impregnada de raiva, ou o perigoso ardor do desejo malresolvido.

— É melhor você vir se sentar à mesa — disse Janey —, senão vai ficar um pouco esquisito. — Apontou para a grande janela de vidro que percorria todo o comprimento do escritório para o caso de Patrick não tê-la visto. O consentimento dela agora dava a ele a vantagem, pensou Janey, assim como o fato de que ele tinha a vantagem da expectativa. Ela permaneceu sentada, imóvel e respirando profundamente. Em parte para se acalmar, mas principalmente para evitar dizer qualquer coisa de que pudesse se arrepender depois.

Ele caminhou até a mesa, e seu andar torto era tão familiar que fez Janey ter vontade de rir. Parecia absurdo que pudéssemos conhecer alguém tão intimamente e depois ele desaparecer da nossa vida sem deixar vestígios, apenas para ressurgir anos mais tarde e dissolver os anos entre as duas ocasiões com uma única ação.

Como se soubesse o que ela estava pensando, Patrick começou a passar a mão nervosamente pelos cabelos, do jeito que costumava fazer quando estava prestes a formular um argumento. Era um gesto que a fazia sentir dor na barriga. Era por isso que pessoas que moravam anos juntas e depois se separavam nunca mais voltavam a se ver. Às vezes, era doloroso demais confrontar toda essa familiaridade sabendo que nunca mais seria possível reacender a intimidade.

Percebeu Patrick olhando fixamente para sua mão e se deu conta de que ele estava estudando sua aliança de casamento. Começou a mexer nela, tentando girá-la ao redor do dedo inchado como que para reforçar seu estado civil.

— Fiquei sabendo — disse Patrick, apontando para a aliança e assentindo lentamente com a cabeça. — Jonathan me contou.

— O que ele disse? — perguntou Janey, mais uma vez amaldiçoando Jonathan internamente por não tê-la avisado que Patrick havia voltado.

— Que você tinha se casado com um cara muito bacana que conheceu por meio do seu trabalho — disse Patrick.

— Eu não acredito em você — falou Janey, grata pela discrição incomum de Jonathan. — Jonathan detesta Steve, em parte porque ele não é você, mas principalmente por causa do preconceito absurdo e irracional que tem contra qualquer um que trabalhe na City. Embora fique sempre feliz ao receber o dinheiro deles no Eden. Principalmente agora.

— Jonathan me culpa por ele — disse Patrick. Janey pareceu confusa. — Ele diz que se você nunca tivesse saído com alguém como eu, jamais acabaria com alguém como Steve — continuou Patrick. Falava olhando para a própria mão, com o dedo indicador fazendo pequenos círculos interligados na mesa.

Janey não conseguiu resistir à vontade de examinar sua mão. Notou que estava bronzeada e que havia marcas de idade ao redor dos nós dos dedos. Ele flexionou os dedos, e ela começou a pensar na trajetória que eles haviam percorrido em seu corpo da última vez que os dois haviam estado juntos. Lembrou-se dele deitado ao seu lado, apoiado num cotovelo e desenhando círculos em volta do seu osso do quadril. Inconscientemente, tocou o lado esquerdo do quadril, como se para confirmar a lembrança, e acabou encontrando o osso em meio à extensão da barriga.

— Isso é um pouco condescendente da parte dele — disse ela, tentando parecer menos irritada do que estava se sentindo.

— Eu inventei esta parte — admitiu Patrick. — O que ele disse foi que Steve é meio controlador demais e está lentamente enfraquecendo a sua essência.

— Qual é a minha essência? — perguntou Janey.

— Essencialmente, você é um espírito livre, Janey — disse Patrick, cruzando os braços e apoiando-os sobre a mesa. — Você é como eu. Gosta das amarras da estabilidade porque elas isolam você das excentricidades da sua infância, porém, mais cedo ou mais tarde, vai se libertar de novo.

Janey se esforçou para permanecer em silêncio. Patrick havia inadvertidamente exposto o problema secreto do relacionamento dos dois. Ele só queria as partes dela que o absolviam de responsabilidade. As outras partes, a necessidade de definição, o desejo de fazer planos, a capacidade de conversar sobre o futuro sem ter uma discussão, eram ignoradas por ele.

— Janey, eu sei que você nunca tem tempo, então não vou enrolar — disse Patrick de repente. — Eu vim perguntar se é tarde demais.

— Tarde demais para quê? — perguntou Janey, parecendo confusa.

— Tarde demais para pedir que você volte atrás — disse Patrick lentamente, com a voz cheia de emoção. — Deixar você foi um erro enorme.

— Levou nove anos para se dar conta disso? — perguntou Janey, com a voz tensa de emoção. — Eu sei que você jamais quis se envolver de maneira apressada em nada, mas até mesmo para os seus padrões isso é demais.

— Havia coisas que eu precisava exorcizar — assumiu Patrick. — Estou fazendo terapia desde que voltei e tenho pensado muito no nosso relacionamento. Acho que basicamente nós precisávamos ficar separados para que cada um pudesse crescer sozinho. Nós éramos muito codependentes. Mas agora estou pronto para você de novo. Meu terapeuta acha que é a decisão certa.

— Então você está aqui a conselho do seu terapeuta? — perguntou Janey, agora claramente furiosa. — Você só me quer agora porque eu pertenço a outra pessoa — continuou ela, irritada.

— Fiquei disponível por cinco anos, e você nunca foi capaz de decidir se era a coisa certa. Então foi embora sem dar qualquer explicação e agora espera que eu simplesmente volte para o ponto onde estávamos? Estou casada agora.

— Você poderia deixá-lo — pediu Patrick. — Poderia tirar um ano sabático do trabalho e ir comigo para Cabul por seis meses.

— Cabul? — perguntou Janey, perplexa.

O bebê começou a chutar, e ela viu dois círculos escuros em sua camisa de seda preta quando o leite começou a vazar. Seu casaco estava nas costas da cadeira. Ela estendeu a mão para trás, mas ficou claro, pela expressão no rosto de Patrick, que ele havia notado.

— O que é isso? — perguntou ele, apontando para a camisa dela.

— Leite — respondeu ela, calmamente. Não conseguia se sentir envergonhada por algo assim diante de um homem que já havia passado longas e lentas horas de prazer entre suas pernas.

— Você quer dizer que eu fiz sair leite dos seus seios? Isso não é um pouco edipiano ou coisa parecida?

— Isso costuma acontecer no final da gravidez. — Ela se afastou da mesa, e pela primeira vez Patrick viu sua barriga. Ele se levantou tão rápido que a cadeira virou para trás.

— Puta merda — disse ele.

— O que houve? — perguntou Janey.

— Eu não sabia — arfou Patrick, apontando o dedo para a barriga dela. — Jonathan não me contou.

— Imaginei que você tivesse se dado conta — disse Janey, imaginando por que Jonathan não havia contado a ele.

— Como eu poderia saber? — perguntou Patrick, que não tirava os olhos da barriga dela. — Você não podia ter me contado?

— Você não deixou um endereço de correspondência — disse Janey. — E, para ser sincera, foi meio que uma surpresa para mim. — Sua voz estava ficando mais suave.

O telefone de cima da mesa começou a tocar. Janey ficou agradecida pela oportunidade de fugir do olhar maluco de Patrick e tirou o fone do gancho. Sua secretária tinha instruções para interromper qualquer reunião que durasse mais que meia hora.

— Tem alguém ao telefone para você — disse a secretária.

— Obrigada — disse Janey. — Já vou descer.

— Janey, tem realmente alguém ao telefone — insistiu a secretária. — O nome dele é Sam Diamond, ele diz que é urgente. Parece bastante aflito.

Janey hesitou. O bebê chutou suas costelas novamente, e ela se encolheu. Não sabia se conseguiria lidar com as dimensões da atual crise de Sam. Qual era o remédio para melancolia sistêmica? Sentiu uma onda de nostalgia pelas calamidades que enfrentaram aos 20 e poucos anos: as horas passadas aconselhando Sam sobre como dizer a Victoria que o relacionamento deles estava acabado, o drama de quando ele deixou o laptop contendo o primeiro roteiro que havia escrito para *Não ressuscitar* no banco de trás de um táxi, e a emoção seguida de decepção quando seu terceiro roteiro de cinema foi reservado por uns dois anos e nunca chegou a ser feito. O relacionamento deles sempre fora fácil, o que explicava por que em algumas noites daquela época eles acabaram dividindo uma cama e por que nunca houve qualquer recriminação emocional na manhã seguinte.

— Pode passar — disse Janey num tom indiferente.

Ele provavelmente estava ligando para avisá-la que Patrick estava de volta. Sua gratidão por pelo menos alguém estar preocupado com ela foi manchada por uma familiar sensação de irritação pelo fato de que a intervenção de Sam estava acontecendo tarde demais. Ela se virou de costas para Patrick. Quando Sam falou, ficou imediatamente claro que não estava ligando por causa de Patrick.

— Estou no hospital — disse ele, dramaticamente. Janey pôde ouvi-lo enfiando moedas num telefone público.

— O que houve? É o seu olho? — perguntou Janey, sem pensar.

— Meu olho? — repetiu Sam. — Não, estou preocupado que eu possa ter uma hemorragia. Sabia que uma das principais artérias do corpo fica no pênis? Espere um pouquinho só, tá?

Janey pôde ouvi-lo respirando ofegante no fone apoiado no ombro enquanto ele remexia os bolsos atrás de mais moedas.

— Você pode vir até o hospital Queen Charlotte e me levar para casa mais tarde? — pediu Sam. — Senão, acho que não vou conseguir ir em frente sozinho. Sei que os homens vêm fazendo isso há duzentos anos e que estou em boa companhia se tanto Yeats quanto Freud fizeram, mas hoje de manhã li um depoimento na internet de um cara que teve uma dor pós-operatória tão terrível que teve que tirar as duas bolas. E eu não quero isso.

— Sam, eu não estou entendendo nada — disse Janey.

— Estou prestes a fazer a vasectomia, e adoraria alguma companhia — explicou Sam. — Não posso ligar para Laura porque ela está muito brava com isso. Só quer ficar sabendo depois de estar tudo acabado. Tentei ligar para Jonathan, mas não consegui encontrá-lo.

Janey conferiu a agenda até o final do dia.

— Estou indo — disse ela. Quando se virou novamente, a porta da sala de reuniões estava aberta, e Patrick havia ido embora. Aquela seria a última vez que os dois se veriam, concluiu Janey ao pegar a bolsa e se dirigir ao elevador. Não poderia estar mais errada.

10

Quando Janey chegou ao hospital, uma hora depois, encontrou Sam concentrado numa conversa com uma enfermeira. A porta estava entreaberta, e ele não a viu porque seu campo de visão estava encoberto por um grande ventilador sobre a mesa ao seu lado, zunindo e deixando seus cabelos de pé. O rosto de Sam estava inclinado na direção do ventilador, e a enfermeira parecia concentrada em arrumar a tela que separava a parte superior do corpo de Sam da metade de baixo. Parecia que ele estava prestes a participar de um espetáculo de mágica em que iria ser cortado em dois.

O quarto cheirava a desinfetante e medo, pensou Janey, parada na porta, farejando o ar. Ainda não era tarde demais para se retirar. Aquela era uma situação que Steve desaprovaria. E como poderia explicar sua presença na vasectomia de Sam? Era algo difícil de justificar até para si mesma. Mas ele havia ligado e pedido que ela fosse, e Janey não podia dizer não, porque Sam era um amigo pouco exigente, e todos sabiam que ele estava imerso em uma maldefinida crise da meia-idade. Além disso, se ele tinha dúvidas, ela devia a Laura escutá-lo. Só porque estava preso a uma cama de hospital com uma tela impedindo-o de fugir não significava que ele precisava seguir em frente com a operação.

Janey decidiu não contar a Steve sobre a estranha tangente que o dia havia tomado. Primeiro, isso iria alimentar nele ideias erradas sobre seus amigos. Depois, aumentaria sua resistência à possibilidade de sair de férias com eles dentro de dois meses. Muito menos iria mencionar a aparição surpresa de Patrick no escritório. Mesmo que acreditasse que ela não sabia sobre a volta dele à Inglaterra, Steve imaginaria que ou Jonathan ou Laura haviam planejado o encontro.

Era um dia inesperadamente sufocante para o começo de maio. Janey usou a manga de seu cardigã preferido para secar gotas de suor da testa. O cardigã ficava acima da barriga, com seu tamanho diminuto completamente desproporcional ao resto de suas roupas, com as bainhas extras e as pregas cuidadosamente cortadas. Mas oferecia a ela uma valiosa conexão com o guarda-roupas que ela costumava usar e, portanto, a pessoa que costumava ser antes de o bebê se hospedar.

Podia ouvir Sam disparando perguntas para a enfermeira. Quantas horas por dia você trabalha? Você recebe hora extra? Onde você mora? Ele não podia estar fazendo pesquisa para o *Não ressuscitar*, porque Jonathan tinha lhe contado que Sam havia deixado o emprego. A enfermeira explicou pacientemente para ele que normalmente trabalhava no hospital de olhos, mas que ia à clínica de vasectomia uma tarde por semana para ganhar algum dinheiro extra e aprender um novo procedimento. Sam perguntou se havia alguma semelhança entre os olhos e os testículos.

— Os dois são redondos — disse ela, secamente.

— E você já fez isso antes? — perguntou ele, ansioso, agarrando a mão dela.

— Setenta e oito vezes e meia — respondeu ela, de modo tranquilizador, soltando a mão de Sam e esfregando as marcas avermelhadas que ele havia deixado.

— Como assim meia? — perguntou Sam.

— Um paciente não conseguiu fazer o segundo testículo —
explicou ela, demonstrando indiferença. Ela era tão jovem que
não havia como se solidarizar com a situação de um homem de
39 anos de idade completamente apavorado com a perspectiva
de engravidar a esposa que não conseguia mais ter orgasmos. Sam
olhou quando ela se abaixou para conferir a tela novamente. As
calças mal-talhadas não conseguiam disfarçar a riqueza de seu
corpo com suas curvas bem-feitas e a promessa de conforto. Por
um instante, Sam imaginou se conseguiria convencê-la a tirar as
roupas e montar na parte do corpo dele abaixo da tela para ver
se a mesma coisa acontecia se ele fizesse sexo com uma mulher
que não fosse casada com ele. Apenas para efeito de pesquisa.

Ele esperou, meio curioso, meio preocupado, para ver se
sentia qualquer coisa que pudesse se qualificar como excitação, sentindo-se estranhamente desligado da parte de baixo
do corpo, que estava coberta com um lençol verde de hospital
com um quadrado estrategicamente localizado sobre a virilha e
uma toalha para proteger sua dignidade. Para seu alívio, nada
aconteceu. Uma das ansiedades de Sam, fora as que ele havia
dito a Janey, era a de que ele pudesse ter uma ereção quando
o médico enfiasse a mão pelo avental para fazer a incisão no
primeiro testículo. Isso, ao menos agora, parecia altamente
improvável.

Janey largou a bolsa cheia de papéis jurídicos no chão, e
Sam ergueu o olhar. Ficou tão feliz por vê-la que se esqueceu
momentaneamente da tela e tentou se levantar da cama para
cumprimentá-la.

— Janey, Janey — disse Sam, com a voz tensa de emoção.

— Você está bem, Sam? — perguntou Janey.

— Meu Deus, como é bom ver você — falou Sam.

— Tente ficar parado, Sr. Diamond — pediu a enfermeira. — O doutor chegará logo e poderá responder a qualquer pergunta que o senhor ainda possa ter. Ele tem muita experiência. É um dos melhores. O apelido dele é Zorro — disse ela, sorrindo. Fingindo segurar uma espada na mão, desenhou três cortes rápidos no ar, dando um pequeno assobio para cada talho.

— Não estou muito certo quanto aos efeitos sonoros — comentou Sam, pálido e parecendo preocupado.

A enfermeira foi até um canto do quarto e pegou uma cadeira para que Janey pudesse se sentar à cabeceira de Sam.

— Aqui está, Sra. Diamond — disse a enfermeira. Nenhum deles a corrigiu. Janey sentou-se cuidadosamente na cadeira. Sam tentou olhar para o rosto dela enquanto falava, mas não conseguiu passar da barriga.

— Tomei um Xanax para me acalmar — Sam explicou a Janey. — Mas não acho que tenha surtido efeito ainda.

— Tem certeza de que quer seguir em frente com isso? — perguntou Janey, imaginando se Laura sabia que Sam estava ali.

— Não tem volta — respondeu ele, sério.

Aliviada por haver outra pessoa disposta a assumir a responsabilidade por Sam, a enfermeira vestiu um par de luvas cirúrgicas e começou a organizar os instrumentos de que o médico iria precisar sobre uma impecável bandeja prateada embaixo da mesa. Havia um bisturi, uma tesoura com as pontas achatadas e um instrumento que parecia suspeitamente com um maçarico. Janey apanhou uns pedaços de papel de cima da cama e começou a se abanar com eles.

INT. QUARTO DE HÓSPEDES. MAIS TARDE, estava escrito na parte de cima de um dos papéis. Era uma página de um dos roteiros de Sam. Maravilhou-se com a organização dele enquanto lia algumas linhas. O nome de cada personagem estava escrito em letras maiúsculas, o diálogo era lindamente centralizado, com toda a pontuação correta, e todas as cenas eram numeradas alinhadamente à direita. Janey apreciou sua beleza cuidada. Passava a ideia de uma natureza meticulosa tão diferente do comportamento geral de Sam que Janey sentiu como se tivesse acessado uma parte previamente escondida da personalidade dele.

— O que é isto? — perguntou ela a Sam, esperando distraí-lo.

A ponta do bisturi refletiu o sol. Janey estremeceu ao imaginá-lo cortando a carne e se perguntou se aquele era um instrumento que seu médico iria usar na cesariana marcada para dali a duas semanas.

— É uma coisa em que estou trabalhando — resmungou Sam. — Está quase pronto.

— Que ótimo — disse Janey. — Sobre o que é?

— Acho muito difícil dizer do que se trata qualquer coisa que escrevo — comentou Sam. — Mas, por alto, é sobre o que acontece com um grupo de amigos quando um segredo do passado é revelado quando eles saem de férias juntos.

— Parece bom — falou Janey. — Posso continuar lendo?

— Claro — disse Sam. — Como está se sentindo, aliás? Deve estar muito quente para você. — Foi uma pergunta superficial. Pessoas com filhos mais velhos estavam acostumadas com os efeitos colaterais da gravidez. Se ela tivesse percebido que Sam estava genuinamente interessado, teria lhe dito que a última parte da gravidez provavelmente não era muito diferente do desconforto pós-operatório de uma vasectomia. Ambos fazem a pessoa andar com as pernas afastadas e exigem roupas de baixo muito bem-planejadas. Mentalmente, Janey listou suas indisposições. em ordem alfabética: azia, calorões, hemorroidas.

— Bem — disse Janey, secando mais uma camada de suor da testa.

Ela pegou um jornal e leu manchetes assustadoras sobre inflação e aumento de juros, a perspectiva de uma recessão mundial e o tufão na Birmânia, muito embora soubesse que aquelas notícias a deixariam com uma ansiedade mal-definida, com a respiração curta e dor nas costas. Antes, Janey teria ingerido aquelas informações com solidariedade, mas sem a sensação de que tinham qualquer relevância para sua própria vida. Agora, tudo parecia relevante. Queria saber se as crianças da Birmânia estavam sendo ajudadas por trabalhadores voluntários, porque precisava acreditar num mundo que era essencialmente bom.

— Como está Steve? — perguntou Sam, sem esperar por uma resposta. — Muito obrigado por ter vindo — disse ele, agarrando a mão dela. — Eu nunca devia ter olhado a internet hoje de manhã. Havia umas imagens muito fortes, incluindo uma de um homem fazendo a própria cirurgia.

— Olhe só, qual é a pior coisa que pode acontecer? — perguntou Janey usando seu tom mais tranquilizador. — Além de castração, é claro.

— Há algumas pesquisas que sugerem que manter o esperma eternamente cativo pode dar origem a uma doença autoimune — disse Sam. — E é claro que um em cada cem homens se torna impotente.

— Isso é de fazer pensar — concordou Janey.

— Mas é por isso que estou aqui — disse Sam.

— O que você quer dizer? — perguntou Janey.

— Eu fiquei com fobia de sexo por causa de medos não resolvidos de ter mais um filho — explicou Sam. — Conversei com o médico sobre isso. Aparentemente, não é algo incomum em homens da minha idade. Achei que Laura talvez tivesse comentado com você.

Sam viu que a enfermeira estava escutando, mas supôs corretamente que tais histórias eram comuns demais para prender sua atenção. O drama na clínica de reversão de vasectomia era sem dúvida mais cativante.

— Nós não conversamos sobre esse tipo de coisa — disse Janey, um pouco encabulada.

— Eu pensei que as mulheres falassem sobre sexo o tempo todo — falou Sam.

— Não depois que estamos casadas — explicou Janey. — A menos que esteja muito bom ou muito ruim, ou algo de muito dramático aconteça, como o marido se empalar com o nosso DIU. E a nossa, ahn, história faz com que isso seja menos provável ainda.

— Laura não sabe de nada disso — continuou Sam, olhando fixamente para o teto.

— Na verdade, sabe sim — disse Janey, desculpando-se. — Quando foi me ver depois do fiasco com a terapeuta de casal, ela me perguntou se a gente tinha transado, e eu não consegui mentir.

Sam percebeu que, embora ainda estivesse trabalhando com o exato posicionamento dos instrumentos cirúrgicos, a enfermeira agora estava evidentemente interessada na conversa deles. Tentou se aproximar de Janey.

— Por que você não me contou? — sussurrou Sam, parecendo em pânico. — Ela não disse nada. E por que você contou a ela justo agora, com a situação tão precária?

— Imaginei que você tivesse contado anos atrás — justificou-se Janey, abanando o rosto com o roteiro de Sam. — E como nunca foi mencionado, era como se nunca tivesse acontecido. Achei que fosse algo que você preferia esquecer. Se serve de consolo, ela não pareceu se importar.

— Eu pretendia contar a Laura, porém quanto mais o tempo passava, menos importante parecia — disse Sam.

— Foi sem importância — concordou Janey. — Eu mal consigo me lembrar dos detalhes.

— Você não se lembra de ter transado comigo? — perguntou Sam.

— Bem, a terra não chegou a se mexer exatamente, não é? — disse Janey.

— Isso porque a terra estava girando ao nosso redor. Nós tínhamos tomado psicotrópicos demais — lembrou Sam. — E a minha técnica provavelmente melhorou desde então. Eu fui mesmo tão fácil de esquecer?

— Foi há muito tempo. — Janey sorriu.

— Você já chegou a se perguntar o que poderia ter acontecido se não tivesse conhecido Patrick e eu não tivesse conhecido Laura? — perguntou Sam. — Às vezes você imagina outras vidas com outras pessoas, talvez pessoas que nem sequer tenha chegado a conhecer ainda?

— Não — disse Janey calmamente.

Sua resposta não foi completamente sincera. Mulheres têm mania de inventar finais até mesmo para os encontros mais improváveis, pensou Janey, e ela não era exceção. Se Patrick não tivesse aparecido e a conquistado, suas incursões ocasionais com Sam poderiam ter evoluído para algo mais doméstico. Os dois poderiam ter começado a comer sucrilhos na cama na manhã seguinte à noite anterior, ou começado a pegar roupas emprestadas um do outro, ou começado a ver algo mais na psicologia daqueles encontros às escondidas de tarde da noite.

Essa possibilidade desapareceu no dia em que Janey entrou no quarto de Laura na casa de Shepherd's Bush e encontrou Sam espalhado na cama de solteiro dela. Embora Janey e Patrick estivessem saindo juntos havia três anos, Janey ainda sentia a necessidade malresolvida de Sam em relação a ela. O relacionamento dele com Laura, porém, mudou essa dinâmica e ofereceu a todos a possibilidade de uma amizade descomplicada.

O médico entrou pela porta. Sam e Janey se entreolharam e começaram a rir com a improbabilïdade de uma conversa daquelas acontecendo naquele ambiente. O médico ficou surpreso ao ver Janey sentada ao lado de Sam e perguntou se ela estava mesmo certa de que queria ficar ali enquanto ele realizava o procedimento.

— Vocês sabiam que, no começo do século XX, os homens pensavam que a vasectomia era capaz de aumentar o intelecto e melhorar o desempenho sexual, além de controlar a masturbação excessiva? — perguntou Sam.

— Estou vendo que fez a sua lição de casa, Sr. Diamond — disse o médico. — Agora, quer que eu repasse tudo novamente?

— Não, obrigado — agradeceu Sam. — Acho que estou a par de tudo.

— O senhor tem alguma pergunta ou quer discutir algum ponto que já tenhamos discutido? — perguntou o médico.

— O que acontece com o esperma? — indagou Sam.

— O seu corpo continua produzindo, mas ele não consegue sair — disse o médico, espiando por cima da tela.

— Quer dizer que ele fica eternamente aprisionado ao meu escroto? — perguntou Sam, parecendo preocupado de novo.

— Sim — concordou o médico. — Ele se acumula atrás das pontas cortadas do tubo e é varrido por células limpadoras.

O médico entregou um formulário de consentimento, e Sam rabiscou uma assinatura rapidamente.

— Sra. Diamond, posso propor que a senhora se afaste e fique na sala de espera até terminarmos? — sugeriu o médico. Janey olhou com indiferença para o médico, dando-se conta de que ele deduziu que ela era a mulher de Sam.

— Por favor, não vá — implorou Sam. — Sua presença é muito importante para mim.

— Acho que vou ficar — disse Janey, decidida.

— Bem, então recomendo que a senhora não olhe para o outro lado da tela — sugeriu o médico. — Embora seja uma operação simples, pode ser um pouco forte para algumas pessoas, principalmente considerando a sua condição.

Sam focou a atenção na luz do teto. Sentiu a toalha sendo retirada da virilha e se perguntou se havia sido o médico ou a enfermeira quem a retirara. Imaginou seu pênis mole e flácido, agarrado à coxa, com medo. Como tinha sido instruído, ele raspara os testículos durante o banho naquela manhã. O médico havia dito para ele abrir uma área na frente do testículo perto dos canais deferentes. Sam preferira a cautela e raspara quase três quartos dos pelos pubianos de cada testículo até a pele ficar com a textura embolotada de um peru depenado.

Levara quase meia hora. No começo, tratou a tarefa como uma barba normal, ensaboando os testículos com creme para barbear. Mas logo descobriu que os pelos eram tão compridos que claramente precisavam ser encurtados um pouco com a tesourinha de unha de Laura antes de ele começar a raspar mais rente. Mesmo assim, cortou-se no testículo direito.

Sentiu o médico enfiar a mão pelo buraco do lençol e segurar gentilmente esse mesmo testículo. Teve uma sensação de frio enquanto o médico esterilizava a pele no local onde seria feita a incisão. O médico então procurou pelo canal, perto do pescoço do escroto, e o apertou o mais perto possível da pele. Pediu à enfermeira que lhe passasse dois mililitros de lidocaína numa seringa. Ela apertou o êmbolo levemente, e um pequeno fluxo de anestésico esguichou da ponta da agulha.

— Isso aí vai entrar nas minhas bolas? — perguntou Sam, nervoso.

— É o anestésico — disse o médico, de maneira tranquilizadora. — Acredite, seria muito pior sem ele.

— O que acontece se eu gritar? — perguntou Sam.

— Você não vai gritar, porque eu apliquei um pouco de anestésico local no escroto — explicou o médico, calmamente, encarapitado em seu banquinho, com as pernas levemente abertas, esperando o momento certo de enfiar a seringa.

— Esta é a pior parte — disse a enfermeira, em tom tranquilizador.

— Não sei se isso é pior ou melhor — ponderou Sam.

— Tudo certo, Sr. Diamond? — perguntou o médico, espiando por cima da tela.

— Nunca estive melhor — respondeu Sam. — Pode enfiar.

Sam não sentiu nada. Fechou os olhos e viu um espaguete de canais deferentes flutuando à sua frente. Mas era melhor que se focar na incisão de um centímetro de comprimento que o médico estava fazendo agora com o bisturi em seu testículo esquerdo. Sentiu um puxão e adivinhou corretamente que o médico estava tirando um longo espiral de canal pela incisão. Estava consciente da mão de Janey em cima da sua, mas não sabia dizer há quanto tempo ela estava ali.

— É surpreendentemente longo — disse Sam a Janey. — Ele vai remover mais ou menos 1 centímetro, queimar as pontas e amarrá-las novamente.

Sam achou estranhamente reconfortante explicar a operação a Janey. Imaginou que estava fazendo pesquisa para o *Não ressuscitar* e tentou se desligar do que estava acontecendo. Não sentiu qualquer vergonha com a presença de Janey. Em vez disso, o medo foi substituído pela culpa de fazer Janey ficar naquele quarto quente e abafado. Sabia, porém, que não conseguiria fazer aquilo sem ela.

Tentou imaginar Jonathan sentado ao seu lado, porque, assim como ser o padrinho de seu casamento, aquele era um papel que ele deveria desempenhar. Jonathan podia não ser um bom ouvinte, mas sempre brincava durante uma crise. Sam havia dito a Janey que não tinha conseguido encontrá-lo, mas nem sequer tentara, porque ainda estava muito bravo com ele.

— Sei que estou sendo completamente irresponsável — Jonathan ficou dizendo a ele durante a última conversa dos dois ao telefone. — Mas eu tenho sido responsável há muitos anos. É só uma coisa de tesão, Sam.

— É uma coisa de homem de meia-idade — falou Sam. — E você tem livre-arbítrio.

— Tem uma coisa de destino nisso tudo — disse Jonathan, como se isso o absolvesse de qualquer responsabilidade por suas ações. — Eu sinto como se estivesse destinado a ficar com Eve.

— Então quando se casou com Hannah você pensou que estava destinado a se divorciar? — perguntou Sam, exasperado com a tentativa banal de Jonathan de investir no relacionamento um romantismo imerecido.

— Por favor, Sam, você nunca fica tentado? — perguntou Jonathan.

Deitado na cama do hospital, com os olhos ainda fechados, Sam pensou nos cílios escuros de Eve e na curva de seu queixo, na forma como o corpo dela balançava quando ela passou por ele no teatro. Ela podia muito bem estar nua, mesmo estando vestida. Começou a desenhar o contorno do corpo dela com o dedo no lençol ao lado. Imaginou como seria o gosto dela. Não seria doce, e sim mais picante, ele imaginou. Pensou em como seria passar uma unha pela lateral do seu braço e entre cada um dos dedos dela. Era o tipo de mulher que fazia um homem querer cometer uma loucura, pensou, tirando sua mão de baixo da mão de Janey e agarrando a grade da cama. Eles estavam velhos demais para mulheres como aquela.

Sam tentou imaginar como seria se Jonathan levasse Eve para as férias na Escócia em vez de Hannah. Imaginou vários cenários: Eve sentada no colo de Jonathan assistindo à televisão com Luke e Gaby na outra ponta do sofá, com a mão enfiada na camisa dele; Eve discutindo com Laura a inevitabilidade histórica de seu relacionamento com Jonathan como se todos os anos que ele tivesse passado com Hannah não contassem para nada; Eve na praia com Steve, com o bebê em um braço e um BlackBerry na outra mão, exaltando as virtudes de trabalhar para um fundo num banco de investimentos. Sam balançou a cabeça. Não era plausível.

O cheiro de carne queimada fez Sam abrir os olhos novamente.

— O que é isso? — perguntou ele.

— Só estou queimando as pontas do canal e depois vou amarrá-las — disse o médico.

— Relaxe — falou a enfermeira.

— Acabei — avisou o médico alguns minutos depois. Ele instruiu a enfermeira a se certificar de que Sam fosse embora com dois potes plásticos. — Você precisa ter certeza absoluta de ter esvaziado seus tubos de todo esperma restante e então nos mandar de volta para que possamos conferir. Faça o primeiro exame em quatro semanas, e o segundo, no mês seguinte. E cuide para usar algum contraceptivo até ter tudo confirmado.

— Lembre-se de que o seu escroto poderá estar preto amanhã — disse a enfermeira num tom gentil. — É por causa da cirurgia.

— Eles provavelmente vão conter o último esperma que eu vou produzir na vida — falou Sam dramaticamente, olhando para os potes.

Janey endireitou-se na cadeira, tentando manter a postura ereta, com os ombros para trás para ajudá-la a respirar mais profundamente. Usando toda a força do diafragma para estimular os pulmões a trabalharem a toda carga, respirou fundo. O cheiro da carne queimada de Sam encheu suas narinas até que ela conseguiu sentir o gosto no fundo da garganta. Tentou se distrair. Imaginou-se indo à festa de lançamento do livro de receitas de Jonathan com seu bebê recém-nascido num *sling*. Apesar da incontroversa evidência visual, ela ainda não conseguia se imaginar segurando o próprio bebê. Começou então a fazer uma brincadeira mental, visualizando todas as coisas das quais precisaria para as férias na Escócia dispostas sobre sua cama em ordem alfabética. Curiosamente, não havia nada que pertencesse a Steve.

Isso poderia tê-la preocupado, mas o fedor de carne queimada era um problema constrangedoramente imediato. Sua mente não parava de voltar para o cheiro de carne cozida. Desde que havia engravidado, Janey parara de comer carne vermelha. A textura fibrosa, o cheiro e a aparência a deixavam enjoada. O cheiro de queimado a fez se lembrar de tudo isso. E era exacerbado pelo fato de que era claramente o fedor de carne humana queimada. Sentiu uma ânsia de vômito. Foi um movimento interno involuntário, e depois que começou, não parou mais. Levantou-se da cadeira e sentiu-se violentamente enjoada. E quando se levantou, viu uma explosão de água caindo no chão.

— Acho que a minha bolsa estourou — disse Janey, espantada.

— Bem, pelo menos você está no lugar certo — falou a enfermeira.

— É para eu fazer uma cesariana eletiva em duas semanas em outro hospital — disse Janey, apontando para a própria barriga. — Eu nem estou com o plano de nascimento aqui. Ou as roupas do bebê. Ou a cadeirinha para o carro. Ou o meu marido. Isto não está nos planos. — Abriu a agenda no BlackBerry.

— As crianças nem sempre se adaptam às nossas expectativas — sorriu a enfermeira.

Sam ficou deitado na cama, imaginando vagamente como devia reagir, mas incapaz de fazer qualquer coisa. O Xanax fazia com que se sentisse a um passo daquilo que estava acontecendo. Sentiu uma sensação prazerosa, como se óleo morno estivesse sendo derramado sobre seu corpo, quando finalmente relaxou. Tinha uma vaga consciência de que seu timing estava errado. Devia ter tomado o remédio uma hora antes. Mas não era simplesmente a droga que estava tirando seu medo e neutralizando os hormônios de estresse que deviam estar percorrendo o seu corpo. Era também o alívio de que agora poderia tocar o restante de sua vida. Sam havia renascido. Olhou para o roteiro do filme em cima da mesa. Aquele era o roteiro. Foi o que seu agente disse e, pela primeira vez, ele acreditou nisso.

11

Cinco minutos depois de tocar a campainha pela primeira vez, Laura se ajoelhou na soleira da porta de Janey e entreabriu a caixa de correspondência com uma cópia enrolada de *The Lancet* para entender exatamente o que estava acontecendo lá dentro. Levantou a saia até acima das coxas para que não arrastasse no chão e desfiasse a barra. A saia era uma peça de grife de segunda mão que Janey dera a Laura quando descobriu que estava grávida. Janey já a tinha repreendido por ter lavado a saia na máquina e, desde então, a peça havia perdido uma significativa briga numa lavagem. Mas Marc Jacobs não estava ali para registrar sua desaprovação, e Laura contava que a mente de Janey estivesse ocupada demais pela inesperada chegada do bebê para perceber sua transição de azul-claro para cor de lama.

Quando se inclinou na direção da caixa de correspondência, Laura sentiu o vento batendo na parte de trás da coxa, e isso a lembrou do tempo em que ela usava minissaias, antes de suas coxas desenvolverem profundidade de caráter, normalmente usada para descrever rostos.

Espiou pela abertura que dava para o hall de entrada da casa de Janey em busca de sinais de que havia alguém ali. Um imenso carrinho de bebê dominava a área, mas Laura pôde ver que não havia bebê lá dentro. Um caro *sling* de couro forrado com pele de carneiro repousava em cima de uma cadeirinha para carro que combinava com o carrinho. Na lateral do *sling*, lia-se *Bill Amberg*, em letras garrafais. Um nome grande para um bebê pequeno, pensou Laura. Pelo menos eles haviam parado de brigar sobre o nome da criança. O bebê certamente estaria em casa, porque todos os seus meios preferenciais de transporte estavam enfileirados diante dela. Ligou para o celular de Janey e o ouviu tocando no hall.

O que mais chamou a atenção de Laura foi o que ela não conseguia ver. Não havia quadrados de panos brancos com leite seco na escada. Nem pacotes de fraldas formando filas desordenadas à espera para serem levados para fora. Ou montes de macacõezinhos esperando para serem lavados. Nenhuma barra de chocolate comida pela metade. Da mesma forma, Laura percebeu que jamais haveria uma barriga pulando para fora de calças largas de moletom usadas por três dias seguidos; ou discussões sobre a questão ética de se frequentar a igreja para garantir uma vaga numa boa escola primária; ou potes de comida de bebê para aqueles dias em que escalar o Everest parecia uma alternativa preferível ao interminável trabalho de transformar legumes em purê. Era uma versão esterilizada do reinado do novo bebê. Era como os muito ricos tinham filhos. De um lado a outro daquela rua central de Notting Hill, bebês nasciam por método semelhante. Laura imaginou recém-nascidos arrulhando contentes em impecáveis roupas brancas idênticas, muito brancas, ao lado de reluzentes cozinhas de luxo da marca alemã Poggenpohl em cores frias, enquanto suas mães extraíam leite orgânico de seios pálidos antes das suas aulas matinais de Pilates. Não havia roupas desbotadas na W11.

Laura aproximou a boca da caixa de correspondência e gritou duas vezes. Então, ficando cada vez mais frustrada, decidiu usar a revista enrolada como megafone, gritando o mais alto que podia e levando uma das pontas ao ouvido. Estava tentando se lembrar dos barulhos de um bebê recém-nascido: o gemido agudo pedindo leite, a máquina de lavar em intermináveis ciclos de enxágue, o som da mãe chorando quando os níveis de estrogênio caíam e a prolactina aumentava, o murmurar de baleias se comunicando embaixo d'água naquele CD que alegava tranquilizar até mesmo o bebê mais cheio de cólica. Mas não havia nada. Apenas barulho de fundo. Prendeu a respiração por um instante para aguçar os sentidos e prestou atenção aos sinais, ou a alguém subindo a escada do porão, ou descendo do andar de cima, porque qualquer um na sala de estar certamente a teria escutado.

Encostou as palmas das mãos na porta para deixar a boca o mais perto possível da caixa de correspondência. Laura gritou o nome de Janey tão alto que fez o vizinho ao lado aparecer na porta da frente. Laura achou que tinha visto a cortina da sala de estar se mexer.

— Por que diabos você está espiando? — perguntou inesperadamente uma voz divertida. Laura virou a cabeça e viu um homem de cabelos desgrenhados e idade indeterminada falando com ela. Deve ter parecido espantada, porque ele então acrescentou: — Você está me lembrando aquelas senhoras católicas que se arrastam de joelhos em peregrinações a Lourdes. Apesar de o traje delas ser um pouco mais sóbrio.

— Gula, principalmente — brincou Laura, apontando para o grande panetone ao lado de um imenso buquê de peônias. Levantou-se e começou a puxar a saia para baixo.

— Para mim, apetite não é pecado — disse ele, avaliando o corpo de Laura com um olhar lascivo da cabeça aos pés.

Laura estava um pouco surpresa. Não conseguia lembrar quando tinha sido a última vez que um estranho havia flertado com ela tão abertamente.

— Se a sua amiga não atender, você pode ficar esperando aqui em casa até ela chegar — disse o vizinho. — Já parei de trabalhar por hoje. — Aquela parecia uma cantada bem ensaiada.

— Você trabalha em casa? — perguntou Laura, sem querer ser rude.

— Na maior parte do tempo — disse o homem. — Comparado com Janey e Steve, acho que sim. Até ela ter o bebê, acho que nunca a vi durante o dia. Agora eu a vejo, mas não consigo falar com ela porque não consigo passar pelo guarda.

— Steve? — perguntou Laura, um pouco surpresa com o jeito direto dele, mas silenciosamente reconfortada pelo fato de que não eram apenas os velhos amigos de Janey que consideravam Steve excessivamente possessivo.

— Não — disse o homem rindo —, a Sra. Doubtfire. — E como Laura ainda parecia intrigada, acrescentou: — Aquela mulher que eles contrataram para ajudar com o bebê.

Laura ouviu um barulho dentro da casa e se ajoelhou para continuar sua vigília. Desta vez, a visão para o hall estava oculta por um pedaço de material marrom. Laura enfiou os dedos pela abertura da caixa de correspondência e tentou agarrar o pesado tecido de gabardine, imaginando se uma cortina havia caído diante da porta lá dentro. Cortinas não costumavam ser do estilo de Janey, embora ela tenha ficado obsessiva com persianas blackout depois de ler um livro sobre bebês. A caixa de correspondência era estreita demais, e ela só conseguiu puxar o material usando um movimento de pinça com o polegar e o dedo do meio. Então a porta se abriu com tanta força que Laura se viu tropeçando até cair no chão diante de uma sessentona valente que devia estar olhando pelo olho mágico enquanto Laura olhava pela caixa de correspondência.

— Pois não? — perguntou altivamente a enfermeira, alisando o pedaço de saia que Laura havia amarrotado.

— Desculpe, eu vim visitar Janey e o bebê Bill — explicou Laura, levantando-se do piso. — Toquei a campainha, mas ninguém atendeu.

— O bebê está dormindo — disse a mulher, bloqueando desafiadoramente o caminho de Laura para o interior da casa. — O bebê sempre dorme entre quinze para as duas e duas e meia.

— Nossa, que sujeitinho obediente — comentou Laura, impressionada. — Bem, pelo menos Janey está acordada.

— Ela está tirando leite para a noite — disse a enfermeira, firmemente.

Laura apontou para a escada quando Janey apareceu lá em cima e começou a descer para o hall com hesitação. Segurou firmemente o corrimão e desceu botando os dois pés em cada degrau, como se estivesse tentando economizar energia. Quando chegou à base entre os dois andares, parou para sorrir para Laura, porém foi mais um sorriso torto e com os dentes cerrados do que de cordialidade relaxada. O desconforto do parto era certamente democrático, pensou Laura, relembrando a experiência úmida de vazar leite, de ter inesperados fluxos de sangue e crateras sangrentas nos mamilos que faziam seus bebês arrotarem milk-shake cor-de-rosa quando tinham gases.

O andar de Janey fez Laura se lembrar de Sam, que estava sentado em casa assistindo à TV durante o dia usando duas cuecas boxer brancas e segurando um pacote de ervilhas congeladas na virilha com uma das mãos e uma lata de cerveja com a outra. Quando Sam mostrou os testículos a Laura na manhã seguinte à vasectomia, ela pôs a mão sobre a boca num silencioso grito de choque, não porque estivesse surpresa por ele ter ido até o fim, mas porque os testículos dele estavam pretos como carvão, como se estivessem queimados pelo frio. Ele disse que levaria semanas para o ferimento melhorar. Então casualmente mencionou que havia enviado um roteiro de cinema para o agente e que não iria mais trabalhar naquela semana. O *Não ressuscitar* tinha terminado, explicou Sam, como se estivesse falando sobre algo trivial como chegar ao fim do pacote de sucrilhos. Laura não teve qualquer reação. Seu alívio em relação à honestidade de Sam superou sua preocupação quanto ao que ele faria agora. Parecia um sinal de esperança.

Havia uma estranha simetria no fato de que Sam tinha feito a vasectomia e Janey dera à luz no mesmo dia, pensou Laura, lembrando-se do telefonema em pânico que Sam fez do hospital. Mas talvez não mais estranha que a recente admissão de Sam de que ele tinha dormido com Janey na mesma noite em que pensava que havia conhecido Laura durante um jantar na casa de Jonathan. Laura tentou imaginar Janey acompanhando Sam durante a operação e depois os dois juntos, em cadeiras de rodas, se dirigindo até a maternidade no quarto andar do Queen Charlotte depois de Sam ter desmaiado. Sam comeu as cápsulas energéticas de Dextrose de Janey e ficou a seu lado até ela estar com quase 8 centímetros de dilatação, quando Steve finalmente chegou de uma reunião de negócios em Frankfurt. A maior preocupação de Steve, disse Sam, era que ele não havia levado o iPod com a música para a parte final do parto.

Era pouco ortodoxo o fato de Janey ter acompanhado a vasectomia de Sam, Laura concordou com Steve quando ele ligou para ela no dia seguinte para anunciar o nascimento de um menininho, ainda sem nome definido. E muito chato que ele estivesse voando de Frankfurt durante a maior parte do trabalho de parto de Janey. Uma imagem de Janey, com os pés levantados, deitada numa cama de hospital usando apenas uma camisola enquanto uma parteira a examinava na frente de Sam, momentaneamente tomou conta da consciência coletiva dos dois, e ambos ficaram em silêncio.

Laura então explicou apressadamente que dissera a Sam que não queria se envolver em sua cirurgia e que não podia culpá-lo por chamar Janey em seu lugar. Relutantemente, Steve concordou que estava grato pela presença de Sam no hospital.

— Pelo menos a familiaridade histórica dos dois deve ter neutralizado qualquer potencial constrangimento para eles — disse Steve, formalmente.

— Meu Deus, o que você fez com a minha saia? — Janey perguntou a Laura quando finalmente chegou ao último degrau da escada. Esse tipo de comentário poderia ter irritado Laura como levemente condescendente, mas o reconheceu como uma tentativa da amiga de convencer a si mesma de que voltaria a considerar essas coisas importantes algum dia.

— Por favor, lembre-se de que às quinze para as quatro a senhora precisa dar de mamar a Billy novamente e então brincar com ele por vinte minutos — aconselhou a enfermeira. Janey assentiu com a cabeça obedientemente.

— Você já está jogando Banco Imobiliário Júnior com ele? — perguntou Laura em tom de brincadeira, aproximando-se para dar um abraço cuidadoso em Janey.

— Não me faça rir, dói demais — disse Janey, que não conseguia se lembrar de quando havia se sentido tão feliz por ver Laura.

— O quê? — perguntou Laura, encolhendo-se em solidariedade.

— É muito inconstante — disse Janey, pensativamente. — A dor se alterna entre as hemorroidas, que precisam de calor, e os pontos, que precisam de ervilhas congeladas. Até a hora de dar de mamar, quando então a dor se transfere para os mamilos rachados. Por que ninguém me disse para guardar a peridural para depois?

— Fica mais fácil a cada novo bebê — Laura a tranquilizou.

— Bem, eu nunca vou ficar sabendo, porque não vou ter outro — disse Janey enfaticamente. — Quer beber alguma coisa, Laura?

Laura esperou que a enfermeira se oferecesse para pôr a chaleira no fogo, mas, em vez disso, ela subiu a escada com um ar inexpressivo, depois de informar às duas que estava indo acordar o bebê.

— Ninguém acorda um bebê que está dormindo — disse Laura espantada, esquecendo-se imediatamente da promessa de não interferir.

— Se eu conseguir seguir o programa exposto no livro, o bebê dormirá a noite toda dentro de três semanas — disse Janey, como se estivesse recitando um mantra. — É um pouco trabalhoso demais agora, mas vou colher os benefícios mais tarde.

— Bem, isso deverá tornar as coisas mais fáceis para quando sairmos de férias — comentou Laura, tentando parecer encorajadora.

— Não sei se vamos conseguir ir a Coll — disse Janey, desculpando-se. — Nem consegui fazer compras ainda.

— Dois meses são uma ótima idade para viajar com um bebê — insistiu Laura. — Eles são muito portáteis. E todos vamos ajudar.

— Não é isso — resmungou Janey, olhando ao redor para conferir se a enfermeira havia saído. — É que o livro diz que o bebê deveria dormir sempre no mesmo quarto.

— Então vocês nunca mais vão viajar? — perguntou Laura.

— E tem também a questão das persianas blackout — suspirou Janey. — O livro diz que os bebês deveriam dormir sempre num quarto com persianas blackout e é quase certo que não devem ter persianas blackout numa casa alugada numa remota ilha escocesa. — O livro não dizia nada sobre como convencer maridos relutantes a viajar com os amigos da esposa, mas Janey não mencionou isso.

Laura permaneceu em silêncio. Todo mundo acaba encontrando a própria forma de fazer tudo no final. Em vez de falar alguma coisa, foi até a cozinha, esperando que Janey a seguisse. Dispôs o bolo, o buquê de flores e o presente cuidadosamente enfileirados sobre a ilha da cozinha. Um novo equipamento intimidante estava lá cintilando à luz do sol. Laura passou a mão sobre a reluzente estrutura de aço e pegou um enchimento de sucção de plástico que se ligava à máquina com um longo tubo. Deu-se conta de que era uma bomba de tirar leite, mas diferente de qualquer outra de que se lembrava. Aquela evocava imagens de salões de ordenha intensiva na Europa Oriental, onde vacas entupidas de hormônios e estimulantes de crescimento produziam inimagináveis quantidades de leite cremoso por úberes inchados.

— Que belo kit — disse Laura, olhando para o impressionante decote de Janey.

— Eu tiro leite todas as manhãs às quinze para as sete — explicou Janey. — E então congelo um pouco, e a enfermeira usa o resto para a mamada noturna para que eu consiga dormir a noite inteira.

— Nossa — disse Laura, impressionada.

— Só que eu não consigo dormir quando o ouço chorar — admitiu Janey.

Laura tentou se lembrar da sequência dos nascimentos de Nell e Ben, da dificuldade de conseguir se vestir antes do meio-dia e da forma como tomar um banho assumiu proporções míticas porque era o único momento em que ela conseguia estar sozinha. Sam ficava assistindo à BBC Internacional às três da manhã com Ben, de olhos arregalados e sem conseguir dormir, deitado em seu colo. Dias e noites eram contínuos.

— Bebê Bill — exclamou Laura, ao se aproximar para pegar o bebê enroladinho dos braços da enfermeira, que havia acabado de aparecer na cozinha. Os olhos dele estavam bem fechados, como os de um minúsculo coelhinho. Laura estendeu os braços para segurar o bebê pela primeira vez. Com relutância, a enfermeira o passou a ela, instruindo sobre como segurá-lo.

— Eu tenho dois filhos — disse Laura, sorrindo tranquilizadoramente ao pôr uma das mãos firmemente atrás da cabeça do menino.

— Bill? — perguntou Janey em sua pilha de almofadas cuidadosamente posicionadas no sofá.

— Eu achei que vocês tinham dado a ele o nome de Bill Amberg Dart — disse Laura.

— Essa é a marca do *sling* — falou Janey, cruzando as pernas para evitar qualquer pressão nos pontos quando começou a rir. — Ele se chama Jack Oberon Henry Milo Dart. Foi um consenso, cada um de nós escolheu dois nomes. Você não vai ganhar nada por adivinhar os meus.

— O bebê precisa ficar em seu brinquedo por vinte minutos — a enfermeira informou a Laura, retirando Jack Oberon Henry Milo Dart de seus braços sem qualquer cerimônia e deitando-o sob leões e tigres de exuberantes cores primárias. O bebê dormia profundamente, com as pernas esticadas e os braços acima da cabeça. Laura admirou sua tenacidade enquanto a enfermeira fazia cócegas em seus pés e soprava em seu rosto, tentando despertá-lo.

— Devo olhar no site para ver se diz o que fazer? — perguntou Janey, ansiosamente.

— Talvez a senhora devesse mostrar a ele aqueles desenhos em preto e branco que vão estimulá-lo — insistiu a enfermeira, colocando um maço de cartões na mão de Janey.

— Ele não é um pouco jovem demais para jogar cartas? — brincou Laura.

A campainha tocou, e a enfermeira lançou um olhar desaprovador para Janey.

— A senhora vai sentir falta do seu cochilo da tarde — disse ela, indo em direção à porta.

— O livro não recomenda visitas — explicou Janey, encolhendo os ombros e fazendo esforço para se levantar do sofá. — Deve ser Hannah, que já está quatro horas atrasada em relação ao combinado, ou Pete, da casa ao lado, que está preocupado que eu tenha entrado para um culto de mães de recém-nascidos.

— Eu o conheci quando estava chegando — disse Laura, fazendo sinal para que Janey ficasse onde estava.

— E ele flertou com você? — perguntou Janey. Laura assentiu com a cabeça, chateada por ficar decepcionada ao saber que ela não havia recebido um tratamento especial. Alguns anos antes, teria ficado irritada com um homem desses. Agora, ficara lisonjeada com a atenção.

Hannah invadiu a sala sem dar qualquer explicação sobre o atraso. Laura e Janey sabiam que não adiantava questioná-la. Desde que Laura conhecera Hannah havia ficado claro que ela era alguém que gostava de fazer as coisas do próprio jeito e no próprio tempo. Embora Janey tivesse sido criada numa comunidade em que a autoexpressão fosse reverenciada, passou pela mente de Laura que Hannah era o verdadeiro espírito livre entre eles. Durante anos, Laura imaginara que Hannah havia ficado à sombra de Jonathan. Agora lhe ocorrera que as sombras eram um bom lugar para se esconder do bem-intencionado escrutínio dos amigos. Hannah podia ser adepta de agradar Jonathan, mas não deixava de agradar a si mesma.

Laura pensava na decisão de Hannah de levar em frente a gravidez de Luke quando tinha apenas 20 anos, como sinal de sacrifício. Ainda assim, foi a decisão dela que fez Jonathan terminar formalmente seu relacionamento com Victoria para ir morar com Hannah. Da mesma forma, Laura havia sentido pena de Hannah por seu fracasso em construir qualquer carreira significativa depois de ter abandonado a faculdade quando descobriu que estava grávida. Laura sempre deduzira que sua abordagem diletante era um sinal de que vivia na esteira profissional de Jonathan. No entanto, vendo-a agora com sacolas de legumes e verduras enlameados e um grande maço de bulbos nas mãos de Janey, Laura se deu conta de que Hannah estava feliz ao ver os amigos batendo a cabeça em telhados de vidro e que saltar de um emprego para outro era melhor para ela.

— O que há com a megera? — sussurrou Hannah, enquanto a enfermeira subia a escada.

— Ela é uma seguidora da Gina Ford — explicou Janey, em tom santificado.

— Bem, ela não está usando Gucci — disse Hannah. Foi até Jack e cuidadosamente levantou-o do chão, ignorando a instrução de Janey para que lavasse as mãos. Começou a elogiar o bebê recém-nascido, comentando seus traços (a boca do pai, os olhos da mãe), seu cheirinho doce, o tamanhinho das mãos e a forma como ainda se comportava como se não fosse exatamente deste mundo, com sua aversão à luz e a estranha forma como seus dedinhos percorriam o ar mesmo durante o sono.

— Não Tom Ford, Gina Ford — sussurrou Janey.

— Quem é Gina Ford? — perguntou Hannah. Janey a encarou, boquiaberta.

— É a guru de bebês que aquelas mães queriam lançar sobre o Líbano em foguetes — disse Laura, esquecendo-se de que Hannah raramente lia jornal. — Ela tem um monte de rotinas rígidas.

— Todo mundo a recomenda — falou Janey. — Ela faz os bebês dormirem.

— Bebês não precisam de gurus e manuais para dormir — disse Hannah, dando de ombros. — Eles fazem isso de qualquer maneira.

— Você pode trocar o disco para o *Baby Mozart*, por favor? — pediu Janey, ansiosamente.

— Definitivamente é melhor que Bruce Springsteen — disse Laura, tentando lembrar onde estava escondido o aparelho de CD.

Ninguém se dava conta de como era ter crescido sem qualquer base para a maternidade, pensou Janey. Sua única convicção verdadeira era a de que qualquer que fosse o caminho escolhido, deveria ser o mais distante possível de tudo o que sua mãe havia feito. Amamentação desregrada, bebês na cama, educação sexual aos 5 anos, longas discussões sobre a exata natureza do orgasmo feminino, educação em casa, gritos primais, renascimento, nada disso teria lugar na vida do bebê deitado no chão à sua frente. Janey jamais tomaria cogumelos mágicos ou fumaria maconha plantada em casa com seus filhos como sua mãe havia feito.

Lembrou-se de quando descreveu essas experiências a Patrick e de como ele riu do absurdo de tudo. Isso a tornara atraente para ele porque a marcava como alguém que havia sido criada fora dos limites das convenções da classe média, mas ele ignorara o fato de que muitas das decisões fundamentais que ela tomara em relação à vida eram justamente porque queria, na vida adulta, a existência regrada que lhe fora negada na infância. Pode até ter sentido a atração por ser impulsiva aos 20 e poucos anos, mas escolheu amigos que não exacerbariam essa vontade.

Não que tivesse tido uma infância infeliz, pensou Janey, ao passar desconfortavelmente de uma nádega para outra. Era uma comunidade, não um culto. Não havia um ponto obscuro de crianças sendo abusadas, embora uma negligência benigna certamente houvesse existido. Havia personalidades fortes que exerciam uma influência nada saudável em relação ao modo como as coisas eram administradas, muito embora essas pessoas tivessem sido democraticamente eleitas. Lembrou-se de uma americana que era obcecada pela ideia de que todos deveriam ter uma evacuação intestinal todas as manhãs. E também de um escocês, com quem a mãe tivera um relacionamento de dois meses, que pregara a Janey e a suas amigas adolescentes a importância do amor livre. Mas muitas das obsessões eram inocentes, até mesmo educacionais: como produzir alimentos o bastante para ser autossuficiente; como ganhar dinheiro que não fosse manchado pela associação com práticas capitalistas exploradoras; como viver uma vida em que as emoções fossem expressas livremente e nada fosse reprimido.

Era mais a natureza desordeira e imprevisível da experiência que a incomodava. A forma como ela e o irmão mais novo eram inesperadamente deixados na casa de outra família por alguns dias enquanto a mãe explorava um novo relacionamento, desimpedido por filhos pequenos. Às vezes, era uma experiência boa. Lembrava-se de uma canadense que os apresentou à alegria dos brownies de chocolate. Outras vezes, Janey precisava ficar consolando o irmão, que frequentemente chorava até dormir, imaginando que a mãe, assim como o pai, havia ido embora para sempre. Apesar de todos os esforços da psicoterapeuta a qual via brevemente depois de Patrick partir para o Afeganistão, Janey não culpava a mãe por essas falhas. O único crime de sua mãe foi acreditar que devia dividir o marido com outra mulher. Foi uma má decisão, porque a mulher não demonstrou qualquer generosidade.

Quando a mãe se oferecera para ir a Londres de Lyme Regis na semana anterior para ajudar Jack e preparar pratos veganos energéticos, Janey gentilmente explicou que havia contratado uma enfermeira que a ajudaria a fazer o bebê entrar numa boa rotina para que ela pudesse voltar ao trabalho em 12 semanas. E a mãe que finalmente tinha encontrado a felicidade com um norueguês dez anos mais jovem, pareceu aliviada.

— Meu único conselho é para não acreditar naquela velha crença de que não se engravida quando se está amamentando — disse Hannah, que engravidou de Gaby quando Luke tinha poucos meses de idade. Na época, não parecera estranho que Hannah estivesse dando de mamar a Luke com nove meses de idade com a barriga de grávida já saltando por cima da cintura do jeans. Era simplesmente impressionante e incompreensível que aos 23 anos Hannah e Jonathan fossem pais de dois filhos pequenos.

— Eu não consigo nem imaginar voltar a fazer sexo — suspirou Janey.

— Bem, e você realmente não deve fazer pelo menos nas primeiras seis semanas — disse Hannah.

— Por que não? — perguntou Janey, consternada, porque não era algo coberto por Gina Ford.

— Tem alguma coisa a ver com bolhas de ar — disse Laura vagamente.

— Teve o caso daquela mãe que morreu depois de fazer sexo porque seu útero não havia fechado ainda, e uma bolha de ar entrou em sua corrente sanguínea — explicou Hannah.

Janey pareceu ainda mais preocupada. Mães se cercavam de histórias apócrifas como se fossem uma capa invisível que pudesse proteger os próprios filhos de perigos semelhantes: a criança que morreu engasgada com um tomate cereja; o bebê que sufocou depois que uma das contas de um rosário foi de sua narina esquerda até o pulmão direito; o menino que pegou uma bactéria resistente numa piscina. Alguém havia lhe contado, inclusive, sobre uma enfermeira que dera Tylenol a um recém-nascido para fazê-lo dormir a noite toda.

Parecia incrível para Janey pensar que há menos de uma semana essas histórias mal passavam por sua consciência. Agora, uma enorme ansiedade se desenvolvera em seu subconsciente, esperando por fertilizar tais histórias até elas assumirem proporções distorcidas em sua cabeça.

Janey havia se preparado para o nascimento do filho da mesma maneira que tinha se preparado para o exame da ordem dos advogados. A pilha de livros sobre a ilha da cozinha era testemunha da amplitude e da profundidade de sua pesquisa: Dr. Spock, na oitava edição revisada, repousava ao lado de Sheila Kitzinger. Gina Ford estava em cima de Miriam Stoppard. Havia lido ampla e conscientemente. Mas o que nenhum dos livros tinha lhe dito era como seu temperamento, anteriormente tranquilo, mudaria da noite para o dia. Janey viu-se golpeada por ondas alternadas de absoluta felicidade e ansiedade que a deixavam enjoada. O senso de responsabilidade por aquela pessoinha deitada no chão à sua frente era quase avassalador. Mesmo depois de ler todos os livros da seção de pais e filhos da livraria Borders, ninguém conseguiria explicar adequadamente a opressão de se ter um bebê. A pessoa podia tentar resistir, ou se render a ele, mas não podia evitá-lo.

Não foi a primeira vez que Janey desejou que o bebê ainda estivesse em sua barriga, onde podia protegê-lo melhor das vicissitudes do mundo. Gostaria de explicar isso a Laura e Hannah, mas a experiência das duas a inibia. Elas faziam tudo parecer tão fácil.

Esse era o problema com a maternidade moderna. As pessoas a exerciam em períodos diferentes. Assim, em vez de compartilhar essa ansiedade com amigas próximas, a quem conhecia havia anos, era mais provável que Janey conversasse com as pessoas da aula de ioga pré-natal que tinha conhecido menos de quatro meses atrás. Olhou para Laura, que estava olhando fixamente para dentro da caneca e provavelmente pensando em algo completamente diferente.

— Eu simplesmente não sei como as pessoas fazem sexo casadas — disse Laura tão abruptamente que o chá saltou pela borda de sua xícara no chão.

— O que você quer dizer com isso? — perguntou Janey, acrescentando mais um assunto à lista de novas preocupações que crescia rapidamente.

— Eu simplesmente não compreendo como algo que começa sendo tão compulsivamente físico e direto evolui para algo tão compulsivamente psicológico e complicado — comentou Laura. — Em que momento ocorre essa virada?

— Sam é um caso especial — disse Janey, perguntando-se se estava tentando reconfortar Laura ou a si mesma. — A maioria dos homens sai correndo quando a mulher sugere uma vasectomia.

— Percebeu que estava sendo ignorada por Laura, não propositalmente, mas porque o que Laura realmente queria abordar era o casamento de Jonathan e Hannah, considerado pela maioria dos amigos um relacionamento exemplar.

— Quando nascem os filhos — começou Hannah autoritariamente —, é aí que as coisas se tornam mais complicadas.

— Você e Jonathan conseguiram administrar essa questão durante anos — disse Laura. — Eu vi aquele pacote de camisinhas pela metade no nosso quarto em Suffolk. Como vocês conseguem? Como mantêm o desejo no longo prazo?

— Com pornografia, ménage à trois e uma carreira de coca de vez em quando — disse Hannah, sorrindo, sem perder o timing. — Brincadeira — acrescentou. — Na maior parte.

— Não podemos conversar sobre sexo na frente do Jack — repreendeu Janey, pegando Jack do colo de Hannah e tapando seus ouvidos com as mãos. Os dedinhos dele faziam curvas suaves no ar, como se estivesse realizando um complicado movimento de tai chi chuan.

— Janey, não se preocupe, ele é jovem demais para ter opiniões — disse Laura, sorrindo.

— Isso pode afetar irrevogavelmente seu desenvolvimento emocional — falou Janey, em tom de desaprovação.

— Bem, então cuide para não contratar uma babá que assista ao *The Jeremy Kyle Show* — disse Hannah. Janey pareceu preocupada.

— Ele está dormindo profundamente — afirmou Laura, gentilmente. — A única preocupação dele é se há um mamilo se aproximando. — Laura havia libertado sua perfeita mãe interior quando Nell começou a dar chiliques por volta dos 2 anos, mas seus filhos eram pequenos o bastante para que ainda se lembrasse daqueles primeiros dias em que cada minúscula decisão assumia proporções monumentais.

— Eu não acredito que alguém que um dia nos contou que havia transado com o namorado no banheiro do Eden possa ser tão puritana — riu Hannah.

— Isso foi antes de eu ficar grávida — disse Janey, começando a sorrir. — A partir de agora será só papai e mamãe dentro do nosso quarto.

Sexo de casados, Laura estava pensando, era como um imenso país com diferentes tribos, cada uma vivendo de acordo com próprios costumes e regras. Algumas pessoas passavam uma vida inteira evitando a questão de sua incompatibilidade sexual com vagas desculpas sobre cansaço e dores de cabeça, vendo a compatibilidade inicial apenas como uma miragem. Outras, como Sam e ela, impelidas por nada mais elevado que uma vaga sensação de infelicidade, tentavam arrancar as camadas para expor os problemas que havia por baixo ou simplesmente escolhiam o caminho mais fácil e transavam com outra pessoa. E então havia aquelas pessoas invejáveis como Jonathan e Hannah, cujo desejo se erguia eternamente acima do atoleiro doméstico para deixar todo mundo se sentindo inadequado. Por Deus, eles se davam ao trabalho, inclusive, de escolher camisinhas com sabor de menta.

— Haverá muita pressão quando Sam finalmente decidir que está na hora — disse Laura, sem querer revelar a exata natureza do problema que vinham enfrentando. — Parece incrível que a gente tenha passado tanto tempo da primeira metade do nosso relacionamento consumidos pela paixão e tanto mais tentando fabricá-la.

— Talvez vocês precisem experimentar longe de casa — sugeriu Janey.

— Quando estiverem na Escócia, longe das crianças, quem sabe? — indagou Hannah. — De qualquer maneira, eu não me preocuparia com isso. Tenho duas amigas que não transam com os maridos há anos.

— E o que elas fazem? — perguntou Laura.

— Aceitam a situação ou transam com outras pessoas — disse Hannah, sorrindo.

12

Sam estava deitado na cama depois de ter aproveitado mais uma ejaculação pós-operação. Ele não se masturbava tanto desde a adolescência. Marcou a última sessão no caderno que mantinha ao lado da cama e ficou satisfeito ao perceber que chegara ao máximo recomendado pelo médico para purgar seus exames de qualquer esperma teimoso. Havia usado uma abordagem igualmente burocrática para o tema da fantasia usada para sustentar essa taxa de sucesso, permitindo que Eve participasse de exatamente cinco, Laura, de dez, ambas juntas em cinco, e mulheres aleatórias nas restantes. No geral, ficou impressionado com a abordagem rigorosa que fez aos prazos do pós-operatório. Seus únicos dias de folga foram quando o United se classificou para a Liga dos Campeões e a noite em que eles venceram o Chelsea em Moscou.

Agora, exatamente dois meses depois da vasectomia, Sam olhou para o pequeno pote de plástico transparente que tinha na mão, procurando por algum sinal de vida. Fazia muito tempo desde que estudara biologia básica, e ele não se lembrava exatamente de como era um espermatozoide. Quando ouviu Laura chegando do banheiro, pôs abruptamente o pote sobre a mesa de cabeceira, pensando na minúscula quantidade de líquido que saía durante uma única ejaculação. Por um instante, perguntou-se se deveria mostrar a Nell e Ben a fonte da evolução deles.

Depois do fim de semana em Suffolk, três meses antes, Laura havia tentado desviá-los de mais reflexões sobre a genitália do pai deles. Por outro lado, Sam decidira que aquele provavelmente não era o melhor momento para inserir biologia séria na equação, porque seus sogros estavam lá embaixo na cozinha e ele e Laura já estavam atrasados para a festa de lançamento do novo livro de receitas de Jonathan, *De volta ao básico: receitas do Eden*. Além disso, Nell e Ben provavelmente achariam que o líquido era kikos marinhos e iriam querer derramá-lo no aquário.

Laura entrou no quarto com uma escova de cabelos numa das mãos e uma tesoura de unhas na outra. Estava usando o mesmo vestido e os mesmos sapatos que usara em Suffolk, com a diferença de que segurava pedaços do vestido na mão.

— O que você está fazendo? — perguntou ela, com um tom irritado tomando conta da própria voz quando viu Sam deitado na cama com uma toalha enrolada na cintura. Então percebeu o pote no meio das xícaras de café pela metade, dos livros e dos cadernos que ficavam sobre a mesa de cabeceira de Sam. Desde que Sam decidira que a cama era o lugar mais inspirador para escrever, o quarto deles havia se transformado num recanto de homem solteiro. Os travesseiros estavam manchados de tinta, o tapete estava escondido sob um amontoado de roupas sujas, havia também lenços de papel usados e embalagens de biscoito vazias.

— Ai, Deus. Mais ainda — reclamou Laura.

— Este é o maior de todos — disse Sam, batendo na tampa do pote. — Se recebermos o ok, poderemos voltar a transar. — Ele levantou uma sobrancelha.

— Você chegou a considerar que talvez eu tenha escolhido uma vida de celibato quando esse dia chegar? — provocou Laura, enquanto recolhia uma variedade de meias do chão.

— O que é isso? — perguntou Sam, apontando para os pedaços de tecido nas mãos dela.

— Eu personalizei a minha roupa, arrancando a bainha de renda — disse Laura. — Não combina comigo.

— Eu gostava da forma como elas definiam a fronteira entre a pele e o vestido — disse Sam pensativamente, enquanto Laura voltava sua atenção para a barra do vestido. Satisfeita com o próprio trabalho, aproximou-se da cama e, por um instante, Sam achou que ela iria beijá-lo. Em vez disso, abaixou-se para retirar cinco xícaras de café e botá-las na prateleira de baixo do armário embutido, atrás de uns pares de sapatos.

— Por que você está fazendo isso? — perguntou Sam. — Achei que ficaria contente por eu ter trocado o álcool pela cafeína.

— Não posso aceitar que a minha mãe entre no nosso quarto e encontre tudo isto aqui — disse ela.

— Então diga a ela para não entrar aqui — respondeu Sam.

— Ela vai me ignorar — disse Laura, encolhendo os ombros. — É a compensação para cuidar das crianças. Precisamos dar a ela rédeas largas para arrumar a casa.

Laura abaixou-se para ver o rosto no espelho que ficava acima da cômoda. Mas toda vez que tentou se concentrar em aplicar uma camada de base, sua atenção foi desviada pela visão do quarto refletido atrás dela. Tudo o que podia ver eram tarefas pela metade. Fez um breve inventário: o espelho, que estava encostado em cima da cômoda fazia três anos, esperando para ser pendurado na parede; a porta que havia caído de um dos armários e agora estava encostada na janela; duas caixas que ainda não tinham sido desfeitas desde a mudança; e, mais significativamente, a rachadura que aparecera na parte de cima da parede, perto do teto. O casamento não passa da soma de coisas inacabadas, pensou.

— Não deixe este pote em cima da mesa — pediu Laura, passando rímel nos cílios. — A mamãe pode pensar que é creme facial.

— Vou botar na geladeira — disse Sam, levantando-se da cama. — Ele precisa ser mantido fresco.

— Quem? — perguntou Laura.

— O esperma — disse Sam, vestindo uma calça. — Este aqui pode ser o último a ganhar liberdade.

Os dois desceram até a cozinha e encontraram a mãe de Laura, Elizabeth, varrendo o chão. Ela fazia isso da mesma forma metódica como um jardineiro cortaria a grama, indo até o final do ambiente e voltando pelo outro lado, em perfeitas linhas retas, apanhando qualquer coisa que ficasse em seu caminho com a vassoura. Nell estava parada obedientemente na ponta da cozinha com uma pá de lixo e uma escova, esperando pela chegada da próxima pilha de sujeira. Uma pequena coleção de objetos recuperados do chão repousava no canto da mesa da cozinha. Ela incluía a parte de cima do corpo de um bonequinho dos Thunderbirds, duas ovelhinhas de plástico com os chifres faltando, um brinco de prata e um tíquete do metrô.

Sam olhou para tudo aquilo fascinado. Ficou particularmente curioso quanto aos cabelos de Elizabeth, que permaneciam na mesma posição mesmo quando ela se inclinava num ângulo de 90 graus para examinar um pedaço de comida que se recusava a sair do lugar. Seus cabelos desafiavam a gravidade. Ele podia sentir o cheiro de laquê da porta. Usava o mesmo penteado, liso com muito volume em cima, desde que Sam a conhecera. Em ocasiões especiais, usava rolos de cabelos para virar as pontas para cima, aplicando ainda mais laquê para fixar os cachos no lugar.

— Não consigo ficar aqui olhando para esta bagunça — comentou Elizabeth se desculpando, usando a parte de trás da vassoura para desgrudar dois biscoitos petrificados que quase faziam parte do chão.

— Ainda bem que a gente come na mesa da cozinha — disse Sam, piscando para Nell. Depois de uma semana com os avós, quando Laura e ele fossem à Escócia, Nell estaria completamente doutrinada. Ela teria uma graduação em microgerenciamento de poeira, uma especialização em limpeza de fluidos e um doutorado em passar roupas, e insistiria que comprassem coisas como lenços antibactericidas.

Elizabeth olhou para Sam com a expressão inquiridora que usava quando não tinha certeza se o genro estava levando as coisas a sério o bastante. Era meio cara feia, meio cara de espanto. Sam lhe deu um beijo respeitoso em cada bochecha e sentiu o cheiro do laquê, imaginando se não era algum que ela tivesse comprado nos anos 1970 e que continha alguma substância proibida, como Agente Laranja ou herbicida. Esperou que perguntasse como estava o trabalho, sabendo que via o que ele fazia como algo entre um hobby e uma indulgência. Elizabeth gostava que as pessoas tivessem profissões que não precisassem ser explicadas. A irmã de Laura era casada com um advogado, o pai dela tinha sido contador, e o avô, médico. O trabalho de Sam não era apenas um mistério para ela, porém, mais significativamente, não dava dinheiro suficiente para permitir que sua filha mais velha contratasse uma faxineira de vez em quando.

— Como vai o trabalho, Sam? — perguntou ela.

— Indo — respondeu ele, guardando o pote de esperma na porta da geladeira.

— Sam acabou de escrever um roteiro de cinema — explicou Laura, vestindo uma velha jaqueta jeans por cima do vestido.

— Ele já não fez isso antes? — perguntou Elizabeth retoricamente. — Vire a pazinha, Nell, fica mais fácil varrer a sujeira toda para dentro. — Nell obedeceu.

— Isto é muito divertido, vovó — disse a menina.

— Varrer o chão é evidentemente uma novidade nesta casa — ironizou Elizabeth, lançando um olhar de desaprovação para a jaqueta jeans de Laura. — Não vou dizer nada — falou, encarando à distância, enquanto Laura e Sam saíam de casa.

O lançamento do livro de Jonathan havia se tornado uma desculpa para comemorar seu aniversário de 40 anos. Isso não surpreendeu Laura e Sam, que, desde o começo, duvidaram que um período de férias na Escócia com os amigos iria satisfazer tanto seu ego quanto seu desejo de fazer festa. Mas as dimensões da comemoração não pareciam completamente claras para Sam e Laura até os dois chegarem ao Eden e encontrarem o restaurante fechado para aquela noite e dois homens musculosos conferindo se seus nomes estavam numa lista que tinha pelo menos três páginas. Uma tropa de garçons e garçonetes estava parada num semicírculo segurando bandejas com taças de champanhe e coquetéis. Quando entregou o casaco, Laura viu que o restaurante estava transformado. As mesas e cadeiras tinham sido afastadas, e os bancos que ficavam nos cantos haviam virado espaços íntimos onde as pessoas podiam se sentar e conversar caso se cansassem do tumulto no meio do salão.

Alguém da BBC que Sam conhecia entrou logo depois deles. Sam acenou para ele e cutucou Laura gentilmente nas costelas. Era o sinal que usava quando não conseguia se lembrar do nome de alguém. Mas o homem, um editor encarregado do departamento de dramaturgia, estava claramente tentando evitar Sam, porque, por sua vez, empurrava a companheira até um grupo de três pessoas do outro lado do salão.

— Nós não os conhecemos — disse a mulher, parecendo levemente irritada enquanto ele a arrastava.

Laura se sentiu mal por Sam. Ele devia estar valendo menos do que ela imaginava. Sam, no entanto, ficou impassível e se virou para cumprimentá-los, fechando assim a rota de fuga dos dois.

— Sam, Sam — disse o homem, passando um braço pelos ombros de Sam e levando a mulher na direção das bandejas de bebidas. — Que bom ver você. Fiquei sabendo que escreveu o último episódio de *Não ressuscitar*. E o fim de uma era.

— Eu sei, eu sei — concordou Sam, balançando a cabeça, em descrença.

— Está em produção? — perguntou ele.

— Já está quase no final das filmagens — respondeu Sam.

— Você acompanhou?

— Acho que eu não seria muito popular — disse Sam. Uma garçonete se aproximou e ofereceu pedaços de enguia defumada de Norfolk servidos sobre fatias cuidadosamente cortadas de salmão também defumado que ela indicou que deveriam ser imersos no claro molho de raiz forte no centro da bandeja. A moça usava um vestido longo, e Laura se deu conta de que a temática da festa era levemente inspirada nos anos 1970. Laura pegou um, mas a enguia caiu no molho, e ela acabou se atrapalhando com um palitinho de coquetel, tentando recuperá-la. Sorriu para a garçonete esperando algum encorajamento, mas não recebeu coisa alguma.

— Uma escolha curiosa, ebola — disse o homem. — Por que não gripe aviária?

— Eu queria uma pandemia incurável — revelou Sam, encolhendo os ombros. — Dois dos médicos e a enfermeira com os longos cabelos loiros que está tendo um caso com o cirurgião cardíaco fogem para North Wales, de modo que acho que isso deixa o caminho aberto para o caso de quererem fazer outra coisa com esses personagens numa locação rural.

— Para mim parece um harakiri profissional — disse o homem, olhando por cima do ombro de Sam à procura de outra pessoa com quem conversar no salão. — E você está trabalhando em alguma outra coisa?

Laura perfurou agressivamente a fatia de enguia, finalmente conseguindo prendê-la ao palito, mas jogando o molho para fora da pequena tigela sobre a cama decorativa de folhas de alface.

— Tenho algumas ideias — disse Sam, vagamente.

— Enfim, foi ótimo ver você, Sam — falou o homem, afastando-se. — Não sabia que você conhecia Jonathan.

— Nós crescemos juntos — explicou Sam. — Conheci a minha esposa graças à dele.

Laura sorriu respeitosamente quando Sam a apresentou, imaginando por que ele estava se incomodando com isso quando era tão evidente que o sujeito queria se livrar daquela conversa. Sam explicou orgulhosamente que Laura havia desempenhado um papel essencial nos últimos anos, lançando seu experiente olhar médico sobre os roteiros que ele escrevia. Então mencionou, quase que casualmente, que ela era neurologista, e os olhos do sujeito brilharam. Antes mesmo de ele falar, Laura soube pela expressão no rosto da mulher que ele era hipocondríaco.

— Eu ando tendo umas dores de cabeça... — começou ele. Laura olhou por cima do ombro dele para a lateral do salão perto da janela, onde exemplares do livro de Jonathan estavam perfeitamente empilhados, em cima de uma mesa comprida enfeitada com vinhas e frutas para lembrar o Jardim do Eden. Os olhos dela se estreitaram quando alguma coisa na capa chamou sua atenção. O sujeito estava ocupado contando a Laura como as dores de cabeça eram piores de manhã e que tudo o que ele havia pesquisado na internet apontava para um tumor cerebral. Então aguardou esperançosamente por sua resposta.

Sam tocou o antebraço de Laura.

— Parece feio, é melhor dar uma olhada — disse ela. — Desculpe, acabei de ver alguém com quem realmente preciso falar. — Ela se afastou do braço de Sam e foi na direção das pilhas de livros sem dizer nada. Segurando a taça pela haste, pegou uma cópia e sentiu seu peso antes de virar o livro para admirar o brilho da capa. *De volta ao básico: receitas do Eden*, dizia a capa. Mas não foi o título em discretas fontes pretas que chamou sua atenção. Foi a foto em preto e branco que ia da capa até a contracapa: era a mesma foto que estava na parede do quarto em Suffolk. Ela segurou o livro com força nas mãos, como se estivesse segurando um bebê pela primeira vez, e ficou olhando fixamente para a capa. A foto havia sido cortada para que as pessoas atrás do barco fossem completamente tiradas da imagem. Mas isso significava que ainda mais foco foi dado ao rosto da menina de pé em primeiro plano, encarando a câmera, com a mão no quadril. Dava até mesmo para ver suas sardas e o colar que Janey havia levado para Laura de uma viagem ao Vietnã.

— Porra — disse Sam, balançando a cabeça, incrédulo, aproximando-se por trás dela.

— Como ele pôde fazer isso? — resmungou Laura, largando o livro virado para baixo sobre a mesa e imediatamente pegando-o mais uma vez para olhar para si mesma novamente.

— Porra — repetiu Sam, pegando outra cópia, como se estivesse conferindo se a primeira não era uma brincadeira elaborada, segurando-a a alguma distância. — Você acha que as suas pernas ficaram mais curtas?

— É uma questão de proporção — murmurou Laura. — As minhas coxas ficaram mais grossas. Eu não acredito que ele fez isto sem nos perguntar.

Sam não disse nada, mas Laura viu sua boca ficar tensa até o lábio superior se transformar numa concentração apertada de rugas. Ele estava fazendo piadas sobre suas pernas, mas os olhos se encontravam firmemente fixos no rosto dela.

— Isso porque vocês teriam dito não — interrompeu Jonathan, chegando por trás e passando um braço em volta de cada um. — O que vocês acharam? — Inclinou-se para beijar Laura no rosto, mas ela se virou e, no fim, os lábios dele pousaram em seu pescoço.

— Um pedido oficial teria sido legal, mas, no mínimo, você devia ter me avisado — disse Laura, superficialmente. Esticou-se pela frente de Jonathan para procurar por um maço de cigarros dentro do bolso do casaco de Sam. Alguém que ela conhecia de Manchester pegou o livro, apontou para a capa e acenou para ela. Laura percebeu que precisaria planejar rapidamente uma reação pública adequada à foto para qualquer um que pudesse reconhecê-la. Olhou fixamente para a capa de novo. Sua atitude lembrava a de uma índia guatemalteca que gritou quando Laura e Sam tiraram uma foto dela durante a lua de mel porque achou que a câmera havia roubado sua alma.

— Mostrei a foto para o meu editor, e ele disse que estava perfeita — contou Jonathan, tocando a capa carinhosamente. — Ela evoca imagens da Inglaterra em toda sua beleza de verão. Depois que a vimos, não conseguimos mais deixá-la.

— Você está maravilhosa, Laura — disse Sam, elogioso.

— Vamos lá, Laura — apelou Jonathan. — Não tem nenhuma parte sua que esteja secretamente satisfeita? Não há qualquer sinal de vaidade por trás desse exterior presbiteriano?

Laura não disse nada. Ficou trocando o peso do corpo de um pé para o outro em silêncio. Sam observou seu rosto de perto. Era capaz de lê-la sem fazer esforço. Ela estava com os lábios tensos, os olhos em chamas, e, mais significativamente, suas narinas tremiam levemente, nada diferente do touro no campo de Suffolk. Laura estava bastante brava.

Uma garçonete passou com uma bandeja de comida, e Sam pegou dois pequenos biscoitos com queijo e uma uva em cima.

— É queijo yarg da Cornuália sobre um biscoito Bath Oliver — explicou Jonathan. — É a minha versão daqueles palitinhos de queijo e abacaxi que costumavam servir em festas infantis. Lembram disso? Os biscoitos foram batizados em homenagem a William Oliver, um médico de Bath que queria criar um biscoito saudável para pessoas que iam em busca das águas.

Laura e Sam não disseram nada. Laura pediu que Sam fosse buscar um copo d'água para ela, e ele partiu em direção ao bar. Distraiu-se do drama que se desenrolava ao lado da mesa dos livros ao varrer disfarçadamente o salão atrás da menina do teatro, justificando o interesse com o argumento de que estava tentando proteger Hannah, e então se sentiu decepcionado quando não a encontrou. É claro que teria sido insano de Jonathan convidá-la, principalmente depois da fotografia no jornal, mas o ânimo de Jonathan era tão impulsivo que Sam não podia descartar tal possibilidade.

— Você acredita que ela se chama Eve? — Jonathan havia perguntado duas semanas atrás quando a raiva de Sam estava suficientemente escondida para aceitar um almoço com ele.

— Por que isso é tão significativo? — respondeu Sam um pouco rápido demais.

— Porque eu tenho um restaurante chamado Eden — explicou Jonathan, enfaticamente.

Enquanto esperava no bar, Sam imaginou o que diria a Eve se a encontrasse novamente. Adotaria um tom avuncular e tentaria convencê-la de que homens casados nunca deixavam suas esposas, e, se deixassem, será que não levariam bagagem demais na forma de filhos e velhos amigos? Ou seria mais beligerante e tentaria apelar à sua consciência? Na verdade, não conseguiu imaginar nenhum dos cenários. Não conseguia realmente se imaginar sequer conversando com ela. Só conseguia se imaginar fazendo sexo com ela.

Nada surpreendente, considerando o almoço que Jonathan teve no começo da semana. Sam precisou fazer um esforço sobre-humano para convencer Jonathan a falar de outro assunto que não Eve. A conversa descritiva o lembrara de seus primeiros anos de adolescência, quando eles descobriram que os dois haviam perdido a virgindade com a *au pair* alemã que tinha sido levada a Suffolk para cuidar da irmã mais nova de Jonathan. Sam se lembrou de como Jonathan confessou a ele que ela gostava de fazer sexo ao ar livre, onde eles podiam ser apanhados em flagrante, e Sam, ferido com a descoberta da traição dela, contou a Jonathan que a fazia gozar enterrando o rosto entre suas pernas. Jonathan parou de se gabar e passou a olhar para Sam com um novo respeito.

Sem fazer sexo há quase nove meses, Sam contribuiu pouco para a conversa no pub, apesar de ter sentido uma estimulante agitação na virilha enquanto Jonathan descrevia os momentos-chave da curta história de seu relacionamento com Eve. Os adjetivos que ele usou para descrevê-la ficavam dando voltas na mente de Sam durante a espera no bar. "Ela era de alta voltagem, eletrificada, sobrecarregada, desnorteante", Jonathan havia dito, conferindo o telefone a todo tempo em busca de mensagens enquanto Sam tentava convencê-lo a desistir dela. Parecia que ele estava descrevendo algo elementar, como uma tempestade elétrica.

É isso que acontece quando se dorme com alguém diferente depois de 17 anos, Sam tentou convencê-lo. Era a equação do desejo. Sam sentia-se dividido entre a pena e a inveja enquanto Jonathan descrevia dois encontros que deixaram uma nuvem de languidez pesada sobre eles. Disse a Jonathan que ele estava agindo como um adolescente egoísta, e Jonathan respondera asperamente que ele não podia estar ao mesmo tempo tendo uma crise de meia-idade e se comportando como um adolescente

Sam disse que era mais tautologia do que contradição. Jonathan insistiu que Eve o compreendia como nenhuma outra mulher, e Sam contrapôs esse argumento dizendo que ele estava simplesmente tentando pôr romance no relacionamento para disfarçar sua alma essencialmente barata.

Sam então tentou convencer Jonathan de que quanto mais aquele relacionamento durasse, menos provável era que ele conseguisse acertar as coisas com Hannah. Também comentou que se ele simplesmente parasse de ver Eve, não teria de confrontar a impossibilidade de resistir a ela. Mas foi só quando Sam sugeriu que poderia ser prejudicial aos seus negócios se o caso fosse descoberto que Jonathan permitiu que uma ponta de dúvida entrasse no tom geral da conversa.

É claro que homens casados consideram a infidelidade, pensou Sam, enquanto voltava para onde Laura estava com uma garrafa de água com gás. Mas a maioria não vai em frente com a ideia, e os que vão, conseguem não se envolver. O problema com Jonathan era que sua sensibilidade era feminina. Ele parecia achar que estava apaixonado.

— Então, o que você acha? — perguntou uma voz atrás dele. Sam sentiu alguém tocar seu ombro e se virou para Hannah.

— Acho que você devia voltar para Londres imediatamente — disse Sam, sorrindo com a boca, mas não com os olhos.

— Do que você está falando? — perguntou Hannah. — Eu adoro Suffolk. Nada poderia me fazer voltar. Nem mesmo você.

— Todos sentimos muito a sua falta — disse Sam. — E não sei se é bom para Jonathan ficar tanto tempo sozinho.

— Mas pode ser bom para mim — argumentou Hannah, rindo.

Os dois foram até onde estavam Jonathan e Laura, ainda parados desconfortavelmente ao lado das pilhas de livros que diminuíam rapidamente. Laura absorveu a aparência de Hannah. Sapatos baixos, estilo gladiador. Nenhuma maquiagem perceptível. Cabelos clareados pelo sol. Outras mulheres instintivamente se comparavam com Hannah, não de forma competitiva, mas para avaliar se tinham acertado ou não. E Laura soube imediatamente que errara. Parecia formal demais, apesar da barra desfiada. Usava um batom colorido demais, e sapatos escuros demais.

Hannah passou os braços em torno de Laura para abraçá-la e derrubou água com gás em suas costas. A sensação gelada ajudou Laura a pensar mais claramente.

— Você sabia disso? — perguntou Laura, quando Hannah a soltou.

— É claro — respondeu Hannah. — Foi por isso que pendurei a foto no quarto, para preparar você subconscientemente. O que você achou?

— Um pouco de exposição demais — disse Laura. — O que acha que os meus pacientes vão pensar? Creio que isso não passou pela cabeça de vocês.

— Eles não vão reconhecer você — garantiu Jonathan. — De qualquer maneira, o livro pode não vender.

— Eu achei ótimo — disse Sam, acariciando a capa do livro com uma das mãos e o ombro de Laura com a outra. — Você está linda, de outro mundo.

— É seu olhar, Laura — explicou Jonathan. — É absolutamente pós-coito. Faz as pessoas instantaneamente ligarem comida a sexo, e o que pode ser melhor para vender um produto, principalmente agora, com a economia tão difícil? Publicitários fazem isso o tempo todo. Eu achei que você iria gostar. — Laura sentiu o rosto queimar.

— E que melhor lembrança daquele mês antes de vocês se casarem? — disse Hannah, olhando de Sam para Laura, sentindo a tensão, mas sem compreender a origem.

Sam enfiou as mãos nos bolsos das calças, como uma criança rebelde. Jonathan havia levado as coisas longe demais desta vez. Como ela pode não saber?, pensou consigo mesmo, quando seu olhar cruzou com o de Hannah.

Tentou se aproximar de Laura, como que para tranquilizá-la, mas Jonathan o estava puxando para longe pelo cotovelo até o centro do salão, onde queria apresentá-lo a alguém que cuidava da parte financeira da produção de filmes. O círculo de pessoas se abriu para deixá-lo entrar, e Sam foi engolido.

Laura não queria mais ficar naquela festa. Fragmentos de conversas a atingiram, até ela se sentir tonta. Alguém descreveu como estavam numa festa em que Gordon Brown apareceu e ficou parado e constrangido num canto a noite toda. Um casal debatia seriamente como o mundo precisava escolher entre diminuir a pobreza e salvar o meio ambiente. Aumento do preço do petróleo. Estagflação. Jeans orgânico. Equidade negativa. Laura queria botar os dedos nos ouvidos e gritar como Nell fazia quando alguém tentava dizer alguma coisa que ela não queria escutar.

Hannah abriu uma janela atrás da mesa dos livros e pegou um maço de cigarros. Acendeu um e assoprou a fumaça para fora pelo canto da boca.

— Estou de saco cheio das regras — disse Hannah, fumando o cigarro um pouco rápido demais, de forma que nuvens de fumaça cobriam seu rosto. — Às vezes você não sente falta da perda de liberdade?

— O que você quer dizer? — perguntou Laura, abanando a fumaça pela janela.

— A sensação de que nada mais importa além do instante que estamos vivendo? — disse Hannah. Com a mão direita, apoiava o cotovelo da mão que segurava o cigarro.

— Você quer dizer viver o presente? — perguntou Laura.

— Exatamente — concordou Hannah, assentindo com a cabeça um pouco vigorosamente demais. — A forma como podíamos fumar sem nos preocuparmos com a próxima mamografia, ou voar para Nova York para passar o final de semana sem pensar nos rastros de carbono, ou tomar ecstasy sem se preocupar com a queda dos níveis de serotonina. Agora tudo tem a ver com lâmpadas de longa duração, planos de pensão e hipotecas que terminarão de ser pagas apenas quando estivermos sendo mandados para um asilo.

— Você nunca tomou ecstasy — disse Laura, perplexa pela diatribe de Hannah. — Você não pode sentir falta de alguma coisa que nunca experimentou.

— Você está sendo literal demais — replicou Hannah, um pouco impaciente. — Podemos sentir falta da perda do que não fizemos da mesma forma como sentimos falta daquilo que fizemos.

— Eu achava que ficava mais fácil quando as crianças cresciam — disse Laura. — A gente não se redescobre e começa a relaxar de novo?

— As preocupações ficam menos amplas, porém mais profundas — disse Hannah, tragando o cigarro. — Alergias meningocócicas e pedófilos dão lugar à maconha e à bebida em excesso, que emergem das sombras. E eu não faço ideia do que Luke esteja fazendo no computador. Ele tem um blog ou coisa parecida. Como eu queria uma vida sem consequências.

— Não existe isso de existência inconsequente — respondeu Laura, examinando a capa do livro mais uma vez. — Tudo tem consequências, até mesmo as coisas que fizemos quando achávamos que não tinham importância. Tudo acaba voltando para a prestação de contas, no final, e moldando o presente, porque tudo define quem somos agora.

— Esta fotografia é perigosa — disse Hannah, apontando com o cigarro para a capa do livro mais próximo. — Porque é uma imagem que faz as pessoas quererem correr riscos. Você compreende isso, não? Sabe do que eu estou falando.

Enquanto Hannah falava, Laura se perguntou se ela sabia e ficou surpresa ao experimentar uma vaga sensação de alívio. Os segredos eram uma carga pesada. O medo de eles serem revelados, uma companhia constante. Imaginou como Hannah havia descoberto. Se foi por intuição ou por processo de eliminação, porque depois que se sabia que não tinha sido Sam quem a reduzira àquele estado de languidez, havia um número finito de homens e mulheres no barco que poderiam ser responsáveis por aquilo. As duas se inclinaram para fora da janela, com Hannah soprando fumaça na rua abaixo. Dois homens de terno estavam sentados a uma mesa bebendo cerveja e conversando sobre trabalho. O problema de ter 40 anos, um estava explicando ao outro, era que não se podia mais fingir para si mesmo que de repente você se tornaria um diretor premiado com o Oscar, que jogaria na seleção de críquete da Inglaterra ou que iria escalar os sete picos mais altos do mundo. A licença de sonhar se tornava a especialidade dos iludidos. Encarar a perspectiva da nossa própria mortalidade é que era difícil, contrapôs o outro, desanimado. Mas se chegássemos aos 70 anos, deveríamos ser felizes como éramos aos 20 e poucos. Era muito tempo para esperar, ambos concordaram.

Uma forte tempestade de verão estava se formando. Uma brisa repreensiva soprou a cinza do cigarro de Hannah para dentro do salão, que foi parar em cima das pilhas de livros. O céu estava passando por transformações, como a cor de um hematoma, começando amarelo e virando roxo antes de finalmente se estabelecer num cinza turvo. Havia sete alertas de inundações na região sudoeste. As pessoas estavam fazendo barricadas com sacos de areia em Tewkesbury. Cavando canais em Aylesbury. Laura pegou o cigarro da mão de Hannah e deu uma tragada profunda, apreciando a forma como a fumaça feria seus pulmões. Seu terrível segredinho havia sido revelado.

Lá dentro, o clima da festa também estava evoluindo. Havia uma sensação de expectativa crescente com os convidados começando a se reunir no centro do salão, perguntando-se quando Jonathan se levantaria para fazer um discurso. Parecia que alguém estava lentamente aumentando o volume. Laura podia escutar Sam dando risada, mas não sabia onde ele estava. Percebeu-se sentindo falta dele. Laura se virou para Hannah e se focou em sua boca para se obrigar a se concentrar no que a amiga estava dizendo. Gaby tinha razão, concluiu, eles estavam todos se tornando cada vez mais hedonistas e isolados.

— Vou tentar dizer tudo numa única frase — Hannah começou a dizer lentamente. — Quando eu falei a vocês outro dia que tinha amigas que não dormiam com seus maridos havia anos, eu estava sendo econômica com a verdade.

— Não estou conseguindo acompanhar — disse Laura.

— O que eu queria contar era que eu não dormia com Jonathan, mas que isso não queria dizer que eu não fazia sexo com outra pessoa — explicou Hannah.

— Muitos negativos duplos — disse Laura, tomando um gole do coquetel verde-abacate que estava segurando.

— Laura, eu fiz uma coisa completamente irracional — revelou Hannah. Seu tom de voz era preciso e tranquilo.

— Alguma coisa inconsequente? — provocou Laura.

— É difícil de dizer no momento — disse Hannah. Houve uma longa pausa. A música se interpôs entre as duas, e Hannah inconscientemente se balançou com o ritmo, com os olhos semicerrados. Laura pensou que nunca a vira mais encantadora. Ela estava inalcançável. Laura estendeu a mão para tocar no ombro de Hannah, sentindo uma pontada de inveja por seu desapego.

— Eu dormi com uma pessoa — contou Hannah ao abrir os olhos, parecendo surpresa, como se tivesse acabado de se dar conta de que aquilo era algo fora do normal.

— Uma pessoa que não é o Jonathan? — perguntou Laura, querendo se certificar de que a havia compreendido.

— Que definitivamente não é o Jonathan — confirmou Hannah.

— Quem é, então? — perguntou Laura.

— Ele trabalha na fazenda — respondeu Hannah. — Você o conheceu.

— O menino que estava cuidando do canteiro de aspargos — disse Laura. Foi mais uma afirmação do que uma pergunta, porque assim que repassou a cena do jardim em Suffolk, Laura soube exatamente o que Hannah estava querendo dizer.

— Meu Deus, por favor, não chame Jacek de menino — suspirou Hannah.

— Isso é uma novidade e tanto — disse Laura, balançando a cabeça incrédula. — Quantos anos ele tem?

— Trinta — respondeu Hannah. Laura ergueu uma sobrancelha.

— Vinte e oito — corrigiu Hannah.

— Eu não acredito em você — replicou Laura, com firmeza.

— Está bem, ele tem 25 anos — admitiu Hannah. — Só 25.

— Você está transando com um menino eslovaco de 25 anos — disse Laura, espantada. — Meu Deus, ele é só nove anos mais velho que Luke.

— Chega de matemática — pediu Hannah. — Estou me sentindo como se estivesse interpretando o papel principal numa mistura de *A primeira noite de um homem* e *O amante de Lady Chatterley*!

— E ele tem rastafáris — adicionou Laura, incrédula.

— Você está começando a parecer a sua mãe — retrucou Hannah. — Por que o cabelo dele é relevante?

— Há menos de um ano, você fazia luzes com Nicky Clarke — disse Laura. — Agora está inseminando touros e decapitando porcos.

— Isso deixa a coisa melhor ou pior? — perguntou Hannah, intrigada pela reação violenta.

— Isso simplesmente reforça a sua impulsividade — disse Laura, espantada. — Porra, eu simplesmente não acredito que você fez isso.

— Porra mesmo — concordou Hannah.

— Então como tudo aconteceu? — perguntou Laura, esperando ganhar um descanso de alguns minutos para processar a informação. Percebeu uma linha simétrica de hematomas que percorriam a linha do úmero dos dois braços de Hannah. Pequenos círculos perfeitos, da cor do céu. Olhou mais de perto e viu a marca dos dedos de Jacek. Estendeu a mão, tocou levemente uma das marcas, e Hannah se encolheu, menos por dor física do que pelo fato de que se lembrou da ausência de Jacek. Esse tipo de conhecimento carnal sempre exigia um preço alto, pensou Laura. Imaginou o menino em cima de Hannah, cravando os dedos na pele macia de seus braços, os dois com as pernas entrelaçadas em seus membros, enquanto a cama do quarto em que ela dormiu com Sam batia na parede com tanta força que deixava marcas profundas na argamassa. Marcas na pele eram segredos mantidos melhor entre amantes.

A objetividade estava fora de questão, então Laura tentou imaginar o impacto que aquela situação poderia ter sobre ela. Foi uma revelação extraordinária que a construção monolítica do casamento de Hannah e Jonathan tinha rachaduras. Não eram fraturas superficiais que se arrumariam com o tempo, mas uma enorme falha que passava pelo meio. Laura ficou se mexendo desconfortavelmente ao se dar conta de que aquela descoberta funcionava como uma semente de esperança em relação ao próprio relacionamento. Por piores que estivessem as coisas, e ao menos pela perspectiva de Sam, elas pareciam estar melhorando, não estavam tão mal assim. Ela se recompôs. Prazer com o sofrimento alheio era uma reação pouco atraente.

— Você não sabe o que está fazendo — disse Laura, querendo tirar Hannah de seu estado de indiferença com uma chacoalhada. Olhou para Jonathan e o viu rindo de alguma coisa com Sam. Se o ego dele não fosse tão exigente, talvez ele tivesse notado o que estava acontecendo mais cedo.

— A coisa começou de verdade no final de novembro passado — disse Hannah lentamente, pegando mais um cigarro no maço. — Embora, é claro, tivesse começado mais ou menos já antes disso. Ele queria melhorar o inglês dele, então nós conversávamos muito enquanto trabalhávamos. Ele me contava sobre a vida dele na Eslováquia, e eu descrevia a minha vida em Londres...

— E vocês descobriram que tinham muitas coisas em comum — completou Laura. — O mesmo gosto no balcão orgânico do Fresh and Wild, carros da Volvo idênticos e um gosto mútuo por qualquer coisa de Marc Jacobs.

— Eu sei, eu sei — disse Hannah, levantando as mãos em sinal de rendição. — Superficialmente, nós não temos nada em comum, mas houve uma ligação clara e distinta. Eu me identificava com a forma como ele teve de lutar para fazer algo de sua vida, porque eu tive que fazer a mesma coisa.

— O simples fato de nos identificarmos com uma pessoa não quer dizer que devamos transar com ela — falou Laura, surpreendida pela lógica de Hannah.

— E tinha uma atração latente que se tornou cada vez mais difícil de abstrair — disse Hannah, ignorando Laura. — Daí, um dia, eu estava na despensa, a luz não estava funcionando, e eu não percebi que ele havia entrado no quarto. Ele se aproximou por trás, passou os braços ao meu redor e me beijou quase que imperceptivelmente na lateral do meu pescoço.

— E você teve a sensação de estar se afogando — disse Laura, olhando fixamente para a capa do livro e compreendendo perfeitamente o que Hannah estava dizendo.

— Eu me senti quase enjoada de desejo — descreveu Hannah. — Foi visceral.

— Provavelmente por causa de toda a carne morta dentro da despensa — zombou Laura, tentando imaginar como deve ser fazer sexo com o cheiro de carne crua recém-abatida como o principal cenário olfativo.

— Ele disse que queria me foder — disse Hannah, olhando ao redor para conferir se não havia alguém escutando a conversa.

— Não tinha como interpretar isso mal — disse Laura. — Ele disse isso em eslovaco ou inglês?

— Em inglês, é claro — disse Hannah. — Se não, eu não teria entendido. Seis meses e duas semanas depois, estou perdida. Sou uma dos afogados.

— Hannah — chamou Laura, agarrando os braços da amiga abaixo dos hematomas. — Você precisa lembrar que está apenas passando por uma complexa reação química.

Aliviada com a reação, Hannah começou a rir.

— Adoro o jeito como você sempre tenta encontrar uma explicação científica para tudo — disse ela. — Sua crença de que o mundo é um lugar essencialmente racional é muito reconfortante.

— O desejo pode nos deixar temporariamente loucos — explicou Laura, no mesmo tom prático que adotava para lidar com seus pacientes.

— Bem, eis um pensamento reconfortante — disse Hannah.

— A química liberada quando fazemos sexo muito bom com alguém exerce no cérebro um efeito quase idêntico ao da cocaína — disse Laura. — Cientistas fizeram exames de imagem provando isso. É muito interessante. Dopamina, noraepinefrina e serotonina são um coquetel poderoso. Você está à mercê da sua bioquímica. Acha que está tendo uma experiência emocional profunda, mas, na verdade, não é nada diferente de acrescentar água ao ácido sulfúrico.

— E qual é o antídoto? — perguntou ela.

— E eu ainda nem sequer falei em oxitocina — continuou Laura.

— O que isso faz? — perguntou Hannah.

— Quando vocês têm um orgasmo, ambos liberam oxitocina, e ela exerce um efeito de ligação sobre vocês dois. Quanto mais sexo fazemos com uma pessoa, mais profunda se torna nossa ligação com ela. É por isso que Sam e eu precisamos dormir juntos, para nos ligarmos de novo.

— Então o que eu devo fazer? — repetiu Hannah, baixinho.

— Você precisa de abstinência — disse Laura. — Pare de vê-lo. Quando sairmos de férias, diga a Jacek que ele precisa arranjar outro emprego em outro lugar e comece a dormir com Jonathan novamente.

— Eu não quero ir para a Escócia. Vou sentir muita falta dele — alegou Hannah.

— Não seja ridícula — disse Laura. — Você não pode decepcionar Jonathan assim.

— Eu não posso ficar longe de Jacek por uma semana inteira — falou Hannah, dramaticamente.

— Você precisa se controlar — aconselhou Laura. — Não pode deixar um relacionamento de 19 anos por causa de uma paixonite com alguém 14 anos mais jovem que você. Imagine como vai ser contar para as crianças. É uma loucura.

— Não é fácil viver com alguém como Jonathan — disse Hannah. — Eu tenho sido muito mais feliz desde que me mudei. — Isso é porque você está fazendo sexo com outra pessoa — disse Laura, impacientemente.

— Jonathan me esgota — contou Hannah. — Ele exige muita atenção. Eu me sinto mais eu sem ele do que com ele, se é que você me entende.

— Mesmo que seja verdade, e é bom lembrar que você pode estar reescrevendo a história para servir à sua situação atual, você não deveria tomar qualquer decisão quando está num relacionamento com outra pessoa — disse Laura. — Não está pensando direito.

— Acho que estou apaixonada por Jacek — falou Hannah, suspirando.

— Você tem uma dependência química em relação a ele — disse Laura, com firmeza. — E está com quase 40 anos. Vai acabar querendo fazer uma tatuagem e logo começará a usar minissaias de novo. Mas vai superar isso. É uma questão de força de vontade.

— Mas e se a vontade não tiver força? — perguntou Hannah, abruptamente.

As duas ergueram o olhar e viram Jonathan chamando Hannah para se aproximar dele. Laura não reconheceu nenhuma das pessoas que formava um semicírculo ao lado dele. Isso não era algo pouco usual. Jonathan gostava de gente nova, assim como algumas pessoas gostam de roupas novas, voltando ao conforto e à segurança dos amigos mais antigos quando as pessoas se mostravam menos interessantes ou mais exigentes do que ele esperava. Laura suspeitava que este era um dos motivos que haviam feito Hannah sair de Londres. Ninguém gosta de encontrar estranhos bebendo Pétrus na sua cozinha de madrugada quando estamos com quase 40 anos.

Desde que ele começou a filmar a série de televisão no começo do ano, o tempo de Jonathan passou a ser cada vez mais administrado por outras pessoas. Na semana anterior, Laura havia ligado para o celular dele, e outra pessoa atendeu em seu lugar. Apenas um pequeno círculo de amigos mais próximos tinha o número do seu telefone, informou o estranho a Laura, desinteressadamente, antes de perguntar se ela queria deixar seu nome e número.

Conforme Hannah se aproximava, Jonathan abriu um braço como se fosse uma asa, pronto para envolvê-la, e acenou com um pedaço de papel com algumas anotações feitas apressadamente para indicar que estava pronto para falar. Com sua camiseta preta e seus jeans, Jonathan ainda conseguia parecer infantil aos 40 anos, apesar dos cabelos meio grisalhos e das rugas ao redor dos olhos. Beijou Hannah por um pouco mais de tempo do que poderia ser considerado adequado, e Laura ficou surpresa ao vê-la afastar-se sem fôlego, mas aparentemente satisfeita por assumir seu lugar ao lado dele. Jonathan sussurrou alguma coisa ao ouvido dela e então a apertou pela cintura. Era uma demonstração pública de união. Laura observou as pessoas sorrindo gentilmente para eles e ouviu alguém descrever Jonathan e Hannah como um casal com um casamento quase perfeito. Por um instante, perguntou-se se havia imaginado a recente conversa com a amiga, porque a cena diante dela desmentia o que Hannah tinha acabado de descrever.

Frases do discurso de Jonathan passaram por ela. Ele comparou Hannah com seus ingredientes preferidos. Ela era uma fusão do exótico com o doce, uma pitada de cardamomo coberta de mel. Ela não era um prato imponente ou complicado, cheio de sabores, mas algo que deixava um gosto residual memorável.

— Eu estive com muitas mulheres antes de conhecer Hannah, porém, até conhecê-la, eu não conhecia mulher alguma — disse

Jonathan. — Mesmo depois de 19 anos, ela permanece misteriosa e determinada.

Ele disse a todos o quanto a amava, como ela era uma mãe maravilhosa para seus filhos e, apesar do que tinha acabado de saber, Laura se sentiu engolindo o choro umas duas vezes. Então ele descreveu uma dura batalha pelo amor de Hannah no começo do relacionamento, parecendo esquecer que era ele quem estava saindo com outra pessoa, antes de descrever como os homens permaneciam atraídos por ela.

Foi um discurso estranhamente autorreferente, como se Jonathan precisasse enfatizar que Hannah era irresistivelmente atraente para poder reforçar o próprio ego e lembrar a si mesmo quem ela realmente era. No final, os dois se beijaram até todos pedirem para que parassem.

Relacionamentos eram cheios de áreas nebulosas, pensou Laura, lembrando que, quatro semanas antes de se casar, ela havia dormido com o namorado da melhor amiga. E que quando Sam anunciou a todos na manhã seguinte que ele havia terminado seu primeiro roteiro de cinema, Patrick foi uma das primeiras pessoas a ir cumprimentar os dois, e Laura se comportou como se nada tivesse acontecido. A história nunca mais voltou a ser mencionada, muito embora Laura às vezes tenha tentado trazer o assunto à tona. Todos os amigos tinham segredos. Só que alguns os carregavam com mais peso que outros.

13

Foi um daqueles momentos em que, mesmo anos mais tarde, todos se lembrariam exatamente do que estavam fazendo quando veio o telefonema com a notícia. O consenso sobre aquele dia foi o de que se tratou de um momento definidor. Isso aconteceu em parte por causa da forma como a notícia foi dada. O único telefone que estava funcionando na casa era o da cozinha, a zeladora explicou a eles quando se sentaram para tomar o café da manhã no dia em que chegaram a Coll. E a linha não era confiável quando o vento ficava mais forte ou quando havia alguma tempestade forte no mar. O sinal do celular era, na melhor das hipóteses, errático. Se precisassem de um médico com urgência e o telefone não estivesse funcionando, teriam de usar o rádio para contatar o continente e pedir que enviassem uma ambulância aérea. Os olhos dela se estreitaram, e as rugas em seu rosto se apertaram de maneira impressionante quando ela sugeriu que eles conseguiriam uma previsão do tempo mais precisa ouvindo o noticiário. Coll estava no meio de Malin, ela os informou. O vento preponderante era noroeste, mas um vento sul podia impedir a balsa de fazer seu percurso e era importante se manter a par do tempo se não quisessem ficar presos na ilha. Fez uma pausa de efeito dramático. Já havia visto londrinos reduzidos a lágrimas com tamanho isolamento. E costumavam ser os mais importantes, acostumados a controlar seus ambientes, que desmoronavam primeiro.

O valor de Luke entre os adultos havia crescido imensamente no começo daquela manhã, quando ele levou Laura e Hannah a um morrinho a 50 metros acima do nível do mar na outra ponta da ilha, onde ele tinha descoberto que era possível obter um fraco sinal do transmissor de Oban. De outra forma, toda a comunicação da ilha com o mundo exterior seria conduzida pelo único telefone instalado em sua mesinha na cozinha. O potencial dramático do telefone havia sido esquecido, pensou Laura ao ouvir a zeladora. Para Luke, criado na era dos celulares, de chamadas em espera, de telefones sem fio e do Wi-Fi, isso nunca fora assunto. Ele nunca havia tido a experiência de ouvir uma conversa escondido ou de não saber quem poderia atender ao telefone ou de tentar manter uma conversa particular com outra pessoa no ambiente.

— Isso quer dizer que o meu BlackBerry não vai funcionar na casa? — perguntou Steve, segurando o telefone ansiosamente. O BlackBerry dele havia parado de funcionar durante umas duas horas em Oban na tarde anterior, quando a balsa deixou o braço de mar de Mull, e ele não havia recebido qualquer e-mail desde então, explicou, como se a informação fosse relevante para todos ao redor da mesa da cozinha. Tinha passado as três horas restantes da viagem no convés, apontando o telefone desesperadamente na direção da terra firme, mas o sinal se perdia toda vez que a balsa atravessava mais uma onda.

Steve disse à zeladora, como que tentando reforçar a urgência de seu problema, que o colapso da financiadora californiana IndyMac, combinada com a subida nos preços do petróleo e os boatos sobre o Lehman, significava que ele realmente precisava se manter em contato com seu escritório naquela semana:

— É uma situação única.

— E este é um lugar único — disse a zeladora, com um pequeno sorriso.

— É fantástico — interrompeu Jonathan, que sempre exigia entusiasmo absoluto de todos ao seu redor. — Temos muita sorte por meu filho ser um gênio do computador que diz ser capaz de nos conectar à internet usando o telefone com fio, e temos a nossa própria médica de férias conosco.

Luke sorriu fracamente. Estava ali sob coação, e queria que todos soubessem disso. Enquanto Gaby havia tido permissão de passar a semana depois das provas finais com uma amiga em Londres, o comportamento recente de Luke acabara com toda possibilidade de semelhante liberdade. Que maior punição deveria haver por sua expulsão da escola do que uma semana de férias com seus pais e os amigos deles?

— Neurologista — sorriu Laura, apontando para a própria cabeça, quando percebeu que Luke não ia dizer nada. — Não vou ser muito útil a menos que haja um ferimento de cabeça.

— Pena que você não estava aqui no ano passado — disse a zeladora ameaçadoramente, mas foi interrompida pelo telefone tocando.

— Alô, alô — gritou Hannah ao fone, mas a linha já estava muda.

Impassível, a zeladora continuou no mesmo tom monótono para explicar que a água do banho estaria marrom porque toda a água vinha de um poço, e as marés altíssimas das praias de Hogh e Feaull eram capazes de arrastar um homem adulto para o mar

— Nós quase perdemos o vigário no ano passado — mencionou ela, casualmente. Aconselhou-os a pegar água fresca da torneira na cidade de Arinagour todos os dias, sugeriu que, se quisessem comprar pão, deviam chegar à loja até às dez da manhã porque senão não haveria mais e explicou que mosquitos só apareceriam se o vento diminuísse, mas que, além de ser o lugar mais ensolarado da Grã-Bretanha, Coll era também um dos mais ventosos, eles provavelmente não representariam problema.

— Vocês vão querer que eu faça almoço e jantar todos os dias? — perguntou ela com relutância, antes de sair.

— Acho que vamos ficar bem, obrigado, Sra. Buchanan — disse Jonathan, e todos concordaram com um aceno de cabeça. Quando chegou à porta da cozinha, ela parou e se virou.

— Só uma pergunta para você — falou ela, com um leve sorriso nos lábios. — Por que alguns de vocês trouxeram os próprios lençóis e travesseiros? Não pude deixar de notar quando estava arrumando as camas.

Steve se levantou abruptamente. O vento vindo da porta pegou sua camisa de frente e a encheu como uma vela de barco sobre sua calça de veludo vermelho-claro.

— Eu sempre levo meus lençóis — explicou ele, timidamente. — Aonde quer que eu vá. E também levo a minha caneça — Levantou uma grande caneca de cerâmica com uma cerca viva pintada à mão na borda.

— Puxa — disse ela, olhando para ele.

— Ele dorme melhor — Janey começou a contar impulsivamente para todos, começando a perceber a irritação de Steve. — Ele gosta de dormir nos próprios lençóis, com o próprio travesseiro ortopédico.

Felizmente, o som do choro de Jack no andar de cima da casa acabou com a explicação dela. Janey subiu rapidamente até o quarto em que estavam, com todos imaginando como ela podia ter se casado com alguém que levava a própria roupa de cama para as férias. Viajar com amigos era um ato de fé nos melhores tempos, mas sair de férias com Steve e os amigos dela parecia um encontro às escuras de sete dias de duração. Havia um enervante grau de imprevisibilidade naquela proximidade forçada.

Ela deitou Jack sobre o imaculado lençol branco e se atirou sobre dois travesseiros de pena de ganso, sentindo-se satisfeita por ter escolhido um homem que valorizava tanto o conforto, principalmente depois da longa jornada de avião e de balsa para chegar a Coll. Pensou que Patrick teria brigado pela quantidade de bagagem e a incomodaria por sua tendência de acumular ao olhar para os pacotes de fraldas, os potes de creme para assadura e os quadrados de pano cuidadosamente passados que estavam tão resistentes como uma barricada em cima da cômoda. Foi a primeira vez que ela pensou nele em semanas. Depois do parto, Patrick foi esquecido.

Janey olhou para fora, pela janela do quarto, absorvendo a paleta silenciosa de arbustos lilases, enquanto filipêndulas felpudas e potentilas enroladas dançavam com a brisa. As flores dessas plantas pareciam muito frágeis, e ao mesmo tempo deviam ter raízes fortes para suportar a intempérie, pensou, respirando fundo ao sentir Jack agarrar-se em seu mamilo. Tudo em Coll era sólido, das duras rochas cinzentas de gnaisse espalhadas pela ilha às robustas vacas das terras altas que ficaram encarando quando o grupo percorreu o caminho que ia da balsa até a casa na noite anterior. Por um instante, ela se sentiu dominada pela paisagem, e seu corpo relaxou. Então o telefone do andar de baixo começou a tocar novamente e, ao conferir as horas no relógio de pulso, percebeu aborrecida que a mamada de Jack estava mais de uma hora antes do previsto.

O telefone da cozinha era um aparelho antigo de baquelita de disco e com um fio preto enrolado que conectava o pesado fone à base. Isso significava que era preciso estar na cozinha para usá-lo e gritar para se fazer ouvir na linha cheia de chiado. Luke, que estava mais perto, atendeu a ligação e ouviu alguém com sotaque americano gritando com ele.

— Provavelmente é a minha teleconferência — disse Steve empolgado, arrancando o fone da mão de Luke. Mas a linha já estava muda.

O BlackBerry de Steve, o celular de Laura e o iPhone de Jonathan agora estavam na segunda prateleira da estante de pinho, inúteis como uma pilha de armas descarregadas. Os outros estavam praticamente aceitando o status de incomunicáveis. Para Laura, parecia admirável que uma linha telefônica sequer funcionasse. Não parava de dizer a todos que eles estavam 3 quilômetros a oeste de Mull, no meio do Oceano Atlântico, numa área tão distante do continente que merecia menção nos boletins marítimos quatro vezes por dia. Durante o jantar da noite anterior, ela havia sido a única a conseguir se lembrar do nome de todas as áreas de pesca da costa britânica. Feroé, Fair Isle, Viking, North Utsire, South Utsire, Cromarty... Laura falava para si mesma quando a sensação de isolamento de Nell e Ben se tornava opressiva depois. Funcionava como um antigo feitiço para afastar maus espíritos.

Laura estava sentada numa cadeira reclinável do lado de fora, se esforçando para ler a primeira frase do mesmo livro que havia começado na viagem de avião de Londres a Oban. Era uma espreguiçadeira antiga que rangia toda vez que ela se mexia. Em vez de ler, Laura se viu antecipando a próxima fisgada de pele no vime. Havia imaginado devorar pelo menos dois livros enquanto estivesse de férias sem as crianças, mas tinha se esquecido de como a novidade de tamanha proximidade com os amigos poderia ser tão forte quanto os filhos. Assim, em vez de viajar para o Congo com Joseph Conrad, e então passar para Barbara Kingsolver, como havia planejado, estava escutando Jonathan e Steve discutirem arduamente os planos para a refeição da noite. Mais uma vez, pegou-se largando o livro de lado para olhar o mar.

Tentou abstrair o divertido, porém prolongado, debate entrando na casa. Lá dentro, estavam discutindo por que Coll era o lugar mais ensolarado da Grã-Bretanha. Jonathan argumentou que era porque não havia montanhas para atrair nuvens, enquanto Steve insistiu que tinha conhecido uma pessoa durante sua corrida matinal que lhe disse ser porque a Corrente do Golfo corria pelos dois lados da ilha.

Era uma troca que não estava realmente relacionada com o assunto em questão, mas com o antagonismo mútuo de dois homens brigando por hegemonia. Só que em vez de grudarem os chifres e se enfrentarem fisicamente, as linhas de batalha eram traçadas sobre questões como se o Federal Reserve devesse ter ajudado o Bear Stearns, se *A vida dos outros* era o melhor filme já feito e qual praia eles deveriam conhecer em seguida. Era uma versão mais sofisticada de Nell e Ben provocando um ao outro. Laura tapou os ouvidos com os dedos e observou o mar em busca de qualquer mudança no tempo.

Todos foram instintivamente atraídos até a varanda que percorria toda a casa por conta da vista incomparável da baía na direção das ilhas Treshnish. Num dia de sol, elas podiam ser vistas desenhadas contra o horizonte como quatro aparições fantasmagóricas se erguendo do mar. Laura ficou olhando fixamente para a costa e encontrou a mesma família de focas que haviam visto durante o café da manhã. Os animais nadavam de costas, com as nadadeiras no ar, como se estivessem executando um voo bem ensaiado, pensou Laura, resistindo à vontade de acenar para eles. Mas foi o rico tom de turquesa do mar que realmente a cativou. A cor cintilava contra a praia de conchas brancas como uma pedra preciosa. As ondas pareciam quebrar baixas e lentas ao longo da costa, dando a impressão de que o mar estava tão parado como um copo d'água. Porém, como haviam ficado sabendo naquela manhã, quando se chegava à beira do mar, a cor da água mudava completamente. E assim que as ondas batiam nas canelas, era possível sentir uma perigosa corrente marítima puxando cada vez mais para o fundo.

Era mais ou menos como passar muito tempo com amigos, pensou Laura. Quanto mais perto chegávamos, mais evidentes ficavam suas fraquezas, porém mais encantadora se tornava a companhia deles. Tirou os dedos dos ouvidos e ouviu Jonathan e Steve ainda implicando um com o outro na cozinha.

Janey continuava no andar de cima, lutando para manter Jack na rotina imposta pela enfermeira em Londres. Na primeira oportunidade que teve naquela manhã, ela havia ido à única loja da ilha para comprar fita adesiva e sacos de lixo para prender nas janelas de seu quarto nos fundos da casa. Jonathan não havia lhe dito que Coll ficava tão ao norte que tinha apenas cinco horas de escuridão nos meses de verão, e Jack expressara vocalmente sua desaprovação a cada duas horas durante toda a noite anterior. As paredes da casa eram feitas de um material que refletia o barulho em vez de absorvê-lo, e apenas Sam havia conseguido dormir a noite toda.

Às seis e meia daquela manhã, frustrada por sua incapacidade de dormir, Laura havia descido para preparar uma xícara de chá e encontrara Janey atirada por cima da bomba de tirar leite, lutando para extrair alguma coisa do seio. Laura sugeriu casualmente que Janey devia tentar dar a Jack uma mamadeira de leite em pó à noite, para ver se isso não o ajudaria a dormir.

— Eu não posso usar fórmula de leite — insistiu Janey irritada, ligando a bomba na velocidade máxima. Laura ficou assistindo, em chocada fascinação, o mamilo de Janey ser sugado para dentro e para fora do tubo transparente com uma velocidade absurda. A máquina ameaçava sugar todo o seio dela. O mamilo era esticado até ficar comprido e fino como seu mindinho. Esperava-se que mães lactantes estivessem imbuídas de sentimentos de benevolência meiga, pensou Laura, lembrando-se de quadros da National Gallery em que mães oníricas alimentavam seus bebês gordos em meio a cenas bucólicas de abandono sensual. Janey estava tão furiosa quanto uma instalação de Tracey Emin.

— Se eu tirar leite suficiente, Steve vai poder dar a mamada das cinco da manhã — disse Janey. Laura suspirou de alívio ao ver um filete de leite branco começar a gotejar dentro da garrafa.

— Talvez seja melhor você relaxar com a rotina durante as férias — propôs Laura, gentilmente.

— A enfermeira me alertou sobre gente como você, Laura — disse Janey, brincando apenas em parte. — Ela me avisou que vocês tentariam me atrair para a terra da amamentação de livre demanda.

Laura começou a rir.

— Você é a mesma mulher que costumava tentar me convencer a cheirar uma carreira de coca antes de começar um turno no hospital porque me ajudaria a ficar acordada durante a noite? — perguntou. — Está perdendo completamente a perspectiva das coisas.

— Olhe só, eu sei que você amamentou seus filhos no peito por oito meses porque não podia pagar por educação privada e precisava maximizar o QI da Nell e do Ben — disse Janey, tentando ser tranquilizadora. — Mas eu só consigo tirar três meses de licença, então Jack não vai conseguir todos os benefícios.

— Do que você está falando? — perguntou Laura, espantada.

— Quem amamenta por um ano consegue aumentar o QI da criança em média seis pontos — disse Janey. — Eu li tudo o que há a respeito. — Apontou para um livro sobre desenvolvimento infantil em cima da mesa. Laura fez uma pausa. Havia lhe passado pela cabeça umas duas vezes recentemente que a suposição básica sobre a relação entre progresso científico e a melhora na condição humana não era necessariamente verdadeira para as mães de bebês recém-nascidos. Para elas, o conhecimento basicamente alimentava as chamas da neurose.

— Eu sei que agora isso parece crítico, mas com o passar do tempo você nem vai se lembrar do quanto amamentou — disse Laura, escolhendo as palavras com cuidado. — Você precisa ser um pouco menos fundamentalista.

— Eu tenho mais ou menos um mês estocado no freezer em Londres — continuou Janey —, então isso quer dizer que Jack terá leite materno por pelo menos quatro meses, mas ele provavelmente vai perder pelo menos dois pontos de QI, porque eu só vou poder lhe dar duas mamadas ao dia. E mesmo que ainda houvesse amas de leite, não seria a mesma coisa, porque é do meu leite que ele precisa. Eu tenho o antídoto.

— Anticorpos — corrigiu Laura, imaginando se ela havia sido tão volátil assim depois que Nell e Ben nasceram. Talvez seja por isso que Sam tenha recuado diante da perspectiva de mais um bebê. Ela passou manteiga num pedaço de torrada integral e empurrou o prato na direção de Janey, implorando que ela comesse.

Num reflexo condicionado pelo trabalho, Laura considerou o rosto de Janey em relação à sua idade. Era um gesto sem imperativo médico, mas capaz de dizer muito sobre o estresse da vida das pessoas que podia explicar a presença delas em seu consultório. Não muito tempo atrás, Laura podia ter analisado outra mulher e se perguntado se aquela era mais atraente, mais bem-sucedida profissionalmente ou mais capaz domesticamente que ela e normalmente se veria perdendo. Mas recentemente havia se tornado aparente para ela, ao se aproximar dos 40, que a única coisa que de fato importava era a idade que se aparentava ter. E nos últimos três meses, Janey envelhecera.

Ela estava exausta. Com a pele seca e pálida, como uma folha seca de outono. Ao redor do pescoço, a pele estava enrugada, e havia minúsculas linhas de expressão horizontais acima do lábio superior que lhe davam uma aparência séria, como se ela estivesse prestes a dar mais uma palestra sobre a importância de se amamentar um bebê no peito durante o primeiro ano. Olheiras lhe davam uma aparência agitada que não condizia com a forma que ela estava atirada sobre a mesa. Ela fez Laura lembrar Ben, quando ele reclamou que não tinha combustível suficiente no tanque para caminhar até a escola e ela teve de puxá-lo pela calçada feito colher em melado. Laura se perguntou, não pela primeira vez, por que havia tão poucas pesquisas a respeito dos efeitos da prolongada privação de sono das mães de bebês recém-nascidos. Ela sabia a resposta. Partia-se do princípio de que se tratava de parte da condição feminina. Se os homens tivessem de suportar condições semelhantes, haveria bolsas do governo para investigar o tema.

— Eu não posso voltar ao trabalho, Laura — anunciou Janey. — Eu não consigo me lembrar de nada. Eu não consegui nem mesmo lembrar o nome da minha assistente quando ela me ligou na semana passada. Cheguei a ligar para o sócio sênior para dizer que queria me desligar, mas quando finalmente passaram a ligação, eu havia me esquecido do porquê eu tinha telefonado. E eu havia me esquecido do fato mais importante de todos, que é o de que o emprego de Steve pode estar em risco porque o mercado de conversões está passando por uma reestruturação drástica.

— Por que a sua assistente ligou para você durante a licença-maternidade? — perguntou Laura.

— Provavelmente estava de olho no meu emprego — disse Janey. — Você acha que eu posso ter demência prematura ou sintomas precoces de mal de Parkinson? — Ela apoiou a cabeça na beirada da bomba de tirar leite, fechou os olhos e a bomba continuou sugando.

— Em todos os meus anos de clínica, eu só vi dois casos de mal de Parkinson em pessoas com menos de 50 anos, e ambos eram homens — disse Laura, tranquilizadoramente. — E pessoas com demência geralmente não se dão conta disso. Normalmente são os outros que as levam ao médico. Você precisa se avaliar pelo que se lembra, não pelo que se esquece, Janey. Você provavelmente está apagando subconscientemente todas as informações não essenciais para que possa se concentrar no que realmente importa.

Isso é o que a maioria das mães faz pelo resto da vida, Laura quis dizer a ela, mas se segurou. Em vez disso, descreveu os fundamentos de uma pesquisa que uma colega havia publicado recentemente sobre memória e maternidade.

— Os estresses da gravidez e da maternidade podem provocar uma crise parcial do sistema de memória — explicou Laura. — Tem muita coisa que nós não compreendemos sobre o cérebro, mas os pesquisadores acreditam que ter filhos pode comprometer a função do hipocampo, que é do que dependemos para as soluções de memória de curto prazo. E há ainda o impacto dos hormônios sobre a memória. A falta de estrogênio, por exemplo, prejudica a memória... Acho que é muito mais provável que você esteja sofrendo de uma combinação disso com uma severa privação de sono. Tudo do que precisa é de uma boa noite de sono para ficar bem de novo.

— Não acredito que isso é assim — falou Janey, suspirando.

— Você vai aprender a se desligar — disse Laura — no seu próprio tempo. Todo mundo consegue fazer isso. Seja apenas menos exigente consigo mesma. E pode me dar a permissão de atirar isso aqui no Atlântico? — Janey sorriu fraquinho, com uma das mãos protegendo firmemente a pilha de livros.

*

Isso havia acontecido naquela manhã e, desde então, a não ser por um breve intervalo depois do café da manhã, quando o bebê finalmente dormiu por meia hora, Janey ficou no andar de cima. As férias estavam caracterizadas por essa estranha desconexão, pensou Laura, semicerrando os olhos quando o sol saiu de trás de uma nuvem diáfana. Era como se todos quisessem evitar ficar no mesmo lugar ao mesmo tempo. A não ser por ela. Sentiria-se muito feliz de ficar sentada naquela cadeira durante os próximos seis dias.

Bem na deixa, Hannah apareceu, percorrendo a trilha no carro alugado. Estava usando calça de moletom e tênis, e disse a Laura que tinha saído para correr um pouco. Laura ergueu uma sobrancelha, mas não falou nada. Não havia dúvida de que ela havia ido a Windy Gap e ficado encarapitada naquelas rochas gnaisses tentando falar com Jacek. Sua ausência era marginalmente mais reconfortante que sua presença. Embora Hannah não tivesse falado em Jacek desde a revelação que fizera na festa um mês antes, seu silêncio a respeito do assunto era muito eloquente. Ela claramente não tinha intenção de terminar o relacionamento. Laura percebeu que Hannah estava segurando uma lata grande de fórmula de leite para bebês com menos de 6 meses.

— Todos precisamos dormir — disse Hannah, encolhendo os ombros casualmente e escondendo a lata no armário da cozinha. — Senão, não ficaremos bem nas fotos. — Jonathan apareceu à porta da cozinha.

— Você vai ficar maravilhosa — falou ele. Hannah deu um sorriso tenso.

— Ela está com saudade de casa — explicou Jonathan a Laura. — Ela sente falta da fazenda. — Laura deu o que esperava ser uma risada adequadamente tranquilizadora.

O telefone começou a tocar de novo, e Jonathan entrou. Por um instante, Laura ficou preocupada que pudessem ser seus pais ligando por causa das crianças. Mas continuou parada, argumentando consigo mesma que se algo estivesse errado, eles ligariam de novo. Em vez de continuar pensando no assunto, resolveu se concentrar no caso de Hannah. A vantagem de saber sobre o assunto era que isso neutralizava qualquer preocupação residual com a capa do livro de receitas do Eden. Sam não a havia mencionado de novo e, diante desse incontrolável escândalo contemporâneo, o que Laura fizera era história antiga. Todos ao redor estavam olhando para a frente e não para trás. O fim de semana em Shropshire finalmente poderia ser esquecido. Então sua atenção se voltou para Jonathan. Ela se virou para ele na cozinha, e ele acenou animadamente para ela. Como podia ser tão desatento quando os sinais eram tão óbvios? As roupas novas de Hannah, as blusas em estilo hippie e o short jeans, a minúscula tatuagem que havia aparecido no seu tornozelo, a forma como ela nunca escovava os cabelos. Principalmente, a forma como ela se movia, lenta e languidamente, como um gato. Ela conversou com Laura e Janey sobre coisas como tom de pele e elasticidade, beliscando a barriga e os braços desdenhosamente como faria alguém intimamente envolvido com o corpo macio e firme de uma pessoa de 20 e poucos anos. Ela era carinhosa com Luke, não mencionando nada a respeito do escândalo que o havia levado para Coll na última hora, e ele agradeceu sua reticência. Hannah estava de férias com eles, mas não estava verdadeiramente presente. Até mesmo seus tranquilos olhos verdes estavam distantes. Fazia tudo mecanicamente. Sua indiferença aumentou a sensação de responsabilidade de Laura para garantir que a entrevista de Jonathan ocorresse de acordo com o planejado. Já havia convencido Sam a ir até a balsa na tarde do dia seguinte para apanhar o jornalista, e ela ajudaria Jonathan a preparar o cardápio para a refeição em que eles seriam fotografados comendo.

Laura sentiu-se relaxando, fechou os olhos contra o sol e deixou seu corpo ser dominado pelo grande peso da mais profunda calma. Aquelas férias eram a melhor coisa que havia acontecido a ela em anos. Concorrendo com os livros e o cenário por sua atenção estava a irresistível novidade de ter tempo para si mesma, a oportunidade de tomar uma xícara de café do começo ao fim sem qualquer interrupção, e a deliciosa indulgência de ficar sentada completamente imóvel olhando a paisagem da baía sem ter que se mexer para limpar meleca, cocô ou lágrimas, ou ter que procurar pela chave que havia desaparecido misteriosamente da porta do jardim, ou lidar com os caprichos do novo sistema de computadores do Sistema Nacional de Saúde.

Em vez de sentir saudade de Nell e Ben, como havia previsto que aconteceria desde que se despedira deles, Laura estava agora se perguntando como retornaria ao *status quo* em Londres. Essa é a desvantagem de férias assim. Elas nos fazem questionar a forma como administramos o resto das nossas vidas, ou ao menos nos dão a ilusão de que é algo que podemos recalibrar, o que, é claro, ela provavelmente não poderia.

Dentro da casa, pôde ouvir um debate em andamento. Era a vez de Steve fazer o jantar, e a julgar pelos ingredientes em discussão, ele estava determinado a sobrepujar a refeição de Jonathan da noite anterior. Laura se perguntou o que sua mãe pensaria daqueles homens brigando por controle na cozinha, uma ironia combinada com o fato de que eles haviam decidido dispensar os serviços da cozinheira que vinha com a casa.

A forma como as pessoas se comportam numa cozinha revela muito sobre suas personalidades. Jonathan era um clássico cozinheiro de renome, que provocava o máximo de drama possível ao preparar uma refeição escolhendo receitas excessivamente complicadas, usando ingredientes demais e deixando muita louça suja que depois esperava que todos os demais a lavassem. Steve era simplesmente alguém que seguia uma receita ao pé da letra e a fazia funcionar simplesmente com absoluta força de vontade. Embora Sam fosse provavelmente o cozinheiro mais consistente dos três, ele preferia ficar de fora daquela disputa de poder. Laura procurou por ele na cozinha e adivinhou que ele estava no andar de cima fazendo mais alterações no misterioso roteiro de cinema que ainda se recusava a deixá-la ler, apesar de Janey ter deixado escapar durante a travessia de três horas de balsa desde Oban que havia lido as duas cenas de abertura. Laura fingiu que também tinha lido, concordando entusiasmadamente que os personagens se pareciam com pessoas que elas conheciam e que os diálogos lembravam suas próprias conversas, porque era mais fácil que admitir que Sam não a deixava ler. Mesmo que o relacionamento deles tivesse atingido um nível mais feliz, ele ainda estava lhe aplicando castigo pelo comportamento dela na terapia de casal.

Laura olhou por cima do ombro através das portas de vidro abertas que davam para a cozinha e viu Jonathan e Steve arrumando garrafas de azeite de oliva sobre a mesa da cozinha. Era o equivalente moderno de um duelo ao amanhecer. Os dois estavam sendo observados por Luke, que digitava em seu computador numa cadeira ao lado da mesa do telefone. Vestia um short cáqui desfiado e uma camiseta verde desbotada e descansava os pés descalços nas costas de uma velha poltrona que ficava ao lado da pesada cômoda de mogno. Os cabelos compridos chegavam aos ombros. Ele martelava o teclado, às vezes subindo e descendo a página para ler o que havia escrito. Tudo nele era grande e desajeitado, como se estivesse aprisionado dentro do corpo errado.

Laura se perguntou o que ele estaria escrevendo. Sua loquacidade no computador não combinava com sua abordagem de resto monossilábica da vida. Ele não era mal-educado. Simplesmente não queria conversar com os adultos ao seu redor. Laura podia se lembrar vagamente desse sentimento. Era uma espécie de engano próprio, uma forma de garantir a nós mesmos que não iríamos nos transformar no tipo de gente em que nossos pais e os amigos deles haviam se transformado. Era um sentimento que nascia mais do medo que ódio, concluiu. Luke não sabia o que queria, mas sabia o que não queria, e empatia não era uma característica útil para um adolescente. O silêncio dele era um voto contra discussões sem sentido sobre os benefícios à saúde de uma dieta mediterrânea (Jonathan), as vantagens da educação pública sobre a particular (Laura), se o Nick Cave atual estava melhor que o antigo (Sam) e como ganhar montes de dinheiro era a maior contribuição que alguém podia fazer à sociedade (Steve).

Todos eram educados demais para mencionar as circunstâncias em torno da inesperada chegada de Luke a Coll. Os adultos do grupo se comportavam como se fosse a coisa mais normal do mundo ter um adolescente de 17 anos entre eles. Além disso, ninguém havia entendido exatamente por que Luke fora expulso da escola. Ele tinha feito um projeto de artes que envolvia inserir por computação gráfica os rostos de dois professores dele num vídeo de sexo de Paris Hilton e tentara apresentá-lo como parte de seu trabalho final intitulado "Quinze minutos de fama". Estava tentando falar sobre sexo e celebridade, dissera aos pais durante uma tensa conversa ao telefone. A escola não havia encarado o vídeo dessa forma, muito embora seu professor de arte tivesse tentado intervir a seu favor. O clipe foi parar no YouTube, onde havia sido visto por quase meio milhão de pessoas, e o destino de Luke foi selado.

— Este aqui ganhou o prêmio internacional na Competição de Óleo de Oliva Extra Virgem de Los Angeles em 2008 — disse Steve, sacudindo a garrafa que tinha na mão. — É todo prensado artesanalmente e engarrafado na mesma propriedade do sul da Calábria. Tem acidez de 0,225 por cento. É o azeite equivalente a um ótimo Meursault. Eu o trouxe especialmente para você, para ajudar a tornar a sua entrevista um sucesso.

A principal diferença entre Sam e os outros dois homens, concluiu Laura, era que Sam era competitivo consigo mesmo. O instinto de Steve de competir extravasava do trabalho para a vida pessoal com uma cansativa facilidade. Ele não podia permitir sequer que Jonathan fosse dominante na cozinha. E Jonathan, que era simplesmente inseguro sobre suas habilidades culinárias, levou o desafio a sério.

— Fico muito grato, mas o que estou querendo dizer é que se você vai usar este azeite para fazer a sopa de azedinha, então é melhor usar um bom semivirgem — disse Jonathan, surpreso com a persistência de Steve. — Se você realmente quer experimentar o seu azeite de oliva, talvez seja melhor usar as folhas de azedinhas numa salada. Não faz sentido cozinhar um azeite de oliva tão bom. É como beber Meursault numa despedida de solteiro. E não o guarde no refrigerador, que vai dispersar. — Estava sacudindo uma cópia bastante folheada de *Food for Free* de Richard Mabey um pouco perto demais do rosto de Steve.

— Você sabia que o azeite de oliva está entre os produtos agrícolas mais adulterados na Europa? — perguntou Steve de repente. — É possível ganhar tanto dinheiro com o tráfico de azeite de oliva quanto com o tráfico de cocaína.

— Eu não sabia — comentou Jonathan, suspirando. — Como você sabe de tudo isso?

— Eu ia investir em um negócio de azeite de oliva italiano — explicou Steve, enquanto começava a aquecer o azeite de oliva extravirgem *Il Casalone* numa frigideira. — Só o mercado americano é de um bilhão e meio de dólares, mas daí apareceu um enorme caso contra a empresa que eu queria comprar. Eles estavam tentando vender óleo de soja como azeite de oliva extravirgem.

— Não cozinhe demais a azedinha — aconselhou Jonathan. — Pelo que eu me lembro, só precisa de um susto, senão desmancha. — Olhou em torno procurando o apoio de Hannah, mas não a encontrou.

O som do telefone tocando foi uma distração bem-vinda para Jonathan. Ele não precisava se preocupar com Eve porque ela não tinha o número do telefone de lá. A maior vantagem de estar em Coll era o fato de que Eve não podia entrar em contato com ele. O entusiasmo dos primeiros cinco meses do relacionamento deles estava começando a se dissipar, e, embora ainda não estivesse totalmente pronto para abrir mão daquelas tardes passadas no apartamento dela em Notting Hill, a função dela agora era quase que exclusivamente física. Não se lembrava de uma mulher que pusesse um pênis com tanto carinho dentro da boca, realizasse tamanha provocação com a língua e então engolisse de tão bom grado o esperma. O relacionamento havia se transformado num relacionamento unilateral, informara orgulhosamente a Sam na semana anterior. Havia inclusive deixado escapar que estava tentando ajudá-la a conseguir um estágio de um ano numa revista em Nova York. Sam nunca tinha pensado em Eve sob qualquer ângulo profissional, e ficou surpreso ao descobrir que ela era editora de um suplemento do mesmo jornal que estava indo entrevistar Jonathan.

— Eles teriam feito a matéria comigo de qualquer maneira — Jonathan havia rebatido as perguntas de Sam sobre conflito de interesse, reiterando o fato de que o relacionamento dos dois já estava quase no fim. Quando Sam perguntou como Eve estava reagindo, Jonathan respondeu secamente que parecia tudo bem. Não queria mais falar sobre ela. Sua perda de interesse era diretamente proporcional ao seu constrangimento cada vez maior, percebeu Sam.

A ligação era também uma bem-vinda distração da discussão sobre azeite de oliva. O debate com Steve aumentara a crescente neurose de Jonathan, considerando que fazer óleo de soja passar por azeite de oliva era um pouco diferente da fraude de que ele era um cozinheiro de classe internacional, quando, na verdade, não era nada além de um entusiasmado conhecedor de gastronomia que sabia contratar um bom chef. Não passava de uma questão de semântica.

Assim, com solicitude atípica, Jonathan foi até o aparelho e levantou o fone, ouvindo o agente americano de Sam reclamando que vinha tentando entrar em contato o dia todo. Jonathan gritou para Sam descer para atender.

— Ligação de Los Angeles. É o seu agente. Disse que é importante — gritou Jonathan num tom cheio de ironia. Era uma piada velha, feita à custa de Sam, mas Laura ainda sorriu porque sua repetição relembrava seus laços históricos. Todos às vezes precisam ser lembrados dos motivos pelos quais se tornaram amigos, pensou Laura com benevolência, levantando-se da cadeira e entrando na cozinha. Mais para o final da semana, quando tudo estivesse mudado entre eles, Laura pensaria neste espírito inicial de otimismo e como ela havia permitido que ele prejudicasse sua capacidade de avaliação.

Sam desceu a escada de dois em dois degraus, menos por entusiasmo do que por necessidade de esticar as pernas, segurando um maço de papéis na mão. Laura não tinha certeza se ele estava reescrevendo o final do seu último roteiro de cinema ou se havia começado a trabalhar em outra coisa. Sentiu uma pontada de culpa. Havia parado de perguntar a Sam sobre seus projetos fazia anos. Conforme a confiança que ele tinha em si mesmo diminuíra, o mesmo acontecia com a fé que ela tinha nele. Mas aquele único e curto telefonema, durante o qual Sam provavelmente pronunciou menos de trinta palavras, iria mudar tudo. Quando Sam desligou o telefone, ficou olhando fixamente para a parede, completamente imóvel, segurando o fone no gancho. Por um instante, Laura se perguntou se havia mais notícias ruins. Talvez tenha havido algum problema na pós-produção do último episódio de *Não ressuscitar*, ela pensou. Eles eram bem capazes, mesmo neste estágio, de mudar o briefing. Talvez quisessem gripe aviária em vez de ebola. Quando Sam se virou, com os olhos vidrados e balançando a cabeça, ela soube pelo sorriso torto em seus lábios que pela primeira vez em anos alguma coisa boa havia acontecido.

— Vocês não vão acreditar nessa porra — disse Sam a todos na cozinha. Ainda estava balançando a cabeça, incrédulo. Todos estavam esperando ansiosamente. — Vendi o roteiro nos Estados Unidos. — Deu alguns socos no ar e então pediu desculpas a Luke pelo palavrão.

— Que incrível, Sam — falou Luke, que foi o primeiro a reagir. — Você acha que eu poderia ter alguma experiência de trabalho no set de filmagens? Eu tenho muito interesse em fotografia. — Foi o mais longo comentário que fez desde que havia chegado.

Laura estava chocada demais para dizer qualquer coisa. Por um instante, perguntou-se se Sam não havia entendido errado. Talvez não tivesse compreendido o agente ou estivesse floreando uma verdade menos emocionante, mais prosaica. Laura compreendia bastante sobre a área dele para saber que ele podia estar vendendo uma opção por umas duas mil libras e que o filme provavelmente jamais seria feito.

— Que tipo de negócio, Sam? — perguntou Jonathan, adivinhando a linha de pensamento dela.

— Trezentos e cinquenta mil dólares americanos pelos direitos, e depois a mesma quantia novamente se o roteiro for produzido — disse Sam, balançando a cabeça, incrédulo. — E a Cate Blanchett quer o papel feminino principal. — Houve um longo silêncio enquanto todos tentavam absorver a notícia, e então todos começaram a falar ao mesmo tempo.

— Sobre o que é o roteiro? — perguntou Laura.

— É sobre um grupo de amigos que saem de férias juntos e descobrem que todos vinham escondendo segredos uns dos outros havia anos — disse Sam, dando de ombros como se não estivesse entendendo o porquê de toda a agitação.

— Ah — falou Laura, procurando insinuações escondidas, sem encontrar nada.

— Que fantástico, Sam — disse Janey, que havia descido até a cozinha. Parecia prestes a chorar. — Você realmente merece.

— Puxa, então você finalmente ganhou algum dinheiro — comentou Steve, com admiração ressentida. — Embora eu ache que se você dividir o valor pelo número de anos que investiu em tudo isso, são apenas 25 mil libras por ano.

— Nem tudo tem a ver com dinheiro — censurou Janey com firmeza.

— Quando esperamos tanto tempo, tem — disse Laura, rindo.

— Bem, espero que eu consiga algum crédito por fornecer o escritório onde parte dele foi escrito — brincou Jonathan.

— Laura recebe a maior parte do crédito porque foi ela quem manteve a fé nos últimos 11 anos — disse Sam, ciente de que Laura estava atrás do grupo reunido ao seu redor.

— E qual é a probabilidade de conseguir o financiamento? — perguntou Jonathan.

— É uma *joint venture* — explicou Sam. — E com a Cate Blanchett a bordo, isso não será um problema.

— É uma questão de instinto, não é, Sam? — disse Hannah. — Nós precisamos seguir os nossos corações, não as nossas cabeças. — Laura olhou-a nos olhos e Hannah sorriu de volta, aparentemente realmente feliz pela primeira vez desde que haviam chegado.

Jonathan tirou uma garrafa de champanhe do refrigerador. Um sentimento de euforia coletiva tomou conta do ambiente, e por alguns minutos todos pegaram carona na esteira do sucesso de Sam, encantados por estarem presentes num momento de fluxo histórico. Sam sentia-se modificado pela novidade de uma forma irrevogável. Parecia que uma parte crucial dele próprio estava faltando, tentou explicar a Laura. O fantasma da ansiedade profissional que pesara sobre ele nos últimos 17 anos havia ido embora. Sua principal emoção, no entanto, não era alegria, mas alívio, como se ele fosse o único sobrevivente de um acidente aéreo fatal ou a única pessoa a não contrair gripe aviária durante uma epidemia. Sentia a culpa dos sobreviventes, explicou a Laura durante uma conversa fragmentada. Tentou convencê-la a subir para o quarto, para que pudessem conversar mais, porém ela estava muito ocupada passando os olhos pelo roteiro sobre a mesa para entender os sinais.

14

Todo mundo sai de férias com expectativas, pensou Sam ao agarrar a direção do carro e sair rápido demais pela estrada ventosa que levava ao porto da balsa em Arinagour uns dois dias depois para apanhar a repórter e o fotógrafo. Há uma sensação excessiva de merecimento: o direito à felicidade, à boa comida, ao riso, ao sono, ao sexo. Quando conferimos pela última vez se a pasta de dentes está na bagagem, fechamos a mala empoeirada e olhamos para os horários de partida que foram memorizados semanas antes, a sensação de expectativa é quase incontrolável. Sam abriu todas as janelas do carro e inspirou a maresia como um cachorro fareja um cheiro, ignorando a forma como o vento soprava os longos cabelos de Luke desconfortavelmente na boca e no rosto dele.

Batucava a direção com os dedos acompanhando a música que tocava alto no CD player quando virou a primeira esquina depois de Ben Hogh, o ponto mais alto de Coll. No mapa, parecia com uma montanha, mas na verdade não passava de pouco mais que uma significativa ondulação na paisagem majoritariamente plana. Sam aumentou o volume. O CD pertencia a Luke, que o havia casualmente deixado sobre o banco do passageiro quando Sam estava prestes a sair e perguntou se ele se importava de ter companhia.

— Beirut. Banda indie. Bem nova — disse Luke, e então voltou a ficar em silêncio. Ele raramente falava mais que uma frase, e Sam sentiu-se lisonjeado com sua presença e sua tentativa de compartilhar o gosto por música. Ao fim e ao cabo, férias têm a ver com realização de desejos, concluiu Sam. Mas o que as pessoas se esquecem é de que as neuroses viajam de graça e sem a estrutura do trabalho e dos filhos para definir o dia, e então elas se reúnem em nossas mentes. Um dia antes de saírem de Londres, Sam havia recebido uma carta do hospital informando que sua contagem de esperma estava negativa. Assim, seu principal objetivo em Coll era retomar as relações sexuais com a mulher. Mas assim que as condições adequadas se materializaram, ele foi prejudicado por seu mais novo afilhado, cujo choro agudo atravessava a noite e mantinha todos acordados, exceto por Sam. Era como ter um bebê recémnascido sem qualquer dos benefícios da posse.

Todas as manhãs, Sam acordava e sentia-se grato ao descobrir seus níveis de óxido nítrico intocados pela vasectomia recente. Preocupações sobre impotência se tornavam tão distantes e nebulosas quanto as ilhas Treshnish, visíveis da janela do quarto. O calor, o gosto salgado da pele de Laura quando ele lambeu sem ela perceber uma omoplata enquanto ela dormia ao seu lado e as possibilidades propostas por um seio exposto que apontava tentadoramente pela camisola lhe deixaram com uma sensação adolescente de propósito erótico. Naquela manhã, Sam havia olhado para o lençol e percebido com prazer que o tecido estava levantado uns bons 15 centímetros acima da sua virilha. A satisfação, no entanto, foi manchada pela lembrança de que ele já estava na metade das férias e não tinha feito qualquer progresso mensurável.

Às seis horas daquela manhã, quando Jack acordou pela quarta vez, Sam havia tentado levantar a camisola de Laura para desenhar uma linha desde a parte de trás do joelho dela até o quadril, parando na pele macia da parte interna da coxa antes de ela se virar de lado. Então ele a abraçou por trás e sussurrou uma descrição detalhada de uma de suas fantasias preferidas.

— Diga-me o que você quer que eu faça por você — sussurrou, respirando forte no ouvido dela.

— Conserte a goteira no quarto, pendure aquele espelho e bote a conta do telefone em débito automático — resmungou Laura. — Sam, desculpe, mas eu preciso dormir.

Desesperado, ele pôs a mão dela em sua virilha, mas ela permaneceu imóvel. Finalmente, ele abriu as cortinas para deixar o sol entrar no quarto. Laura simplesmente enfiou a cabeça embaixo do travesseiro e caiu no sono novamente.

Sam tentou se acalmar recitando os nomes das várias praias e baías ao redor da ilha: Feall, Cliad, Crossapol, Gunna. Todos dariam bons sobrenomes. Perguntou a Luke, que estava sentado ao seu lado mastigando uma caneta, se ele não se importaria em anotar alguns deles para referência futura. Resignado, Luke rabiscou alguns nomes no caderno que acompanhava Sam aonde quer que fosse.

Tudo o que Sam via tinha potencial erótico. As pedras macias, arredondadas com o atrito da areia e do mar. As campânulas lilases e as crocosmias vermelhas; a forma como o horizonte se liquefazia no ponto em que tocava o mar; a alavanca de câmbio. Sam suspirou e viu Luke observando-o. Tentou lhe dar o que esperava ser um sorriso encorajador, mas, em vez disso, sentiu o rosto se contorcendo num meio sorriso forçado que parecia mais desconfiado do que reconfortante. A última coisa que Luke iria querer era que o resto de sua vida adulta fosse uma batalha contra seu adolescente interior.

Sam teria gostado de conversar com ele sobre o que havia acontecido na escola. De lhe dizer que aquilo não iria definir o resto de sua vida, pelo menos não da forma como ele imaginava, mas sentiu-se inibido por seu silêncio e se preocupou com a possibilidade de afetar sua dignidade. Gostaria de saber exatamente como ele havia conseguido usar a imagem dos professores e do que se tratava o vídeo de sexo da Paris Hilton, mas esse não era exatamente um território para padrinhos.

Sam havia deixado os outros tomando cerveja na varanda enquanto faziam planos para a refeição que Jonathan iria preparar dentro de dois dias, diante do olhar crítico da repórter e do fotógrafo. Uma pilha de livros com páginas amassadas e parágrafos sublinhados com uma caneta marca-texto cor-de-rosa repousava sobre uma cadeira do jardim. Alguns deles eram de receitas. Elizabeth David, Hugh Fearnley-Whittingstall, Claire Macdonald. Outros eram sobre a procura pela comida e a flora de Coll. Steve se ofereceu gentilmente para ajudar com o vinho e o azeite de oliva. Janey disse que arrumaria a mesa, e Laura, que na opinião de Sam estava sendo irritantemente supersensível às necessidades de Jonathan, ajudou-o a definir um plano de ação. A primeira página incluía uma lista de ingredientes que ele precisava conseguir naquele dia. A segunda continha um rígido cronograma para o dia seguinte. Sempre que Jonathan pedia um conselho a Hannah, ela encolhia os ombros casualmente e dizia que tudo iria dar certo. Tinha nos olhos o tipo de brilho que se vê em alguém que entrou para uma igreja cristã evangélica ou que estava tomando Prozac há cinco meses.

A maioria dos ingredientes, Laura observou com satisfação, eram produzidos em Coll ou podiam ser apanhados no mar: lagostas, azedinhas, algas, cavalas, cogumelos, alho selvagem. Esqueçam comida orgânica, localismo extremo era a ordem do dia, anunciara Jonathan empolgadíssimo. Esse deveria ser o foco principal da reportagem. As pessoas precisavam despertar para os produtos que encontravam na porta de casa. Falou a todos, entusiasmado, sobre um esquema de Nova York em que as pessoas criavam abelhas em telhados de Manhattan e galinhas nas varandas. Então falou sobre a proteína ser o desafio fundamental no caminho do ambientalismo. Mencionou uma experiência da Nova Zelândia que media a quantidade média de metano produzida por vacas todos os dias e falou sobre as imensas distâncias percorridas por caminhões que transportavam animais para atender a demanda por carne na Europa, na Índia e na China. As galinhas são o melhor plano, disse ele. Proteína barata. Todos podem criar as próprias galinhas. Podem chocar os ovos e dar os pintinhos para os vizinhos. Quando Sam observou que poderia ser um pouco anti-higiênico ter pintos num apartamento de dois dormitórios em Peckham, Jonathan se irritou.

— É uma visão utópica, Sam — disse ele, como se Sam fizesse um bico no Tesco. — É algo a se desejar. Nós deveríamos exportar comida para países pobres, nos quais as pessoas não têm o suficiente para comer e produzir nós mesmos o que for possível.

— E as galinhas teriam uma melhor vida — concordou Laura.

— Galinhas não merecem uma boa vida — disse Sam. — Elas são absolutas tiranas. De onde vocês acham que saiu a expressão "lei do galinheiro"?

— Será que se os adolescentes tivessem que cuidar de galinhas não haveria menos crimes? — sugeriu Laura, entusiasmadamente.

— Ou haveria mais galinhas mortas — brincou Sam. Seu cinismo não estava de acordo com a situação. O esquema das galinhas parecia bom. Era aquela proximidade reacendida entre Laura e Jonathan que o irritava. Fazia com que se lembrasse demais do fim de semana na barcaça em Shropshire. Tentou banir da mente a imagem da capa do livro de receitas.

Quando eles passaram por dois lagos de água doce, Sam tirou o pé do acelerador. Não havia por que chegar cedo. Jonathan tinha perdido os detalhes enviados pela revista, e tudo o que Sam sabia era que ia pegar uma mulher e um homem carregando maletas de câmera. Conveniência em vez de desatenção, pensou Sam sobre a desorganização de Jonathan. Imaginava que as credenciais londrinas da repórter a fariam se destacar da multidão. Seu rosto não teria veias dilatadas, não estaria vermelho por causa do sol, e ela não estaria usando galochas pretas sujas e cheias de buracos. Imaginou alguém tão composta e arrumada como os mocassins de couro que Steve insistia em usar mesmo quando eles iam à praia. Ele a visualizou parada perto da saída segurando uma imensa bolsa de mão do tipo preferido das mulheres londrinas.

A luz de fim de tarde estava extraordinária, pensou Sam. Cores diferentes, num espectro de vermelho e roxo, sangrando pelo céu e refletidas na superfície plana dos lagos no meio da ilha. Tudo ficava intensificado pela proximidade de Coll com a água. Aonde quer que fosse, dava para ouvir o barulho do mar, mesmo quando não dava para vê-lo. Numa tempestade, quando as nuvens pairavam ameaçadoramente baixas no céu, parecia que Coll poderia seguir o destino de Atlântida e submergir na água. O que a estava segurando no lugar? Como ela estava presa ao leito do mar? Essa combinação de força e fragilidade fascinava Sam. Fazia-o lembrar-se de Laura.

Os dois estavam se dando muito melhor. Seu alívio com a venda do roteiro era palpável. Seus ombros pareceram ficar visivelmente mais relaxados quando ele lhe contou os detalhes. Ela já estava planejando exatamente quanto do dinheiro eles deveriam usar para pagar a hipoteca e que ela passaria a trabalhar apenas três dias por semana. Embora a fé nele tivesse diminuído nos anos mais difíceis, ela nunca havia vacilado em sua lealdade, e Sam se sentia grato por isso.

Apesar da insistência de Steve sobre qual a melhor maneira de chegar ao porto, assim que Sam entrou no carro, ignorou as instruções escritas e decidiu pegar o caminho que permitira que ele e Luke aproveitassem o máximo possível a paisagem. Era um percurso de dez minutos até a balsa, e mesmo que eles pegassem o caminho mais longo, Sam havia tentado explicar a Steve, passando pela trilha que ligava Hogh a Feaull na parte mais ao norte da ilha, eles levariam menos de meia hora. Steve ainda insistira em abrir o mapa sobre a mesa da cozinha para estimar exatamente qual seria a distância de Arinagour desde Acha, e exatamente quanto tempo levaria para chegar lá se Sam mantivesse uma velocidade média de aproximadamente 40 quilômetros por hora.

— Eilean Cholla — disse Sam em voz alta quando passaram pela placa que ficava fora da única cidade de Coll. Seria a letra "h" muda em galês?, perguntou-se. Era estranho sentir-se tão estrangeiro em nosso próprio país, mas as Hébridas Interiores eram remotas a todos, exceto àqueles que moravam lá. E suas raízes irlandesas provavelmente o tornavam mais sintonizado culturalmente com aquelas partes do que os escoceses. Luke ainda não havia dito nada.

Ao chegar a Arinagour e estacionar o carro, Sam percebeu que a balsa havia chegado mais cedo. Luke saiu pelo outro lado, e os dois começaram a descer a colina que dava no píer. As calças de Luke estavam penduradas em seus quadris como uma bandeira a meio mastro e deixavam o cofrinho aparecendo. As meninas não achavam aquilo atraente, achavam? Aquilo encurtava as pernas de Luke e aumentava seu tronco, exagerando a largura dos ombros e lhe conferindo uma aparência rasteira que não combinava com seu rosto perfeitamente simétrico e o sorriso aberto. Embora permitisse um satisfatório vislumbre para seus músculos malhados da barriga, admitiu Sam. Talvez seja por isso que as pessoas com mais de 25 anos detestem o estilo, porque é um visual que não são capazes de sustentar. Como se tivesse lido a mente de Sam, Luke puxou seu horrendo jeans preto para cima. A calça imediatamente caiu para o lugar de origem, presa a seus estreitos ossos do quadril. Sam viu duas pessoas esperando e ficou surpreso ao perceber Luke se apressar para cumprimentar a figura masculina à direita.

— É o meu padrinho — Luke gritou para Sam, surpreso. — É o Patrick. Eu o reconheci da foto que tem na parede do escritório do papai.

Sam apertou os olhos na direção do vulto que se aproximava para cumprimentar Luke. O garoto tinha razão. A silhueta de Patrick não havia mudado desde que Sam o conhecera em Oxford, com seus ombros arredondados e a câmera Leica pendurada no pescoço feito uma peça grande de bijuteria. Sam apressou o passo e se aproximou. Acenou para Patrick e gritou uma saudação que pareceu amistosa demais, como se estivesse tentando fingir entusiasmo ou conter a surpresa. Mas o que Patrick esperava?, imaginou Sam. Ele mais do que ninguém havia tentado defender o indefensável quando Patrick deixou Janey quase dez anos antes, e Patrick pagara aquela dívida de amizade com um abandono inexplicavelmente silencioso.

Os dois se conheciam havia quase vinte anos, mas era uma amizade que tinha sofrido naturalmente a partir do instante em que Patrick começou a sair com Janey. Patrick sorriu para Sam e o abraçou efusivamente, mas existia alguma coisa contida em seus gestos. Confuso, Sam virou-se para olhar para a mulher, tentando entender se ela era a repórter ou a namorada de Patrick, imaginando se a presença dela aumentava ou aliviava o constrangimento do que vinha pela frente. Decidiu tentar ligar para Janey para avisá-la sobre Patrick e se perguntou se aquilo era parte de um plano endossado por Jonathan. Mas sua resolução se esvaiu quando ele voltou a atenção para a mulher e se deu conta de que estava olhando para Eve.

— Olá, Sam — disse ela, confiante, dando-lhe um beijo em cada bochecha. — Resolvi eu mesma escrever esta reportagem. — Bateu em duas sacolas grandes no chão, e Sam viu um exemplar de *Receitas do Eden*, dois notebooks e um gravador de bolso dentro de uma delas. Ela apontou para Patrick.

— Fiz minha pesquisa — revelou Eve com orgulho. — Eu não acredito que Jonathan nunca tenha mencionado o homem que tirou a foto. Como ele achava que ia recriar a imagem sem seu autor original presente?

— Ideia interessante — disse Sam, em tom neutro.

— Ela foi muito persuasiva — comentou Patrick. Sam deu a ele um longo olhar impassível que foi interpretado equivocadamente.

— Eu levo a bolsa da sua câmera — Luke disse a Patrick, começando a subir a colina até o carro. Eve seguiu logo atrás dele, conversando com Luke e fazendo inúmeras perguntas que ele respondia educadamente com frases de menos de cinco palavras. Ela estava usando uma blusa folgada, short e galochas, parecendo mais uma refugiada de Glastonbury do que uma jornalista com credibilidade. As pernas dela estavam bronzeadas, e quando ela se abaixou para pôr uma sacola no porta-malas do carro, Sam observou a curva arredondada de seu bumbum. Flagrou o olhar de Patrick, e os dois compartilharam o constrangimento de dois homens quase de meia-idade apreciando as curvas joviais de um tipo de mulher que deveriam ter deixado de admirar anos atrás. Sam pegou a outra sacola que Eve havia deixado ao lado do carro aberto e a pôs no porta-malas.

— Meu Deus, o que você tem aqui? — perguntou ele, esforçando-se para levantar a bagagem.

— Acabei de fazer outra reportagem em Hawick, a capital da caxemira na Escócia, então uma das malas está cheia de roupa suja, e a outra, cheia de roupas de malha — explicou Eve. — E como eu tenho uma dieta inteiramente macrobiótica e orgânica, não achei que a loja da cidade pudesse satisfazer as minhas necessidades.

Jonathan satisfaz suas necessidades?, Sam pegou-se imaginando enquanto Patrick e Luke sentavam no banco de trás do carro sem questionarem nada. Sam deu partida e deixou o motor morrer duas vezes até Luke observar que ele precisava engatar a marcha. Sam concluiu que se encontrava em estado de choque. Deu a partida de novo, engatou a segunda marcha direto e ficou parado para aumentar a rotação. Saiu de Arinagour ainda mais rápido do que havia chegado, esperando que os passageiros pensassem que seu silêncio era justificado pela necessidade de se concentrar na estrada. Desviou para evitar duas ovelhas e se sentiu culpado quando Eve pôs o cinto de segurança.

— Eu não imaginava que você fizesse rachas — disse ela a Sam, pedindo permissão para pôr uma música. Sam sorriu de modo duro em concordância.

— Ótima música — elogiou ela.

— Quem trouxe isto para cá? — resmungou Luke do banco de trás.

— Eles vão tocar no Big Chill em agosto — disse Eve, virando-se para olhar Luke.

Eve ainda estava naquele ponto da vida em que parece mais jovem sem maquiagem, pensou Sam, quando ela olhou para ele. Não lembrava se Jonathan algum dia havia lhe dito a idade exata dela. Deve perceber que Sam fica abalado com a aparência dela, mas não exibe qualquer sinal de pudor ou culpa. Eve tinha a absoluta autoconfiança de uma mulher de menos de 30 anos, avaliou Sam. Ainda poderia ignorar seu relógio biológico por mais alguns anos. Seus passos tinham leveza, mais física que emocional: não carregava o peso de filhos ao redor do pescoço. O vento que entrava pela janela aberta soprava seus cabelos escuros na direção dele. Sam viu-se inconscientemente tirando a mão da direção e levando-a na direção dela. Queria tirar a mecha que estava cobrindo seu rosto para que pudesse apreciar aqueles lábios novamente. Mas segurou-se a tempo e acabou tentando trocar de marcha sem sucesso mais uma vez. Não conseguia acreditar que Jonathan tivesse cometido a temeridade de levar Eve para as férias em Coll com eles. Ou era uma extraordinária falha de avaliação, ou um exemplo perfeito de sua arrogância absoluta.

Olhou pelo retrovisor e se perguntou se Patrick havia percebido seu quase catastrófico deslize e não soube avaliar se ele se sentiu satisfeito ou incomodado por ver que estava completamente concentrado em enrolar um baseado com habilidade. Aos olhos de Luke, isso notadamente tornava Patrick o padrinho ideal. Cruzou com os olhos de Patrick pelo espelho e tentou lhe lançar um olhar reprovador, mas Patrick sorriu para ele e acendeu o baseado.

Sam foi possuído por uma repentina raiva de Jonathan. Já era ruim o bastante levar aquela menina para as férias, mas fazer isso sabendo que Sam era seu cúmplice na conspiração era imperdoável. Como ele iria encarar Hannah? Duplicidade não era seu ponto forte, como ele havia descoberto durante sua tentativa abortada de fazer uma vasectomia às escondidas. E embora Jonathan com certeza não tivesse ativamente encorajado Patrick a ir, ele provavelmente também não o desencorajara. No mínimo, havia tolerado o plano de Eve.

Quando passaram pelo hotel no topo da colina, Sam pensou seriamente em se hospedar lá com Laura pelo resto da semana.

Mas como explicaria isso? Poderia culpar o bebê chorão, mas então Janey se sentiria pior ainda, e Sam já sabia que não poderia deixá-la lidar com Patrick sozinha.

Patrick passou o baseado para ele, e Sam deu uma longa tragada, esperando que a maconha fosse melhorar seu humor ou que ao menos lhe desse o grau necessário de distanciamento para suportar sua próxima hora de vida. Seus pulmões queimaram quando engoliu a fumaça. Deu outra tragada e ficou satisfeito ao descobrir que aquilo imediatamente acalmou seus nervos abalados. Passou o baseado para Eve, aliviado por não ter de encarar o dilema moral de passá-lo diretamente para Luke, embora certamente aquela não iria ser sua primeira vez. Mas quando Eve ofereceu o baseado pela metade a Luke, ele recusou com tanto charme, que Sam sentiu como se o rapaz de 17 anos tivesse mais juízo que qualquer um dos adultos do carro.

— Preciso manter minha mente clara — disse Luke.

— Para lidar com o estresse de estar de férias com seus pais? — provocou Eve.

— Para trabalhar — explicou Luke, desculpando-se.

Sam diminuiu a velocidade do carro até estarem exatamente a 30 quilômetros por hora. Tinha se esquecido de como a maconha embotava seus reflexos e aumentava sua paranoia. Não queria correr riscos desnecessários. Era como se estivesse andando em câmera lenta.

— Do sublime ao ridículo — disse Patrick lá atrás.

— Que tipo de trabalho? — perguntou Eve, virando-se de frente para Luke.

— Tenho um blog — explicou Luke.

— Quantos acessos em média você tem por dia? — perguntou Eve.

— Varia — disse Luke. — Às vezes 2 mil, às vezes mais.

— Quanto mais? — perguntou Eve. — Qual foi o máximo que você já teve num dia?

— Meio milhão — disse Luke. — Foi quando fui expulso da escola.

— Caramba! — exclamou Sam, olhando para Luke pelo espelho. Não é de se admirar que ele esteja sempre fazendo anotações.

— Sobre o que você escreve? — perguntou Patrick.

— Sobre a minha vida de adolescente — disse Luke. — Existe uma demanda grande por esse tipo de coisa.

— Qual é o nome do blog? — questionou Patrick.

— *E falando a verdade* — disse Luke, confiante. — Na verdade, Sam, eu queria conversar com você, porque um cara me procurou para ver se eu estava interessado em entrar para a equipe de roteiristas de *Skins*: juventude à flor da pele.

— Parece ótimo, Luke — concordou Sam, que não pôde reconhecer o tom fúnebre na própria voz.

Eve começou a remexer na bolsa que estava aos seus pés. Quando se abaixou, a alça da blusa caiu do ombro.

— Olhos para a frente — repetiu Sam para si mesmo duas vezes antes de perceber que todos estavam ouvindo. Tirou um par de óculos escuros do bolso da calça, desviou para o acostamento e parou completamente quando outro carro se aproximou. Viu Eve arrumando os jornais no colo e se preocupou com a possibilidade de a tinta manchar suas longas e elegantes pernas.

— Trouxe os jornais do fim de semana para você — disse ela. — Achei que talvez quisesse guardá-los.

— Como está indo o livro do papai? — perguntou Luke.

— Está em quarto lugar na lista dos mais vendidos de não ficção — disse Eve. — Mas eu trouxe estes aqui para o Sam.

— Para mim? — perguntou Sam inexpressivamente, sem fazer qualquer tentativa de levar o carro de volta à estrada.

— A Miramax divulgou um release para a imprensa — disse Eve. — A negociação do seu roteiro está em todos os jornais. Será uma produção com elenco todo britânico, com exceção de Cate, é claro. Locações britânicas. Equipe britânica. Diretor britânico. É uma ótima cobertura.

Sam sentiu o toque dela em seu braço. Se não houvesse a expectativa de que dirigisse, ele teria fechado os olhos. Em vez disso, olhou resolutamente pelo para-brisa dianteiro, sem reagir sequer quando ligou os limpadores na velocidade máxima. O dedo dela estava tocando suavemente a parte macia do seu braço, logo abaixo da manga de sua camiseta.

— As matérias dizem que você é o menino prodígio de Harvey Weinstein — disse Eve, parecendo impressionada. — Vai precisar se acostumar com a adulação. — Sam não conseguia falar. Em vez disso, ele se concentrou no dedo em seu braço.

— Estou realmente feliz por você, Sam, mas podemos andar, por favor? — insistiu Patrick do banco de trás do carro. Sam engatou a primeira marcha com força, mas quando soltou a embreagem, o motor apagou. No banco de trás, Luke e Patrick começaram a rir. Sam tentou de novo, e, depois de algumas tentativas fracassadas, o carro voltou para trás na estrada. Chegou a uma encruzilhada, uma das apenas três da ilha, e virou para a esquerda em vez de virar à direita descobrindo que não sabia mais como dar ré.

— Logo você vai poder contratar um motorista — falou Patrick, brincando. Luke se inclinou entre os dois bancos da frente, tocou no ombro de Sam e perguntou se queria que assumisse a direção. Sam parou o carro, saiu lentamente do banco do motorista e, ao ficar de pé no acostamento coberto de grama, vomitou violentamente. Pelo menos isso neutraliza completamente meu potencial sexual, foi seu primeiro pensamento quando ele se inclinou sobre uma vala e assistiu primeiro ao almoço e depois ao café da manhã desaparecerem na água turva. Teve algumas ânsias de vômito e sentiu o braço de Luke ao redor de seus ombros.

— Você é um ótimo afilhado — disse ele a Luke, com a voz rouca.

Era irônico, pensou Sam, que embora fosse ele quem cuidadosamente organizava o lixo reciclável em pilhas arrumadas de vidros, plásticos e restos de comida todos os dias, era também ele quem estava poluindo o fornecimento de água de Coll. A água naquela vala provavelmente se infiltrava até o poço da casa onde eles estavam hospedados e aquele poço atendia às necessidades de um quarto da ilha. Pelo menos Eve não iria escrever sobre uma coisa dessas. Estava resolutamente ao seu lado e indubitavelmente era por isso que Jonathan havia permitido que ela viesse. Era sua garantia de um boquete jornalístico. Ele olhou para Eve e a viu olhando para ele com uma expressão que ficava entre a solidariedade e o nojo.

Quando finalmente chegaram à entrada de carros nos fundos da casa, Sam ficou surpreso ao encontrar todos sentados exatamente nos mesmos lugares onde estavam quando ele os deixou. O vinho havia substituído a cerveja, e Sam notou que até mesmo Janey estava segurando uma taça grande. Era uma cena planejada secretamente por Jonathan para dar uma boa primeira impressão à jornalista, e Sam teve de admitir que, pelos padrões da maioria das pessoas, a cena parecia bastante idílica.

Uma tigela de patê de cavala feito com peixe apanhado por Steve repousava sobre a mesa. Hannah estava deitada na espreguiçadeira de vime fumando um cigarro, ao mesmo tempo glamourosa e pitoresca; Laura estava passando Jack para o colo de Janey. Jonathan aproximou-se do carro, o artista perfeito, transbordando confiança.

Sam percebeu que ele estava prestes a perguntar por que Luke estava dirigindo, quando notou Patrick saindo do banco de trás do carro. Jonathan deu um passo para trás, estarrecido, como se não soubesse como reagir. Procurou por uma explicação no rosto de Sam, e Sam apenas deu de ombros, sem querer falar para não correr o risco de Jonathan sentir seu hálito rançoso. O que ele realmente queria fazer era ir até o banheiro o mais rápido possível e escovar os dentes dez vezes, como fazia quando era criança antes de ir ao dentista. Depois tomaria um longo banho de banheira, mergulharia na água e prenderia a respiração até sentir como se os pulmões estivessem prestes a estourar.

Em vez disso, ficou parado feito um mestre de cerimônias, tentando coordenar um evento social diplomaticamente desafiador. Era como se o embaixador chinês tivesse entrado num evento promovido pelo Dalai Lama, ou se Gordon Brown tivesse acidentalmente posto Alastair Campbell na lista de convidados de uma festa.

Sam levantou um braço para alertar Janey, mas podia dizer pela expressão em seu olhar que ela já tinha visto Patrick. Ela segurou Jack perto do corpo, como se ele fosse protegê-la do visitante que chegara sem ser anunciado. Jonathan estava prestes a intervir, a se posicionar entre Patrick e a varanda, mas acabara de notar a presença feminina descruzando as pernas e mexendo na bolsa para sair do banco da frente do carro. Eve ficou parada para apreciar a cena e teve a presença de espírito de apertar a mão de Jonathan. Mas a verdade é que tinha a vantagem da antecipação.

— Eve Bailey — disse ela, num tom natural. — Muito prazer.

Apesar de seu bronzeado, Jonathan ficou pálido. Teve que se segurar no capô do carro para se equilibrar, ignorando o calor do motor recém-desligado. E só com aquele gesto, com aquela resistência controlada à dor, Sam compreendeu que Jonathan não fazia ideia de que Eve estava a caminho. Qual era o jogo dela?, Sam se perguntou incrédulo.

Hesitantemente, Jonathan a apresentou a todos, incluindo os que haviam vindo com ela do cais. Mas se alguém percebeu alguma coisa estranha, sua percepção foi instantaneamente superada pelo impacto de encarar Patrick pela primeira vez. Ninguém queria fazer uma cena na frente de Eve, que explicou de maneira bastante persuasiva que o havia obrigado a vir para garantir a absoluta autenticidade da reportagem que estava escrevendo. Mas não podia ter escapado da atenção de Eve, e certamente havia atraído a de Luke, o fato de que, em sua agitação, Janey quebrara a haste de sua taça de vinho. Um fino fio de sangue escorreu por sua mão e manchou as costas do macacãozinho branco de Jack.

— Eu acho — disse Jonathan, olhando nervosamente para Eve — que depois que você estiver instalada, é claro, alguém deveria lhe mostrar a ilha, para que possa se achar e escolher o que pode querer fotografar.

— Agora mesmo, Jon? — perguntou Eve, com tanta intimidade que Sam chegou a se assustar.

— Será bom para a sua reportagem — explicou Laura, surpresa por ver Jonathan tão desconcertado pelo aparecimento daquela mulher. Afinal, ele já havia sido entrevistado centenas de vezes e participado de uma série de televisão que chegara a envolver interações ao vivo em programas televisivos matinais. Percebeu-se sentindo quase um sentimento maternal em relação a ele. Talvez ele tivesse olhado o celular de Hannah e descoberto a verdade sobre Jacek, e em um inadequado sentimento de orgulho e desejo de que todos aproveitassem suas férias, tivesse decidido manter a descoberta para si mesmo.

Ficou a cargo de Steve introduzir alguma aparência de normalidade. Com Patrick parado ali constrangedoramente, trocando o peso do corpo de um pé para o outro, ele caminhou decididamente na direção dele e apertou sua mão, em parte curioso por finalmente encontrar o mais significativo ex-namorado de Janey. Então educadamente se ofereceu para levar Eve ao seu quarto.

— Você poderia, por favor, me mostrar onde fica a máquina de lavar roupas? — pediu Eve.

Ninguém percebeu Laura parada atrás daquele quadro, afastada de Patrick. Ela nunca assumia o centro da ação. Quando ele se aproximou, Laura sentiu um aperto nauseado no estômago. Era difícil pensar numa reação adequada a uma situação que ela não conseguia interpretar. Patrick estava parado na frente dela, mexendo nos cabelos despenteados. Encolheu os ombros se desculpando e se inclinou para a frente como se fosse beijá-la no rosto. Em vez disso, seus lábios se aproximaram do ouvido dela:

— Não estou aqui para lhe causar qualquer problema — sussurrou.

15

Janey acordou na manhã seguinte e se sentou abruptamente, batendo a cabeça na viga baixa de carvalho que atravessava o quarto de ponta a ponta. Na confusão entre o sono e a consciência, ela foi surpreendida por uma sensação de ansiedade que ia da parte superior do intestino até o estômago e o cólon, obrigando-a a sair da cama em busca do banheiro. Quando tirou o edredom, ele grudou em sua mão, úmido e pegajoso com o próprio leite. Às vezes entre lágrimas, os seios vazando e o constante desejo de fazer xixi, Janey sentia que não era mais feita de matéria sólida, e a sensação era de que estava lentamente derretendo, como o gelo de uma calota polar.

Naquela manhã, seus seios haviam lhe apresentado uma nova surpresa. Estavam duros e frios como torpedos, com os mamilos tão esticados que ela não conseguiu imaginar como o bebê ou a bomba de tirar leite conseguiriam qualquer coisa. Apertou um deles gentilmente, e um arco perfeito de leite jorrou no ar até o peito de Steve, onde serpenteou lentamente em meio à espessa massa de pelos. Jack deve ter dormido a noite toda, pensou Janey, tentando conter a poça de leite com o edredom. Olhou para o caderno em que anotava os horários das mamadas, das trocas de fraldas e as flutuações de humor, e viu que pela primeira vez ele havia dormido mais de oito horas consecutivas.

Ela saiu da cama e cambaleou até o quarto ao lado, onde o bebê estava dormindo, dizendo um palavrão ao bater a cabeça em outra viga. Conferiu o termômetro preso ao berço e notou que estava marcando quatro graus abaixo da temperatura ideal. Mais um grau, e o alarme dispararia. Os sacos de lixo de plástico preto estavam empilhados no chão, a luz entrava pela janela aberta, e o ar fresco do mar competia com o fedor de álcool rançoso. Mas Jack havia dormido a noite toda.

Janey pôde ver alguém dormindo na cama ao lado do berço de viagem. Lembrava vagamente de Steve acordando-a com hálito de uísque e os olhos vermelhos quando finalmente veio para a cama nas primeiras horas da madrugada para lhe dizer que havia alojado Patrick no quarto do bebê. "Mantenha os amigos perto, mas os inimigos mais perto ainda", Steve havia balbuciado no ouvido de Janey ao se deitar ao lado dela. Se ele estava se sentindo ameaçado pela aparição não programada de Patrick, não parecia demonstrar.

— A gente andou conversando — ele dissera a ela, num tom misterioso —, tentando entender que porra está acontecendo. Patrick disse que a garota o convenceu a vir apenas alguns dias atrás.

— Para que ele pudesse tirar a foto — falou Janey, sonolenta.

— Ele acha que tem alguma coisa a mais nessa história — comentou Steve, apoiando-se no cotovelo.

— É pouco provável — resmungou Janey, imaginando se Patrick havia mencionado alguma coisa sobre a visita que fizera ao escritório dela.

— É preciso dizer uma coisa sobre os seus amigos — disse Steve, chegando mais perto dela e beijando-a nos lábios —, eles nunca são entediantes. — Foi o comentário mais positivo que ele fez sobre eles.

Janey caminhou nas pontas dos pés na direção de Jack e se instalou no espaço estreito entre o berço e a cama. Estendeu a mão para tocar o montinho dentro do berço e suspirou de alívio quando sentiu as curtas e suaves ondulações do bebê dormindo. A dor em sua barriga desapareceu. Jack estava em sono profundo, com as mãos levantadas acima da cabeça e as pernas dobradas para fora. Janey venceu a vontade de pegá-lo no colo e sentir o cheiro adocicado de sua nuca. O desejo de proximidade era incontrolável.

Ela ignorou o formigamento nas pernas e se ajoelhou ali, com a mão na barriguinha dele, esperando que Patrick, que roncava incessantemente a poucos metros de distância, não acordasse. Patrick estava deitado de barriga para cima, com os braços ao longo do corpo e os punhos cerrados. Usava uma velha camiseta com um símbolo celta na frente que Janey havia comprado para ele antes de sua primeira incursão jornalística importante no Paquistão. Seus cabelos compridos flutuavam como uma auréola escura contra um dos lençóis de algodão branco que Steve havia levado para Coll. Fazia mais de dez anos que eles não ficavam todos juntos daquela maneira, calculou Janey, relembrando o fim de semana na barcaça em Shropshire. Foi depois daquela viagem que o relacionamento deles tinha implodido. Até a visita dele ao seu escritório, Janey ficara mais de nove anos sem o ver, e ainda assim parecia inesperadamente normal que ele estivesse agora com eles ali.

Aproveitou para encará-lo lenta e metodicamente, de uma forma que seria impossível se ele estivesse acordado. Ele estava com a boca aberta, meio torta, com os traços parecendo mais frouxos no rosto, como se tivessem esticado e seu crânio tivesse encolhido. Tinha a pele bronzeada e ressecada de tanta exposição ao sol. Ela pôde ver um pequeno pedaço do topo de sua cabeça em que os cabelos estavam começando a ficar ralos. Um joelho ossudo aparecia debaixo do edredom. Joelhos sempre pareciam muito frágeis quando vistos isoladamente, pensou Janey com carinho. Pegou-se tocando gentilmente numa cicatriz que ficava logo abaixo da patela do joelho de Patrick. Ele se encolheu, mas não acordou. Ela se lembrava do ferimento porque tinha acontecido numa queda durante umas férias no Marrocos, e ela precisara dirigir à noite pelas montanhas Atlas para levá-lo ao hospital para levar pontos. Sentiu um aperto no estômago, mas ficou aliviada ao perceber que era de nostalgia, não de desejo. Cicatrizes: tudo o que restava do relacionamento deles.

Ela poderia ter tido filhos com Patrick. Os dois haviam cogitado a possibilidade durante cinco anos. Durante a primeira parte do relacionamento, quando Patrick estava disposto a conversar sobre o futuro deles sem reclamar que as exigências de Janey sufocavam sua liberdade, havia sido ele quem tornara a perspectiva real. Ele imaginava um bebê com o rosto anguloso de Janey, o nariz perfeitamente empinado e a boca generosa, e seus olhos escuros e a pele morena. Seria sereno, como Janey, não indócil como ele, dissera. Janey tentara explicar que sua serenidade era uma condição aprendida, como a educação ou a capacidade de cozinhar, mas ele ignorava a verdade dessa afirmação, porque não lhe servia acreditar nela.

Durante esse período, no entanto, ele ficava deitado passivamente na cama observando-a tomar a pílula com seu chá matinal, às vezes apenas minutos depois de grandes declarações sobre como iriam viajar o mundo com o bebê deles. A primeira e única vez em que os dois fizeram amor e ela havia se esquecido de tomar a dose diária, foi ele quem insistiu que fossem à farmácia comprar o coquetel hormonal que acabaria com qualquer perspectiva de um óvulo se tornar um zigoto dentro dela.

Agora era Patrick quem estava tomando pílulas todas as manhãs, Janey notou ao pegar uma caixa pela metade de antidepressivos da mesa de cabeceira. Citalopram, dizia a embalagem. Ela a revirou na mão e pela primeira vez sentiu por ele alguma coisa parecida com compaixão.

Avaliou a forma como as roupas dele estavam atiradas no chão, com as mangas da camisa estendidas na direção da janela aberta. Ela costumava achar que sua inquietude constante era um sinal de ambição e autoconhecimento superior. Agora percebia que Patrick não estava correndo na direção de nada, ele estava era fugindo de si mesmo.

Jack suspirou sob sua mão, e sua atenção mais uma vez se voltou para ele. Às vezes, ela olhava para o minúsculo espaço que ele ocupava e se sentia em pânico pelo quanto estava investido naquela singela área. Ninguém podia competir com ele. Nem mesmo Steve. Mas felizmente ele não parecia ser alguém que se sentisse ameaçado por tamanha devoção. Era tão capaz quanto ela de comemorar qualquer pequena novidade. A forma como Jack começou a chutar com as duas pernas no ar ou quando ria alegremente quando Steve cantava "I can feel it coming in the air tonight" com sotaque galês.

Naquela noite, decidiu que passaria Jack para o quarto deles. Laura tinha razão, um novo bebê era como um caso de amor, que devia ser aproveitado, não controlado. Quem sabe, ele poderia ser seu primeiro e único bebê. Fertilidade aos 40 anos era complicado.

Janey ouviu um barulho no andar de baixo como o de um abajur sendo derrubado de uma mesa e se perguntou quem mais estaria acordado às seis horas da manhã. Levantou a mão do berço e ouviu os sons abafados de duas pessoas conversando, e então uma risada abafada, como se alguém estivesse pressionando a boca com muita força no colchão para não rir. Pelo menos ninguém poderia culpar Jack por acordá-los hoje.

Então, depois de um curto silêncio, o riso se transformou em gemidos baixos, com a batida regular de uma cabeceira de cama contra uma parede. Tum, tum, tum. Em algum lugar da casa, alguém estava transando. Por um instante, fez-se silêncio, e então o barulho começou de novo. Desta vez, os gemidos ficaram mais altos, mais constantes, com o ritmo ecoando as batidas. As paredes da casa pós-guerra, construída durante um período em que o preço era mais importante que a privacidade, eram finas como biscoitos wafer. Ah, Deus, Janey pensou impacientemente, faça terminar logo. Se somasse todos os anos que conhecia cada uma das pessoas sob aquele teto, daria mais de cem, e ainda assim não era tempo suficiente para entreouvi-los transando. A intimidade sexual era a última fronteira entre os amigos e, falando genericamente, era assim que deveria ser.

Ela contou as vezes que a cama bateu na parede, imaginando as marcas que iria fazer no reboco, até que se entediou lá pelo 57. Quem quer que fosse, tinha muita energia, pensou Janey. Ela tirou a mão do berço e pegou-se tentando ouvir mais atentamente, tentando reconhecer a voz masculina que às vezes dizia alguma coisa que parecia com "assim está bom para você?".

— Não está bom para mim — Janey queria gritar, menos por condenação que pela vontade de informá-los que todos podiam ouvir. Considerando-se que pelo menos uma conversa durante o café da manhã já havia sido dedicada a uma discussão sobre se as paredes eram feitas de qualquer coisa mais forte que papelão, quem quer que estivesse enroscado lá embaixo devia saber que estava sendo ouvido. Talvez quisessem ser ouvidos, pensou Janey, quando os dois voltaram a ficar em silêncio.

Tudo era possível. Eles eram da geração do sexo, afinal, nascidos na era do amor livre do final dos anos 1960, tendo crescido durante os liberados anos 1970, experimentando ao longo dos anos 1980 devastados pela AIDS, casando-se nos anos 1990 turbinados pelo Viagra e seguindo para a meia-idade nos anos 2000 sem limites.

Descalça, Janey começou a descer a escada. Justificou a decisão com o argumento de que precisava usar a bomba de tirar leite, mas ao chegar ao último degrau, descobriu-se parando diante das diversas portas para ver se conseguia descobrir o casal que estava transando. Mas tudo estava decepcionantemente silencioso. Ela então seguiu na direção da cozinha.

Uma garrafa de uísque vazia e dois copos estavam em cima da mesa, ao lado de um pudim de pão parcialmente comido que Steve tinha feito. Ela havia tentado evitar que ele competisse com Jonathan na cozinha, mas ele era infantilmente obstinado. O pudim de pão marcara um divisor de águas. Steve o desenformara triunfantemente antes de a sobremesa desmoronar numa sopa empapada de frutas, com o suco escorrendo pela lateral do prato até o chão, ao lado de Eve.

— Acho que você exagerou nas frutas — disse Jonathan, com uma ponta de triunfo.

— Ele está tentando lhe mostrar sob uma boa luz, Jon — Eve havia sugerido corajosamente, quando Steve pediu seu conselho sobre como consertar o pudim. Todos riram de alívio com sua rendição incondicional.

Aquela havia sido uma refeição estranha, pensou Janey, automaticamente começando a arrumar a mesa para o café da manhã, como vinha fazendo todas as manhãs desde que chegaram ali. As pessoas iam e vinham tantas vezes, e Janey tinha certeza de que não houvera um único momento em que todos ficaram sentados juntos. A curta caminhada de Sam com Eve demorou tanto que quando os dois finalmente voltaram com Luke, todos os demais já estavam comendo o cordeiro. Assim que se sentaram, Hannah teve de sair para dar um telefonema a fim de conferir se uma de suas vacas havia parido. Depois, o pudim de pão desmoronou. Quando Hannah voltou, Steve tinha subido para dar a Jack sua mamadeira. E quando ele voltou, Janey foi para a cama.

Anos passados numa comunidade haviam capacitado Janey melhor que a maioria para conviver com outras pessoas, e ela era tolerante com tais idiossincrasias. Arrumou metodicamente as caixas de cereais sobre o aparador de madeira, anotando num pedaço de papel que precisavam de mais cereais, e então voltou sua atenção para esvaziar a máquina de lavar roupas. Janey era uma criatura de hábitos. Aquilo era algo que Patrick jamais conseguira compreender. Ela gostava das chatas rotinas domésticas impostas pela comunidade porque elas contrabalançavam as incertezas do resto de sua vida.

Janey lembrava bem do café da manhã, porque em todos os anos em Lyme Regis, a hora e os ingredientes essenciais nunca haviam mudado. Todas as manhãs, às sete e meia, todos comiam granola feita em casa com iogurte fresco não pasteurizado, produzido por um dos muitos americanos que viviam lá.

Quando abriu a máquina de lavar roupas, Janey surpreendeu-se ao ver que todas as roupas enredadas lá dentro tinham a mesma cor laranja. No entanto, não se lembrava de alguém vestindo qualquer coisa laranja desde que eles haviam chegado. Ela soltou uma camisa de algodão da bagunça e reconheceu uma das camisas brancas preferidas de Steve. Então tirou uma calça antes branca que pertencia a Hannah e algumas calcinhas e cuecas. Todas estavam da mesma cor. Em algum lugar no meio daquela exploração, viu um sarongue cor de laranja desbotado e duas blusas largas que não conseguiu identificar e percebeu que, numa tentativa de ser útil, Eve havia simplesmente enfiado tudo na máquina de lavar com suas próprias roupas e tingira tudo. Até mesmo os jeans estavam manchados com um tom laranja.

Aquilo a fez se lembrar de uma semana que passara com a mãe e o irmão numa comunidade do Rajneesh em Suffolk, quando a mãe estava indo atrás de um interesse amoroso que havia conhecido durante um retiro de seis semanas num ashram na Índia. Felizmente, ela decidira voltar a Lyme Regis quando ficou claro que o Rajneesh defendia separar os filhos dos pais. Mas mesmo depois de sete dias, Janey tivera sua cota de roupas cor de sol. Agora, enquanto desdobrava sua amada camisa de crepe e a pendurava sobre uma cadeira, estava condenada a, se não uma vida, ao menos três dias de cor laranja. Todas as suas roupas, com exceção do pijama que estava vestindo naquele momento, estavam no cesto de roupa suja.

Estendeu a camisa e examinou o estrago, amaldiçoando Eve internamente e imaginando o que iria vestir para a fotografia que deveria ser tirada mais tarde naquele dia. Mas um pequeno montinho de pó branco sobre o pesado aparador de mogno a distraiu. Era uma quantidade minúscula, não mais que meia carreira, concluiu Janey, sem dúvida esquecido no final da farra de fim de noite de Patrick e Steve. Não conseguia lembrar quando havia sentido tanta raiva. Seu ódio se concentrou primeiro em Patrick, por trazer a cocaína, e depois em Steve, por consumi-la com ele. Criticou a irresponsabilidade coletiva deles e ouviu a si mesma xingando não apenas os dois, mas todos na casa. Ela podia ter deitado Jack em cima da mesa, sua mãozinha poderia ter tocado o pó e então todos estariam numa ambulância aérea a caminho de Glasgow, com sua carreira jurídica em frangalhos. Deixou a prova incriminadora sobre o aparador, foi até a escada e começou a gritar o nome de Steve, com a fúria crescendo a cada esforço inútil de acordá-lo.

No andar de cima, Sam e Laura estavam deitados na cama olhando para o teto. Laura tinha um olhar beatificado no rosto, pensou Sam ao olhar para a esposa. Estava com as bochechas rosadas e seus olhos possuíam aquelas curiosas sardas cinzentas que apareciam quando ela estava realmente satisfeita. Sam jurava que eles mudavam de cor conforme seu humor. Passou um dedo por entre as sobrancelhas dela. Laura piscava lentamente e fechava os olhos como se o sol que nascia e se revelava pela janela do quarto pudesse cegá-la. Uma rajada de vento soprou as roupas deles que estavam em cima de uma cadeira e as derrubou no chão. Laura puxou as cobertas, deixando apenas a cabeça visível.

Um vento sul estava instalado, deduziu Sam. Ele havia passado grande parte do dia anterior lendo um livro sobre o tempo que havia encontrado numa estante da sala de estar. Era o tipo de literatura mais fácil de apreciar durante as férias, porque em que outro momento alguém teria tempo de pensar na diferença entre um cirro e um cirro-cúmulo? Mais tarde, ele iria examinar a formação de nuvens e descobrir que clima poderiam esperar para a volta de balsa até Oban. E quando chegassem em casa, ele impressionaria as crianças com seu recém-descoberto conhecimento sobre os segredos contidos nas nuvens.

Nenhum dos dois disse nada. Em vez disso, ambos se aninharam numa sensação compartilhada, porém silenciosa de realização. Era oficial. Às sete horas daquela manhã, depois de exatamente nove meses e vinte dias, os dois haviam retomado suas relações sexuais. Não fora nem tecnicamente magistral nem estilisticamente perfeito, mas o timing deles estava excelente. Foi um desempenho melhor que a média, e com espaço para melhorar, o que certamente deveria ser explorado no futuro muito próximo. Possivelmente depois de umas duas horas de sono, pensou Sam, otimista. Estar sem filhos certamente liberava a libido.

Quem diz que o sexo se torna menos importante no casamento não sabe do que está falando. O sexo é comunicação em seu nível mais visceral, quando todas as outras formas foram destiladas em conversas fragmentadas e olhares trocados à mesa de jantar. Sexo é a forma mais descomplicada de diálogo, concluiu Sam, deitando-se de lado para olhar Laura, que estava quase pegando no sono novamente. Com o fim dos anos de procriação, aquele era o ponto. Quando a rotina dos detalhes domésticos sugava todo o oxigênio da paixão, o que mais restava?

Era tudo tão simples, que Sam ficou refletindo sobre como apenas ontem parecera tão complicado. O timing havia sido perfeito, ainda que, falando estritamente, não tivesse sido ideia deles. Foi um começo sonolento, antes de eles estarem realmente acordados, o que aumentou o prazer físico e diminuiu a possibilidade de qualquer coisa cerebral interromper o clima. Embora nenhum dos dois tivesse dito nada, ambos ouviram o barulho distante de sexo acontecendo em algum lugar sob o mesmo teto, e isso lhes deu tanto inspiração quanto uma boa cobertura.

Mas o sexo era sempre meio sugestão, principalmente no que dizia respeito à psique masculina. Sam pensou nas mulheres com quem cruzava no metrô, no café perto de casa, no caminho para buscar as crianças na escola. O homem não parava de imaginar só porque se casava. No mínimo, quando a paixão se tornava alguma coisa que precisava ser atiçada, a imaginação aumentava. Mas era essencial evitar situações em que a curiosidade poderia tirar o melhor da gente, concluiu Sam, tentando sem sucesso deixar o dia anterior para trás e se concentrar num possível novo final para o roteiro que tinha acabado de vender. Suspirou tão profundamente que, mesmo dormindo, Laura passou um braço ao redor dele.

Quando Eve pediu a Sam que lhe mostrasse a ilha logo depois de sua chegada na noite anterior, ele soube instintivamente que era uma má ideia. Mas não pôde recusar. Aliviados com a perspectiva de terem algumas horas para se acostumarem à presença inexplicada de Patrick longe do olhar atento dela, todos saudaram a proposta de Eve com entusiasmo absoluto. Inclusive Jonathan. Principalmente Jonathan: ele nem sequer olhara Eve nos olhos. Foi impossível para Sam dizer não. Ele não tinha um bebê de quem cuidar, nenhum blog para atualizar, nenhuma refeição para preparar. Ele foi a pessoa delegada para lidar com Eve, para convencê-la a escrever uma reportagem que descrevesse todos sob uma ótica favorável.

— Vá com ela, Sam — pedira Laura. Até mesmo Steve reconheceu a necessidade de afastar Eve discretamente do drama silencioso que estava em cena. Abriu seu mapa de Coll sobre a mesa da varanda e começou a planejar um trajeto para os dois ao redor da península oeste da ilha, usando um lápis para desenhar uma linha pontilhada desde o centro das Hébridas em Ballyhaugh, atravessando uma extensão de *machair* e descendo as dunas de areia até a praia de Hogh.

— O que é *machair*? — perguntou Eve, com um caderninho na mão.

— É uma palavra galesa para a vegetação rasteira encontrada aqui — explicou Jonathan nervosamente. Foi a primeira frase que dirigiu a ela.

— É um dos habitat mais raros da Europa, com pássaros e plantas que não são encontrados em mais nenhum outro lugar — continuou Steve, sentindo a necessidade de que alguém assumisse o controle. — Pode ser um pouco difícil para as pernas, então acho melhor você vestir umas calças. — Depois de uma breve avaliação das pernas de Eve, ele voltou para dentro da casa e saiu de lá com as chaves do carro, que pôs na mão de Sam.

— É uma longa caminhada, de uma hora e meia pelo menos, vá com calma — sussurrou no ouvido dele.

Os dois saíram de carro e percorreram o caminho em silêncio até que a estrada de asfalto se transformou numa trilha esburacada. Eve ofereceu a Sam um biscoito amolecido que estava no bolso de seu casaco quando o carro parou abruptamente sobre a margem. Ele agradeceu educadamente sem cruzar o olhar com o dela.

— Meu Deus, é tão bonito — disse Eve ao sair do carro, ainda de short.

— As fotos vão ficar espetaculares — admitiu Sam.

— Alguém mora ali? — perguntou Eve, apontando para uma construção com o queixo.

— Não durante o ano todo — respondeu Sam, caminhando pelo *machair* sem esperar por ela. A vegetação arranhou suas pernas, mas a irritação era bem-vinda, pois ajudava a alimentar sua sensação de incômodo. O sol estava baixo no céu, ainda sem intenção de abandonar o dia, com a luz ainda forte o bastante para fazer Sam colocar os óculos escuros. Um minuto depois, ele os levantou de novo porque não queria perder a espetacular infusão de cor de laranja e vermelho que envelopava o céu até onde a vista alcançava.

— É uma paisagem que nos engole — disse Sam, encarando fixamente o sol até os olhos começarem a lacrimejar. Às vezes, o vermelho e o laranja teciam curiosas faixas que produziam um roxo profundo. E quando o sol finalmente se pôs, por um breve instante, era possível ver uma explosão de verde no horizonte. Sam imaginou que tivesse algo a ver com a latitude em que se encontravam e com a refração do sol na grande quantidade de água.

— É como ficaria o céu se o mundo estivesse prestes a acabar — disse Eve, dramaticamente.

Sam continuou caminhando pelo *machair*. Avistou uma orquídea selvagem, flores amarelas e do campo e ouviu o som de um pássaro típico da região, mas não mencionou nada disso a Eve. Estava com as mãos enfiadas nos bolsos do short e olhava firmemente para a frente, como se quisesse que a caminhada terminasse o mais rápido possível. Seguiu em frente em silêncio.

— Não consigo acompanhar o seu ritmo, Sam — disse Eve, ofegante, depois de dez minutos, com o *machair* dando lugar a um caminho estreito que descia até a praia em Hogh. Fazia uma noite muito bonita, pensou Sam, perfeitamente tranquila, como se o calor tivesse sugado a energia de tudo. O céu agora estava vermelho como uma toranja.

— Vamos nos atrasar para o jantar — avisou Sam calmamente, passando a mão suada na testa.

— Você acha que é um erro? — perguntou Eve, esforçando-se para acompanhar o passo de Sam no começo da suave inclinação que levava ao nível do mar. O caminho era marcado por grandes cercas vivas de espinhos sopradas num ângulo de 30 graus pelo vento, o que fazia Sam ter a sensação de que o mundo havia virado no próprio eixo. Aquele ângulo e a forma como o caminho fazia uma curva e se enroscava de tal modo que não era possível ver nem o começo nem o seu fim deixavam Sam quase mareado.

— Que parte? — perguntou Sam, aumentando a velocidade numa das curvas. — O seu caso com Jonathan? Fazer uma reportagem sobre o homem com quem você está transando? Vir para cá? Ter trazido Patrick? Tudo isso ou parte disso?

— Não fique tão irritado — disse Eve, meio que correndo para alcançá-lo enquanto o terreno mudava gradualmente de uma terra escura e humosa para areia, forçando Sam a diminuir a velocidade. — Isso não combina com você. Foi Jon que quis trazer Patrick. Ele está me usando como disfarce.

Sam a ignorou e continuou até a última curva, antes que o caminho se abrisse em direção à praia.

— Eu queria vê-lo com Hannah — disse Eve, quando chegou ao seu lado.

— Por quê? — perguntou Sam, tentando retomar a vantagem.

— Para ver como são as coisas entre eles. E queria escrever a reportagem — disse Eve, simplesmente. — Estou tentando conseguir um emprego nos Estados Unidos e preciso de uns dois perfis no meu portfólio. Jon está se tornando uma figura pública importante, tem alguns amigos interessantes, e eu achei que poderia ficar bem. Não vou deixar que minha história com ele prejudique meu critério profissional. Sou muito discreta.

— Mas você não acha que as pessoas daqui podem perceber que há uma ligação entre vocês dois? — perguntou Sam, num tom carregado de sarcasmo. — Especialmente pessoas que conhecem Jonathan muito bem, como a mulher, o filho e os amigos mais próximos dele?

— Não era para Luke estar aqui. — Eve encolheu os ombros. — E o relacionamento de Jon com Hannah estava afundando muito antes de eu aparecer.

— Homens casados sempre dizem isso — disse Sam, impacientemente.

— Eu não sou a primeira, sabia? — indagou Eve.

— Eu tinha as minhas suspeitas, mas isso não é a mesma coisa que saber — disse Sam, bruscamente.

— E Hannah não é inteiramente inocente — comentou Eve. — Os dois têm um acordo.

— O que você está querendo dizer? — perguntou Sam, finalmente diminuindo o passo.

— Há uma certa tolerância para as indiscrições de cada um — explicou Eve, com precisão.

— Eu não sabia — disse Sam, categoricamente.

— Bem, provavelmente não é o tipo de coisa que eles gostariam de deixar escapar para um casal perfeito como você e Laura — revelou Eve.

— Não existe isso de casal perfeito — discordou Sam, afinal. — Relacionamentos têm altos e baixos, como as marés. — Sam ficou em silêncio. Não havia a menor possibilidade de expor as fragilidades do próprio casamento a alguém como Eve, e ele ficara surpreso com a revelação dela.

Sam finalmente parou quando o caminho chegou à praia. O contraste entre a claustrofobia da trilha estreita e a extensão aberta do mar era tão dramático que ambos ficaram parados por um tempo num silêncio espantoso. O mar estourava diante deles num rugido constante. Ondas enormes quebravam na direção deles como se estivessem tentando se desenrolar rumo às imensas dunas de areia na orla.

Sam examinou os pés e percebeu que estava usando o mesmo par de botas de couro que usara para ir até a balsa mais cedo naquela tarde. Parecia incrível que aquilo houvesse acontecido apenas duas horas antes. Apenas o vômito seco que viu na lateral perto da sola forneceu alguma ligação temporal com aquele período. Decidiu tirar as botas, deixando-as na areia, e voltar pelo mesmo caminho em vez de percorrer o trajeto sugerido por Steve.

— Eu quase consigo entender por que você veio — disse Sam, ainda olhando fixamente para o mar. — Daquele jeito absolutamente egoísta, irresponsável e solteiro dos 20 e poucos anos.

— Eu tenho 28 anos — contou Eve. — A ida ao teatro foi um presente de aniversário. Eu não sabia que você ia se juntar à comemoração até que vocês dois se sentaram ao meu lado.

— Mas você sabia que eu estava com Jonathan? — perguntou Sam, sentando-se abruptamente na areia.

— Sim — respondeu Eve, sentando-se ao lado dele. — Você não se lembra?

— Lembro — assentiu Sam, desamarrando os cadarços, sabendo que ela estava se referindo à troca de olhares que acontecera entre os dois no teatro. Ele viu os pés dela ao lado dele e viu um anel num dos dedos.

— Você nos viu — disse Eve, sentando-se ao lado dele. — Eu nunca tinha feito nada como aquilo antes, mas na ocasião foi bom, como se eu estivesse tocando em você também.

Sam soube naquele instante que devia ter se levantado da areia e continuado a caminhada, mas estava lutando contra as insinuações na conversa.

— Eu até propus ao Jonathan que convidássemos você para ir para casa com a gente — disse Eve, sorrindo. — Mas ele foi completamente contra a ideia.

Sem querer, Sam explodiu numa gargalhada quando tentou se ver na cama com Jonathan e Eve, entre os dois, tomando chá na manhã seguinte. Era uma ideia maluca, e ele podia imaginar a reação indignada de Jonathan à proposta dela.

— De acordo com as regras da heterossexualidade, ménage à trois só funciona para os homens quando há outra mulher envolvida — disse Sam, irremediavelmente ciente do pequeno corpo quente ao seu lado. Meio que se perguntou se poderia sugerir um mergulho rápido e conferiu para ver se ela estava usando biquíni sob a roupa, mas ela não estava.

Eve sentou-se ao seu lado e tirou os chinelos de dedo. Apoiou a perna esquerda no joelho direito dele e começou a examinar a sola do pé. Levou o pé perto do olho, e Sam sentiu a coxa dela raspar na sua. Fechou os olhos e respirou fundo.

— Pisei num espinho — disse ela, observando o pé de perto e espremendo o dedo com o anel com os dois indicadores.

Numa situação em que as regras fossem claras, Sam, por natureza um homem gentil e alguém a quem as pessoas pediam conselhos médicos, teria segurado o dedo do pé de Eve entre as mãos e habilmente arrancado o espinho. Naquele instante, porém, ele se sentia perdido. Estava em voo cego nos limites externos das Hébridas Interiores, com o quente céu vermelho como cúmplice, e não como amigo. No entanto, ignorar o espinho era admitir que ele não confiava em si mesmo para tocar no dedo do pé dela. Precisava voltar para Laura.

— Deixe-me ver — disse ele, evitando o olhar de Eve com determinação. Ele segurou o tornozelo dela com uma das mãos e o virou na areia até ficar de frente para a sola do pé e localizar o espinho. Apoiou a canela dela em seu joelho e apertou os olhos, botando os óculos escuros na cabeça. O pé dela era tão fino, que ele podia fechar a mão ao redor de todos os dedos. Talvez pudesse chupar o espinho, pensou Sam com prazer, apertando os dedos com um pouco de força demais, até eles se curvarem em resistência. Os dedos estavam a centímetros de sua boca. Sam viu que o anel estava cobrindo o ponto de entrada do espinho e girou o apertado arco dourado para ver se conseguia tirá-lo. Mas estava preso.

— Isto dói? — perguntou Sam, puxando o anel.

— Há uma linha tênue entre a dor e o prazer — disse Eve, encarando-o nos olhos. — Você deve saber disso. — Sam respirou fundo. Sentiu dor nas costelas.

Ele notou uma pequena tatuagem, três espirais interligadas, logo acima do tornozelo. Aliviado por ter uma desculpa para evitar o olhar dela, Sam ficou olhando para a tatuagem, esperando pela redenção. Em vez disso, viu o próprio dedo indicador, como se estivesse desligado do resto do seu corpo, se movendo na direção da tatuagem e fazendo um lento e pequeno loop em volta de cada espiral. Não houve qualquer resistência. Podia ver os movimentos das costelas de Eve acompanhando a própria respiração. Sua mão percorreu lentamente a parte de trás da canela dela, e ele tirou a perna dela de cima de seu joelho, pousando-a na areia.

— Você passa por muitas mudanças num dia, Sam Diamond — disse Eve, inclinando-se na direção dele. A mão de Sam agora estava segurando firmemente o tornozelo dela. Ele percebeu que conseguia prendê-lo com seu punho. Em seguida, ela estava ajoelhada entre as pernas dele, empurrando-o na areia, inclinando-se sobre ele de tal forma que ele pudesse ver seus pequenos mamilos escuros e seus minúsculos seios. Ele pôs uma das mãos dentro do short dela por trás e segurou a carne redonda de seu bumbum, puxando-a para cima dele.

— Você é um grande cara — sussurrou Eve no ouvido dele.

Eu sou um grande filho da mãe, pensou Sam, sentindo os dedos dela percorrendo seu corpo a caminho do short. Sam tentou esclarecer o relacionamento que tinha com Eve. Estava muito provavelmente prestes a transar com a amante de seu melhor amigo, que estava ali para escrever uma reportagem sobre a vida bucólica de Jonathan Sleet e seu coeso e leal grupo de amigos, incluindo sua própria mulher, Laura. As coisas tinham ido tão longe, que ele podia muito bem transar com ela de qualquer maneira, pensou Sam, fechando os olhos de prazer quando sentiu a mão dela entrando em seu short. Mas não havia uma grande diferença entre algumas carícias exploratórias e a coisa de verdade? Ocorreu a Sam que se ele fizesse sexo com Eve naquele momento, depois de quase dez meses de frustração reprimida, ele poderia nunca mais querer parar. Perguntou-se sobre a fragilidade da linha que havia entre a irresponsabilidade completa e a confiabilidade absoluta.

Sam respirou fundo e rapidamente duas vezes, quase hiperventilando, e empurrou Eve para longe dele, gemendo alto, como se estivesse ferido. Levantou-se e, sem se preocupar em espanar a areia dos cabelos ou dos braços, caminhou completamente vestido em direção ao mar, com os braços estendidos, como que suplicando, antes de entrar na água. Continuou caminhando, sem se virar para trás, atravessando a espuma branca que se formava onde as ondas quebravam na costa, até que uma maior passou por cima de sua cabeça, e ele mergulhou em seu centro escuro.

Ele nadou embaixo d'água, mergulhando, com os olhos bem fechados, indo cada vez mais fundo até ter a impressão de que seus pulmões estavam explodindo. Estava sendo movido pela certeza de que a dor que queimava em seu peito por prender a respiração acabaria sobrepujando o desejo que sentia na virilha. Sam ficou impressionado pela sensação de liberdade e então se lembrou da desconfortável relação entre a distração e o perigo. Resolveu nadar para a superfície, mas depois de algumas braçadas, pensou se não estaria desorientado, e na verdade, descendo ainda mais fundo, rumo ao leito do oceano. Abriu os olhos, se encolhendo com o sal, e olhou para cima, aliviado por ver faixas de luz vermelha atravessando a água escura. Quando emergiu na superfície, recuperou o fôlego respirando fundo e bateu os pés na água por alguns minutos.

Nadou pelas ondas mais uma vez até Eve se tornar uma minúscula silhueta no horizonte. Quando a maré subia e as ondas ficavam maiores, havia momentos em que ele não conseguia mais enxergá-la. A água estava gelada. Sam deitou-se de costas, com os braços estendidos para fora d'água, sentindo o poder das ondas abaixo de seu corpo. Estava a apenas 15 metros da costa, mas podia sentir a característica assassina do mar anestesiando seu corpo. Resolveu que já estava quase seguro sair da água. Começou a nadar pelas ondas, sentindo o peso das roupas dentro d'água. Abaixou a mão e se deu conta de que seu short ainda estava meio aberto.

Se tivesse planejado nadar durante aquela caminhada, Sam talvez tivesse prestado mais atenção no alerta da zeladora sobre nadar em Hogh. A praia não era exatamente estreita, mas, em vez de diminuir na direção do oceano, ela abarcava sua despreocupação num generoso e amplo arco, o que significava que o mar era sugado desde a baía como uma centrífuga. Mesmo da praia, um observador cuidadoso era capaz de ver ferozes correntes cruzadas lutando por supremacia.

Sam começou a nadar na direção da praia, mas, depois de alguns minutos, fizera um mínimo progresso. Procurou por Eve e ficou espantado ao descobrir que havia sido carregado para cerca de 200 metros dela. Virou-se de costas e entrou resolutamente no oceano, aumentando a velocidade para vencer a corrente que tentava empurrá-lo de volta às profundezas. Então parou novamente e descobriu que, em vez de nadar na direção da praia, estava sendo levado horizontalmente. Percebeu que se continuasse na mesma trajetória, acabaria deixando a enseada e seria lentamente carregado para oeste, em direção ao mar aberto. Podia ver Eve correndo de um lado para o outro na praia, com as mãos em forma de concha no rosto, gritando para ele. Podia estar a apenas 15 metros da praia, mas estava tão vulnerável como se tivesse sido atirado no meio do Atlântico.

— Eu mereço ser punido, mas não mereço morrer — disse a si mesmo, gritando para o céu.

Com as ondas indo e vindo, Sam viu outra silhueta na praia correndo em sua direção, carregando uma corda. Sam estendeu o braço e pediu socorro, tentando não gastar muita energia. O homem rapidamente tirou suas roupas até estar apenas de cuecas, e então começou a caminhar no mar em sua direção Quando não conseguia mais caminhar sem correr o risco de ser apanhado pela mesma corrente, atirou a velha corda azul. Da primeira vez, a corda mal avançou. O homem, forte e de ombros largos, puxou a corda de volta e segurou-a para cima. Atirou-a novamente na direção de Sam, e ela pousou poucos metros à sua frente. Mais uma vez, Sam tentou nadar até ela, mas a força da corrente lhe deixava tão indefeso como uma criança. Sam viu o rosto ansioso do homem e reconheceu Luke. Ao mesmo tempo, Luke viu que se tratava de Sam e começou a puxar a corda em sua direção com urgência renovada. Usou primeiro um braço e depois o outro, criando um ritmo efetivo até que a corda estava novamente em suas mãos. Desta vez, Luke fez alguns nós na ponta da corda, segurou-a no ar e levantou e abaixou os braços antes de finalmente atirá-la ao mar na direção de Sam com um grito gutural, como um arremesso de peso.

Sam esticou-se de costas e sentiu o pé tocar a ponta da corda Conseguiu manobrar o nó até o meio dos joelhos e atirou o corpo na direção dela. Não queria se arriscar a mergulhar para tentar se aproximar nem correr o risco de largar a corda tentando agarrá-la com a mão. Em vez disso, agarrou o nó com os joelhos e contou com Luke para puxá-lo lentamente em direção à costa.

Quando chegou à água rasa na beira da praia, Sam finalmente soltou a corda. Luke passou o braço ao seu redor, e os dois caminharam em direção à areia, onde Sam se abaixou e, pela segunda vez naquele dia, vomitou violentamente na frente do afilhado.

— Eu jamais vou conseguir fazer algo parecido com isso por você — balbuciou Sam. — Você salvou a minha vida, Luke.

— Eu estava procurando a mamãe — disse Luke, encolhendo os ombros. — Pensei que talvez ela estivesse dando um telefonema. Daí, vi você e a Eve na praia e pensei em me juntar a vocês. — Sua voz não traía nada. Ele estava sendo deliberadamente disperso na descrição dos eventos que levaram ao resgate para evitar um constrangimento mútuo ou aquilo fazia parte de seus modos naturais? Luke deu o próprio short para ele vestir, e Sam se virou para olhar para o mar mais uma vez enquanto tirava as roupas molhadas. O short que ficava largo nos quadris de Luke mal fechava na barriga de Sam.

Os três ficaram em silêncio dentro do carro no caminho para a casa. Entre eles, um acordo tácito de não discutir coisa alguma. Talvez precisassem processar o drama do que havia ocorrido antes que pudessem articulá-lo para qualquer outra pessoa. Se alguém percebeu, quando chegaram, que Sam estava usando o short de Luke e havia tirado a camiseta, ninguém disse nada. Encontraram Steve desenformando seu pudim de pão. Quando a sobremesa desmoronou lentamente no prato, com as laterais incapazes de suportar a pressão das frutas do recheio, Sam riu mais alto que todos os demais. Não conseguia se lembrar de outra ocasião em que se sentiu tão vivo. Viu Eve olhando para ele, mas ela rapidamente desviou o olhar quando ele a encarou.

*

Ele se arrependia de tê-la rejeitado? Naquela manhã, qualquer desejo residual estava tão completamente sobrepujado pelo alívio, que ele conseguiu fazer amor com a própria mulher com uma consciência relativamente limpa, mesmo que seu ardor estivesse atiçado por imagens do corpo de Eve que relampejavam diante dele quando fechava os olhos. Mesmo imaginar uma pequena parte de como ele poderia estar se sentindo se as coisas tivessem chegado à conclusão lógica era suficiente para fazer Sam jurar uma vida de fidelidade. Era o que acontecia quando se guardava segredos da mulher, pensou. Se ele tivesse contado a Laura sobre Eve e Jonathan, aquilo jamais teria acontecido.

— Laura, eu preciso conversar com você sobre uma coisa — sussurrou ele no ouvido dela, afastando uma mecha de cabelos de sua orelha. Ele teria gostado de explicar tudo para ela daquela maneira, num sussurro, e evitar a recriminação do olhar dela.

Os olhos de Laura continuaram completamente fechados. Longe de estar dormindo, ela estava com todo o corpo alerta pelo tom sério na voz de Sam, mas queria ganhar tempo para organizar os pensamentos. Depois de anos de espera, por que ele havia escolhido aquele momento, acima de todos os outros? Por que ele iria querer abalar suas estruturas justamente quando haviam alcançado um equilíbrio arduamente conquistado? Estava claro para Laura que a chegada de Patrick devia ter sido o catalisador. Ele deve ter sentido alguma coisa entre os dois. Laura queria saborear a sensação de energia gasta e deixar a brisa do começo da manhã lamber sua pele até ficar salgada novamente. Queria aproveitar o instante em vez de revisitar o passado. Apesar de toda sua natureza tranquila, Sam não era de se acomodar.

Ela também queria alertá-lo para o fato de que Eve tinha uma queda por ele. Sam não percebia a forma como as mulheres se comportavam ao redor dele. Mas ficou óbvio para ela, e até mesmo para Hannah, com seu jeito distraído, que Eve estava interessada em Sam. Houve o momento feliz em que Eve descobriu que os dois estavam lendo *Leite materno* de Edward St. Aubyn. A forma como ela não para de dizer a ele que assistiu a todos os episódios de *Não ressuscitar*. A apreciação do gosto mútuo por Elbow, seguida por uma oferta de ingressos para os bastidores do próximo show. Nessa ocasião, Hannah piscou para Laura, e Laura teve de segurar um sorriso. Sam de repente tinha o cheiro do sucesso, mas estava completamente imune ao efeito que exercia sobre outras pessoas. Na maior parte dos casos, ele estabelecia um tema de conversa despreocupado que criava unidade entre eles, o humor que costurava as lembranças que provocariam sorrisos muito depois do fim das férias. Hannah já havia até mesmo feito uma incrível imitação de Eve fazendo charme para Sam.

Ver o marido sendo seduzido por alguém como Eve ajudou Laura a desatar quaisquer grandes nós eróticos que podia haver em sua cabeça. O ciúme, ou pelo menos a consciência de que o marido ainda era atraente para outras mulheres, era um afrodisíaco importante, mais eficaz que todos os ouriços-do-mar que Jonathan insistia que consumissem publicamente todas as noites.

— Parece ameaçador — disse Laura, abrindo um olho para avaliar a expressão dele, que não revelava nada.

— E é — disse Sam, suspirando.

— Não pode esperar? — perguntou Laura.

— Está me consumindo — disse Sam. — É sobre Jonathan.

Era sempre sobre Jonathan, pensou Laura. Em alguns aspectos, considerando que todos pareciam supor que alguma coisa havia acontecido entre eles, seria mais fácil se tivesse mesmo. Mas a verdade era ao mesmo tempo mais e menos complicada.

— Posso me vestir primeiro? — perguntou Laura.

— Para poder fugir correndo? — respondeu Sam.

— Estou me sentindo um pouco exposta — disse ela.

Então, do andar de baixo, ouviram Janey gritando para Steve descer. Os gritos aumentaram lentamente em tom e volume, até que Laura viu a família de pássaros que normalmente esperava pelos restos do café da manhã todos os dias na varanda virando de costas e voando na direção da baía. Laura e Sam se encararam. Laura queria dizer a Sam que ignorasse Janey. Que aquele era o momento certo para conversar sobre o que havia acontecido. Mas apesar de a ira de Janey estar claramente sendo direcionada a Steve, parecia óbvio que parte de sua força estava direcionada também aos outros hóspedes da casa. Steve não podia ser acordado. O que não era uma surpresa, pensou Sam, levando em consideração o estado em que se encontrava quando Sam subiu para o quarto às duas horas da manhã.

— Será que alguém bebeu o leite congelado? — disse Sam, saltando da cama e vestindo a calça jeans e a camiseta do dia anterior. — Você também deveria vir. Você é boa em crises.

Os dois desceram tropegamente até a cozinha e encontraram todos, exceto Steve, parados num semicírculo ao redor da mesa da cozinha. Todos estavam de pijama, com as mãos juntas, olhando para Janey com tanto nervosismo que Laura segurou a vontade de rir.

— Quem é o responsável por isso? — gritou Janey e, pela primeira vez na vida, Laura pôde entender o que fazia de Janey uma advogada tão competente. No começo, Laura achou que ela estivesse falando sobre as pilhas de roupas de cor laranja cuidadosamente arrumadas em cima de um velho varal de madeira.

— Acho que coloquei o meu sarongue na máquina — Eve acabou por dizer. — Eu sinto muito, muito mesmo.

— Eu não estou falando dessas roupas. Estou falando sobre isto aqui — disse Janey. Todos viraram as cabeças para a parte de

313

cima do aparador a fim de ver para onde o dedo médio de Janey estava apontando.

Tudo o que Laura pôde ver foi um pequeno montinho de poeira branca. Num gesto que ganhou a admiração de todos os que estavam reunidos na cozinha, Jonathan foi até lá, passou o dedo no montinho e o enfiou na boca.

— Doce — disse ele, assertivamente. — Leitoso, até.

Janey percebeu que uma trilha fina, quase invisível, levava daquele montinho central de pó até o canto do aparador. Então se ajoelhou na frente do armário e abriu a porta. Deparou-se com uma caixa de leite em pó orgânico para bebês com menos de 6 meses.

Tirou a lata do armário e viu que estava aberta. Então abriu a porta da máquina de lavar louça e encontrou uma de suas mamadeiras lá dentro.

— Quem deu a Jack uma mamadeira de leite em pó? — perguntou Janey, com firmeza. Todos ficaram olhando para os próprios pés.

Steve apareceu na porta da cozinha, com os cabelos em pé, parecendo fraco e pálido. Havia inclusive um colar de hematomas em sua testa, em vários tons de azul e roxo, nada diferente das cores do pôr do sol de Coll, onde ele batia a cabeça na viga todas as vezes que saltava da cama quando Jack chorava. A não ser pela noite anterior, quando, sob a cuidadosa instrução de Hannah, ele havia decidido dar a Jack sua primeira mamadeira de fórmula de leite como experiência para ver se ele dormiria a noite inteira.

— Por Deus, Janey, o que está acontecendo? — perguntou Steve. — É uma acareação policial?

— Eu achei que você havia cheirado coca com Patrick — explicou Janey, atirando-se na cadeira mais próxima.

— Antidepressivos e cocaína não são grandes companheiros de cama — explicou Patrick, desculpando-se.

— E eu nunca cheirei uma carreira de cocaína na vida — disse Steve, passando a mão pelos cabelos, confuso. — Mas eu dei a mamadeira de leite em pó ao Jack para ver se ele dormiria a noite inteira. Todos merecemos uma boa noite de sono. Hannah só se envolveu no final, porque eu não consegui descobrir se devia botar o leite ou a água primeiro. — Para seu alívio, Janey atirou a cabeça para trás e começou a rir descontroladamente.

— Bem-vinda de volta à terra dos vivos — disse Laura, aliviada. — Vamos tomar o café da manhã.

Hannah sentou-se na frente de Laura e começou a se abanar com o caderno de economia do jornal *The Times*. Jonathan ficou atrás dela. Hesitante, estendeu a mão para pousá-la no ombro de Hannah, mas, num gesto perceptível apenas para Laura, Hannah inclinou-se a para a frente assim que Jonathan estava prestes a tocá-la, de modo que a mão dele caiu pesadamente sobre o encosto da cadeira de madeira. Jonathan recuou e esfregou os nós dos dedos. Laura estudou a expressão de Hannah e percebeu que ela fizera aquilo de propósito. A sutileza de um gesto como aquele era inversamente proporcional ao seu significado. Era uma demonstração disfarçada de antipatia.

16

A presença de Eve exercia um efeito espantoso sobre todos eles. Nos dois dias seguintes, a energia incansável do começo das férias foi substituída pela preguiça, como se todos estivessem esperando que outra pessoa assumisse o controle. As refeições se tornaram ocasiões nebulosas, com o café da manhã durando tanto tempo que ameaçava invadir o almoço. Em vez de bacon cuidadosamente grelhado, ovos mexidos macios e cogumelos servidos triunfalmente por Steve em pratos gigantes, sobras do jantar da noite anterior eram expostos sobre a mesa em pequenas tigelas de pudim ao lado de pacotes de cereais.

Um plano de fazer uma visita ao cemitério celta de manhã cedo e nadar em Cliad logo ao amanhecer, quando a luz estivesse melhor, foi abandonado. Ninguém se levantou para levar as garrafas plásticas de água vazias para serem enchidas novamente em Arinagour nem começou a procura por óculos de sol perdidos, roupas de banho, roupas de mergulho e toalhas secas que marcava o começo do dia. Até mesmo a costumeira disputa do início da manhã entre Jonathan e Steve para definir as atividades do dia e discutir planos de cardápio não se materializou. Pela primeira vez, o café da manhã foi dominado pelo barulho da secadora de roupas, secando furiosamente outra carga de roupas cor de laranja.

Steve, com a barba por fazer e ainda usando as roupas do dia anterior, sentou-se à mesa lendo um jornal de dois dias antes, abandonando a corrida matinal. Ao seu lado, Patrick estava em um silêncio amigável, limpando meticulosamente as lentes da câmera e conferindo o fotômetro sem parar. Depois da catarse que tivera dois dias antes, Janey estava calmamente dando de mamar a Jack, tendo se esquecido do cochilo das dez horas, e comendo colheradas de pudim de pão. Sam folheava o livro sobre nuvens. Apenas Luke se manteve constante em seu ritmo, ligando o laptop ao telefone por meia hora antes de preparar um café preto para si mesmo.

Em parte, a culpa era do clima, pensou Laura, caminhando na direção da janela que dava para a varanda. As finas trilhas de nuvens que tentavam impressionar a si mesmas no vívido céu azul se esforçavam para abrandar o calor do sol. Sempre que uma brisa soprava pelas portas abertas da varanda, todos viravam os rostos em sua direção com gratidão, como girassóis se voltando para o sol.

— Então o que podemos esperar do tempo hoje, Sam? — perguntou Laura, ansiosa por quebrar o silêncio.

— A Sirius nascendo com o sol marca o começo de dias de cão — disse Sam, fingindo seriedade.

— Então nós vamos enlouquecer — resmungou Steve, sem levantar o olhar das palavras cruzadas.

— É uma referência ao nascimento do verão — disse Sam. — E o cara da loja da cidade disse que a previsão era de "vento e chuva", o que mostra o quanto eu ainda tenho a aprender.

— O que isso significa? — perguntou Eve, do fogão do outro lado da cozinha. Ela estava ocupada fazendo seu café da manhã, mexendo uma panela de mingau de farinha integral misturada com sopa de missô e xarope de arroz integral que ela comia na mesma hora todas as manhãs e tomando uma segunda caneca de chá de ervas.

— Tempo mutável e instável — disse Sam, apontando para uma massa de nuvens cinzentas tão distantes que Laura pensou que não passava da fronteira entre o mar e o céu. Laura olhou para ele. Sentiu-se compelida a fazer uma pergunta a Eve para compensar a resposta áspera de Sam.

— Do que se constitui uma dieta macrobiótica? — perguntou ela, tentando ignorar os resmungos coletivos da outra ponta da mesa.

— Trata-se basicamente de equilibrar yin e yang — começou Eve. — O yin representa a força feminina, e yang, a masculina. Então as pessoas yin são mais calmas, relaxadas e criativas, e as pessoas yang são mais dinâmicas, agressivas e ativas. Acho que é como a diferença entre Sam e Jon.

O comentário chamou a atenção de Laura, e ela virou a cabeça da janela para Eve. Parecia um pouco prematuro e exageradamente íntimo tirar aquele tipo de conclusão sobre pessoas que ela havia acabado de conhecer, mesmo que tivesse razão. E por que ela se referiu a Jonathan como Jon? A expressão em seu rosto era difícil de interpretar. Laura não conseguiu ir muito além da curva de sua generosa boca. Havia algo familiar nela.

— Então existem as comidas yin, como chá, leite, ervas e especiarias, e as comidas yang, como carne vermelha, ovos, queijo amarelo e sal. E há também comidas em que a energia está perfeitamente equilibrada, como por exemplo cereais integrais, frutas frescas, vegetais e grãos, e é isto que eu tento comer. É uma dieta basicamente vegetariana, com baixo teor de gordura, muitas fibras e ênfase em produtos de soja.

— Parece um pouco insossa — observou Laura.

— Dá para acrescentar sabor com vinagre de arroz integral, *umeboshi* ou sal marinho não refinado — explicou Eve, enquanto mexia o mingau.

— Fico surpresa que seja permitido o uso de sal — respondeu Laura amigavelmente, tentando se lembrar do que ela costumava fazer com as horas extras que seus dias tinham antes das crianças. Talvez Eve estivesse tentando engravidar, ou a dieta restritiva fosse um disfarce para anorexia, ou as mulheres da geração dela fossem simplesmente mais saudáveis.

— O sal não refinado tem muitos minerais e microelementos encontrados no mar, enquanto o sal normal é constituído de mais ou menos 99,5 por cento de cloreto de sódio — explicou Eve. — E o sal é essencial para a digestão dos alimentos, para os músculos trabalharem e para garantir que o sistema nervoso central funcione adequadamente. É por isso que é tão importante historicamente. — Virou-se para Jonathan. — Você deve saber tudo isso daquele programa que fez sobre o sal do mar Maldon, não? Você não disse que os primeiros registros mostram que o sal era produzido lá em 1086 e custava o mesmo que ouro?

— Você fez a lição de casa — comentou Laura, parecendo impressionada. — Eu não sabia que o episódio sobre Maldon já estava pronto.

— Ele ainda não foi nem editado — disse Luke. — Foi, papai?

— O divulgador deve ter dado um rascunho a Eve — sugeriu ele, olhando ansiosamente para Eve.

— Exatamente — disse Eve, sem hesitar, virando-se de novo para o fogão e servindo o mingau numa tigela antes de sair da cozinha com um monte de anotações embaixo do braço para comer sozinha na varanda.

Jonathan permaneceu em silêncio. Estimulado por Laura, ele estava tentando organizar uma lista final de ingredientes para a refeição que planejara fazer mais tarde. Seu caderno era uma bagunça de rabiscos feitos a lápis e riscos, parecendo algo que

Nell poderia fazer, pensou Laura olhando por cima do ombro de Jonathan para ver o que ele estava escrevendo. *Mexilhões, hortelã, alho selvagem, cavalas, urtiga...*

Ele insistia que, até onde fosse possível, tudo fosse produzido localmente, porém parecia incapaz de se lembrar de um instante a outro exatamente o que precisava comprar e o que poderia coletar. No dia anterior, Hannah havia sugerido casualmente que ele organizasse um cronograma, mas não demonstrou qualquer inclinação em ajudá-lo.

— Onde está o cardápio que você escreveu há uns dois dias? — sussurrou Laura, longe de Eve.

— Não estou conseguindo encontrá-lo — disse Jonathan, arrancando nervosamente pelos da sobrancelha com tanta força que Laura se retraiu. Ela tirou o caderno de capa de couro preta da mão dele e imediatamente encontrou o cardápio original enfiado entre duas páginas de trás. Desdobrou o pedaço de papel e o abriu na frente dele, apontando para a lista. O contraste entre a caligrafia caótica da lista atual e o traço metódico e preciso de poucos dias antes era mais do que uma questão estética, pensou ela. Era um reflexo do estado de espírito dele.

— Miúdos de carneiro com urtiga — mostrou ela, batendo algumas vezes na primeira receita da lista para chamar a atenção dele. Era uma tática que usava ao realizar testes em pacientes com lapsos de memória. Não fosse pelo fato de o colapso de suas habilidades organizacionais coincidirem com a chegada de Eve, ela poderia estar preocupada com o funcionamento de seu córtex frontal. Em vez disso, ela imputou os lapsos ao forte estresse provocado pela pressão de cozinhar uma refeição que ele não tinha competência para preparar e pelo fato de que Hannah havia retirado silenciosamente o seu apoio.

— Tenho a aveia e as cebolas — resmungou Jonathan, folheando o *Food for Free* —, mas precisamos colher as urtigas. E elas precisam estar novinhas. Urtigas velhas são um nojo.

— Bacon? — perguntou Laura, olhando para a lista de ingredientes.

— Sim. Mas eu não tenho um pano de prato para cozinhá-lo — disse Jonathan, num tom tomado pelo pânico, segurando o antebraço de Laura com tanta força que chegou a doer. — Porra, porra. Parei na praia.

— Bela aliteração — disse Sam. — Vou anotá-la.

Laura resistiu ao impulso de dizer que não sabia se ele havia sequer passado a primeira onda, mas o ânimo dele pedia paciência e não opiniões sinceras.

— Ninguém come pano de prato — disse Laura, tranquilamente.

— Ela tem razão — concordou Steve de forma magnânima, do outro lado da mesa.

— Eu preciso da toalha para enrolar os ingredientes e fervê-los — explicou Jonathan.

— Não precisa entrar em pânico — disse Laura com firmeza.

— Que tal uma das fraldas de pano do Jack? — perguntou Janey. — Basta você não se importar que seja de cor laranja.

— Ótimo — disse Jonathan, balançando a cabeça, aliviado. Laura achou que viu os olhos dele se encherem de lágrimas, mas então se deu conta de que o lacrimejamento era porque ele havia voltado a arrancar fios da sobrancelha. Tricotilomania, uma prima próxima do TOC, pensou Laura consigo mesma, grata por ter se lembrado do termo médico para o comportamento de Jonathan. Eve entrou da varanda e pôs a tigela vazia e o chá pela metade em cima da mesa da cozinha.

— A dieta macrobiótica exclui limpar as coisas? — provocou Luke, levantando-se com o laptop embaixo do braço e indo descalço até a mesa para juntar a louça suja e colocá-la na máquina de lavar. Sorriu com indulgência para Eve. "Pessoas bonitas eram tratadas diferente", pensou Laura, observando os olhos de Luke devorarem-na. Ela estava enganando Nell quando dizia que a aparência não importava. A reação das pessoas a Eve não podia ser explicada simplesmente por suas credenciais profissionais, porque até mesmo a velha faxineira e o homem que encontraram na loja da cidade no dia anterior ficaram hipnotizados pela presença dela.

— Isso foi um pouco hipócrita, Luke — disse Jonathan, com o reflexo paternal funcionando pela primeira vez em dias. Luke levantou uma sobrancelha e se aproximou de Jonathan, pôs uma das mãos no ombro dele e perguntou se havia alguma coisa útil que ele pudesse fazer para ajudar.

— Você pode ir colher alho selvagem — sugeriu Jonathan.

— Como ele é, pai? — perguntou Luke. Jonathan encarou-o inexpressivamente por um instante.

— Pai — disse Luke gentilmente. — Preciso saber o que estou procurando.

— Você vai sentir o cheiro antes de ver — disse Jonathan, cobrindo a mão de Luke com a sua. — Tente a cerca viva no final da trilha. Tem folhas largas e claras, e pode ter flores brancas. Você pode trazer alguns bulbos também? Preciso de um monte para fazer pesto para o peixe.

Eve estava fazendo anotações.

— O nome latino é *Allium ursinum* ou alho de urso — explicou Jonathan, cuidadosamente evitando contato visual. — Porque parece que quando despertam da hibernação, os ursos procuram por alho para purificar o metabolismo.

— E o que exatamente você está planejando cozinhar? — perguntou Eve. Jonathan leu rapidamente suas anotações. Fez-se um longo silêncio. Todos o olharam fixamente, torcendo para que ele dissesse alguma coisa e, como ele ficou em silêncio, ficaram esperando que Hannah intercedesse. Finalmente, Laura se esticou por cima da mesa para pegar o caderno dele.

— *Moules marinières*, miúdos de carneiro com urtiga, patê de cavala, tamboril com molho pesto e salada de azedinha — disse ela, no mesmo tom calmo e lento que usava quando precisava tranquilizar seus pacientes.

— Só vou poder comer o tamboril e a salada de azedinha — disse Eve, desculpando-se —, mas vai ficar tudo lindo na foto.

— Vai ficar ótimo, Jonathan — falou Patrick, em tom tranquilizador. — Por que não saímos agora para eu tirar fotos de todos colhendo os ingredientes?

Grata pela intervenção de Patrick, Laura propôs que ela e Sam fossem pescar cavala e apanhar mexilhões. Seu olhar encontrou o de Patrick. Os dois mal haviam trocado uma palavra desde a chegada dele. O silêncio deles passou despercebido. Todos estavam envolvidos demais em seus próprios dramas, pensou Laura. Ele foi gentil com ela. Nenhum dos dois tentou alimentar o desconforto com palavras. Ela olhou para o pedaço de papel à sua frente e escreveu uma lista precisa de outros ingredientes para todos encontrarem. Até mesmo Steve, que normalmente criticava qualquer ideia que não fosse dele mesmo, ficou aliviado com a perspectiva de uma atividade tão focada. Deitou Jack sobre a mesa da cozinha e o vestiu habilmente com seu casaco mais grosso.

Laura pegou baldes de plástico, equipamentos de pesca e iscas na cabana do jardim. Sam, que havia aprendido a pescar cavala quando criança na costa de Suffolk, pegou duas facas sem ponta e um martelo de madeira para matar os peixes, porque não suportava vê-los sufocando lentamente no fundo do barco. Quando saíram pela porta, primeiro Eve e depois Janey perguntaram se podiam se juntar a eles.

*

Logo tudo teria terminado. Ao se levantar no fundo do barco a motor para puxar a corda da ignição, Laura contou quantas horas a separavam do momento de ir embora, na tarde seguinte. Vinte e seis. Sentiu uma onda de felicidade com a perspectiva de rever Nell e Ben e se deu conta de que pela primeira vez em muitos anos estava ansiosa para voltar para casa depois das férias. Ao firmar os dedos ao redor da alça plástica da corda de ignição, Laura decidiu ligar para seu gerente do Sistema Público de Saúde assim que fosse possível na manhã de segunda-feira para negociar uma semana de três dias, antes de mudar de ideia.

Embora o principal componente das férias, a fotografia de todos eles juntos, se aproximasse como a nuvem distante no horizonte, Laura se deu conta de que já estava começando a pensar na semana no passado. Tentou decidir onde iria pendurar uma cópia emoldurada da foto que ia aparecer na revista e começou a imaginar outras férias juntos, talvez até mesmo em Coll. No cômputo geral, havia sido um sucesso. Ela podia informar eufemisticamente aos amigos que ela e Sam estavam de volta aos trilhos. Não tinha havido qualquer briga com Steve. Seu relacionamento com Jonathan estava mais próximo do que estivera nos últimos anos, e Janey encontrara equilíbrio com Patrick, ainda que ela própria não tivesse.

Laura respirou fundo e puxou a corda com o máximo de força possível, sabendo que sua primeira tentativa não iria funcionar. Levou a mão até a axila, até sentir dor. Enquanto esperava um instante, permitiu-se imaginar o reencontro com Nell e Ben em King's Cross, visualizando algo parecido com a cena final da versão para o cinema de *Os meninos e o trem de ferro*, de Edith Nesbit.

Eles haviam falado com as crianças dia sim, dia não desde que chegaram. Na noite anterior, pela primeira vez, Ben perguntou exatamente quando iriam chegar e deu algumas sugestões sobre o tipo de presente que poderia compensar a ausência deles. Nell começou a contar uma longa e complexa história sobre como a mãe de Laura havia lavado o porquinho-da-índia, e Laura escutou agradecida, saboreando cada detalhe.

Puxou a corda mais duas vezes para inundar o motor com combustível e então fez mais uma pausa para reunir energia para o último puxão, que daria a partida no motor. Na proa, Sam e Eve estavam sentados amigavelmente no banco de madeira que se estendia de um lado a outro do barco, prendendo pedacinhos de bacon como isca nos anzóis. Para alívio de Laura, Sam estava sendo mais amigável, mostrando a Eve a maneira exata de torcer a carne no anzol para que ela não caísse da primeira vez que um peixe tentasse fisgar e respondendo a perguntas sobre as lembranças que tinha de Jonathan na infância.

— Posso mencionar a história sobre a *au pair*? — perguntou Eve. Sam pareceu um pouco surpreso. Eve o tranquilizou: — Apenas em termos gerais, para dar alguma cor.

— Acho que nem eu sei dessa história — disse Laura.

— É melhor checar com Jonathan — alertou Sam cautelosamente.

Laura teria prestado mais atenção àquele breve diálogo se o motor não tivesse ganhado vida. Engatou a marcha, agarrou o leme, e o barco sacudiu suavemente para além das ondas até que eles estavam navegando rumo a uma área localizada a leste da baía, onde Laura havia encontrado cavala antes. Adorava o ritmo da travessia das ondas, suas imprevisíveis ondulações e a forma como a água respingava em seu rosto. O barco se tornara seu domínio. Foi ela quem se ofereceu no começo da semana para ir até a praia com o proprietário da casa para aprender como ele funcionava, e agora todos contavam com sua perícia.

Janey estava sentada ao seu lado, bem ereta, com uma das mãos para o lado, como se pensasse que isso daria equilíbrio caso batessem numa onda grande. A brisa jogava os cabelos para trás, acentuando seu nariz aquilino. Insistiu em vestir um colete salva-vidas. Ela se deu conta de que aquela era sua mais longa separação de Jack desde o nascimento dele, dois meses e meio antes.

— Você está bem? — gritou Laura para Janey.

— Nunca estive melhor — respondeu Janey. — É muito estimulante.

Chegaram a uma área localizada além do banco de areia, e Laura desligou o motor abruptamente. Deixou que o barco fosse levado pela corrente e instruiu a todos que lançassem suas linhas e esperassem os peixes morderem a isca. No mar, havia uma brisa agradável. Laura fechou os olhos e aproveitou o momento, imaginando que aquela seria provavelmente sua última pescaria. Sam tirou quatro garrafas de cerveja Corona de dentro de um balde e as distribuiu, instruindo-os a não dizer nada a Jonathan, que preferia que todos tomassem a local Fyne Highlander.

Começaram a conversar. Eve perguntou a Sam sobre seu próximo projeto. Ele contou que estava adaptando um livro sobre surfistas de um escritor australiano. Laura sugeriu, brincando apenas em parte, que talvez eles precisassem passar uns dois meses na Califórnia para realizar pesquisas, e Sam sorriu e disse que era uma excelente ideia. Janey propôs que ela, Steve e Jack fossem visitá-los, e Laura concordou alegremente. De vez em quando, Eve interrompia com uma pergunta.

— Você pode explicar exatamente quando você e Jonathan se conheceram, Sam? — pediu ela, passando a linha de pesca para ele enquanto folheava suas anotações. Sam contou que os dois haviam se conhecido na escola.

— E Jonathan sempre se interessou por comida? — perguntou ela, mordendo a caneta e deixando a cabeça cair para o lado enquanto falava.

— Desde sempre — disse Sam enfaticamente. Não quis explicar que os pais de Jonathan estavam sempre tão ocupados em satisfazer as próprias vontades que às vezes, principalmente nos finais de semana, quando a empregada não ia, eles se esqueciam de dar de comer a Jonathan e sua irmã menor. Ele se mostrou adepto de preparar lanches exóticos usando os conteúdos da geladeira, mas nunca chegou a progredir além de um excelente sanduíche com pepinos em conserva e carne maturada.

Em vez disso, Sam descreveu como havia visto azeitonas pela primeira vez na geladeira da casa dos pais de Jonathan e as engolido inteiras, com caroço e tudo.

— Uma delas ficou presa na minha garganta, e Jonathan teve de fazer a manobra de Heimlich para me desengasgar — contou Sam.

— É uma ótima história — disse Eve agradecida, encarando Sam até ele não aguentar mais e desviar o olhar, constrangido.

— Ele sempre se interessou por comida selvagem — continuou Sam, exagerando as qualidades de Jonathan. — Eles tinham um jardineiro em Suffolk que sabia muito sobre ervas e plantas, e ele passou seu conhecimento a Jonathan.

Houve outra trégua na conversa. A linha de Janey começou a sacudir, e ela puxou uma grande cavala da água.

— Onde eu coloco esta? — gritou ela, com a cavala se contorcendo na ponta da linha. Laura pegou o peixe da mão de Janey, tirou o anzol da boca dele e o atirou no chão do barco ao lado dela. Sam se abaixou e bateu na cabeça da cavala com o malho. O animal levantou a cauda uma última vez e então ficou imóvel no convés.

— Eu vou mandar empalhar e pendurar na parede do meu escritório — disse Janey, rindo e se abaixando para admirar o desenho geométrico em preto e branco das escamas. — Talvez eu seja perdoada por tirar três meses de licença-maternidade se provar que estava fazendo alguma coisa de macho, como matar animais, em vez de estar amamentando Jack.

Eles começaram a falar sobre a casa em Coll, cientes de que havia sido emprestada de graça em troca de uma menção na reportagem de Eve, parando apenas quando alguém pegou outro peixe. Janey descreveu a decoração como *shabby chic*, e Laura exaltou as virtudes da varanda que dava para o mar e descreveu a ocasião em que viu uma baleia minke durante o banho.

— Seu único defeito, e isto, Eve, é completamente em off, é o isolamento acústico — brincou Janey. — Uma coisa é ser acordada por um bebê chorando, mas outra completamente diferente é ser despertada pelo barulho dos amigos transando às seis da manhã. Faz com que todos os outros se sintam incompetentes.

— Eu achei que fossem vocês — provocou Laura.

— Por Deus, não — disse Janey, fazendo um julgamento rápido. — Eram Jonathan e Hannah.

Houve um longo silêncio, e Janey sentiu três pares de olhos cravados nela. Percebeu que tinha dito a coisa errada, mas não conseguia entender a reação deles. Certamente era bom que Eve soubesse que o personagem de sua matéria ainda mantinha um relacionamento próximo com a mulher dele, não?

— Como você sabe? — perguntou Laura, afinal.

— Porque Jonathan me contou — disse Janey.

De volta à praia, Sam viu Jonathan apanhando mexilhões das piscinas de pedras rasas espalhadas ao longo da baía. Como Sam, ele estava usando uma camiseta cor de laranja que o fazia se destacar contra os tons apagadores da praia. Eles deviam estar parecendo membros de uma seita religiosa esotérica, pensou Sam deixando o balde de cavalas ao lado da trilha que levava até a casa e seguindo na direção de Jonathan acenando e chamando seu nome. Não tinha a intenção de surpreendê-lo, mas, caminhando e gritando, Sam se deu conta de que o vento à beira-mar estava tão forte que suas palavras foram engolidas e depositadas em algum lugar no fundo do mar.

Jonathan estava agachado numa pequena poça d'água, ocupado em arrancar mexilhões das pedras. Seu balde estava quase cheio. Ao seu lado, havia punhados de funcho marítimo que ele apanhara da mesma área. Sam ficou atrás dele, olhando por cima do ombro do amigo, sabendo que Jonathan acabaria vendo o reflexo dele ao lado do seu na água. Quando viu, Jonathan saltou tão rapidamente que derrubou o balde e derramou uma porção de mexilhões de volta à água, onde afundaram rapidamente. Por um instante, os dois ficaram olhando fixamente para a água, um esperando pelo outro falar primeiro.

— É interessante a forma como sabores que se complementam costumam crescer lado a lado, você não acha? — Jonathan acabou por dizer ao se levantar. — Como coelhos e folhas de dente-de-leão, cogumelos e alho selvagem, mexilhões e funcho marítimo.

— É a mesma coisa com gente — disse Sam, desenhando na areia com os dedos dos pés.

— Não sei se estou entendendo você — comentou Jonathan afavelmente.

— Algumas pessoas tiram o melhor umas das outras — completou Sam. — São pessoas que fazem com que a gente se sinta melhor do que realmente é. Enquanto outras fazem com que a gente se sinta preso num campo de força negativa em que todas as nossas piores características são aumentadas.

— Você pensa demais, Sam, mas é uma teoria interessante — disse Jonathan. Era um refrão conhecido. O vento atravessou o ar entre eles.

— Jonathan, eu quero saber o que está acontecendo — Sam acabou falando. — Aquele barulho na outra manhã...

— Se eu soubesse que as paredes eram feito transmissores, eu teria ido com Eve para o carro — disse Jonathan se desculpando.

— Então era a Eve — confirmou Sam. — E a Hannah?

— Ela foi embora — interrompeu Jonathan, com a voz tensa de emoção. — Voltou para casa. Embarcou na balsa de hoje de manhã. Vou contar a todo mundo mais tarde, quando estiver me sentindo menos fragilizado.

— Ela descobriu sobre a Eve? — perguntou Sam, incrédulo.

— Não. Ela foi embora por causa do Jacek — respondeu Jonathan, com a voz trêmula.

— Quem é Jacek? — perguntou Sam, espantado.

— É o novo administrador da fazenda — disse Jonathan, balançando a cabeça e rindo, incrédulo. — Você provavelmente se lembra dele como o jardineiro, embora ele agora desempenhe um novo papel como meu substituto, ou eu interprete o papel de substituto dele. Hannah acha que está apaixonada por ele.

— Eu não acredito nisso — falou Sam, balançando a cabeça vigorosamente como se seu cérebro estivesse se esforçando para absorver o impacto do que Jonathan estava lhe dizendo. — O que você vai fazer? — Estendeu a mão para tocar no ombro de Jonathan, mas ele o afastou.

— Não sei — respondeu. — Nós não sabemos. Eles não sabem. É uma bagunça. E justamente agora, com a série de TV prestes a sair.

Jonathan ficou olhando fixamente para os pés e começou a tirar fragmentos de areia grossa das unhas.

— Acho que estou em estado de choque. Eu disse ao Luke que houve um problema na fazenda — disse Jonathan. — Um parto problemático envolvendo uma das vacas de Hannah, e acho que é o que vou dizer a todos os outros. Hannah deverá ficar em Suffolk por um tempo, e eu vou continuar trabalhando em Londres. De um jeito ou de outro, nós vamos sair dessa.

— Isso já aconteceu antes? — perguntou Sam.

— O que você quer dizer com isso? — reagiu Jonathan.

— Vocês têm um acordo tácito que permite casos inconsequentes? — perguntou Sam.

— É claro que não! — disse Jonathan, parecendo surpreso. — Teve umas duas indiscrições, mas nada como Eve. Você sabe que eu não tinha noção de que ela estava vindo para cá, não é?

— E Patrick? — perguntou Sam.

— Eu não fazia ideia — explicou Jonathan. — É claro que eu sabia que ele estava de volta à Inglaterra e falei com ele por telefone uma vez para dar o número da Janey, mas trazê-lo aqui foi ideia da Eve. Ela o convenceu a vir.

— Como? — perguntou Sam.

— Ela é persuasiva — afirmou Jonathan, suspirando. — É preciso reconhecer isso.

— É definitivamente de se notar — disse Sam, lembrando-se de uma frase da adolescência deles.

— Sam — chamou Jonathan calmamente. — Eve me contou o que aconteceu na praia. — Uma revoada de gaivotas circulava acima deles, observando o balde de mexilhões e guinchando alto como que para alertar outras gaivotas sobre a descoberta.

— O que ela disse? — perguntou Sam afinal.

— Que as coisas passaram dos limites e que você acabou assustando-a se enfiando no mar e quase se afogou — contou Jonathan. Ele se abaixou sobre um joelho para examinar os mexilhões, tirando pedaços de alga e garantindo que não houvesse conchas vazias. A atividade permitia que ele evitasse o olhar inquieto de Sam.

— Não sei por que você insistiu em me mandar caminhar com ela — disse Sam, sem saber mais o que falar, e então censurando a si mesmo por tentar culpar Jonathan pela própria irresponsabilidade.

— Você não pode me responsabilizar pelo fato de não ter conseguido manter as mãos longe da minha namorada — censurou Jonathan, diretamente.

— Não foi bem assim — insistiu Sam. — Foi só um instante. Passou muito rápido.

— A brevidade não diminui o significado. O assassinato de Kennedy foi apenas um instante no tempo — disse Jonathan com amargura. — Eve me contou que tudo começou no teatro.

— Ela está exagerando — respondeu Sam irritado.

— Por que ela faria isso? — perguntou Jonathan.

— Para deixar você com ciúme porque sabe que seu interesse está diminuindo? — sugeriu Sam. — Para que você deixe Hannah? Para injetar emoção num relacionamento desgastado?

— Hannah me deixou — disse Jonathan, como se fosse uma frase que precisava ser repetida até que seu impacto fosse completamente absorvido.

— Foi um amasso bastante inocente na areia — disse Sam, aproximando-se de Jonathan para tocar em seu cotovelo. — Pelo menos para os seus padrões.

À distância, Sam viu Laura caminhando em direção a eles, com a cabeça abaixada contra o vento. Calculou que ele e Jonathan tinham mais ou menos três minutos para resolver aquela situação. Logo atrás vinha Patrick, olhando através das lentes da câmera, armando-se para tirar algumas fotos deles à distância, contra o céu nebuloso.

— O que você quer dizer com os meus padrões? — perguntou Jonathan, com a expressão mais séria.

— Eu nunca mencionei isso nem a você nem a Laura, e até onde sei, ninguém fala nisso há uma década, mas todas as pessoas aqui sabem o que aconteceu naquele final de semana em Shropshire, e eu acho que se consegui superar meus últimos sentimentos de amargura em relação ao fato de que você dormiu com a minha mulher algumas semanas antes do nosso casamento e depois botou aquela fotografia na capa do seu livro, acho que você pode superar o fato de que Eve e eu tivemos uma sessão inconsequente de amassos.

Sam se moveu na direção de Jonathan, baixando a cabeça como um touro para atingi-lo na barriga com força suficiente para desequilibrá-lo e fazê-lo cair para trás na areia. Sam caiu em cima dele e se viu deitado por cima do corpo de Jonathan, descansando a cabeça sobre a surpreendentemente confortável massa de barriga. Laura estava correndo na direção deles. Apesar do vento, Sam podia ouvir os gritos dela. Laura largou os baldes que carregava e arrancou o suéter que estava amarrado ao redor da cintura. Mas chegou tarde demais.

— E daí você tentou me convencer a não me casar com ela — gritou Sam, ofegante, agarrando a camiseta de Jonathan pelos ombros.

Jonathan não reagiu. Sam levou um instante para se dar conta de que ele havia caído de costas sobre uma pedra e desmaiado. Sam deu uns tapas fracos no rosto dele, chamando o nome do amigo e tentando se lembrar do procedimento médico adequado de *Não ressuscitar*. Era vias aéreas, respiração, circulação? Ou será que ele devia colocá-lo na posição de recuperação? Um fio de sangue escorria da narina direita de Jonathan. Sam percebeu com alívio que Laura estava quase chegando, já que ele não fez coisa alguma. Então, de repente, Jonathan se sentou.

— Você entendeu tudo errado, Sam — grunhiu ele, antes de ficar de quatro para se levantar. Laura estava parada, cobrindo a boca e o nariz com as mãos, sem conseguir falar, mas compreendendo imediatamente o que havia acontecido. Conferiu os olhos de Jonathan e percebeu que nenhuma das pupilas estava dilatada.

Correndo pela areia, atrapalhado por câmeras, bolsas e toda a parafernália pendurada nele, Patrick se aproximou deles. Chegou exatamente quando Laura falou.

— Não foi Jonathan, foi Patrick — gritou Laura sobrepujando o barulho.

17

Laura ficou olhando fixamente para o balde de mexilhões, trocando o peso do corpo de um pé para o outro e desejando que todos os traços daquele final de semana pudessem desaparecer com a mesma rapidez das pegadas que acabara de deixar na areia. Um forte vento sul já havia apagado sua trilha na praia desde o outro lado da baía. A areia chicoteava suas canelas nuas, e o vento agora estava tão forte que inspirar doía. Os mexilhões estavam numa caótica bagunça de conchas cinza-azuladas. Pareciam completamente fechadas, como se viradas de costas, constrangidas pela cena que se desenrolava diante delas. Laura invejou a capacidade delas de se fechar para o mundo exterior.

Olhou rapidamente para Jonathan, sem saber o que estava procurando, mas quando viu o sangue entre a narina e o lábio superior, desviou o olhar rapidamente. O nariz dele não estava quebrado, tinha certeza disso, mas o lábio superior já estava ficando inchado, transformando seu sorriso num esgar. Laura tirou o casaco, mergulhou a manga do suéter numa piscina natural e passou para Jonathan, dizendo que o frio e a água salgada diminuiriam o inchaço.

— Eu sinto muito, Sam — disse Jonathan, pressionando o casaco de Laura contra o lábio superior e olhando para a mancha vermelha na lã verde-clara como se estivesse surpreso por encontrar sangue. Sua voz parecia tensa. Ao seu lado estava

Patrick, parecendo confuso, com a câmera pendurada no pescoço, como se fosse ele que tivesse sido atingido no nariz. Por um instante, ninguém falou.

Laura percebeu a presença de Janey e Steve, mas não conseguia se lembrar de quando eles haviam aparecido. Houve um longo silêncio, interrompido apenas pelos gorgolejos de Jack e Laura se deu conta de que todos esperavam que ela falasse Sam estava sentado sobre os calcanhares, tentando se recompor Tinha a respiração curta e não parava de apertar o punho direito na palma esquerda e esfregar os nós dos dedos. Laura sentiu a mão de Janey em seu ombro.

— Eu acho que, às vezes, parà seguirmos em frente, precisamos voltar atrás primeiro — disse Laura lentamente. Ela havia ensaiado aquele momento tantas vezes que agora se sentia curiosamente desconectada das palavras que ouviu saindo de sua própria boca.

— Você não precisa fazer isso, Laura — falou Sam. — Não é o que você está pensando. — Mas Laura não estava ouvindo. Ou, se estava, não queria ouvir

Nos anos que se passaram até então, Laura havia conseguido convencer a si mesma de que eliminar as lembranças daquele final de semana na barcaça em Shropshire era uma questão de autodisciplina. Bem no começo, mesmo durante a desconfortável viagem de volta, de trem, de Telford até Londres, naquele agosto de 1997, Laura sabia que quanto mais analisasse o que havia acontecido, mas clara se tornaria aquela lembrança, então ela tentou se concentrar no que estava acontecendo ao seu redor. Olhara fixamente pela janela do trem, sentindo o vidro frio em seu rosto, observando bosques virarem campos, campos virarem fileiras de casas de tijolos vermelhos e mais uma vez campos, até que eles finalmente chegaram a Londres. O conceito de movimento era importante porque dava a Laura a sensação de que ela podia seguir em frente, para longe do que tinha acabado de acontecer entre ela e Patrick. Jonathan havia emprestado seu novo CD player portátil e, por um tempo, ela ficou ouvindo Pulp. Sem prestar atenção nem à música nem à letra. Pegou um jornal e se distraiu com o relato das férias de Diana no sul da França com Dodi Al-Fayed. Havia especulações de que ela estaria grávida. Que ela iria se casar. Que ele já era comprometido com outra pessoa. Tony Blair, eleito oito semanas antes, estava passando as férias na Toscana, em uma casa que pertencia a alguém que ele havia promovido a ministro. Falava-se de um novo livro infantil sobre um bruxo criança, chamado Harry Potter. Laura decidiu comprar um exemplar para Luke, que estava com quase 7 anos. Patrick e Janey estavam sentados à sua frente. Quando Janey se levantou para ir comprar café para todos, logo depois que o trem saiu de Telford, Patrick se inclinou no espaço entre os assentos e tentou garantir a ela que tudo ficaria bem. Laura pôde ver a tensão em seu rosto. Fechou os olhos e se afastou dele, seguindo em direção à janela. Imagens agitadas da noite anterior passavam diante dela.

Laura sabia que os mesmos caminhos neurais seriam reativados todas as vezes que ela repassasse a cena mentalmente e, antes que ela se desse conta, ligações permanentes seriam formadas, e uma lembrança de longa duração seria gravada profundamente em sua amígdala, de modo que, quando ela tivesse 90 anos, ainda conseguiria se lembrar perfeitamente e com detalhes da forma como Patrick havia enfiado casualmente um dedo na parte de trás do short dela e a puxado para ele enquanto os dois procuravam por cogumelos na beira de um pequeno bosque perto de onde a barcaça estava atracada.

Tudo ficou cristalizado naquele momento. Ela se lembrava da sensação de ter sido puxada para trás. Da forma como ele apertou seu corpo contra o dela. Não havia como confundir a falta de intenção platônica naquele gesto. Por que ela não tinha se afastado dele?

Depois Laura havia reunido um impressionante arquivo de literatura sobre memória emocional, deixando de fora assinaturas de revistas que seus colegas mais conservadores teriam visto com desconfiança. *Journal of Experimental Psychology, Trends in Cognitive Sciences, Psychologica.* Ela se debruçou sobre as descobertas de artigos que poderiam ajudá-la a desenvolver estratégias para esquecer. "Os mecanismos cognitivo e neural da memória emocional", "Diferenças sexuais na base neural das lembranças emocionais" e o seu preferido "Velhice e memória emocional: a natureza olvidável das imagens negativas para adultos mais velhos".

Por um tempo, Laura releu o último artigo toda vez que se sentia abalada. Sua mensagem era a mais reconfortante. Ele sugeria que as pessoas ficavam mais felizes conforme envelheciam porque tendiam a se recordar das lembranças mais positivas e a descartar as infelizes. Então um dilema se apresentou em sua mente. É claro que o principal motivo para se esquecer era que ela queria se casar com Sam, continuar amiga de Janey e fingir para si mesma que nada havia acontecido. Naqueles primeiros dias, a confissão parecia ser a opção nuclear. Às vezes, sentia-se tão consumida pela culpa que ficava deitada no chão, com braços e pernas estendidos, e respirava profundamente até que algum equilíbrio fosse restaurado. Uma ou duas vezes, quando ela sentiu como se não fosse mais suportar, ligou para Patrick, e ele a convencera de que ela não ganharia nada contando o que tinha acontecido. Seria egoísta, dissera ele, algo que faria Laura se sentir melhor, mas faria todos os demais pior. Ele havia escondido o que acontecera no fundo de sua mente, e ela deveria fazer o mesmo. Então quando ela sentiu como se não fosse mais aguentar, a culpa começou a diminuir. Mas ainda assim Laura se flagrava percorrendo o mesmo terreno e começou a questionar se, em vez de querer esquecer, ela não queria lembrar. A amígdala calcula o significado emocional dos eventos. Até seus colegas estavam convencidos disso. Talvez o motivo pelo qual ela seguisse retornando para seu encontro com Patrick naquele final de semana era porque ele era mais significativo emocionalmente do que ela gostaria de admitir para si mesma.

Embora Patrick tenha tido o cuidado de descrever o que havia acontecido entre eles como nada mais que um amasso malpensado, de timing errado e meio bêbado, Laura sabia que ele achava igualmente difícil fugir de suas garras. Aquilo abalou o relacionamento dele com Janey, porque logo depois ela começara a expressar dúvidas quanto ao comprometimento de Patrick. Certamente havia afetado a amizade deles. Para alívio de Laura, ele não foi ao seu casamento. Em dois meses, Patrick desapareceu completamente da vida deles. Ignorou os telefonemas, os e-mails e os recados deixados com a agência de fotografia que o levou para o Afeganistão. Então, depois que ele desapareceu, a culpa voltou. Só que, dessa vez, seu foco passou de Sam a Patrick, quando Laura se deu conta de que ele tinha sacrificado suas amizades para garantir a felicidade dela.

Laura desenvolveu uma gama bem-sucedida de estratégias para promover uma visão distante daquele final de semana. Ela não conseguiu apagar as lembranças, mas sua ressonância emocional diminuiu. Adotou todas as técnicas desenvolvidas por psicólogos cognitivos para treinar a mente a controlar reações a eventos emocionais. Sempre que imagens dela e de Patrick surgiam em sua consciência, ela recitava a mesma frase sem parar: "Uma lembrança não passa de uma série de caminhos neurais." Não era nada diferente do mantra dado às pessoas que aprendiam a meditar e funcionava da mesma maneira. Ela se livrou de qualquer coisa que a fizesse se lembrar daquele final de semana: doou seu adorado short e o biquíni que usava desde a adolescência, vendeu o álbum do Pulp numa loja de discos usados, queimou as fotografias. Sam não percebeu. Estava envolvido demais com seu novo trabalho como roteirista de *Não ressuscitar*. Não ocorreu a Laura que ele tivesse guardado as próprias suspeitas sobre aquele dia.

A parte mais difícil foi ouvir Janey falar sobre seus problemas com Patrick durante os meses antes de ele finalmente desaparecer. Ele dizia que queria se casar, mas ainda assim estava procurando trabalho no exterior, tentando conseguir emprego como correspondente em Cabul para uma agência de notícias. Ficava irritado e depois dizia a Janey que não era culpa dela. Ele a criticava por ser escrava de seu emprego e debochou quando ela ganhou um bônus que era quase o dobro da sua renda anual, apesar do fato de que isso significava que ele poderia morar sem gastar nada no apartamento que ela havia comprado em Notting Hill. Uma vez, Janey confidenciou a Laura que achava que ele estava saindo com outra mulher. Laura ficou ao mesmo tempo excitada e horrorizada com a própria hipocrisia quando se viu consolando Janey e sugerindo que a amiga talvez devesse deixá-lo.

De pé na areia, Laura fechou os olhos por um instante e começou a repassar a sequência exata dos acontecimentos daquela noite de 11 anos atrás. Quando foi que tudo começou? Era uma pergunta que havia feito a si mesma inúmeras vezes, principalmente nos primeiros anos. Porque não foi naquele momento na barraca em que Patrick finalmente entrou dentro dela e os dois começaram a se jogar um em cima do outro preguiçosamente como se fossem as duas únicas pessoas se divertindo num bosque na beira do canal Llangollen e tivessem o luxo de uma noite inteira pela frente. Então Laura se lembrou de uma coisa que havia acontecido no primeiro dia da viagem, quando levaram a barcaça para fora de Kington. Sam estava irritado porque Jonathan havia deixado seu rádio portátil no carro, e ele não poderia escutar o jogo de críquete. Os dois estavam discutindo no fundo do barco sobre de quem era a vez de guiar. "Como eu posso confiar a você as minhas alianças de casamento se não posso contar com você nem para se lembrar de um rádio?", implicava Sam com Jonathan. Laura se afastou para o topo da barcaça porque queria ficar sozinha. Deitou-se num tapete, fechando os olhos contra o sol, e ficou ouvindo o bate-boca, sorrindo pela sensação de familiaridade. Podia sentir o calor do convés de madeira através da toalha e, pela primeira vez em muitos dias, sentiu o corpo começar a relaxar.

A discussão distraiu seus pensamentos do casamento iminente. Não eram preocupações usuais de uma noiva. A principal preocupação de Laura era se a mãe iria conseguir se segurar até o dia. Luvas, pensou Laura, sentando-se abruptamente. Ela devia comprar luvas para a mãe, então ninguém perceberia os ferimentos provocados em suas mãos pela mania de lavá-las. Cerca de dois meses antes, Laura tinha receitado Prozac à mãe e explicado ao pai, no caminho de volta da farmácia, que havia uma ligação direta entre o transtorno obsessivo compulsivo e baixos níveis de serotonina, e que ele devia garantir que a mãe tomasse o remédio regularmente. O pai dela ficara olhando desconfortavelmente ao redor na farmácia quando ela enfiou os comprimidos no bolso dele, alertando Laura de que não podia prometer milagres.

— Ela está velha demais para mudar — disse ele.

— Há quantos anos ela está assim? — perguntou Laura, imaginando por que nunca havia perguntado antes.

— Desde que teve os filhos — respondeu o pai. — Aparentemente, a gravidez pode detonar isso.

— Por que você não falou comigo sobre isso antes? — perguntou Laura, sem parar para se perguntar por que ela não havia tocado no assunto com o pai.

— Se a vida adulta parecer complicada demais, os filhos não vão querer crescer — disse o pai, com um sorriso triste.

Ela podia ouvir Hannah e Janey rindo na frente da barcaça. Elas estavam discutindo a decisão de Jonathan de abrir o próprio restaurante. Hannah contava a Janey que um chef havia pedido para ele ir comprar alecrim e ele voltara com um vaso de lavanda. Ela disse que agora que Luke e Gaby estavam na escola, iria tentar ajudar Jonathan, porque o conceito de um restaurante britânico com credenciais ambientais era bom, ainda que ele não fizesse muita ideia de como juntar quaisquer dos ingredientes. Laura ligou um aparelho de CD que Jonathan havia lhe dado quando ela lhe disse que ia tentar descansar no convés da barcaça. Era uma seleção de músicas estranha que ele compilara para Sam tocar na festa depois do casamento.

Laura não podia acreditar que em um mês ela estaria casada. Por dentro, ainda se sentia a estudante de 18 anos que havia chegado a Manchester sem saber de nada, exceto que a medicina iria, de alguma forma, lhe dar a certeza que faltava em sua vida. Sua mãe podia encarar o mundo se lavasse as mãos cinco vezes antes de sair de casa, se batesse os pés na porta de entrada exatamente cinquenta vezes e se soubesse que havia um pacote de lenços umedecidos dentro da bolsa. Laura, com o temperamento mais parecido com o do pai, sabia que precisava existir um jeito mais fácil. A condição da mãe era tão familiar a Laura que ela ficou surpresa ao descobrir quando estava estudando medicina que tinha um nome, e mais ainda quando soube que havia formas de curá-la. Durante anos, ela deduzira que o motivo pelo qual os hábitos da mãe tinham de permanecer em segredo era que eles eram peculiares a ela. Não havia contado sequer a Sam.

— Por que você faz isso, mãe? — perguntou ela uma vez, enquanto a mãe batia na soleira da porta a caminho de comprar 1 litro de leite.

— Para deixar tudo bem — disse a mãe, sorrindo.

Os olhos de Laura ardiam de cansaço, e ela os fechou, esperando que conseguisse cair no sono. Estava trabalhando como residente numa unidade neurológica do hospital da universidade e, na noite anterior, havia chegado em casa depois da meia-noite. Numa noite de bebedeira com Janey, as duas calcularam que ela trabalhava quase tanto tempo quanto Janey por menos de um quarto do salário. Laura tinha fé no novo governo. O Partido Trabalhista Britânico daria um jeito no Sistema Público de Saúde. Tony e Cherie não se curvariam aos encantos da City. Todos se referiam a eles pelos primeiros nomes e isso claramente os tornava diferentes de todos os que haviam estado lá antes. Ela estava quase dormindo quando sentiu que não estava sozinha. Entreabriu um dos olhos e viu Patrick encarando-a.

— Desculpe, eu não queria acordar você — disse ele, sentando-se ao seu lado. Todos sabiam dos horários apertados de trabalho de Laura. Ele lhe ofereceu sua garrafa de cerveja, e Laura tomou um grande gole. Patrick segurava um CD na ponta dos dedos.

— OK Computer — mostrou ele, acenando o disco para ela alegremente. Laura deve ter olhado para ele inexpressivamente, porque ele então explicou que era o novo álbum do Radiohead.

— Eu conheço o cara que faz a parte gráfica para eles, então consegui uma cópia adiantada — disse ele.

— Eu não tenho mais muito tempo para ouvir música — contou Laura, sentando-se e esticando a coluna, empurrando os ombros para trás. Ela passava tanto tempo debruçada sobre pacientes, fazendo anotações, estudando imagens cerebrais, que às vezes sentia como se seu corpo estivesse implodindo. Examinou a barriga e viu que já estava ficando rosada do sol. Tocou o nariz e achou que sentiu as sardas começando a aparecer. Queria descer para o minúsculo quarto que estava dividindo com Sam para pegar o filtro solar, mas ficou com receio de Patrick se sentir desprezado. Todos os amigos sabiam que ele estava passando por mais um período complicado.

— Janey é igualzinha — disse Patrick, apertando o botão para abrir o aparelho de CD. — Ela trabalha o tempo todo.

— As mulheres têm mais a provar — comentou Laura, encolhendo os ombros. — Nós precisamos ser duas vezes melhores que os homens para sermos consideradas com metade da relevância deles.

— Não se você for fotógrafa — disse Patrick, oferecendo a cerveja enquanto enrolava um baseado. — As fotos falam por si mesmas, assim como os pacientes, imagino. O gênero é irrelevante quando se trata de diagnóstico.

— Talvez — disse Laura, que conseguia ver a decepção nos rostos de alguns pacientes quando ela abria a cortina ao redor da cama, e eles percebiam que estavam sendo tratados por uma mulher.

— Na verdade, nossos trabalhos são incrivelmente parecidos — alegou Patrick, empolgando-se com o assunto.

— Porque ambos estamos tentando expor alguma coisa, você quer dizer? — perguntou Laura, rejeitando o baseado que ele lhe oferecera.

— Por causa da tensão constante entre empatia e distanciamento — explicou Patrick. — Você simpatiza com seus pacientes, mas não pode se dar ao luxo de se apegar a eles. É o mesmo comigo em relação às pessoas que fotografo. Nós somos provavelmente lados diferentes da mesma pessoa. Ambos somos bons em controlar nossas emoções.

— Eu não sou como você, Patrick — disse Laura, rindo e deitando-se de bruços para aproveitar a sensação da madeira quente do convés cozinhando sua barriga através da toalha.

— Como você acha que eu sou? — perguntou Patrick casualmente, tirando a camiseta.

— Você é menos cauteloso que eu — disse Laura, sonolenta. — E mais corajoso.

— Dá para dizer que a minha incapacidade de me comprometer com Janey é mais cautelosa e menos corajosa que a sua decisão de se casar com Sam — ponderou Patrick, deitado de frente ao lado dela. A cabeça dele estava virada na direção da margem do rio, e ela adivinhou corretamente que seus olhos estavam fechados. Laura fez uma pausa por um instante, perguntando-se se ele seria mais expansivo.

— Você acha que eu não devo me casar com Sam? — Laura acabou perguntando. — Você acha que pode ser difícil ser casada com alguém que ganha a vida escrevendo?

— Se eu fosse mulher, eu me casaria com Sam — disse Patrick.

— Achei que vocês se casariam depois da sua próxima viagem — falou Laura.

— Pessoas como eu não deveriam se casar — respondeu Patrick, objetivo.

— Pessoas como você não deveriam ouvir esse tipo de música — disse Laura, estendendo a mão para o aparelho de CD ao lado e pousando o dedo no botão stop. — Deixa você introspectivo demais.

— Você deveria encarar suas incertezas em vez de tentar fugir delas, Laura — aconselhou Patrick. — Se deixe levar por um tempo. Não seja como eu, sempre correndo. É cansativo demais. — Não sei do que você está falando — disse Laura, apertando o botão de ejetar para interromper Thom Yorke no meio. — E acho que agora não é o melhor momento de explorar o desconhecido.

— Se você se deixar levar, pode se surpreender com onde pode parar — disse Patrick, inclinando-se por cima de Laura para apertar o botão play de novo. A música recomeçou. O braço dele ficou sobre as costas nuas de Laura para evitar que ela se aproximasse novamente do aparelho de CD. Foi um gesto difícil de interpretar. Podia ser de brincadeira, mas havia muito prazer mútuo na intimidade, um desejo cúmplice de estarem perto um do outro. Reconhecendo isso, Laura levantou as omoplatas, forçou contra a pressão e pediu a Patrick para tirar o braço. Em vez disso, ele a encarou e manteve o braço em suas costas. Ela sentiu Patrick insinuar o braço e descer na direção de sua mão, até seus dedos estarem enroscados nos dela. A música recomeçou. Ela apertou o botão stop, percebeu o dedo médio de Patrick em cima do dela e sentiu um arrepio de atração serpentear por seu corpo.

— Patrick, eu estou prestes a me casar com um dos seus amigos, e você está a um passo ir morar com a minha melhor amiga — disse Laura, com uma lógica persuasiva.

— Eu não quero ser seu amigo — sussurrou Patrick no ouvido dela.

Então Jonathan apareceu na parte de cima do barco. Laura o viu olhando para o braço atravessado em suas costas e a impressão avermelhada da mão de Patrick em cima da dela.

— O que está acontecendo? — perguntou Jonathan, em tom de desaprovação. — Vocês vão quebrar o meu aparelho de CD se continuarem assim. — O sol atrás da cabeça de Jonathan cegou Laura, e ela fechou os olhos sem conseguir ver a expressão no rosto dele.

Laura voltou ainda mais no tempo. Lembrou-se de quando estava morando em Londres com Janey, no ano seguinte à formatura. Patrick havia aparecido para jantar num final de semana com Sam. Seu relacionamento incipiente com Janey já era uma bagunça. Eles estavam extraoficialmente juntos, morando no quarto dela no apartamento. Depois eles estavam oficialmente juntos, mas morando separados. Era complicado. Laura e Sam estavam rondando um ao outro. Depois do jantar, Laura dera uma escapada para a pequena varanda que dava para a quadra de futebol e que ficava do lado oposto de onde ela havia visto um passarinho fazendo um ninho no emaranhado de tomilho e alecrim que Jonathan as encorajara a plantar em grandes floreiras de madeira. O pássaro não se mexeu quando a viu, e então ela enfiou a cabeça pela janela e chamou Patrick para ir ver. Ele saiu na varanda e o identificou como um melro. Os dois dividiram um cigarro, e ela se lembrou das mãos dele ficando muito perto das dela enquanto um passava o cigarro para o outro. Nada foi dito. Os dois entraram. Pareceu insignificante na época. Mas agora Laura se questionava por que chamou Patrick e não Sam.

Janey e Sam apareceram em cima do barco e interromperam o pensamento dela. Todos ficaram ali bebendo vinho e fumando até se darem conta de que a barcaça havia sido levada pela corrente na direção da margem do rio e que ninguém estava mais no comando. Aliviada por ter uma desculpa para sair, Laura foi até a popa do barco. Foi acompanhada pelo ex-namorado de Janey, Tom, que ainda não tinha aceitado o fato de que Janey estava prestes a morar com Patrick. Concordou com ele que Patrick não era alguém em que se podia confiar, mas disse que Janey precisava descobrir isso por si mesma. Era por isso que as pessoas se casavam. Para ter uma estrutura na qual pendurar todas essas incertezas, pensou Laura, exausta.

Ela conseguiu evitar Patrick até muito mais tarde naquela noite. O dia se passou com a estrutura familiar orgânica dos dias em Manchester. Atracaram a barcaça. Alguns adentraram a cidade mais próxima em busca de um pub. Jonathan e Sam tomaram dois comprimidos de ecstasy. Laura ajudou Janey a armar a barraca que ela ia dividir com Patrick num campo ao lado de um pequeno bosque que dava para o canal. Tom trancou a porta dos quartos e perdeu a chave em seguida. Hannah fez um corte de cabelo improvisado em alguém.

Em algum momento da noite, quando o sol começou a mergulhar no horizonte, Jonathan anunciou que queria preparar um risoto de cogumelos selvagens e pediu voluntários para buscar os ingredientes. Passou os braços exuberantemente ao redor de Laura, declarando que se a receita fosse bem-sucedida, ele a inseriria no menu do Eden e a batizaria em sua homenagem. Laura saudou a ideia com entusiasmo, porque era o que se esperava dela, sabendo que na manhã seguinte Jonathan teria se esquecido da promessa. Lembrava que Jonathan estava usando uma camiseta *tie-dye* cor de laranja e óculos escuros. Com base no fato de que era médica, e, portanto, seria cautelosa e científica em sua abordagem na busca por cogumelos, e que não estava nem muito bêbada nem chapada, Laura viu-se empurrada para fora da confortável poltrona coberta por uma tapeçaria que ocupava na cozinha da barcaça, em direção à terra firme. Vestia nada mais que um short e a parte de cima do biquíni, e levava um exemplar do *Food for Free* aberto na página sobre cogumelos selvagens.

— Não deixe a noite terminar em diálise — gritou Sam atrás dela. Ele deveria ter ido no lugar dela, pensou Laura. Estava no meio de um episódio de *Não ressuscitar*, sobre um grupo de pessoas envenenadas por cogumelos.

Na margem do rio, encontrou um par de tênis Converse roxos que pertenciam a Jonathan, enfiou-os nos pés e caminhou por uma trilha natural que a levou até o bosque da margem do rio. Sentiu um calafrio ao caminhar sob as árvores e sentir as folhagens raspando suas pernas. Era boa a sensação de estar sozinha. Desde seu encontro com Patrick, ela não havia pensado uma vez sequer nas malditas mãos da mãe.

Viu um campo do outro lado de uma cerca de arame farpado que marcava a margem do bosque. Abriu o livro e passou os olhos pela lista de cogumelos comestíveis encontrados no norte da Inglaterra no final do verão. Laura parou por um instante para examiná-los. Disse cada nome em voz alta, aproveitando o exotismo das palavras desconhecidas: boletus badius, russula, Jack escorregadio. Patrick escorregadio, Laura disse a si mesma umas duas vezes ao se lembrar da expressão no olhar de Patrick. Devia contar a Sam o que havia acontecido? Estava tocando Faithless no aparelho de CD na barcaça, e ela pôde ouvir Janey e Sam rindo. Invejava a proximidade dos dois. Era uma emoção mais complexa do que ciúmes, menos visceral e mais melancólica. Às vezes, ela sentia que todos eram mais próximos dele que ela. Sam sempre pertenceria a outras pessoas.

Atrás dela, Laura ouviu o barulho de galhos se quebrando sob os pés de alguém, mas antes que pudesse se virar, sentiu um dedo prendendo no passador do cinto atrás de seu short dar dois puxões leves. A força não foi suficiente nem para tirar o equilíbrio de Laura nos tênis grandes demais, mas ela sentiu todos os nervos do corpo ficarem em estado de alerta. O dedo permaneceu no passador do cinto. Então lentamente subiu no short e percorreu uma linha fina por suas costas. Embora ele não tenha dito nada, ela soube que era Patrick. Ela não se moveu, e interpretando seu silêncio como aquiescência, Patrick encontrou uma abertura na parte de cima do short e enfiou a mão para acariciar a covinha localizada acima da nádega direita. Laura sentiu o calor do dedo dele queimando dentro dela. Os dois ficaram parados assim durante, pelo menos, dois minutos. Então Laura deve ter se inclinado para trás, porque sentiu a respiração dele em sua nuca, a fivela do cinto dele encostando em sua pele através do jeans, e sua ereção apertada pressionando.

A outra mão dele serpenteou em volta do ombro dela, passando pelas costas, com os dedos dançando em círculos por sua pele nua. Viu-se indo ao encontro da mão dele com a sua, e seus dedos se entrelaçaram agitadamente por um instante. Então a mão de Patrick seguiu para a barriga de Laura e entrou em seu short. Laura se virou para encará-lo, esperando que um dos dois decidisse que aquilo era um erro. Em vez disso, Patrick soltou as mãos de seus ombros e aproveitou para enfiar a mão ainda mais profundamente no short, indo até a parte de baixo do biquíni com um meio sorriso no rosto, como que desafiando Laura a rejeitá-lo. Então, inesperadamente, ele se afastou dela. Laura sentiu o desespero do desejo não atendido. Secou a testa com uma das mãos. Podia sentir o calor dos dedos dele como se sua mão ainda estivesse dentro da parte de baixo do biquíni. Ele segurou a cabeça dela com as mãos, e os dois se beijaram. Primeiro hesitantes, como se tentando avaliar se realmente se encaixavam, e quando ambos estavam mais tranquilos, abraçando-se apertado, ele levantou a camiseta desajeitadamente para sentir o calor do corpo de Laura contra o seu.

— Aqui não — murmurou Patrick.

Ele segurou a mão de Laura e apontou para a barraca na beira do campo. Sem se preocuparem em olhar para trás para ver se alguém os havia visto, os dois seguiram através da vegetação rasteira até a beira do bosque e passaram por cima do arame farpado para o campo. Dentro da barraca, cheirava a hortelã, café e o odor bolorento de suor seco. Não houve qualquer preâmbulo. Nenhuma conversa. Nenhuma necessidade de descobrir que os dois tinham um gosto em comum por Philip Roth, que vinham de famílias igualmente problemáticas, nem discutir se suas vidas estavam seguindo na mesma direção. Laura engatinhou até a outra ponta da barraca para cima de dois sacos de dormir de náilon, arrumados rapidamente. Viu uma mala com as roupas de Janey saindo e a cobriu com uma toalha. Patrick se atrapalhou com o zíper da barraca, encolhendo-se ao prender o dedo. Laura tirou os tênis de Jonathan e os atirou para Patrick, que os pôs organizadamente ao lado da saída, então ela se deitou de costas e ficou observando Patrick aproximar-se. Ele a segurou, com os braços e as pernas encaixados nos braços e nas pernas dela. O zíper da calça dele estava emperrado. Houve vários momentos como esse, em que Laura poderia tê-los feito sair do transe, mas, em vez disso, ela o puxou impacientemente na sua direção e o ajudou a puxar os jeans para baixo.

Patrick enfiou a mão na parte de cima do biquíni até as duas faixas de tecido se abrirem feito uma cortina. Laura se mexeu embaixo dele até ficar com o short nos joelhos, deslizando no saco de dormir de náilon e sentindo as pedras duras e os pedaços de terra embaixo da barraca. Ele largou seu corpo em cima de Laura, até ela se sentir zonza com o peso dele apertando-lhe o peito e o cheiro doce do seu hálito no rosto dela.

As mãos dele puxaram o short e a parte de baixo do biquíni.

Ela abaixou a cabeça na direção dele para beijá-lo e ficou confusa quando ele gentilmente a empurrou de volta para o saco de dormir e passou o dedo suavemente por cima de seu lábio e dentro de sua boca, indicando que eles deviam ficar em silêncio. Então levou a boca até seu mamilo e traçou um canal tortuoso pelo corpo dela com a língua. A pele de Laura se arrepiou de prazer. Ela olhou para Patrick e ficou chocada com o cabelo preto, tão diferente da cabeça loira de Sam, balançando acima de seus seios. Segurou os cabelos entre os dedos. Era duro e estava sujo.

Então ele estava dentro dela. Por um tempo, os dois ficaram assim, aproveitando o ritmo lento, olhando um para o outro, esperando para ver quem iria perder o controle e se renderia primeiro.

Patrick desviou o olhar, e ela pôde ver a linha de sua mandíbula e a forma como ele mordeu o lábio quando começou a dar golpes dentro dela. Então Laura não pensou em nada

Depois Patrick deitou-se em cima dela, com a cabeça enterrada em seu ombro. Os dois não disseram nada. Ele deu uma leve mordida em sua omoplata. Laura sentiu-o se mexer dentro dela e, embora soubesse que eles deviam estar sumidos por quase uma hora, quis tê-lo novamente. Fechou os olhos e virou a cabeça para o lado. Patrick apoiou-se nos cotovelos acima dela.

— Deixe-me ver os seus olhos — disse ele. Laura o encarou. Ela se sentia como se tivesse virado líquido. Embaixo dela, o saco de dormir estava encharcado de suor.

— Se alguém olhar para você, vai perceber — sussurrou Patrick. — Em circunstâncias diferentes, nós ficaríamos bem juntos. Isso nunca lhe ocorreu?

Laura quis perguntar o que ele queria dizer com aquilo, mas sentiu o corpo de Patrick congelar acima dela. Seus músculos ficaram tensos, e quando ela se balançou na direção dele, em vez de corresponder, ele permaneceu completamente imóvel. Ela sentiu alguma coisa em cima de sua cabeça. Cheirava a cloro, e Laura concluiu que era a toalha. Abriu os olhos, mas não conseguiu enxergar nada, embora pudesse sentir a superfície áspera em seus cílios. Por um instante, ela achou que Patrick ia sufocá-la. Enfiou a língua para fora e pressionou-a contra a toalha até esticá-la para cima. Então o sentiu ainda duro dentro dela e se perguntou se aquilo não seria um joguinho de sexo complicado.

— Psiu — disse ele, quando a sentiu se contorcendo. — Tem alguém aqui. — Laura ouviu o zíper da barraca se abrir e o barulho de alguém tentando entrar. Talvez fosse um animal, pensou Laura, com o próprio corpo agora duro de tensão. Ouviu uma voz conhecida.

— Patrick, você está aí? — perguntou Jonathan. Então se deu conta de que Patrick não estava sozinho. Laura ouviu Jonathan se desculpar e bater em retirada da barraca.

— Desculpe, parceiro — disse ele. E então se foi.

Os dois se vestiram em silêncio. Laura enfiou as coisas de Janey que haviam caído de volta na mala e vestiu o short. Por um breve instante, os dois ficaram abraçados em silêncio. Laura voltou à barcaça contando a todos que não havia conseguido encontrar cogumelos. Ninguém pareceu ter sentido a falta deles. Jonathan disse que não tinha importância, pois ele conseguira encontrar uma generosa porção de cogumelos selvagens, que já estavam lavados e picados. Quando a refeição ficou pronta, Patrick ficou sobre a ponte acima da barcaça e tirou a foto agora imortalizada na capa do livro de Jonathan. Depois Jonathan perguntou a Laura se ela podia, por favor, devolver seus tênis Converse. Não a olhou nos olhos

A chuva começou a cair numa furiosa diagonal através da baía Ninguém demonstrou qualquer inclinação para sair do lugar Sam encarava Patrick, confuso.

— Sinto muito, Sam — disse Patrick, mas mal dava para ouvir a sua voz.

— Então quem foi que trouxe Patrick aqui? — perguntou uma voz. Era Luke. Todos se viraram para encará-lo.

— Fui eu — admitiu Laura. — Quando eu soube que íamos vir para cá, entrei em contato com Eve na revista e a pus em contato com Patrick.

— Mas por que você faria isso? — Janey perguntou, espantada. O braço de Steve estava firme ao redor de seus ombros.

— Porque eu me sentia culpada por ele ter perdido todos os amigos — disse Laura simplesmente. — Eu sabia que Janey estava feliz com Steve. Achei que já havia passado tempo suficiente para que Patrick conseguisse se reintegrar. Eve gostou da simetria de a mesma pessoa fazer a foto. Eu não queria que todos ficassem sabendo do que aconteceu, queria apenas ver se conseguia desviar o fluxo da história e reunir todos nós no mesmo ponto em que tudo começou.

— Isso é foda — disse Jonathan, e duas cabeças assentiram em silenciosa concordância.

— Eu não conseguia viver com o fato de que todos achavam que Patrick insensivelmente havia abandonado a Janey quando, na verdade, ele estava sacrificando seus amigos para garantir a minha felicidade — explicou Laura. — Eu não queria mais viver com a culpa.

— Então é isso? — perguntou Luke. Todos se viraram em sua direção.

— O que você está querendo dizer? — respondeu Jonathan.

— É disso que se trata? — repetiu Luke, ansioso.

— Não estou entendendo — disse Jonathan.

— Isso é a meia-idade? — perguntou Luke.

18

A fotografia nunca foi tirada. A reportagem da revista, jamais escrita. As anotações da entrevista de Eve ficaram no escaninho de entrada da mesa dela em Wapping até chegarem ao fundo, soterradas por outros pedaços de papel. Nenhum de seus colegas disse nada, porque todos sabiam: a reportagem foi cancelada porque Eve havia se tornado parte da história. Em vez disso, substituíra rapidamente a reportagem de capa sobre Jonathan Sleet pela primeira entrevista britânica com o novo maestro venezuelano da orquestra sinfônica de Los Angeles.

Não importava, porque quando o primeiro episódio da série de TV de Jonathan foi transmitido pela BBC no começo de agosto, ele já era um nome conhecido no país inteiro, embora sua notoriedade tivesse menos a ver com a cozinha britânica do que com sua vida particular. A série teve consistentes e bons índices de audiência, em parte porque a crise financeira estimulava as pessoas a ficarem em casa e, no clima de austeridade, a ideia de produtos sazonais produzidos localmente encantava as crescentes fileiras das classes de cultivadores de hortas. "Fazer bochecha de porco" entrou para o léxico como eufemismo para trair a mulher. O relacionamento de Jonathan durou mais uns dois meses depois que todos foram embora de Coll. Provavelmente teria terminado antes, Jonathan explicara melancolicamente a Sam na mais recente conversa dos dois por telefone, mas eles estavam presos um ao outro pela cola da exposição pública.

Em sua casa temporária de Los Angeles, enquanto tentava decifrar a última rodada de anotações da equipe de editores de roteiros do estúdio, Sam confeccionara uma lista de coisas que nunca mais iriam acontecer por causa das férias. Janey e Steve nunca mais viajariam com qualquer um dos velhos amigos de Janey. A não ser por Patrick, talvez, mas mesmo isso era improvável, porque eles já passavam muito tempo juntos, agora que ele morava com eles em Londres entre trabalhos de fotografia. Havia até mesmo montado um estúdio no porão.

Steve começara a mandar e-mails periódicos a Sam e Laura. Escrevia de um jeito formal, sem se esforçar para encurtar frases ou orações. Era um estilo que lembrava os cartões de Natal que as pessoas costumavam mandar com notícias da família, embora as novidades de Steve fossem invariavelmente mais baixo-astral. Ele tinha perdido o emprego. A arbitragem de fundos de títulos conversíveis havia "se ferrado", ele escrevera a Sam em sua mais recente mensagem.

Seus modelos gerados por computador que identificavam variações de preço em ações não eram confiáveis em situações extremas e haviam sofrido perdas espetaculares no desvio do mercado depois que o Lehman Brothers faliu, em meados de setembro. As restrições para vendas de ações de bancos também não ajudaram. "Quando se negocia volatilidade, fica tudo bem", Steve contou a eles. A crise no setor financeiro havia contaminado a economia, e era improvável que ele fosse conseguir outro emprego a médio prazo. Assim, por ora, a babá tinha sido dispensada, e Steve se tornara dono de casa. Então se seguia uma longa descrição da primeira tentativa de Jack de engatinhar, um evento testemunhado ao mesmo tempo por

Patrick e Steve, embora não por Janey, cuja carga de trabalho havia aumentado com a falência de bancos, que geraram causas jurídicas ainda mais complexas.

Jonathan e Hannah nunca mais iriam viver juntos sob o mesmo teto, pelo menos não da forma convencional. Jacek nunca mais voltaria a morar na Eslováquia. Sam tinha dúvidas se, falando estritamente, o destino de Jacek havia sido definido pelo que acontecera em Coll. Concluiu que era um efeito colateral, porque talvez se Hannah não tivesse sentido tanto a sua falta e encerrado suas férias prematuramente, pelo menos a parte deles na história teria escapado à opinião pública.

Sam mexeu lentamente sua água tônica com limão e *slimline*, um novo drinque que ele havia descoberto desde a mudança no começo de agosto. Ainda que logo depois das férias Sam tenha voltado a beber significativamente, havia sido fácil se adaptar ao estilo de vida curiosamente ascético das pessoas com quem trabalharia ao longo do ano seguinte para desenvolver seu roteiro. Pela perspectiva de Sam, a Califórnia parecia o lugar menos hedonista da face da Terra. Qualquer coisa que prejudicasse a capacidade de trabalho das pessoas era rejeitada, e isso incluía o álcool. Ele havia inclusive começado a fazer exercícios.

Para variar, Jonathan demonstrara uma capacidade de avaliação impecável, pensou Sam, olhando para o copo, contemplando as bolhas e avaliando o que os dois haviam falado ao telefone mais cedo. A água tônica americana era definitivamente mais efervescente. As bolhas se prendiam à fatia de limão como moluscos. Fechou os olhos, enfiou o nariz no copo e sentiu o gás fazer cócegas em suas narinas, gostando do efeito de absorver uma pequena dose de dióxido de carbono. Era fim de tarde, e Sam estava acordado desde que o telefone tocou, às seis da manhã. Idealmente, ele iria agora para a cama para uma sesta de dez minutos, mas essa seria mais uma forma de procrastinação para evitar olhar para o fim do roteiro e descobrir se seu novo final havia sido aprovado.

— Ela não me quer de volta — disse uma voz do outro lado da linha num tom categórico, antes que Sam tivesse a chance de dizer qualquer coisa. Sam reconheceu Jonathan e compreendeu imediatamente que ele estava falando de Hannah. Jonathan repetiu a mesma frase umas duas vezes, como se ainda estivesse tentando absorver seu impacto. Toda vez que ele dizia aquilo, Sam podia sentir seu medo. Não era este o final que Jonathan havia esperado. Ele prometera fazer qualquer coisa para que o relacionamento deles desse certo de novo. Havia até mesmo se oferecido para morar em Suffolk novamente. Hannah estava inflexível. Ele devia permanecer em Londres, ela ia ficar em Suffolk, e Jacek continuaria administrando a fazenda.

— Isso que eu chamo de eufemismo — suspirou Jonathan.

— As coisas estarão bem diferentes dentro de seis meses — Sam garantiu a ele, pensando na imprevisível trajetória de sua própria vida no último ano.

Jonathan explicou que havia se mudado permanentemente de volta para seu apartamento de Londres e que Gaby havia ido morar com ele, decidida a voltar à velha escola da zona oeste de Londres, em vez de ficar em Suffolk para se preparar para a entrada na universidade. Não houve qualquer matéria de jornal sobre ele por pelo menos duas semanas depois. Ele era provavelmente a única pessoa do país que estava aliviada com a falência do sistema bancário. O Bear Stearns havia falido ainda mais rápido que o seu casamento, disse ele, num raro momento de descontração.

Sam ouviu alguém fazendo perguntas a Jonathan e imaginou que ele estava ligando do Eden. Houve uma discussão abafada sobre se deviam comprar aipo orgânico da Escócia ou mais aipo cultivado localmente de Hertfordshire, e Jonathan disse categoricamente que, levando em consideração o clima financeiro atual, eles deveriam optar pela alternativa mais barata. Disse que uma entrega de abobrinhas e morangas deveria chegar da fazenda de Suffolk no dia seguinte, embora ele ainda precisasse confirmar os detalhes com Hannah.

Jonathan voltou a dar atenção a Sam e explicou que os americanos ricos, administradores de fundos e investidores que costumavam fazer refeições de consciência limpa à custa das empresas no Eden, estavam pedindo pizzas para entrega. Não fosse pelo fato de que podiam manter os custos baixos por serem proprietários do ponto, produzir muito de seus próprios ingredientes e a série de televisão ter transformado o Eden no que Jonathan descreveu como um "restaurante destino", eles estariam em apuros. A pontada da velha arrogância da declaração deu a Sam a esperança de que Jonathan poderia acabar saindo da situação intacto.

— Eu me ofereci para cortar minhas bolas fora e cozinhá-las para ela, Sam — disse Jonathan, suspirando.

— E como Hannah reagiu?

— Ela disse que o remorso é um prato que se serve frio. Está morrendo de preocupação com Luke e Gaby, mas diz que se sente mais feliz sem mim — reclamou Jonathan. — A pior coisa é a simpatia de Jacek. Ele nem sequer se sente ameaçado por mim. E é claro que todo mundo acha que eu mesmo provoquei isso.

— O que você achava que ia acontecer? — perguntou Sam.

Quem sabe se ele tivesse feito essa pergunta seis meses antes, talvez Jonathan pudesse ter saído da berlinda.

— Eu achava que Hannah nunca iria descobrir — disse Jonathan.

— E se ela descobrisse, eu imaginava um período de uma horrível recriminação e fúria cega, durante o qual nós iríamos fazer terapia e analisaríamos onde as coisas haviam dado errado. Isso seria seguido por uma oportunidade de mea-culpa e a chance de acertar as coisas com entregas regulares de buquês de flores, feriados em Praga, talvez uma força com Viagra e então...

— De volta à estrada de tijolos amarelos — interrompeu Sam, com alegria forçada na voz.

— Exatamente — disse Jonathan. — Em vez disso, eu fico no meu apartamento de dois quartos, comendo miojo e enfrentando o muro de ira selvagem que é a minha filha e, o que é ainda pior, eu sei que não é nada mais do que eu mereço.

— Você ama Hannah? — perguntou Sam.

— Tudo o que sei é que quero a minha velha vida de volta — disse Jonathan, com tristeza.

A conversa havia se voltado para Luke. Logo depois das férias, houve muita discussão sobre o que Luke devia fazer. Ele tinha garantido uma vaga para estudar inglês em Bristol, mas existia gente suficiente interessada em anunciar em seu blog para transformá-lo num negócio viável. Hannah, que nunca se formou na universidade, insistia que ele devia pegar a vaga, enquanto Jonathan, que havia entrado raspando em Manchester, achava que o filho devia seguir seus instintos empreendedores, mas desenvolver um novo negócio que não tivesse nada a ver com blogs. Em vez disso, Luke assumira o caso em suas próprias mãos e enviado um e-mail a Sam dizendo que adiara sua vaga na universidade por um ano e perguntando se poderia ir passar um período indeterminado de tempo com eles em Los Angeles para fazer estágio numa empresa de produção e talvez ajudar cuidando das crianças.

No começo, Sam disse não. Estava gostando da distância entre aquela vida nova e a velha. Então, depois de pensar por uns dois dias, decidiu que não tinha nada contra Luke e que poderia ser catártico para eles passarem algum tempo juntos. Laura ficou encantada quando soube da proposta de Luke. Disse que ele era a única vítima de toda aquela situação triste.

Luke parecia ótimo, Sam tranquilizou Jonathan. A expressão preocupada que ele tinha no rosto quando o apanharam no aeroporto LAX duas semanas antes havia desaparecido e, brincando com Nell e Ben, ele parecia ter descoberto um novo senso de frivolidade e leveza que lhe faltara desde a *débâcle* em Coll. Isso fizera Sam se dar conta de que Luke era pouco mais que uma criança.

— Eu sinto muito pelas férias. Eu simplesmente não imaginei que tudo fosse terminar daquele jeito — disse Jonathan, suspirando. — Que porra de fiasco.

— Luke também não — falou Sam. — Tenho certeza de que ele não se deu conta das consequências de seus atos. — Na verdade, dava para dizer a mesma coisa sobre todos nós, Sam queria observar antes de desligar o telefone, mas havia um acordo tácito entre ele e Jonathan de que os detalhes menos aprazíveis das férias, incluindo o encontro de Sam com Eve e a briga deles na praia, eram assuntos, assim como a *au pair* alemã, que nunca deveriam ser revisitados. O segredo de uma longa amizade era saber quando não dizer alguma coisa. O segredo de um longo casamento, por outro lado, era a sinceridade absoluta.

Sam se levantou e foi até a poltrona de couro que ficava ao lado das portas de correr que iam de seu escritório ao jardim da casa alugada pela empresa de cinema em Santa Mônica. Ele se apoiou no batente da porta e ficou observando Nell e Ben brincando no jardim. O céu estava perfeitamente azul. As plantas pareciam tão paradas quanto o calor. Nada se mexia. A buganvília rosa-shocking, o cacto no canto, o limoeiro e até mesmo as folhas flexíveis da bananeira estavam imóveis. Às vezes, Sam se sentia como se tivesse acidentalmente invadido um quadro de David Hockney. O único barulho que ouvia era o das bolhas de seu copo e um ocasional farfalhar de papéis, quando o ar-condicionado soprava na direção da sua mesa.

Abriu a porta, e o som de Nell e Ben discutindo encheu o escritório.

— Eu sou a índia Cheyenne — gritou Nell. — A ideia foi minha. — Ela estava usando um biquíni e um cocar de penas que eles haviam encontrado numa visita a uma reserva de índios nativos perto de Sacramento.

— Eu tenho o tacape — disse Ben. Num movimento rápido, ele atingiu o braço da irmã. Estava evidentemente mirando na cabeça dela, mas felizmente Nell era mais alta que ele. Sam esperou prendendo a respiração. Quanto mais tempo Nell levava para chorar, mais intenso era o barulho quando começava. Um grito cortante saiu de sua boca, e Sam viu Laura correndo para o jardim quando Nell se atirou em cima de Ben.

— Você pode ser um índio Pomo, Nell — sugeriu Laura, enquanto os separava. — Eles são a tribo que ficava mais perto de Los Angeles.

Alertado pelo barulho, Luke também havia chegado ao jardim, vindo de seu quarto no térreo.

— Quem quer escutar o meu iPod um pouquinho? — perguntou ele.

Luke era bom em dissipar tensões, o que era surpreendente, considerando quanta tensão ele havia provocado inadvertidamente, pensou Laura. Aos poucos, estava ficando claro para as crianças que, se elas não brincassem uma com a outra, não havia mais ninguém com quem brincar até o começo das aulas. Laura viu Sam fechando as portas de correr e voltando para a mesa de trabalho. Os dois sorriram hesitantemente e acenaram um para o outro em silêncio através da vidraça. Nell e Ben estavam deitados no chão, cada um com um fone de ouvido numa orelha, com os braços estendidos e os olhos fechados por causa do sol. Laura achava a grama áspera e espinhosa. Mas, ao final do dia, o piso estava tão quente que qualquer desconforto era absolutamente menor que a sensação de calor assando o corpo através da terra. Às vezes, ela se deitava entre eles segurando suas mãos, e os três ficavam parados e em silêncio, e Laura sentia um breve instante de ligação atemporal. Era fácil se sentir ligada em Los Angeles, porque quase ninguém que se conhecia era da Califórnia, o que significava que era possível definir o próprio relacionamento com a cidade, desimpedido pelo peso da história.

Algumas pessoas poderiam acusá-los de escapismo, pensava Laura em seus momentos de maior autocrítica. Porém era mais fácil confrontarem um ao outro longe dos olhares de amigos bem-intencionados e familiares desconfortáveis, que haviam lido tudo nos jornais e decidiram que era melhor não comentar nada. Ela nunca se sentira mais próxima de Sam. Todas as vezes que falava com Hannah, que estava eufórica ou nas profundezas do desespero, Laura sentia-se grata pelos ritmos lentos do cotidiano de seu relacionamento. Voltaria ao trabalho quando retornassem à Inglaterra. Até lá, as fissuras no casamento deles estariam consertadas. Tempo, dinheiro e história estariam novamente do lado deles.

Observou Luke na outra ponta do jardim, sentado numa cadeira lendo *Guerra e paz*. Ele havia pedido que Sam fizesse uma lista de vinte romances essenciais que ele deveria ler antes de ir para a universidade e decidira começar pelo mais longo. Estava usando um short novo que havia comprado com o dinheiro dos salários de suas primeiras semanas. Luke fora de bicicleta até um shopping que ficava a uns 3 quilômetros de distância, sendo talvez o único ciclista na estrada, e tinha voltado com o short e duas camisetas gastas que usava em revezamento.

Nell agora estava deitada diretamente embaixo da palmeira, na estreita faixa de sombra feita pelo tronco da árvore. Era seu lugar preferido, e a grama ali já parecia mais dura e seca do que no resto do jardim. No final do dia, quando sua sombra dividia o jardim ao meio, Nell e Ben teriam criado campos rivais com objetos que Luke pacientemente havia levado para fora da casa. Em suas incursões ao jardim durante um intervalo do trabalho, com uma xícara de chá na mão, Sam cuidava para sempre ficar com um pé em cada campo.

Ela contou a Sam que gostava de deitar embaixo da palmeira para o caso de cair um coco. Queria pegá-lo para que a água ficasse com ela. Sam tentou argumentar com Nell que, primeiro, aquela palmeira não dava cocos porque o jardineiro lhe dissera que se tratava de uma palmeira Rio Grande. Então, como ela se recusou a ouvir a razão, ele disse que se um coco caísse em sua cabeça, ela poderia se tornar o tipo de problema neurológico que garantia o emprego de sua mãe. Mas ela o ignorou resolutamente. A ideia de que seus pais eram falíveis estava lentamente ganhando corpo.

Sam estava olhando para a parte de cima da palmeira do escritório. Fez um sinal de positivo com o polegar para Laura, o que significava que o trabalho estava indo bem. Embora só pudesse ver gigantes sementes lá em cima, ainda se preocupava com que um coco perdido pudesse de repente cair do céu, porque uma coisa que Sam havia aprendido durante o último ano era que não se podia tomar nada como certo. Por Deus, até mesmo o banco e a hipoteca dele tinham desaparecido. Cocos metafóricos do céu haviam chovido sobre todos, e ele não queria que nada acontecesse com Nell, certamente não enquanto ele estava cuidando dela. Também havia a questão da Falha de San Andreas, que poderia passar embaixo do jardim. Nunca se podia estar verdadeiramente seguro em relação ao chão sob os nossos pés.

Sam olhou ansiosamente para a palmeira mais uma vez e voltou para o escritório, mordendo nervosamente as cutículas. Andou de um lado para o outro por um tempo, pegando a edição do dia anterior do *LA Times* e uma velha edição da *Screen International* deixada pelo pessoal que alugara a casa antes. Abriu mais uma lata de água tônica do frigobar que ficava no escritório. Quando se mudou para a casa, vira o pequeno refrigerador como um sinal de decadência. Agora, percebia que manter comida e bebida no escritório era simplesmente mais uma forma de evitar distrações.

Finalmente, Sam foi até as últimas dez páginas do roteiro, temendo o que poderia encontrar nas anotações. Mas o que encontrou foram elogios. O final revisado era *brilhante*, dizia um pequeno bilhete do diretor. *Cate vai amar isto*, ponto de exclamação, ponto de exclamação, outra pessoa havia escrito na margem da última página. Reconheceu a letra. Era da mulher carrancuda de cabelos ruivos e óculos meia-lua que acordava às cinco da manhã para fazer exercícios antes de começar a trabalhar.

Ele iria mostrar os bilhetes a Luke mais tarde, quando as crianças estivessem na cama e eles estivessem dividindo uma cerveja no jardim, porque foi Luke quem inadvertidamente forneceu o final a Sam, embora não soubesse disso ainda. É claro que não era um relato completo do que havia acontecido nas férias. Às vezes, a verdade era simplesmente estranha demais. Mas ela certamente havia oferecido uma útil fonte de material. Sam ainda balançava a cabeça com incredulidade sempre que pensava nas últimas 24 horas passadas em Coll.

Depois da briga na praia, todos voltaram para a casa juntos. Caminharam de volta para a estrada, através da intempérie, com as cabeças baixas contra o vento e a chuva, feito um grupo de soldados derrotados em retirada na Crimeia, supondo que, embora algo terrível tivesse acontecido, o pior certamente havia terminado. Um grande erro acabou por se tornar público.

Quando chegaram ao caminho que levava até a estrada, Sam olhou para trás e viu os dois baldes de mexilhões ainda ao lado das piscinas de pedra. Embora soubesse que os mexilhões estariam lá no dia seguinte e que, considerando as circunstâncias, agora era improvável que qualquer refeição fosse preparada ou qualquer fotografia fosse tirada, Sam resolveu voltar para buscá-los de qualquer maneira. Alguém iria encontrá-los e sairia resmungando sobre os londrinos gastadores com mais dinheiro do que noção, mesmo com a recessão se aproximando.

Além disso, o vento e a chuva tornavam impossível conversar. E se ele pudesse ter se feito ouvir, o que teria dito? Sua reação não teria sido adequada. Não parecia certo dizer que, depois de tantos anos supondo que Laura havia dormido com Jonathan naquele final de semana, foi um alívio para ele descobrir que tinha sido Patrick, o que ele, na verdade, não se importava. Nem seria apropriado dizer a Laura que ela possuía a capacidade de fazer até mesmo seus amigos se sentirem inadequados, e que era liberador para todos saber que ela era simplesmente tão imperfeita como qualquer outro ser humano. Essa não era a reação que Laura esperava.

Mais que tudo, ele queria evitá-la porque não conseguia suportar a contrição dela. Não podia explicar que sua revelação sobre Patrick tenha feito com que ele se sentisse melhor sobre questões a respeito do próprio comportamento. Sam não tinha estômago para sinceridade absoluta. Nisso concordava com Patrick. Alcançou os baldes e os apanhou, e em vez de caminhar de volta pela praia até a trilha, seguiu na direção do mar.

Sam se viu caminhando na direção das ondas ate seus sapatos e a barra das calças estarem encharcados. Então ficou parado na água observando-a espumar sob seus pés, sem se importar com os sapatos ou com a forma como os pés e tornozelos já estavam dormentes com o frio. Fechou os olhos e ouviu mais atentamente a voz do mar, distinguindo ritmos e tons diferentes. Quando abriu os olhos novamente, estava com as calças molhadas até os joelhos, e se deu conta de que a maré devia estar subindo.

Olhou na direção do horizonte, mas só conseguiu encontrar sua linha estrita no breve instante entre uma onda quebrando e outra se formando. Decidiu fixar o olhar numa única onda perfeita e então segui-la, observando como ela ganhava força até ficar tão alta como a casa onde estavam hospedados. Quando parecia que ela não iria mais conseguir sustentar o peso da própria energia, ela caía, cuspindo seu peso violentamente aos pés de Sam na costa. Nada faria com que Sam fosse mais além. Quando a dormência subiu até as canelas, ele se virou de costas e caminhou rapidamente de volta à estrada.

Ele voltou para casa e encontrou todos na sala de estar. Não havia água quente suficiente para banhos no meio do dia. Assim, alguém tinha acendido a lareira. Havia bolas de jornal amassado e, em cima, um círculo perfeito de gravetos que se encontrava no meio como uma tenda indígena. Steve estava ajoelhado no chão, apontando um fole firmemente para o centro do fogo. Quando Sam entrou, Steve se levantou, cumprimentou-o e apontou para um lugar no sofá mais próximo da lareira. Eve estava sentada no meio do sofá, parecendo preocupada. Sam acompanhou seu olhar, e viu que ela encarava Jonathan.

O ambiente tinha um brilho quente, que Sam atribuiu à lareira e à luz de luminárias localizadas em várias mesas baixas espalhadas pela sala. Mas quando viu a camiseta cor de laranja de

Laura, as calças cor de laranja de Janey e a camisa cor de laranja de Steve, percebeu que tinha mais a ver com as roupas deles. Era como invadir um encontro de Hare Krishna. Apenas Jonathan ainda estava com as roupas que vestia na praia, e isso porque Laura estava cuidando de seus ferimentos.

Jonathan estava sentado num sofá do outro lado da sala, inclinando-se levemente para a frente para conter o sangue que corria do nariz. Com uma das mãos, Laura apertava a parte de cima do nariz dele, com a outra, aplicava antisséptico no corte acima de seu lábio. Alguém havia encontrado um pacote de pequenos curativos adesivos que Patrick segurava obedientemente enquanto Laura tentava limpar a ferida. A camiseta cor de laranja dela estava manchada de vermelho. Sam notou que o kit de primeiros socorros de Laura estava cuidadosamente disposto sobre o livro de receitas do Eden. A foto de Laura de short na barcaça estava parcialmente encoberta por um lenço de papel ensanguentado e um tubo de creme antisséptico que havia vazado em cima de seu rosto.

— Não é tão grave como parece — disse ela, para ninguém em particular, embora estivesse olhando para Sam.

Ele foi até Jonathan para se desculpar.

— Eu realmente sinto muito, não sei o que me deu — disse ele.

— Tenho certeza de que você realizou a fantasia de muita gente — respondeu Jonathan, com uma fala arrastada e fanha. Tentou se recostar, mas Laura pediu que ele mantivesse a cabeça virada para a frente.

— Eu costumava ter sangramentos no nariz quando criança — disse Jonathan.

— Eu me lembro — respondeu Sam.

Patrick se sentou no braço do sofá. Estava com os nervos à flor da pele. Agitava a perna direita para cima e para baixo com tanta intensidade que Sam estendeu a mão para fazê-lo parar. Patrick anunciou que iria embora no próximo barco, mas Sam observou que a balsa não estava funcionando por causa da tempestade.

— A balsa não consegue atracar com esse vento sul — disse ele, demonstrando conhecimento.

Patrick disse então que iria subir para o quarto e ficar lá durante o resto do dia, mas Janey o interrompeu num tom surpreendentemente gentil explicando que Jack estava tirando a soneca da tarde e que, considerando o tamanho da jornada do dia seguinte, ela realmente preferiria que ele não a interrompesse.

— Patrick, está tudo bem, sério, está tudo bem — resmungou Sam, um pouco impaciente. — É claro que não é a situação ideal, mas também não é um desastre absoluto.

— O que poderia ser classificado como um desastre absoluto, então? — perguntou Eve, com um tom um pouco agressivo demais para o gosto de Sam. Ele a ignorou.

— Esta é uma pergunta interessante — disse Steve, entre um sopro e outro do fole.

Eve estava folheando nervosamente uma velha edição da *Vogue* que havia apanhado de uma pilha de revistas no peitoril da janela.

— Vocês acham que os proprietários da casa guardaram esta edição da *Vogue* por causa do logotipo xadrez? — perguntou ela.

— Talvez tivesse alguma coisa dentro que eles queriam ler de novo — sugeriu Janey, pegando uma edição ainda mais antiga com um retrato de Diana na capa, no mês em que ela se casou. — "O casamento do século agora faz parte da história, e como toda história verdadeira, deixará sua marca no futuro" — Janey leu em voz alta. — Eis uma lição para todos nós.

Foi uma distração útil, pensou Sam, uma tentativa louvável de impor alguma normalidade à situação, porque eles precisariam ser engenhosos para enfrentar a noite e o dia seguinte.

— Esta página está marcada — mostrou Eve, folheando impacientemente a revista.

— Aí está a sua resposta, então — disse Janey, satisfeita

Eve leu o título:

— "Amizade e sexo podem se misturar?" Eis uma questão para todos vocês. Meu Deus, vocês fazem a vida parecer tão complicada.

Luke entrou na sala trazendo uma bandeja com um bule de chá, mas sem xícaras suficientes. Havia aberto um pacote de biscoitos. Foi até Jonathan e passou os braços gentilmente ao redor do pescoço dele por trás do sofá.

— Você está bem, papai? — perguntou ele.

— Foi um mal-entendido, Luke — disse Jonathan. — Coisas da vida. Uma boa lição sobre a importância da honra entre ladrões.

Então Luke desapareceu dali direto para o seu quarto. Ninguém foi atrás dele. Houve uma sensação de alívio por ele ter saído da sala, porque sua presença aumentava a sensação de vergonha coletiva. Sam não conseguia lembrar em que ponto ele os encontrou brigando na praia, mas se lembrava de Luke tentando afastá-lo de Jonathan e sabia que teria de falar com o menino e se desculpar por seu comportamento.

Por um tempo, todos ficaram sentados em um silêncio amigável, ouvindo a madeira ranger e assoviar. Jonathan estava suficientemente recuperado para conseguir ficar com a cabeça no ângulo correto. Steve parou de atiçar o fogo. Janey falou com Laura sobre elas terem de limpar os mexilhões e prepará-los com batatas fritas para uma refeição mais tarde naquela noite. A proposta foi recebida com entusiasmo, em parte porque rompeu com a imobilidade

Pouco antes de elas deixarem a sala, Sam sugeriu hesitantemente que talvez fosse melhor se o que havia ocorrido nas 48 horas anteriores fosse algo que pudesse ficar enterrado em Coll.

— O que você quer dizer? — perguntou Eve.

— Acho que deveríamos fazer um pacto de silêncio — disse Sam.

— Sem necrópsia, você quer dizer? — sugeriu Janey.

— Acho que isso pode ser problemático — comentou Laura, olhando para ela nervosamente.

— O que eu quero dizer é que não devemos ir mais além — disse Sam. — Não há nada a ganhar se contarmos a qualquer outra pessoa o que aconteceu. Não é do interesse de ninguém. Concordam? — Ninguém o contradisse.

Um pouco mais tarde, Laura e Janey estavam paradas na frente da pia da cozinha olhando para os baldes de mexilhões. Luke estava sentado à mesa digitado febrilmente em seu laptop. Às vezes, parava para passar a mão nos cabelos e ler o que havia escrito. Laura pensou que eles deveriam demonstrar mais interesse pelo blog dele. Era fácil ignorar Luke, porque ele era uma presença que não chamava atenção. Sua natureza silenciosa era tomada por maturidade, quando o que ele realmente precisava era de apoio e estímulo, principalmente se levada em consideração a partida inesperada e absolutamente inexplicada da mãe dele de Coll. Quando voltassem a Londres, Laura leria o blog do começo ao fim.

— Há quanto tempo você está com o seu blog, Luke? — perguntou ela.

— Há quase um ano — respondeu ele, levantando os olhos do computador, claramente esperando que Laura não estivesse tentando conversar com ele.

— Você sabe quantas pessoas o acessam? — perguntou Laura. — Ou é apenas para a família e os amigos?

— Ele só está lá, em algum lugar do éter — respondeu Luke. — Está indo muito bem no momento. — Quando ficou claro que

Laura não ia mais lhe fazer qualquer pergunta, ele sorriu enigmaticamente e voltou a olhar para a tela.

— Nós precisamos de um sistema — disse Janey, claramente intimidada pelas pilhas de mexilhões flutuando na pia.

— Certamente — respondeu Laura, perfeitamente preparada para passar as quatro horas seguintes escovando conchas e arrancando suas barbas em penitência. Janey decidiu que deveria limpá-los o máximo possível com uma escovinha de unhas e uma esponja de aço antes de passá-los a Laura, que os abriria com a faquinha de legumes. As duas falaram ao mesmo tempo.

— Você primeiro — interrompeu Janey.

— Eu não poderia — respondeu Laura.

— Então eu vou começar, porque depois que você ouvir o que tenho a dizer talvez não vá ficar se sentindo tão culpada — disse Janey, enquanto tirava habilmente alguns mexilhões do balde e os examinava para conferir se ainda estavam fechados e começava a esfregá-los.

— Está certo — concordou Laura.

— A primeira coisa é que Patrick e eu jamais teríamos dado certo — disse Janey. — Então, você me fez um favor. E eu não a considero inteiramente responsável, porque sei que você não foi a única.

Laura ia começar a responder, mas Janey a interrompeu.

— A segunda coisa é que Sam e eu dormimos juntos mais de uma vez, mas não depois de vocês estarem juntos — disse Janey, escolhendo as palavras com cuidado. Laura não fez mais nenhuma pergunta, porque não queria saber as respostas. Durante as duas horas seguintes, elas falaram sobre uma variedade de assuntos. Janey perguntou a Laura sobre como ela se sentiu quando voltou ao trabalho depois do nascimento de Nell. — No cenário econômico atual, não seria difícil encontrar uma boa babá — disse Janey resolutamente. Então as duas discutiram se Laura devia se mudar para Los Angeles com Sam e as crianças enquanto ele estivesse contratado para trabalhar em seu roteiro, e Janey sugeriu duas pessoas com quem Laura podia falar em busca de recomendações sobre escolas e onde morar. Levando em consideração o mercado imobiliário nos Estados Unidos, o aluguel provavelmente estaria barato. Laura disse que o filme provavelmente nunca seria feito, porque ninguém iria se arriscar a emprestar dinheiro para fazer filmes quando o retorno era tão precário.

Foi uma conversa que se tem com alguém que acabamos de conhecer, pensou Laura. Uma sensação de formalidade e educação havia substituído a intimidade fácil das duas. Cascas de ovos, pensou Laura, enquanto observava as próprias mãos pegarem mais um mexilhão e começarem o lento processo de raspar minúsculos crustáceos menores e teimosos pedaços de lama de sua superfície. As duas se movimentavam cautelosamente uma ao redor da outra. A atividade era um alívio. A conversa se voltou para os mexilhões. Por que eram tão pequenos? Elas deveriam rejeitar os que estavam abertos? Seria uma boa ideia comê-los um dia antes de uma longa viagem? Quando a conversa ameaçou secar, Jonathan entrou na cozinha e começou uma longa explanação sobre como mexilhões de cativeiro eram muito maiores porque eram alimentados à força, como os gansos de foie gras, e que vinha ganhando corpo a opinião de que um mexilhão fechado cozido não necessariamente provocaria intoxicação alimentar. Nenhuma das duas o ouviu, mas a explicação preencheu o silêncio, e ambas ficaram gratas por isso.

A primeira indicação de que alguma coisa estava seriamente errada veio no começo da manhã seguinte. Deviam ser mais ou menos sete horas quando o telefone tocou pela primeira vez. Janey já estava na cozinha e atendeu a ligação, segurando Jack num braço, tentando impedi-lo de agarrar o fio enrolado do telefone. Quando ele o segurou em seu minúsculo, porém surpreendentemente forte punhozinho, puxou-o ansiosamente na direção da boca. Ela meio que desejou que fosse Hannah, ligando para Jonathan para pedir perdão, mas não reconheceu a voz do outro lado da linha, embora tenha percebido a tensão no tom de voz quando a mulher explicou que precisava contatar o Sr. Sleet com urgência. Janey desenroscou o fio da mão de Jack e chamou Jonathan no andar de cima, pedindo que descesse, sem realmente se importar com quem iria acordar. A casa precisava ser limpa, e havia malas a serem feitas. Janey queria ir para casa.

Depois de comerem os mexilhões com tigelas de batatas fritas finas como palitos de fósforo que Jonathan preparara como uma ideia de última hora, todos haviam ficado acordados até tarde demais na noite anterior. Ninguém queria ser o primeiro a ir para a cama. Era parte de um esforço psicológico para convencer a eles mesmos de que estava tudo bem, pensou Janey, tirando o fio da mão de Jack e examinando o fino bigode de poeira que ficou ao redor da boca dele. Apenas Eve estava exuberante. Quando passou o braço despreocupadamente pelos ombros de Jonathan, a fonte de sua excitação se tornou aparente. Janey se repreendeu por sua falta de percepção.

Luke, a única pessoa evidentemente desconfortável com a situação, saíra da sala mais cedo para assistir à televisão e pareceu ter passado a noite no sofá da saleta ao lado da cozinha. Janey notou que alguém havia jogado um cobertor em cima dele quando entrou na sala. O laptop dele estava em cima da mesa, ao lado da pequena televisão portátil. Estava desligado da tomada do telefone, mas Janey pôde ver o último post de seu blog na tela. Por um instante, questionou a moralidade de lê-lo.

Então riu de si mesma. Era um blog. Qualquer um podia lê-lo. Iria dar uma olhada, porque poderia aprender alguma coisa sobre novas bandas, ou se Luke tinha uma namorada ou o que ele poderia querer de Natal. No mínimo, teria uma visão da psique adolescente.

Podia ouvir a voz de Jonathan na cozinha. A julgar pelo volume das exclamações, alguma coisa tinha dado errado. Sentiu um arrepio na espinha. Jonathan esperava muito dos amigos, Steve havia dito quando eles finalmente foram para a cama no começo da madrugada. Ao ouvir Jonathan gritando ao telefone, Janey pensou nas possibilidades. Contaminação por salmonela no Eden. Algum problema legal com a série de televisão. Outro chef abandonando-o por um restaurante concorrente.

Sentou-se numa almofada na frente de uma mesa baixa em que estava o computador de Luke e começou a ler o post mais recente. Mas depois de algumas frases e a breve aprovação do estilo de texto conciso e do mínimo de adjetivos possíveis, a admiração de Janey começou a azedar quando ela se deu conta de que estava lendo um relato aprofundado de tudo o que havia acontecido no dia anterior. Estava tudo lá, da briga na praia à confissão de Laura sobre Patrick, passando pelo relacionamento de Hannah com Jacek. Havia fragmentos de conversas entre Steve e Sam que foram repetidas quase textualmente. Era um relato bem escrito. Tinha um nível de imparcialidade que Janey considerou desconcertante. Um estilo quase jornalístico. Até mesmo sua conversa com Laura e sua admissão de que ela e Sam podiam não ter sido inteiramente sinceros sobre o relacionamento deles estava registrada. Um dia, Luke iria longe, pensou Janey quando Jonathan invadiu a sala, furioso. Mas não hoje.

*

Então os telefonemas começaram de verdade, lembrou Sam. Esta parte era mais fácil de lembrar porque os fatos agora eram de conhecimento público. Eles haviam se repetido sem parar nos jornais até que uma verdade essencial apareceu. O blog de Luke, com seu elenco de personagens adultos observados a partir de sua perspectiva adolescente, tinha se tornado leitura obrigatória na internet até mesmo antes das férias em Coll. O relato de sua expulsão da escola havia lhe garantido um público fiel.

— Centenas de milhares — gritava Jonathan para Luke quando arrancou o cobertor dele e o puxou para fora do sofá. Mas o relato do que havia se desenrolado em Coll havia alcançado quase 1 milhão de pessoas porque seu blog tinha sido indicado por um jornal de circulação nacional, e quando ficou claro que o papel principal estava sendo desempenhado por Jonathan Sleet, tornou-se leitura obrigatória para qualquer um que desejasse um pequeno alívio dos humores da maldição econômica que envolvia o país. Quando desembarcaram da balsa em Oban, dois experientes fotógrafos de tabloides estavam tirando fotos.

— Não foi vingança — disse Luke. Com o dedo, mexeu o gelo da água tônica que Sam havia lhe oferecido. Então tentou segurá-lo sem sucesso entre o dedo indicador e o polegar. Sam esperou que ele continuasse. Era como se estivesse escrevendo um diário que mais ninguém iria ler, Luke tentou explicar a Sam. É claro que quando os amigos começaram a dizer que haviam lido seu blog, Luke se deu conta de que tinha um elemento de exposição pública, mas não conseguia imaginar alguém que não o conhecesse de verdade se interessando pelos detalhes de sua vida, quando as pessoas mais próximas dele mal prestavam atenção nisso. E mesmo quando soube que milhares de pessoas estavam lendo seu blog, ele ainda não conseguia associar isso com o fato de que a maior parte daquilo fora escrita no ambiente privado de seu quarto. Havia um grau de distanciamento que ainda permanecia insondável para ele. Precisava ser sincero sobre sua vida para se certificar de que ele realmente existia, Luke tentou explicar a Sam. Era como se as palavras o tornassem real.

— Às vezes, eu me sinto como o homem invisível — disse Luke.

Quando Sam observou que ele tinha um monte de coisas a enfrentar porque o casamento dos pais dele estava passando por "um período difícil", Luke parou de mexer no gelo e disse que seria egoísta usar isso como desculpa. Ele não se via como uma vítima. Luke inclinou-se rapidamente para olhar pela janela para ver se Nell e Ben estavam bem. Então se recostou na cadeira de novo.

— Eu destruí o casamento dos meus pais — disse Luke, simplesmente. — Eu transformei a nossa vida num reality show de TV. — Começou a bater com a sola dos tênis ritmadamente no chão, e Sam percebeu que ele estava sentado em cima das mãos. — E a sua também — acrescentou Luke, balançando a cabeça. — Eu ferrei com tudo para todo mundo. — Estava com a cabeça tão abaixada que Sam não conseguia ver seu rosto. Algumas lágrimas caíram em seu short. Sam passou um braço sobre seu ombro.

— Os adultos ferram com tudo sozinhos — disse Sam. — Não precisam de nenhuma ajuda. Tudo o que você fez foi escrever sobre o que viu acontecendo ao seu redor. Pode ter sido um equívoco, mas não foi algo feito com má intenção. A sua mãe teria descoberto sobre Eve de alguma maneira, e o seu pai já sabia de Jacek.

— A Laura nunca teria ficado sabendo sobre você e Eve se não fosse por mim — resmungou Luke, com o olhar desconfortavelmente fixado nos próprios pés. Isso certamente era verdade, pensou Sam. Ainda podia se lembrar do olhar duro no rosto de Laura enquanto todos estavam reunidos ao redor do computador de Luke para ler o post de 15 de julho de 2008.

Fui até a praia para arejar a cabeça depois de encontrar mensagens de Jacek no celular da mamãe. Ela havia prometido a Laura e a Janey que iria parar de vê-lo, mas estava bem claro pelo conteúdo das mensagens que nada tinha mudado. Li umas duas, e não consegui continuar. Faziam as coisas que eu olho na internet parecerem inocentes como o canal infantil. Comecei a me perguntar se eram só os meus pais que estavam se comportando como um bando de adolescentes cheios de hormônios. Quando cheguei à praia, não sabia se ficava aliviado ao ver Sam e Eve (sim, isso mesmo) em ação. Eu estava tão perto que pude ver as canelas de Sam vermelhas por causa da fricção da areia na pele. Sem querer ser acusado de perversão, resolvi que iria dar a volta por uma duna de areia e caminharia de volta para casa. Deixei meu padrinho se contorcendo na praia como um figurante da série Skins. Ainda bem que eu já consegui me dar bem algumas vezes, senão, eles poderiam ferrar seriamente o meu desenvolvimento sexual...

Sam lia rápido. Lembrou-se de calcular calmamente, quando chegou ao final da tela, que teve provavelmente vinte segundos de tranquilidade antes de ser julgado. Sentiu a garganta fechando e engoliu nervosamente enquanto os outros chegavam à mesma altura da leitura, observando os olhos de Laura indo de um lado para o outro da tela. Laura leu lenta e precisamente, dando às palavras de Luke a mesma consideração cuidadosa que devia oferecer a um artigo médico. Sam a observou e viu como seus músculos faciais começaram a ficar tensos até parecer que seus olhos, nariz e boca haviam encolhido.

— Se você não estivesse na praia, eu teria me afogado — disse Sam. — E não importa o que tenha acontecido, é preferível estar vivo.

— Eu não queria contar a todo mundo o que eu tinha visto — insistiu Luke. — Eu tinha essa necessidade de contar toda a verdade para que ela ficasse direito pelo menos na minha cabeça. Quando me dei conta do que estava acontecendo entre a mamãe e o Jacek, não pude ignorar.

— O olho do furacão já passou — garantiu-lhe Sam. — Foi um momento muito ruim, mas agora estamos todos saindo do outro lado. A vantagem de se ter 15 minutos de fama é que outros roubam a cena muito rapidamente.

— Papai ainda rende para os tabloides — murmurou Luke.

— Por Deus, eles publicaram até uma foto dele do lado de fora do apartamento com a Gaby, insinuando que ela era a nova namorada dele.

— Bem, graças a Deus pelo colapso do sistema financeiro, porque senão tudo teria sido muito pior — disse Sam.

Epílogo

— O que os traz aqui? — o homem olhou por cima dos óculos e sorriu primeiro para Sam e depois para Laura, antes de olhar para suas anotações e virar para uma nova página. Ele não era de Los Angeles. Sua voz tinha o arrastado lento e soporífero do sul, possivelmente do Arizona, concluiu Laura, perguntando-se o que havia nos sotaques americanos que davam às pessoas uma autoridade imediata. O Dr. Lieber era mais velho que eles também, o que ajudava, e Laura viu que ele estava usando uma aliança de ouro simples no dedo anelar. Tinha o rosto magro e comprido, os olhos azuis-claros e uma longa barba, que lhe dava uma aparência quase religiosa, como algo que El Greco poderia haver pintado, pensou Laura. Ela se perguntou se ele era doutor por ter formação em medicina ou se tinha um doutorado em algo como filosofia. Talvez o título tivesse sido comprado de um site na internet. Era fácil fazer isso nos Estados Unidos. Era um lugar em que a reinvenção era ativamente estimulada.

Se tivesse recebido permissão para trabalhar, Laura poderia ter considerado um caminho semelhante, mas, pela primeira vez, estava dando um tempo e cuidando de Nell e Ben em horário integral. Só que agora eles passavam a maior parte do dia na escola, o que lhe dava muito tempo para fazer coisas que ela nunca fizera antes. Sua fantasia de assar bolos e cozinhar em casa já estava satisfeita. Fazia aulas de pilates na academia local e corria todos os dias na praia. Às vezes observava a si mesma e se perguntava se estava observando a vida de uma pessoa diferente. Mas agora, após dois meses de sua nova realidade, Laura sabia que queria voltar a trabalhar. Havia um imperativo financeiro, porque mesmo que o projeto do filme de Sam fosse em frente, não tinha certeza quanto ao futuro dele. E devido à situação atual do casamento deles, seria imprudente abandonar a carreira. Mas apesar disso tudo, Laura se viu sentindo saudades do trabalho da mesma forma que se sente saudades de um velho amigo. Já havia desviado a entrega de suas revistas para o endereço de Santa Monica e, durante aquele período do dia em que Sam estava trabalhando, a casa, arrumada, e os e-mails, respondidos, ela se via procurando na internet por trabalhos de pesquisa na região.

O Dr. Lieber ofereceu a eles um chá de ervas, e Sam tirou do bolso dois saquinhos de chá Tetley e perguntou se seria muito incômodo preparar um bule de chá inglês.

— Eu gosto quando os britânicos agem de acordo com o estereótipo — disse o Dr. Lieber com sua fala arrastada, pegando o telefone e pedindo que alguém preparasse um bule com três xícaras. Tirou uma caneta Mont Blanc do bolso e começou a bater no pedaço do papel de um jeito que era mais pensativo que impaciente.

Laura olhou para o céu azul pela janela e admirou o jardim cuidadosamente mantido do lado de fora do consultório do Dr. Lieber. As plantas e as flores no canteiro em semicírculo mantinham-se eretas enquanto o jardineiro as regava. Ele parecia dar uma atenção indevida aos cactos, pensou Laura, que desejou que ele virasse a mangueira para ela e Sam, já que os dois estavam suando, sentados no velho sofá de couro.

Eles estavam sentados tão perto um do outro que suas coxas estavam grudadas, e Laura podia sentir a respiração de Sam em seu pescoço. Ele cheirava a pasta de dente, e a ideia de que ele havia se incomodado em escovar os dentes antes da consulta fez Laura ter vontade de rir. O braço de Sam escorregou para entre eles, e ela pôde sentir o dedo dele traçando círculos quentes nas costas de sua mão. Ocorreu a ela, de repente, que o casamento era linear, não circular.

— E então, vocês já fizeram terapia antes? — perguntou o Dr. Lieber.

— Por acidente, não por planejamento — disse Laura. O Dr. Lieber olhou para eles com um ar confuso sob as sobrancelhas espessas.

— Ela me deu uma sessão como presente de aniversário uma vez — explicou Sam.

— Nada convencional — disse o Dr. Lieber, secamente. — E então, quem vai começar? — Sam e Laura se entreolharam. Laura levantou uma sobrancelha.

— É complicado — disse Sam.

— Sempre é — explicou o Dr. Lieber.

Agradecimentos

Eu gostaria de agradecer especialmente à minha editora Kate Elton, ao meu agente Simon Trewin e ao meu marido, Ed Orlebar, por seus valiosos conselhos e sua constância enquanto estive escrevendo este livro. Sou também extremamente grata às seguintes pessoas, que me ajudaram e encorajaram no caminho: Emma Rose, da Random House; Jim e Imogen Strachan, pela hospitalidade em Coll; Carolyn Gabriel, por compartilhar sua expertise neurológica; e meus primeiros leitores, Helen Townshend e Henry Tricks. Agradeço também a Sarah Bell, Lorna e Simon Burt, Rosa Chavez, Becky Crichton-Miller, Fred de Falbe, Anne Dixey, Andrew Dodd, e o Chamomile Café, no Belsize Park, por permitir que eu escrevesse lá. Aprendi a respeito de gastronomia inglesa tradicional com uma série de livros sobre produtos agrícolas regionais e receitas da historiadora Laura Mason e da escritora Catherine Brown. O livro *From Norfolk Knobs to Fidget Pie: Foods from the Heart of England and East Anglia* se revelou especialmente útil.

Este livro foi composto na tipologia Minion Pro,
em corpo 11/15,5, e impresso em papel off-white
no Sistema Cameron da Divisão
Gráfica da Distribuidora Record.